TACANDE

TACANDE

Tercera edición, 2018.
© Gregorio Javier Hernández González, 2009
Premio Novela Benito Pérez Armas 2007
ISBN 978-84-697-7993-4

\-

Editor JHGUADALUPE, 2018.
C/. Nicolás Martín Cabrera, 1 6ºB. 35500
Arrecife, Las Palmas (España).
http://vierohernandez.com/

\-

Su opinión es importante.
En futuras ediciones, estaremos encantados
de recoger sus comentarios sobre este libro.
Por favor, háganoslos llegar a través del email:

ja.he.guadalupe@gmail.com

Además, el resto de lectores
apreciarán conocer su valoración
de este libro en:
Amazon.es y Amazon.com

TACANDE

Prólogo

Aunque es en la lectura donde el autor y el lector paciente deberían hallar una respuesta a los interrogantes que se abren en cada página, hasta algún personaje atrapado en un párrafo podría alzar la voz y plantear quién sabe qué preguntas, en torno a su razón de ser en la trama de una novela. Al cabo de un tiempo de inmersión en el relato, el autor toma cierta distancia de sí mismo y deja que la ficción fluya sobre las páginas, como fluye la vida cuando tras el primer llanto, el recién nacido se mueve con vida propia.

Cuando desde la perspectiva del lector, el escribidor se adentra en las páginas de la que fue su obra, por momentos se cuestiona si esta alguna vez habrá sido suya. El autor de la novela solo sabe que un día dejó volar su imaginación sobre una página en blanco y, al cabo de un tiempo, se halla ante unos personajes que se mueven según su propia razón de ser, ajenos a su realidad figurada.

Y ya que en estas estamos, veamos...

Tacande es un lugar alejado de cualquier otro, donde todo lo que acontece a diario lo saben unos, lo sospechan otros y lo calla casi todo el mundo. Maruca Luzardo, la narradora, es una maestra soltera, partera mañosa y mujer de espíritu cultivado, cuya voz vierte sus inquietudes a partir de la muerte de su sobrino, Romo. Este es un joven solitario y soñador, cuya ausencia y reminiscencias definen el hilo conductor del relato.

Al compás de un ritmo narrativo ligero y sinuoso, Maruca se asoma a las realidades de unos personajes, cuyas vicisitudes configuran las historias más dispares. En determinados pasajes de inspiración intimista, Maruca narra en primera persona e implica su afectividad en lo que cuenta; en otros de carácter descriptivo, la narradora se aleja de la subjetividad e hila su relato desde la perspectiva del demiurgo que lo sabe todo, aún sin haber sido testigo de nada. En tales escenas Maruca deja entrever su papel de mediadora entre el lector y su historia figurada, sin involucrar su presencia en los pasajes que narra en tercera persona. «Si sabes qué ocurrió, bien puedes imaginar cómo y por qué pudo haber ocurrido», responde la mujer ante la inquietud indagadora de Irene.

Irene Guzmán es una joven candorosa educada a la sombra de Maruca Luzardo. A menudo el carácter inquisitivo de la muchacha da pie a las reflexiones y al discurso aleccionador de la narradora. Desde su temprano desamparo Irene aprende de lo que lee, de lo que ve y hasta de lo que supone. Desde las edades más tiernas la muchacha ya deja entrever ciertos resabios de mujer madura. En contraposición a la suficiencia de Maruca y a la voz fantasiosa de Irene, algunos personajes cercanos –Romualdo, Ernestina, Fidelio…–, se manifiestan al dictado de sus pulsiones más primarias. Romualdo Sanfiel es un potentado mujeriego, de actitudes temperamentales y ademanes autoritarios. Su esposa Ernestina –hermana de Maruca y madre de Romo– es una mujer achacosa que sufre en cuerpo y alma, tanto por su cuenta como por cuenta de su esposo, Romualdo.

En determinadas circunstancias la narradora se deja llevar por cierta vena poética, quizá como escape a un carácter crítico y especulador, del que a menudo brota una voz fría y desapasionada. En Maruca se manifiesta con un lenguaje retórico y encorsetado, cuya forma responde a un espíritu inquieto confinado en un ámbito apartado del mundo, en un tiempo en que la comunicación cercana fluye a lomos de unas voces que a menudo manifiestan, no tanto emociones, sentimientos, anhelos..., como otras pulsiones menos profundas. De tanto en tanto, sin embargo, la narradora se despoja de su fría expresividad, para dejar asomar su lado más franco y emotivo. Entonces de su voz se desprende la sensibilidad truncada de quien apenas da cabida al silencio ensimismado que nace de la soledad. Donde otros personajes involucran sus inquietudes, Maruca se posiciona de un modo sentencioso y mordaz, dado a establecer conjeturas, similitudes y juicios de valor. En ocasiones su discurso elocuente de maestra deja entrever cierto criterio; en otras se manifiesta con una majadería rayana en cierto cinismo.

En algunos tramos la novela adquiere el carácter intimista de un diario o unas memorias; en otros las páginas se muestran impregnadas de cierto aire gótico, entre ambientes nebulosos velados por la penumbra. En virtud de la idiosincrasia de los personajes, algunos diálogos destilan la simpleza ramplona propia de quienes no saben expresar sus sentimientos o se nutren de la burda expresión del rumoreo sin fundamento. Este aspecto contrasta con el tono enrevesado de algunos diálogos entre los personajes de mayor presencia en la novela. A menudo las manifestaciones de algunos de ellos destilan notas de socarronería y humor. Este se tiñe de oscuro en algunos casos, de sutileza en otros, y hasta de cierta ordinariez cuando la precariedad en la expresión solo le alcanza al personaje para alumbrar alguna ocurrencia. Tal el es caso de las voces que brotan en labios de algunas presencias anónimas.

Ante determinadas escenas, unas vecinas sin rostro –las comadres– afilan sus miradas y se pronuncian de un modo coral, burdo y ordinario. En contraposición a estas voces, Maruca se pronuncia y narra con un lenguaje salpicado de arcaísmos, localismos y expresiones antes comunes en el ámbito rural de lugares tan dispares como Asturias y las islas Canarias. Sin embargo, la historia transcurre de un modo ajeno a los lugares comunes del folclorismo fácil y el costumbrismo trasnochado, con el que a menudo se arropan la imaginación vacía y la palabra desnuda. A medida que avanzan el relato, algunos personajes secundarios dejan asomar sus rasgos más peculiares, de modo que sus presencias caricaturescas contribuyen a perfilar las distintas atmósferas que impregnan la novela: charlatanería, lascivia, violencia, miedo… Las voces monocordes de estos personajes allanan por momentos el discurso aleccionador de Maruca Luzardo.

En suma, 'Tacande' es un entramado de historias cuyos escenarios y presencias configuran un paisaje humano de ambiente realista, con cierto trasfondo fantástico. El paulatino discurrir de la novela podría despertar alguna curiosidad en la imaginación lectora, quizá por las singularidades de los personajes, acaso por la forma en que sus avatares se entretejen a lo largo del relato.

"Dedicado a Javier, Pablo y Tomás.
Aún les debo algunos cuentos."

TACANDE

Gregorio Javier Hernández

PREMIO NOVELA

BENITO PÉREZ ARMAS

---2007---

Otros hablarán de mí, como hablaron de Romo cuando ya no podía oír las voces que denigraban su nombre. «Murió amargada y sola, sin un hombre que en su sano juicio derramara unas lágrimas por ella», dirán de mí las comadres, sin considerar que también otros hablarán de ellas cuando sus voces se queden sin aliento.

El corazón se ablanda ante el cuerpo que yace sin vida, como si el silencio definitivo pesara más que las torpezas del muerto. «Si quieres que tu buen nombre te sobreviva, no debes juzgar a quien ya no responde por el suyo», oí decir en uno de esos entierros donde la gente murmura y ríe, como mejor manera de conjurar el miedo. No faltaban rumores durante el velorio de Romo; tampoco faltaron esos lamentos que a menudo se oyen entre suspiros, como si los vivos desfallecieran de tanto airear los tropiezos del finado.

–Era algo desabrido el chico, tenía sus flaquezas, pero en el fondo no era mala persona –dijo una anciana.

–Tampoco era un santo –opinó alguien.

–Dios me libre de juzgar a un difunto, pero el Señor castiga a quien se entrega al vicio de la carne –terció una dama de negro.

1

Al paso de aquellas palabras, las beatas se santiguaron, entornaron las miradas y asintieron con gesto vacilante, como si enjuiciaran al pobre Romo por unos extravíos que a buen seguro no enfadaban ni al espíritu más puntilloso de la Gloria. Las viejas santurronas elevaban rogativas en favor del alma en tránsito, a su entender «errante y descarriada» como las que languidecen ante las puertas del limbo. Ajenas a pésames y condolencias, aquellas señoronas departían en animada cháchara, las manos tapando la boca, la injuria aflorando en susurros, como fango vertido sobre el cajón abierto. Las más aleganchinas hablaban todas a una, ninguna escuchaba y aun así se entendían, como se entiende la gente ruin, aun sin pronunciar palabra. Aunque iban forradas de oscuro, aquellas arpías infamaban la memoria del muchacho sin el menor asomo de pesar. «¡No respetan ni a los muertos!», me dije, mientras observaba cómo despellejaban el cadáver de mi sobrino.

A quienes lo conocieron de cerca no se les ocultaba que Romo había vivido sus últimos años con abierto desatino, más por amargura que por mera destemplanza. El chico se perdió por el noble apego del amor, no por vicio ni por esa fascinación que convierte al hombre joven en esclavo de su más fuerte debilidad: la mujer a quien desea con ardor, bajo una mordaza de silencio.

A nadie le interesan los detalles en torno a la muerte que acontece en pijama y en propia cama, pero cuando un joven fallece desnudo y en cama ajena, enseguida surgen los guiños y las sonrisas a medias.

– El pobre chico se quedó sin resuello de tanto suspirar en brazos de Irene   –dijo una dama cariacontecida.

– Esas cotorras no tienen corazón. Querían saber si Romo…– balbuceó Irene.

– ¿Si Romo qué? –quise saber.

–Una me preguntó… –balbuceó la mujer, buscando refugio en mi hombro–, quería saber si Romo…, me avergüenza decirlo…, si murió con la hombría apuntando al cielo, ya sabe.

–Esas hocicudas se entregan al fisgoneo por pura ruindad –dije conteniendo la voz.

Sobre un rumor de avemarías se oían sollozos y un débil murmullo de interrogantes suspendido en el aire. Algunas mujeres preguntaban cómo había ocurrido la desgracia, otras vertían insinuaciones aviesas, todas emitían opiniones sesgadas, como si hasta sus propias cavilaciones se resistieran a discurrir de frente. En un rincón apartado unas vecinas chismorreaban, se arrebataban la palabra y asentían, mientras se relamían al paso de cada confidencia. Sus miradas carroñeras sobrevolaban el entorno fúnebre, en busca de alguna novelería que pudiera añadir una pizca de morbo a sus curiosidades malsanas.

– ¡Murió en cueros entregado al fornicio! –dijo una vieja postinera, como si a la hora de la despedida alguien pudiera elegir el momento y la indumentaria.

–Al menos se fue con gusto –opinó alguien.

—Una muerte feliz no hace feliz al muerto —sentenció una anciana de manos descarnadas. Con gesto sombrío, la mujer entornó la mirada y masculló: «Lo terrible no es la desgracia en sí, sino esa manera tan vergonzosa de comparecer ante Dios».

La insidia concebida en boca extraña permanece en la memoria de por vida, la infamia no se olvida, la decencia no se recuerda siquiera. Hay quien cree que los espíritus melancólicos se dejan ver de noche porque duermen de día, despiertan con las primeras sombras del ocaso y asoman al sueño de los vivos en las horas mansas de la madrugada. Algunos difuntos quizá padecen porque les hiere el recuerdo inculpador de los vivos, otros sufren porque les duele el olvido de aquellos a quienes sintieron cerca. «Murió con el alma encogida porque nadie lo lloró con fundamento», oí decir en el entierro de un difunto malquerido en vida y festejado sin disimulo en su condición de muerto. Si Romo se fue del mundo con el alma apocada no fue por cerote ni por conciencia de culpa ni por falta de lágrimas. Quizá el chico se acobardó al ver cómo Irene sufría mientras él se quedaba sin aliento.

Fidelio Calandre se inclinó ante el ataúd con el gesto abatido de quien ha quedado en deuda con el difunto. El anciano agachó la cabeza, farfulló unas palabras y se alejó con el andar cansino de la pesadumbre. «¡Mira que se lo advertí, carayu!», se diría el asturiano consternado, mientras recordaba el gesto despreocupado de Romo cuando aún no había ocurrido la desgracia. «La Guaxa anunciaba muerto, lo avisé y él no me hizo puñetero caso», pensaría el hombre.

Fidelio no sólo vislumbraba la muerte en ciernes, también percibía espíritus errabundos y presencias en tránsito. Cuando se encontró con Romo bajo aquella noche luminosa de noviembre, el viejo barruntó que no tardaría en verlo cargado a hombros, con los pies por delante. Y ahora el chico yacía inmóvil en un cajón abierto, ajeno ya a los tropiezos de la malandanza. «¡Nada se le oculta a estos güeyos!», decía el anciano a menudo, mientras se señalaba sus ojos chispeantes de visionario.

Aunque se mostraba ufano mientras contaba algún atisbo de mal agüero, a Fidelio se le ensombrecía el semblante cuando hablaba del espectro de Juan *Cachimba*.

— El condenado caporal aparece sin invitación de naide, mete mieu y se pasa los exconxuros por el forro de los cojones –aseguraba el astur en sus trances de delirio–. «Ese desgraciau me tie frayau, m'avasalla en vida y m'amarga les nueches hasta después de muertu».

Fidelio se quejaba, no porque las apariciones de Juan Guzmán le infundieran espanto, más bien porque lo importunaban con amenazas cuando él se rendía al mandato del sueño. El mulero no sufría pesadillas de verdad, porque apenas pegaba ojo en toda la noche. Y no se adormecía hasta bien entrada la madrugada, porque ni el aguardiente ni la fatiga aplacaban la inquietud vocinglera que agitaba su fuero interno.

Cuando aún solo alimentaba inquietudes de niña, Irene ya vislumbraba la delgada sombra de Fidelio tras la oscura muerte de Juan *Cachimba*. «Me parece a mi que a ese *Calambre* le sobran motivos para el desvelo», dijo la chica cuando le conté que el arriero no dormía ni dejaba dormir a las mujeres de la vecindad.

Si el espectro de Juan Guzmán atormentaba a Fidelio en las noches de plenilunio, en vida ya lo hostigaba sin miramientos a poco que despuntaba la mañana. El capataz de los Sanfiel, era un bebedor perdulario de ceño avieso y maneras de tratante de esclavos. Temerosos de sus atropellos, los jornaleros apenas le dirigían la palabra. « ¡Tragaría un bocado de gofio en polvo con tal de no pedirle un buche de agua a ese desgraciado!», dijo con rabia un peón que había sufrido sus desmanes. En los corrillos de la sorriba los jornaleros criticaban las fechorías del caporal sin mentar su nombre. Los pusilánimes agachaban la cabeza y callaban cuando lo veían, los más osados escupían a su paso, los medrosos escondían el gesto y lo despellejaban con la mirada. Cuando se referían a él hablaban del «jodido *Cachimba*», no porque lo vieran fastidiado o rengo, sino porque sufrían su carácter revirado y humeante, como la pipa que a menudo le colgaba de los labios. A decir de las comadres, a Juan se le derrumbaba el lomo porque cargaba un muerto a la espalda, sin más peso en la conciencia que el que podría sufrir en las pesadillas. Los asalariados más recios desdecían aquel rumor, no porque les pareciera que el hombre andaba recto como un sacristán, sino porque según aseguraban, la conciencia del capataz debía de ser, como él mismo, inútil y poco dada a echarse ningún fardo al hombro.

Según los juicios de las comadres, Juan Guzmán había muerto de mala manera porque su mano sañuda había segado la vida de un pobre diablo. Quienes conocían Juan veían su sombra tras el ahogamiento nunca aclarado de un tendero entrado en carnes, un tal Lucindo Acosta, cuyo cadáver había aparecido tiempo atrás mecido por las olas. Cuando los ecos de aquel suceso languidecían en el olvido, Irene aún desmentía las habladurías que acusaban a quien tenía por su padre. Como alguien recabara su parecer, ella se encogía de hombros, atribuía la desgracia al infortunio y se preguntaba si el tendero sabría nadar en aguas bravas con mar de fondo. «El pobre hombre pudo haber caído al mar arrastrado por una ola traicionera y…», sugería la mujer con la tibieza de quien no cree en sus propias conjeturas. Los charlatanes de tugurio especulaban con la posibilidad de que Lucindo pudiera haber ido a parar al fondo del mar, no por falta de habilidad a la hora de mantenerse a flote, sino debido al pesado lastre que cargaba en las nalgas. Los más porfiados sostenían que al de la tienda lo habían sofocado en tierra firme, lo escondieron hasta bien entrada la noche y lo arrojaron al océano con la boca llena de salmuera. Aunque el mar y los marrajos habían devuelto el cadáver del tendero aún sobrado en carnes, ni la autopsia ni las consideraciones más atinadas arrojaron luz sobre la oscura muerte de Lucindo. Sin embargo, en las comidillas del valle se barajaron algunas suposiciones teñidas de sospecha. Al parecer la suspicacia nació en boca de un tal Facundo Rocío, un tipo dicharachero a quien llamaban el *Cotorra*. Por aquel entonces Facundo aún conservaba el brillo en la mirada y cierto gusto por sembrar infundios. El hombre era un cabrero lenguaraz de voz ardorosa, cabello rojizo y tez blanquecina salpicada de manchas. Viudo desde hacía unos años, Facundo vivía con su hija en una casita rodeada de colmenas y frutales, en las estribaciones de Lomo Tacande. Al pastor solo se le conocían tres debilidades confesables: la cría de palomas, las torrijas con miel y el gusto por la monserga. Los dulces se los servía su hija María de los Ángeles, una joven colmenera de presencia delicada y busto exuberante, cuyos pies menudos siempre permanecían a la sombra. Desde que Facundo perdió la vista, la muchacha se acostumbró a ver como su padre ciego pasaba horas enteras hablando con las palomas; sin embargo, le costaba creer que las mensajeras se prestaran a escuchar sus retahílas ni le representaran paisajes entreverados de nubes. Más allá del palomar, en los ambientes vocingleros de los tugurios, solo algunos bebedores ociosos escuchaban las tabarras de Facundo. Los alegatos del *Cotorra* a menudo alimentaban rumores y servían de condimento en las aburridas comidillas de Tacande.

A poco que le buscaran la lengua, el cabrero decía que si Lucindo el tendero había sido hallado muerto en la mañana de un martes, él lo había visto aún vivo a última hora del lunes, no de madrugada sino al anochecer, cuando se disponía a entregarle una cesta de queso tierno. «Yo mismo vi al ventero agarrado con Juan

Cachimba, no de mariconeo o en plan compadre, nada de eso, sino encorajinados los dos como fieras, junto a unas barricas de salazón», dijo Facundo.

Cuando le ofrecían unos tragos de aguardiente, al *Cotorra* se le enardecía la voz y se le aclaraba la garganta, como si al paso de la bebida se le despejaran los intrincados caminos de la memoria. «Aunque parecía amanerado y era manso como un buey, Lucindo tenía su genio», opinaba el pastor. Y con ademán reposado insistía en que si el de la tienda había llamado cornudo al caporal, no había sido por herirlo allí donde más le duele a un hombre, sino porque antes el otro lo había tratado a él de "sarasa" y hasta de "nalga loca", como si la insensatez pudiera afectar a los confines globosos de la espalda. Antes de poner de vuelta y media a Juan Guzmán, Facundo vertía opiniones sesgadas en torno a la virilidad de los solteros añosos, pedía que le llenaran la copa y cuestionaba la honestidad de los comerciantes. «Lucindo Acosta era un laja que se dejaba el culo por arañar unos céntimos a la hora de pasar las cuentas», aseguraba el charlatán. Y engallado por el orujo, enumeraba las feas costumbres de los vendedores sin escrúpulos. «Como todos ellos, Lucindo era muy dado a encabezar el vino, a apañar la báscula y a blanquear el amarillo rancio del tocino. «Pero tampoco Juan *Cachimba* es una monjita de la caridad», insinuaba tras apurar la copa. Mientras saboreaba el aguardiente, el cabrero observaba el vaso vacío y aguardaba en silencio con ademán distraído, hasta que alguien lo rellenaba sin demora.

9

Cuando el *Cotorra* callaba, nunca faltaba un culichiche o un bebedor chismoso que lo invitara a un trago, como mejor manera de desatascar su lengua mercenaria. Con la copa servida Facundo cobraba viveza, su ánimo se enardecía y su relato se enriquecía en detalles, como si el aguardiente le añadiera color a sus palabras. Mientras le colmaban la tercera copa Facundo se atusó la roja pelambre, observó a su auditorio con ademán teatrero y se aclaró la voz. «Después de llamar cornudo a un cabrón, ¿qué podía esperar el pobre Lucindo?», se preguntó antes de despacharse a gusto: «A lo mejor creía que podría calentarle las orejas a ese malaje y salir de rositas, como si nada. No basta con verle los cuernos al toro, también conviene tener mano izquierda para lidiar con los violentos, porque visto lo visto, más le habría valido al tendero callarse la boca, en vez de decirle al caporal que parecía esto o lo otro, que si tal o si cual..., porque hay que ver lo que tuvo que escuchar Juan *Cachimba*. "Que pareces un diantre mocho, no solo por la mala sombra que llevas dentro, sino por las durezas que te asoman en la frente, que a poco que te rasques las sienes te van a asomar un par de cuernos, que bien te podrían confundir con un baifo, si es que antes no te han confundido con el mismo demonio", le dijo con voz enardecida el pobre Lucindo».

Cuando las voces maledicentes aún no se habían apagado en los bares de copas, aquellos comentarios ya habían llegado a oídos de Juan Guzmán.

Un día de cielo revuelto, el medianero se planta en casa del cabrero y lo encara a las malas, antes de echarle una mano al cuello, mientras agita la otra en el aire. En tanto Facundo se pierde en justificaciones, Juan lo increpa con la mirada encendida de cólera. «¡Cuidado con lo que sueltas por ese pico, perico, si no quieres verte largando dientes por el culo!», le advierte. Cuando el *Cotorra*, acobardado, agacha la cabeza, el caporal le hace chanza y ríe con balidos de chivo, antes de decirle que a él nadie lo llama cabrón y menos un loro colorado, que en vez de hijas solteras cría baifas pelirrojas, de tanto trajinarse a las cabritas guapas. Dolido en el amor propio Facundo saca pecho, se alza con aires de banderillero ante el capataz y le dice que razón tenía el pobre tendero, que más le valdría vigilar los tofos que le crecen en la frente, en vez de preocuparse por las crías de su rebaño. Mientras Juan, encorajinado, rumia su rabia, el otro cruza los pulgares ante los labios y jura por la Virgen Santísima que, aunque a menudo mitiga el ardor de los bajos con cabras de puterío, jamás le ha perdido el respeto a las cabras de ordeño.

Enardecido por tanto alegato, Juan agarra a Facundo por la pechera, echa mano a una espuerta llena de quesos y le aplasta un queso tierno en la cara. Cuando el medianero, satisfecho, le da la espalda al cabrero, este se despoja de su aura de cuajo, recupera la voz y se despacha con otra andanada de improperios. Entre tanto, Juan da media vuelta, agacha la cabeza ante el otro y permanece impávido. «Nadie le moja la oreja a Juan Guzmán», masculla con rabia. Cuando aún no había acabado de pronunciar su nombre, el capataz ya había tumbado al pastor de una morrada. A resultas del brutal testarazo Facundo Rocío se desplomó como un fardo, se golpeó en la nuca y perdió la vista sin remedio.

Desde aquel desencuentro, cada domingo el invidente se arrima a la puerta de la iglesia con un bastón en la mano, entorna la mirada y eleva plegarias al cielo sin abrir los párpados. Aunque acepta la caridad de buen grado, Facundo jamás implora la compasión de nadie, ni clama justicia ni pide limosna. «Solo le pido a Dios un vislumbre momentáneo que me permita atinar con un trancazo en el cogote de quien me ha dejado a oscuras», le decía el hombre a quien se interesara por sus plegarias. Aunque no había ningún otro ciego en la vecindad, Facundo Rocío no era el único que no podía ver a Juan *Cachimba*. Debido a su arrebato y a su mal carácter, el capataz de los Sanfiel nunca fue bien querido entre los vecinos de Tacande.

En una tarde apacible de agosto, Juan Guzmán apareció con la cabeza abierta al pie de una muralla. Las autoridades indagaron en torno a la muerte del medianero, se llevaron preso a Facundo Rocío, alias el *Cotorra*, lo molieron a bofetones, lo empapelaron y lo mantuvieron encerrado durante dos días y tres noches. Si lo soltaron al amanecer del tercer día no fue por dejadez ni porque alguien creyera en su inocencia. Tampoco lo exculpaba el testimonio de una joven de senos admirables que ejercía la prostitución en las afueras de Tacande. Aunque la mujer se llamaba Sinforosa Gómez, en Tacande la llamaban la *Guagua*, no porque prestara un servicio de transporte público, sino porque a decir de las comadres «esa mujer recorre los caminos, se para ante los hombres ociosos e invita a montar a quienes se relamen mientras le miran el escote con desconsuelo». Sin el menor rubor Sinforosa aseguraba que, en efecto, en horas de la muerte en cuestión, ella se había entendido con un ciego de pelo colorado que olía a mugres de establo. «Me manoseaba desde el pescuezo hasta las canillas, me lambuceaba las corvas y las verijas, reviraba los ojos y alegaba hasta por los codos, mientras me desfondaba la rabadilla», respondió la *Guagua*, cuando la interrogaron en torno a los pormenores de aquel encuentro. Firme en la coartada que le proporcionaba el apaño con la buscona, Facundo insistió en que no había tenido que ver con la muerte del caporal, no por falta de ganas sino por mera incapacidad. «Si no media un milagro del cielo, ¡a ver cómo acierta un pobre ciego a desriscar a nadie!», le oyeron decir al cabrero.

A Facundo Rocío lo soltaron al tercer día de encierro porque su alegato exasperaba a las autoridades, porque surgieron voces que alimentaban nuevas sospechas y, más que nada, porque su presencia y su inclinación al manoseo inspiraban lástima. Las miradas acusadoras de la vecindad señalaron entonces a unos moros picapedreros, a un joven mal encarado venido de las Américas y a Fidelio Calandre.

Desde hacía unos meses, Fidelio recorría los caminos de Tacande a lomos de su mula parda. Al cabo de unos días de rumor liviano, el peso de la suspicacia cayó sobre el arriero. Aunque tildaban a los árabes de atravesados y de traicioneros, las comadres apenas los ponían en boca, se apartaban a su paso y rehuían el filo de sus miradas. Las mujeres temían a los africanos porque descubrían en sus semblantes, no la actitud esquiva de quien sabe que inspira recelo, sino cierto aire de amenaza. «Esas brujas no se meten con los moros, porque saben que el escarnio apenas duele en oídos que no entienden», decía Irene a poco que le buscaran la lengua. En cuanto al indiano, si bien al muchacho se le suponía hijo de padre conocido, las vecinas orgullosas lo despreciaban no tanto por «mal nacido» como por su carácter hosco y esquivo. A las señoras de postín no les gustaba su color cetrino ni su aspecto ceñudo y achaparrado, ni la cerneja que le cubría la frente, rasgos estos que ponían de manifiesto su origen criollo. Las comadres no solo menospreciaban a Úrculo, que así se llamaba el joven, también recelaban de él, debido a su mirada torva y a su gesto brumoso de cielo encapotado. «Quién no mira de frente no es persona de fiar», decían las viejas cuando hablaban del indiano. Las vecinas más indulgentes tampoco se mostraban generosas cuando rajaban de Fidelio Calandre. Al asturiano lo tachaban de perturbado, de pajillero y hasta de poseso, no sin antes enumerar los motivos que a su entender alimentaban la profunda inquina del mulero hacia el caporal.

Cuando ya se agotaba el eco novedoso del rumor, las comadres escondieron el dedo acusador, alzaron el gesto y tendieron sus miradas sobre el horizonte, como si de repente solo les inquietara el imperceptible movimiento de las nubes. Las señoras más discretas fijaron la atisbadura en el cielo, no porque les preocuparan las inclemencias del tiempo o la migración de las garzas africanas, más bien se hacían las distraídas y callaban, porque sabían que tanto Fidelio como el joven Úrculo gozaban del favor de Romualdo Sanfiel.

A mediados del verano las murmuraciones se apagaron, las diligencias del suceso quedaron entongadas en los despachos, y la muerte de Juan *Cachimba* cayó en el olvido. Ya en puertas del otoño, las damas postineras parecían más interesadas en desempolvar los trajes olvidados en sus armarios que en airear las culpas de nadie. Y en vísperas de San Miguel, todas las miradas se posaban sobre el horizonte del poniente, en busca de algún signo que pudiera anunciar lluvias tempranas.

A veintitantos de septiembre en el valle solo se sabía que los festejos del Arcángel no se iban a ver deslucidos por chubascos noveleros, que llovería a chuzos en puertas de abril y que Juan Guzmán había fallecido a resultas de una mala caída, sin culpa de nadie. Aunque las beatas hablaban de los avatares del destino, a nadie se le ocultaba que el medianero de los Sanfiel no había muerto debido a la voluntad de Dios, sino a voluntades más cercanas al acontecer anodino de Tacande.

Desde principios de agosto, en vísperas de la festividad de las Nieves, el mulero se había vuelto asustadizo y había perdido el sueño. En una noche tibia de luna nueva Fidelio oyó tres golpes en la pared, observó extraños vahos y dejó de sentir el cálido sopor que abriga al alma cuando los párpados se rinden al sueño. «No cierra los ojos por no ver la oscuridad que lleva dentro», cabría suponer, considerando que a veces el miedo a la interioridad supera al vértigo que sobreviene ante los abismos de fuera. Nadie sabe cuándo un visionario se halla fuera de sí y cuándo anda sumido en sus adentros. « ¡En vez de dormir el pedo como un cristiano cabal, ese *Calambre* parece que se faja con el diablo!», decían las vecinas, antes de asegurar que el hombrecillo pasaba las noches rezando a grito pelado, como quien sufre las penas del infierno.

Al cabo de unos días de jaqueca debida al mal dormir, las mujeres insomnes le retiraron el saludo a Fidelio. En sus chácharas mañaneras, las vecinas rajaban del arriero, lo culpaban de sus desvelos y lo ponían a caer de un burro. Tal era la desazón que el asturiano desataba de madrugada, que en vez de café, a media mañana las mujeres tomaban infusiones de tila para templar los nervios. Un día tras otro las comadres se quejaban de las bullas del mulero, como si cada noche no oyeran el roncar encrespado de sus maridos, el lloriqueo de sus niños y hasta el eco machacón de sus propios quejidos.

Fidelio no mantenía trato carnal con mujer alguna, tampoco se apañaba con su mula parda, por más que algunas voces alimentaran sospechas de amor depravado en el trato del hombre con la bestia. El mulero apenas se dejaba ver de noche, no pedía favores ni hablaba con nadie, como no fuera para lamentarse de su velar plagado de espantos. Fidelio se mantenía despierto hasta bien entrada la madrugada, mascullaba extrañas plegarias y espantaba demonios en soledad. Al despuntar el día, algunas vecinas lo increpaban con malos modos, mientras otras viraban la cara a su paso con aire altanero. «Quién te da las malas noches no merece los buenos días», decían las comadres mientras le negaban el saludo al arriero. Mientras las vecinas lo ignoraban con desdén, el hombrecillo mantenía el gesto digno y se mostraba ajeno al desprecio que sufría a diario. Una y otra vez Fidelio se tragaba el orgullo sin abatimiento de ánimo, desde la distancia de quien ha aprendido a sobrellevar su infortunio en soledad. Aun cuando se encontraba en horas bajas, el hombre andaba sin encogimiento, como si fuera la oscura voz del viento y no la suya, la que mantenía con el alma en vilo a las mujeres de la vecindad. Sin embargo, cuando se veía sermoneado por alguna vecina de mal dormir, Fidelio agachaba la cabeza, esbozaba una reverencia y escapaba con mirada huidiza de ratón de presbiterio.

–Esas molifonas s'aburren y caciclan dafurtu, que si el muleru aquesto, que si el muleru lo otru… –se quejaba el asturiano, dolido, a cuento de algunos dimes y diretes en torno al malestar reinante en las noches de Tacande.

Aunque no era dado al trato cercano ni a la confidencia, Fidelio hallaba cierto alivio en el desahogo.

– ¿Cree usted que la gente ociosa mete la nariz en los asuntos ajenos por puro aburrimiento? –le pregunté un día al arriero.

Esperaba que Fidelio se despachara con un alegato apasionado contra las comadres, podría ponerlas de vuelta y media, tacharlas de hocicudas y hasta de puñeteras, sin embargo se encogió de hombros y farfulló unas palabras que apenas pude entender.

– ¡Son ruines como higos verdes! –dijo con voz pausada. Y enarcando las cejas, masculló: «¡Tien una mala lleche…!».

Aunque era hombre de ánimo bien templado, a poco que se le calentara la boca, Fidelio se mostraba revirado y zafio, se volvía respondón y hasta ganaba en corpulencia. Aunque tenía ojillos vivaces de murgaño, la mirada de aquel hombre no resultaba tan llamativa como su extrema insignificancia. Cuando andaba a pie sin la prestancia que da la cabalgadura, el arriero pasaba inadvertido como un suspiro bajo una ventisca. «Se ve tan enclenque, tan poquita cosa, que se acoquina hasta con su mala sombra», opinó Irene cuando me oyó decir que mi vecino sufría terrores nocturnos.

Fidelio Calandre era un tipo de complexión espigada y breve, mirada chispeante de murgaño y alegato poco claro. Aunque rara vez se le entendía a la primera, a menudo rebuscaba las palabras y se esforzaba en hablar como la gente del lugar. «Ansi como le digu, me da enfado que pola manera de falar, la xente me confunda con esos gochus», me advirtió un día, no fuera a tomarlo por uno de tantos menesterosos que, atraídos por los vientos de prosperidad, se dejaban ver por los caminos de Tacande.

Fidelio era un asturiano montaraz, de raíces cántabras y reserva de gallego viejo. El capataz lo llamaba «Mojamé» porque sabía que le fastidiaba que lo tomaran por moro. «Un tipo oscuro y enteco de tan mala traza no es cristiano de calzón y alpargata», decía de él Juan Guzmán, a sabiendas de que el mulero no era hombre de chancleta y chilaba. El peninsular no ofrecía esa hechura resuelta en carnes que cabe esperar de la gente del norte, más bien era de porte resumido y magro, de ahí que pasara por beduino sin linaje.

Una tarde encontré a mi vecino junto a la puerta de su casa, lo saludé y trabé la hebra con él durante un rato. Abatido como quien carga con el peso de una calamidad, Fidelio se mostró quejoso con su suerte y me habló de sus orígenes. Con más vehemencia que orgullo, el hombre insistía en que era oriundo de una tierra de inviernos crudos, un lugar donde la gente solo hablaba de moros y sequía en referencia casual al desierto de cuyas arenas provenía uno de sus ancestros, alabardero él, descendiente de un abencerraje aventurero arrimado a las huestes de Don Pelayo. «No era home criado en la fe de Nuestro Señor, mas fue cristiano converso y fiel devoto de la Virgen de Covadonga», decía de su antepasado morisco, no sin antes dejar claro que, por lo demás, en nada tenía que ver con sarracenos.

– ¡Iba la Güestia metiendo ruiu per entre les figueres...! – clamaba el mulero unas horas antes de la muerte de Romo.

Con los pulgares cruzados ante los labios, Fidelio juraba que había visto procesiones macabras deambulando por los morros. Aun sobrio y con todo su tino, el hombrecillo aseguraba que en las noches despejadas las ánimas despertaban de su natural quietud, se materializaban en espesas brumas y andaban errantes, como sombras expedicionarias. En vísperas de aquella desgracia el astur andaba desquiciado, empeñado en apuntalar con rezos un cielo que se venía abajo. O quizá no se desplomaba el cielo sino el averno sobre la cabeza de Fidelio Calandre. Ni él mismo llegó a saber si desde hacía años veía el espectro de Juan *Cachimba* porque éste de verdad se plasmaba ante él, o porque el espíritu del capataz cobraba carta de naturaleza cuando a él se le figuraba su oscura presencia. Por una razón o por otra Fidelio se emborrachaba para no creer lo que veía, sufría la visita de sombras merodeadoras y se conjuraba contra ellas.

—Ese hombre fantasea con aparecidos porque soporta mejor el miedo que la soledad –opinó Irene.

—Con las templaderas que agarra, no me extraña que Fidelio vea fantasmas –dije, considerando que si el bebedor común sufre delirios plagados de bichos, el borracho supersticioso debería sentirse amenazado por esas apariciones que solo percibe quien cree en el infierno.

Como Irene no se pronunciaba sobre el particular, me arrellané en la interioridad y consideré que quizá el mulero se achispaba de noche, porque el aguardiente lo mantenía lúcido o porque sentía alivio cuando el alcohol le velaba el discernimiento.

—Ese borrachín alocado bebe para olvidar las cosas terribles que ve —dijo la chica, como si hubiera leído mi cavilar.

Irene siempre creyó que Fidelio y ella compartían cierto don que les permitía ver el lado oculto de la noche, como las corujas.

— ¡A saber si habrá gente que ve lo que se les oculta a otros! — aventuró la muchacha.

—No es en la mirada sino en la sesera donde fragua lo que algunos creen ver —opiné.

Irene frunció el ceño con gesto inquisitivo y se encogió de hombros.

—Aunque todo el mundo tiene la nariz ante los ojos, solo se la ve quien se lo propone —insistí.

— ¿Quién en sus cabales se mira el hocico por gusto? — cuestionó la chica.

—Nadie —respondí. Y apreté los labios, por no sucumbir al vértigo de explicar por qué la vista solo se posa allí donde alumbra el raciocinio y por qué la mirada sensata ignora aquello cuya visión perturba los rudimentos del sano juicio.

Algunos se encadenan a sus creencias y cada uno abandera su verdad, sin embargo, los descreídos se muestran de acuerdo en lo sustancial a la hora de explicar aquellos fenómenos, cuya razón de ser se esconde a la sombra de la ignorancia. Aunque a nadie se le ocultaba el hecho, solo Dios sabía que los habitantes de Tacande sufrían cierta propensión al extravío. Quiénes pasaban el día a la intemperie se cubrían con sombrero desde mayo hasta septiembre, porque aún creían que las cabezas destocadas se reblandecen al calor del estío. Aunque desaconsejaba el exponerse en exceso a la canícula del mediodía, el médico del pueblo aseguraba que no es el solajero sino el cielo inquieto del otoño, lo que calienta la cabeza y abate el ánimo. «De día el aire desapacible alimenta la melancolía; bajo las noches de plenilunio el sueño se altera y se enreda en pesadillas», le oí decir a una curandera que preparaba bebedizos para templar el desaliento.

Cuando aún no había transcurrido un año desde su llegada, Fidelio Calandre apenas podía dormir. Quizá su naturaleza aprensiva lo movía a creer que las noches de Tacande escondían puertas abiertas al incierto deambular de las ánimas. Fidelio siempre creyó que en su casa hallaban cobijo las almas itinerantes, en su peregrinar desde el purgatorio hasta los cerros que coronan el valle.

En una noche de cielo revuelto escuché a mi vecino dando voces, llamé a su puerta y le manifesté mi malestar.

– ¿Le parece que estas son horas para alborotar de esa manera? –lo reprendí, no sin antes recordarle que hasta las alimañas que no duermen, al menos se muestran discretas en su desvelo y respetan el descanso.

–También usted daría clamíus si viera lo que uno tie que ver – se lamentó el astur.

–Con el entendimiento empañado nadie ve lo que no cabe en la razón despierta –sentencié con intencionada petulancia, no por avasallar al hombre, sino por confundirlo y alejarlo de su pesar.

– Estos güeyos puen ver cosas terribles cuando se adentran en la oscuridad de la nueche –aseguró Fidelio señalándose los ojos.

Aunque la mirada del astur no reflejaba extravío, costaba creer que el viejo atisbara el lado oculto de la madrugada.

Fidelio Calandre conservaba cierta cordura porque mantenía el delirio y la conciencia en buena relación de entendimiento. Irene, en cambio, apretaba los párpados y se restregaba los ojos cuando soñaba despierta, porque no creía en espíritus ni en esas entelequias de visionario que a menudo parecen verdad. Al cabo de unos años de sinsabores Irene Guzmán perdió la cordura porque su alma representaba escenarios construidos en falso, a la sombra de insufribles querencias. «El desvarío sirve de aliviadero a la razón, cuando ya no cabe más tormento en la cabeza», dijo el médico mientras se ocupaba de Irene. El doctor Morera no mostró ni asomo de desacuerdo cuando opiné que la pobre mujer se había deschavetado porque su corazón le formulaba preguntas y su razón no hallaba las respuestas necesarias. A menudo Irene se preguntaba qué culpa podía deber ella para merecer tanta desgracia.

Tras la muerte de Romo, Irene despertaba al amanecer, se cubría con una bata de color azulina y pasaba horas enteras con la mirada perdida, bajo las ramas de las higueras.

– Romo se deja ver al alba como una bruma encendida –me dijo, cuando aún no se habían marchitado las flores del entierro.

–Resulta rara una aparición de buena mañana, pero quizá no todos los espectros son noctámbulos… Alguno habrá con gusto por manifestarse con hábitos diurnos –respondí y apreté los labios, por no especular con la posibilidad de que surgieran espíritus remisos a abandonar el mundo soleado de los vivos.

Mientras yo me perdía en disquisiciones, Irene me observaba ensimismada, sin rechistar.

–A lo peor al alma arrancada le entra magua y se materializa porque le duele el desprendimiento... –insistí en mi cavilar.

–Como el rabo de las lagartijas –intervino la joven, ida, desbarrando quizá o pensando en los restos de vida que agitan la cola del reptil desrabado.

–Las lagartijas no tienen alma –objeté, sin ahondar en el significado de una comparación cuanto menos extraña.

– Tampoco tienen rabo las almas nobles –musitó ella sin pensar.

Con aire indolente la mujer se arrellanó en su inquietud, mientras yo distraía la mía entre conjeturas sobre el tránsito mortuorio de las alimañas. Desde la tierna edad en que aflora el miedo, Irene ya vivía historias inciertas. Cuando apenas sabía leer, la chica se adentraba en cuentos de ánimas errabundas, fantaseaba con aparecidos y se mantenía despierta hasta las tantas. Mientras desmenuzaba los entresijos de un relato, Irene permanecía absorta en ocurrencias de largo recorrido, ideas peregrinas de esas que cuando asoman parece que van de paso.

Cuando aún conservaba cierta lucidez, Irene ya retorcía sus silencios y dejaba entrever algunos desbarros aún someros. A poco que le buscaran la lengua, la mujer se descolgaba con alguna ocurrencia, cuyo sinsentido arrancaba más la sonrisa que brota ante una gracia que la que nace del asombro. Por aquel entonces, el médico aún no debía de percibir en ella signo alguno de desvarío. Sin embargo, tras observar a Irene ante el cadáver descamisado de Romo, don Manuel aseguró que los descosidos del alma quedan de la mano de Dios, que algunos desgarros no admiten costura, y que el conocimiento apenas sirve de ayuda cuando el padecimiento no tiene remedio.

–Antes de ocurrir la desgracia, aún despierta y en pleno día, Irene ya soñaba con el espectro de Romo –le dije al médico, la última vez que acudió a la casa donde vivía la muchacha.

–Quizá la mujer no duerme bien y fantasea con lo que se le representa en sueños –especuló don Manuel.

– Quién sabe –dije–. Pero el caso es que cuando Romo aún estaba vivo ello lo veía a suspendido en el aire, como a un aparecido.

Tal vez de ese modo se adelantaba a los acontecimientos, porque aun en vida del chico ya experimentaba cierta sensación de pérdida.

– ¡Vaya usted a saber! –dudó el hombre, encogiéndose de hombros.

Antes de alejarse, el anciano doctor me miró con gesto de pesadumbre y, enarcando las cejas, masculló: «El delirio es como una huida, Maruca. Cuando la realidad resulta demasiado amarga, el alma solo halla alivio en el disparate».

Irene Guzmán perdió la cordura en un amanecer desapacible de invierno. Cuando el sol legañoso apenas despertaba sobre un lecho de bruma, la mujer se cubrió con una bata ligera y se asomó a la ventana.

Un airecillo inquieto agitaba las ramas de las higueras.

–¡Pobre amor mío! –musitó Irene, al paso de un escalofrío–. Una mañana tan fría… ¡y tú ahí desnudo a la intemperie!».

Mientras yo troceaba unas verduras ante la mesa de la cocina, la chica me hablaba de sus tribulaciones, me contaba sus torpezas y me involucraba en sus dudas de siempre. Aunque a menudo mostraba la discreta reserva de quien se expone a recibir una rociada, Irene confiaba en mí, quizá porque siempre me había considerado vieja y porque los jóvenes tienden a fiarse de quien escucha sin caer en la tentación de dar consejos. Jamás vi en el rostro desencantado de Irene la mirada pedigüeña de quien comparte su inquietud en busca de alivio; ni aun cuando se hallaba sumida en la desesperación buscaba palabras de aliento.

Una noche Irene vino a dar conmigo a primeras horas de la madrugada. Apenas la vi, llorosa y compungida ante la puerta, supe que Romo había sufrido alguna desgracia. La mujer me miraba en silencio, con el rostro desencajado y el gesto anhelante de quien lo ha perdido todo. Parecía derrumbada sobre sí misma, como si el cielo le hubiera caído encima. Mientras yo la estrechaba entre mis brazos sin saber por qué y le preguntaba vaguedades, Irene escondía la mirada y gimoteaba, chorreando lágrimas mejillas abajo. Aquella mujer en nada se parecía a la joven serena que había sido, a la muchacha vivaz que conocía desde siempre,   a la niña a quien tantas veces había oído reír con voz festiva de domingo.

De pequeña Irene sonreía con la cándida apariencia de quien cree que el mundo empezó a girar un lunes por la mañana. Aun sin haber recibido ese aprendizaje de parvulario que aviva la curiosidad de los críos, la chica mostraba interés ante cualquier fenómeno que escapara a su entendimiento. Cuando se sentía abrumada por la duda, Irene fruncía el ceño, observaba y especulaba, por ver si alumbraba una respuesta clarificadora. Y a la hora de satisfacer su afán averiguador, jamás se conformaba con esas vaguedades que se dejan en el aire para confundir a quién pregunta por preguntar. La suya era una inquietud indagadora de esas que mueven a cuestionarlo todo, no solo por saber, sino por enredar o por cuestionar la evidencia incontestable. La muchacha sentía debilidad por las realidades oscuras, por los asuntos del nacer y por los del fenecer, por lo divino y por lo mundano. Aunque manifestaba particular interés por mis manejos de partera, Irene mostraba mayor avidez por las circunstancias que rodean el último viaje.

Un día, de vuelta de un entierro, le conté a Irene que había amortajado a un viejo al que hallaron frío ya en la intimidad del retrete, con los pantalones derrumbados sobre los tobillos. Durante un buen rato la joven se entregó a un porfiado cavilar en torno a la cara que pudo habérsele quedado al pobre hombre en tan penosa circunstancia. Como si se viera ella misma en aquel lastimoso trance, la chica se preguntaba si el anciano habría fallecido con el gesto descompuesto del dolor, con la lividez que acompaña al miedo o con el rubor que sobreviene a la vergüenza. También quería saber cómo me las había arreglado para adecentar al muerto y meterlo en la caja, después de haberlo encontrado tieso, en disposición de permanecer sentado sobre su inmundicia para siempre. Irene se planteaba cuestiones retorcidas y preguntaba a destajo, a sabiendas de que a una maestra jubilada el conocimiento apenas le alcanza para responder a la propia incertidumbre.

—Tiene usted respuesta para todo —dijo Irene cuando ya apenas atisbaba luz en mis palabras.

—Una solo sabe contar historias cercanas que acontecen a diario —respondí con falso rubor, sin mencionar mi irrefrenable afán por atemperar el prurito de la ignorancia.

—También sabe de nacimientos, de arrechuchos, de muertos… —opinó la chica.

—Procuro arrancar el llanto del que nace y cerrar los ojos que ya no ven —dije por decir.

—O sea que se las entiende con los momentos más importantes de la vida, el de venir a este mundo y el de irse al otro —insistió Irene, meditabunda.

Invadida por el sano orgullo de quien sabe que no merece el halago, asentí en silencio, sin ánimo para explicar que los momentos más importantes del vivir no son los de puro tránsito, sino los que burlan el paso del tiempo y permanecen en los rincones umbríos de la memoria. Tampoco necesitaba dejar constancia de que, aunque a menudo me llamaran para echar una mano en partos y defunciones, en ocasiones me requerían para mitigar dolores pamplineros y para curar las ubres inflamadas de las cabras.

—Dicen las viudas jóvenes que deja usted los cuerpos sin vida tan bien arreglados, que los dolientes desconsolados hasta les hablan como si no estuvieran muertos —dijo la chica.

—Hay arreglos que aunque no sirvan para una celebración, bien valen para un entierro —comenté, por no dejar el cumplido en el aire. Y como Irene ni parpadeaba, le dije que aun sin vida conviene conservar la buena apariencia, que una muerte digna debe respetar la dignidad del muerto.

No le dije a Irene que tras la claridad de lo aparente se esconden nebulosos ámbitos, que el conocimiento asoma por el camino de las verdades mal iluminadas, que apenas avanza quien no se aventura más allá de la mera evidencia. Atenazada por el desconcierto, la chica se conformó con el comentario y asintió con gesto caviloso, en tanto buscaba una razón para llevarme la contraria. Si al cabo de mis elucidaciones no se le ocurría una pregunta, entonces se alzaba sobre sí misma y vertía opiniones descabelladas, como si su ansia se avivara ante el menor lapso de silencio. Irene jamás cejaba en su curiosidad hasta que percibía algún asomo de vaguedad en mis palabras. Como observara el menor titubeo en una respuesta, entonces entornaba la mirada y se arrellanaba complacida, mientras desgranaba su inquietud. «¿Callará esta jovencita alguna vez, siquiera por mero cansancio?», me pregunté, a sabiendas de que mi modesto parecer no hallaba fácil acomodo en el intrincado cavilar de Irene.

—Tu tenacidad en la disensión a menudo me deja rendida y sin palabras —le dije a propósito de una discrepancia suya, no sin antes dejarle claro que ante su desmedido afán averiguador, mi precaria elocuencia no siempre alumbraba la respuesta conveniente.

—Es que... —respondió la chica, turbada—. A una le gusta escuchar algo más que una parrafada de esas que solo sirven para acallar a los niños.

Ni su curiosidad más somera quedaba satisfecha si una respuesta no la movía a dudar o a pensar siquiera. Ante un razonamiento de largo recorrido, Irene se rodeaba de espesura y se quedaba abstraída, con una ceja alzada y la otra involucrada en un gesto de sopesar.

—¿Entiendes? —le pregunté yo tras un esclarecimiento de ideas.

—Entender, lo que es entender, la verdad... —respondió ella—. A usted solo la entiendo a medias.

Mis palabras debían sonar como códigos cifrados en los oídos de Irene. Y no es que a la joven le faltara luz en las entendederas, más bien parecía encandilada de pura fantasía que alimentaba en la cabeza. Cuando se hartaba de respuestas confusas Irene enmudecía, se cruzaba de brazos y se plegaba sobre sí misma, como quien se preserva del frío del invierno. Aun con los labios sellados, su rostro era la viva imagen de la incertidumbre.

–No sé si callas porque has satisfecho el afán de saber o por puro aburrimiento –le confesé, no tanto por saber si había perdido el gusto por la controversia como por averiguar la razón de sus silencios.

– ¿Cómo voy a sembrar la duda allí donde usted ya cosecha certezas? –respondió ella con resabio de vieja.

Irene y Romo se desentendieron del mundo y hallaron la perdición en un espejismo de dicha, esa ilusión de plenitud que viven los jóvenes cuando la insensatez toma las riendas del corazón desbocado. Mi sobrino se perdió arrastrado por el ansia que lo consumía, una necesidad cuyo rigor solo se aplacaba cuando sus manos se posaban sobre los muslos de Irene. Cuando aún conservaba su sano juicio la mujer me habló de Romo y de su pasión inmadura, de un sentir escondido con cierto sentido de pecado y de un amor cercenado por quién sabe qué oscuros designios.

En los últimos tiempos el chico no atendía a razones. Aunque todas las noches subía a la *casa de arriba*, ni él mismo sabía si se movía empujado por la calentura o por contrariar a quienes pretendían encaminar su descarrío. Si a Romo se le antojaba ver a Irene, lo mismo se exponía a la oscuridad de una noche de otoño que a la quemazón del infierno. Aunque hacía gala de cierto arrojo ante la adversidad, él no era diferente a los muchachos retraídos que, al cabo de un tiempo de deseo plagado de ensoñaciones, al fin degustan la golosina prohibida.

«No hay distancia que apague el ardor de un amante porfiado», le advertí a Irene el día en que la alejaron de Romo. Y le hablé de «ardor», no de «amor», porque a saber dónde se gesta la pasión que arrasa a los jóvenes, si en el pecho, en la cabeza o en las ingles. «El amor cercenado atormenta a los amantes, porque el sufrimiento enardece el querer y aviva la pena hasta la locura», pude haberle dicho.

Las primeras horas de la noche se le amontonaban a Romo, como si los minutos indolentes de su cruel ensoñación se arrastraran por los estrechos andurriales de un vivir sin sentido. Ya de madrugada el muchacho solía ir a dar con Irene, no solo en sueños, sino a través de las intrincadas sendas que se tendían entre su soledad y la de ella.

—Oigo aleteos de palomas cuando el chico anda cerca —me confesó Irene, cuando le hablé de los desvelos de Romo.

—Las aves granívoras jamás vuelan de noche —objeté.

—El pensamiento vuela a todas horas —dijo ella, meditabunda.

A poco que se acostumbró a las visitas furtivas del muchacho, Irene presentía su llegada, adivinaba sus propósitos y hasta le descubría intenciones que él ni sospechaba siquiera.

Mientras sus pasos discurrían entre el caserío dormido, Romo se despojaba de su corporeidad y se elevaba sobre sí mismo, como si para acercarse a Irene le bastara con cerrar los ojos y mirarse dentro. Quienes veían cómo cada noche remontaba los escarpes de Tacande, suponían que Romo buscaba alivio para la quemazón del bajo vientre. «Suposiciones de gente ruin», me dije, convencida de que mi sobrino se movía empujado por anhelos más decorosos, no tan ardientes pero sí más nobles, que el mero afán de desbravarse con una mujer.

Cuando ya veía cerca la *casa de arriba*, Romo se figuraba a Irene tumbada en la cama, con un libro abierto entre las manos. Antes de entregarse al descanso, la mujer se recostaba sobre un almohadón de crin, acercaba la luz parpadeante de un candil y leía historias de gente atormentada. Mientras la lectura discurría en torno a un amor desgraciado, Irene devoraba las páginas sin pestañear, pero cuando el infortunio amainaba, su atención se desvanecía y los párpados se le rendían al mandato del sueño.

Si hallaba la casa a oscuras, Romo entraba de puntillas y avanzaba despacio, como quien se mueve a tientas entre tuneras al acecho. Pese a sus cautelas a menudo tropezaba con un balde vacío, una palangana fuera de lugar o una regadera olvidada. Más que contrariedad Romo sentía cierto alivio cuando reconocía una escoba, un trapo u otro objeto silencioso entre los pies. El cancaneo de los cacharros no solo podría despertar a Irene, también lo alteraba a él, hombre discreto y poco dado a anunciarse con escandaleras. En medio de la oscuridad   Romo se adentraba en la alcoba con el recogimiento del feligrés que llega tarde a misa. Si al cabo de un traspié encontraba a Irene sumida en un sueño improbable, entonces echaba mano al candil, se acomodaba a los pies de la cama y la contemplaba con mirada risueña. En ocasiones, cuando se le antojaba despertarla sin miramiento, emprendía un canturreo mortificador y aguardaba. Entonces ella se mostraba reacia a abrir los ojos, escondía el rostro y fingía el dormitar agitado de las vírgenes. Irene simulaba que dormía, no por abandonarse a la mirada golosa de Romo, sino por vencer el enfado que enerva a una mujer cuando la despiertan en los primeros compases del sueño.

Aunque no esperaba ser recibido por Irene con fanfarrias de bienvenida, Romo confiaba en que su presencia suscitaría en ella al menos una sonrisa de agrado.

—Parece que no te alegras al verme —se quejó el chico.

—No voy a entonar aleluyas cada vez que asomas de puntillas por esa puerta, como si el suelo estuviera alfombrado de clavos —respondió la mujer, adormilada.

Como no obtenía más respuesta que el peso de una mirada envuelta en deseo, Irene encaró al joven y le dijo:

—Podría ayudarte a imaginar que soy la Bella Durmiente que espera a su príncipe encantado, pero... me cuesta fingir que duermo cuando tú, a poco que me ves, me desnudas con la mirada.

Cómo al paso de aquellas palabras Romo se encogía de hombros, desconcertado, ella sonrío con gesto amable y le dijo:

—Aún te queda mucho que aprender, mi niño. Antes de llevarte una fruta a la boca, asegúrate de que está madura.

Irene endulzaba la voz para mitigar el daño que infligen las palabras. Mientras ella se empecinaba en el tibio reproche, Romo la escuchaba y se recreaba en el movimiento pausado de sus labios, rozaba sus manos inquietas o le acariciaba la piel delicada del cuello.

Si bien a menudo se dejaba llevar por algún arranque de insensatez, Romo no era hombre fogoso ni esclavo de pasiones alocadas. Su amor ardía con brasas de ensoñación y prendía con la llama fútil de un manoseo mal gobernado. Aún cuando llegaba a deshoras, el joven se tomaba su tiempo en despojar a Irene del delicado ropaje de la intimidad. Aunque dormía con el gesto altivo de una reina, aquella mujer no despertaba como las princesas de antaño. Al paso de una caricia audaz, Irene se estremecía y se volvía arisca como una gata sin dueño.

«Ante la aguda lanza del deseo, la coraza del recato a menudo se muestra endeble», le dije a Irene en uno de esos ratos en que el tedio anima a la confidencia. Entonces ella me respondió que no era el deseo sino una tibia aquiescencia o cierto gusto por dejarse llevar, lo que guiaba sus primeros lances de amor prohibido. Mientras ella le censuraba un atrevimiento, Romo la cubría de besos hasta que silenciaba con ternura la reprimenda o el reparo. Podía pasarle la mano por las mejillas, por los hombros y hasta por las rodillas, que ella entornaba los párpados, permanecía arrobada y se rendía al placer de las caricias; sin embargo, a poco que Romo se aventurara sobre los delicados territorios del pudor, Irene abría los ojos y se incorporaba con la mirada encrespada, como un mar de invierno.

Pese a los resabios que ribeteaban su carácter, Irene lucía un candor natural que le dulcificaba el semblante en los momentos de enfado. Cuando ella lo increpaba con un «quita de ahí esa mano», Romo se debatía entre la vergüenza y el ardor, agachaba la cabeza y no sabía si dejarse arrastrar por la calentura o si debía recrearse en el brillo perlado de las uñas.

Tras alguna incursión atrevida sobre la delicada piel de Irene, Romo se veía a menudo cruzado de brazos, turbado y culpable como un crío pillado en una trastada.

—Ayer no te importaba... —protestó el chico, azorado.

—Ayer fue ayer —respondió ella, dominante—. Hoy ya no somos los mismos.

Romo jamás llegó a saber que para entenderse con una mujer, antes conviene conquistarla con galanteos, en vez de invadirla como si fuera tierra hostil. Nadie le enseñó a mi sobrino que si bien una puerta cerrada se puede echar abajo con un golpe de audacia, hasta la más firme determinación tropieza con fortalezas, cuyos muros solo se allanan con sutileza y perseverancia. Al cabo de algunos desencuentros, sin embargo, Irene le hizo ver al chico que el férreo cerrojo de la voluntad ajena solo se abre con mano sutil y la delicada llave de la paciencia.

Cuando un ansia le bullía en la mollera, Irene se desentendía de razones y se dejaba llevar por sus arranques de franqueza.

–No sabe una qué hacer, la verdad. A veces Romo se muestra impaciente como un niño hambriento –me dijo un día, con leve asomo de impotencia.

–A veces los hombres se muestran confianzudos y toman lo que no se les ofrece, sin pedirlo antes –opiné.

–No es que el chico se muestre confianzudo, no es eso – matizó Irene–, pero quizá le vendría bien... no digo algo más de tacto, porque de eso anda sobrado, sino como diría usted... «a lo peor le falta cierto sentido de la oportunidad a la hora de transitar territorios allanados en momentos de flaqueza».

Aunque cuidaba la expresión y medía el gesto, Irene se pronunciaba con gracia. Sin embargo, a menudo pasaba por alto que una joven educada no debe llenarse la boca con expresiones ajenas que no vienen al caso. Aquel «como diría usted» podía haber sonado en oídos más susceptibles que los míos con acentos de impertinencia. Aunque por momentos se manifestaba con ardor en la voz, antes de callar Irene mostraba cierta humildad, la llaneza de quien solo procura mantener a salvo el propio juicio.

«Si quieres ser querida, muéstrate como eres, quiérete y hazte merecer», le aconsejé a Irene cuando aún era niña. Desde entonces la chica se cuidó de poner coto al exceso de confianza que anima el atrevimiento de los jóvenes desmañados y el comadreo de las viejas.

Aunque no era persona de jovialidad desmedida, Irene tampoco era de esas que ríen sin motivo por no dar la impresión de sosería o por aparentar cierta simpleza. Una rociada le alteraba el ánimo y una contrariedad le estropeaba el día, pero bastaba un gesto amable para borrar el acerado brillo del enfado de su mirada mustia.

«¡Con Irene nunca sabe uno si está de buenas o si anda a mal traer», me dijo Romo en un momento de desaliento. Y escondiendo el gesto, añadió: «A veces la trata uno con miramiento por el derecho, y ella responde con desabrimiento, por el revés». El muchacho se extrañaba cuando, a resultas de una audacia suya, la risa de Irene se tornaba en un mohín de contrariedad o en un gesto desconcierto. Si la mujer lo confundía con sus vuelcos de humor, más lo azoraba cuando lo miraba con ojos de mar en calma. Romo concebía la soledad como una isla sin costa o como una balsa perdida en el océano. Irene, en cambio, no creía que existieran mares sin orillas ni abismos sin fondo. «Todas las caídas acaban en el suelo pelado, nunca más abajo», le oí decir a Romo con cierta socarronería, cuando sus encuentros a escondidas con Irene ya habían caído en desgracia. Quizá entonces la mujer hallaba consuelo en la idea de que un tropiezo si acaso acarrea un batacazo que, aunque deja un dolor pasajero, apenas impide seguir andando.

Tanto a Irene como a Romo les faltaron las risas de la infancia, quizá porque en sus años tiernos, ambos padecieron el desánimo que sobreviene al desamor, cuando la soledad arrasa la inocencia. El chico jamás llegó a creer que el alejamiento de Irene pudiera obedecer a una razón justa o a un fin razonable. Él siempre consideró aquella separación como un castigo y como tal la sufrió, sin quejas de amante atropellado ni ademanes de derrota. En vez de alzar la voz y arremeter contra quién le había arrebatado aquel sueño, el muchacho se hundió en las simas de su interioridad, se desentendió de lo que no acertaba a entender y se rodeó de indiferencia. Desde que se vio lejos de Irene, Romo perdió el sueño,   la alegría y hasta las buenas costumbres.

Irene abandonó la casa de los Sanfiel con las primeras luces de una mañana tibia de agosto. El alba había despuntado en medio de un silencio roto por el leve traqueteo de las vidrieras, como si el aire prisionero pugnara por abrirse paso a través de las ventanas. Aquella mañana el muchacho se levantó con gesto abatido, subió al palomar y soltó las mensajeras. Desde hacía un tiempo Romo pasaba horas enteras musitando palabras sin sentido, sumido en un embeleso del que apenas salía para abismarse entre el aleteo de las palomas. Corrían tiempos sin cabida para lamentos y Romo sufría con la quejumbre vuelta hacia dentro, como una isla sin horizontes.

Aunque cierto resquemor le amordazaba la voz, el tormento de Romo llegaba hasta Irene envuelto en arrullos inciertos. En los amaneceres despejados de septiembre la mujer escuchaba la presencia del chico, veía su semblante aniñado al borde del sueño y percibía el tacto de sus labios sobre su pecho descubierto.

En una madrugada de otoño Irene oyó un rumor apagado y cierto batir de alas. A la luz de aquellos ruidos alumbró un presentimiento: Romo andaba cerca.   A Irene se le alborotaban las hechuras cuando oía aleteos en la fría quietud de la noche. Entonces la piel de los muslos se le erizaba con el roce de las sábanas y un aire acariciador se le arremolinaba en torno al cuello, confianzudo como una brisa amable. En medio de aquella nerviosidad, Irene se figuraba a Romo remontando el sendero a oscuras, hollando el pedregal cuesta arriba con paso inseguro de viejo. Al cabo de un rato la mujer oía carraspeos, ruido de cacharros y algún improperio entre dientes. Entonces veía asomar a Romo con el gesto festivo de un preso ante una puerta abierta. No faltaron heraldos de infortunio en aquella noche aciaga.

Soplaban aires de calamidad bajo el último cielo de octubre. Más que una madrugada luminosa de otoño, aquella noche parecía un día sombrío de invierno. Era víspera de la festividad de Todos los Santos y Romo cumplía veinte años. Aún no había sonado el campaneo de la medianoche en el reloj de la cómoda, cuando oí unas voces en el camino. Algún trasnochador charlaba con Fidelio, o más bien debía de ser el mulero quien departía con algún caminante. Al cabo de unos minutos cesaron los alegatos y escuché unos pasos removiendo la gravilla del sendero. Picada por la curiosidad, me asomé a la ventana y vi a mi sobrino, que dejaba atrás un tramo empinado de la senda. El muchacho se alejaba cuesta arriba con andar cansino, bajo una luna inmensa coronada de calima. « ¡Eh,

Romo!», lo llamé. Entonces el chico se detuvo, se volvió y abanó en ademán de saludo, brazo en alto. Aquel era un adiós como el de quien va de viaje. «Hay que ser insensato para andar por ahí en una noche como esta», me dije.

El carillón del reloj hizo sonar dos o tres campanadas. Ansiaba dormir, así que me metí en la cama, me escurrí entre las sábanas y caí en el tibio embeleso que reina al borde del sueño. Al cabo de un rato oí como el viento de levante silbaba en las esquinas y suspiraba en lo alto de la chimenea. La sonería del reloj se manifestó de nuevo, se agitaron las cortinas y la puerta de la alcoba se abrió al paso de un airecillo distraído. Por un momento el cuarto quedó impregnado de un aroma denso y afrutado; la atmósfera rezumaba cierto olor a flores mustias. Desvelada y presa de una creciente inquietud, me arropé con un chal y subí a la azotea.

La oscuridad incierta destilaba agüeros de mala estrella. La noche no dormía; el aire tibio se mostraba inquieto; el cielo irradiaba una luminosidad obscena que arrasaba el titilar vacilante de algunas estrellas. Del vientecillo se desgajaban unas ráfagas alocadas cuyas vaharadas me salían al paso, me susurraban al oído y me empujaban con aires de amenaza. Al pie de la chimenea el aire inquieto se mostraba apocado, como una brisa mansa. En lo más alto, sin embargo, el saquito de la veleta sufría el embate de unas ventolinas alocadas, cuyo aliento pugnaba por mantenerse al abrigo del talego. Los torbellinos incautos caían en el saco, se revolvían en el fondo y atirantaban las costuras, en un vano intento de abrirse paso a la intemperie. « Déjate de escudriñar ventoleras e intenta dormir, vieja novelera», me dije, apartando la mirada del aire cautivo. Al cabo de un rato oí la voz trémula y cercana de Fidelio Calandre.

Mi vecino andaba desvelado, clamaba en su oscura jerga y se encomendaba al Cielo.

–*Santu Arcángel Miguel, Gabriel, Rafael, sanctus, sanctus, sanctus. Dominus deus Sabaoth. Pleni sunt caeli et terra, Gloria tua...* –rezaba.

Extrañada ante tanta plegaria, me alongué sobre el muro y vi a Fidelio plantado en medio del sendero. En una mano sostenía un quinqué y en la otra blandía una vara. Con el extremo del palo removía el suelo pedregoso y trazaba un círculo.

– ¿Otra vez templado como un requinto, Delito? –dije.

–Nada de templadera, doña –Respondió el viejo, sin alzar la mirada–. ¡Acoxonado que anda uno con lo que ve por ahí...!

– ¿Por qué no se acuesta y cierra los ojos, alma de cántaro? Apriete bien los párpados y dejará de ver espantos.

–Con tanto ir y venir de ánimas, no hay manera. Ni el sebo del sarraceno sirve ya de exconxuru ante la Santa Compaña.

Debía apaciguar al asturiano si quería procurarme unos minutos de descanso. Resuelta a sosegar el ánimo del anciano, me cubrí con una bata, me arropé con un chal y bajé al camino.

Cuando le di las buenas noches, el hombrecillo me miró con ojos temerosos, señaló la *casa de arriba* y dijo:

–Nada de buenas. Si Dios no lo remedia, alguien va a espicharla por aquí cerca esta nueche.

Había oído infinidad de veces aquella voz medrosa, la fatiga no invitaba a escuchar desahogos y apenas entendía la jerga de Fidelio. Debía tranquilizar a mi vecino si quería regresar a la cama en intentar conciliar el sueño. Como el hombre insistía en su delirio, me armé de paciencia y le dije que no conviene creer en lo que se teme, que solo hay que temer al miedo, y que si confiara en sí mismo al menos podría alimentar cierta esperanza.

Fidelio escuchó mi retahíla sin pestañear, se escarbó los oídos como si se le hubieran llenado de hormigas y, con gesto apesarado, se recogió en su casa. Aquella noche no conseguí apaciguar a mi vecino, pero al menos el viejo calló y dejó de dar la tabarra durante un rato.

Dominada por cierto desasosiego, me metí entre las sábanas e intenté dormir. Cuando ya acariciaba el primer sueño, oí un llanto apagado de mujer. Alguien se acercaba sendero abajo, llorando con más pena que lágrimas. Sobrecogida, me asomé a la ventana y distinguí una silueta que avanzaba con dificultad. «¡Maruca, Maruca…!», clamaba una y otra vez. Era Irene. La mujer se movía a trompicones y agitaba los brazos, desnerviada, como un molino torturado por el viento.

Con el alma en vilo bajé al portal y me topé con la chica. Los hombros se le derrumbaban sobre los costados, el cabello le caía sobre los ojos, la mirada contenía el gesto desencajado de quien ha sufrido una calamidad. « ¿Qué ocurre, Irene? ¿Qué te pasa?», indagué. «¡Romo, Romo...!», balbuceó la joven, arrojándose a mis brazos. Antes de escuchar su llanto entreverado de lamentos, ya sabía que en la *casa de arriba* había ocurrido una desgracia.

Aquella noche el aire desprendía un tufillo almibarado que traía rumores de infortunio. En las madrugadas calimosas de otoño, el aire sahariano le pone alas a la fatalidad, enardece el deseo y aviva el olor acre del pánico. En aquella infausta madrugada, el viento parecía impregnado del hálito dulzón que desprenden los cuerpos en el último trance. « ¡Pobre amor mío! ¡Y creía yo que tenía toda una vida por delante!», se lamentaba Irene entre sollozos. Como quien recuerda que ha olvidado un caldero al fuego, la mujer recuperó el aplomo, me agarró de la mano y salió disparada sendero arriba. De trecho en trecho Irene apretaba el paso, se volvía y me miraba con ansia, como si mi inquietud pudiera remontarse tras la suya con la levedad de una cometa.

Una luna amarillenta arrojaba su luminosidad desganada sobre los morros, los yerbajos altos permanecían inmóviles, las lomas parecían más paralizadas que dormidas. Se respiraba una extraña calma en torno al claroscuro de las higueras. Bajo la luminosidad de la madrugada la *casa de arriba* resultaba gris y cercana, con una luz tenue escapando por las rendijas de los postigos cerrados y los muros bañados en penumbra.

Irene atravesó el patio con paso atropellado, empujó la puerta y desapareció en la oscuridad. Al instante se dejó ver a la luz de un candil, se aferró a mis brazos y me arrastró hasta la alcoba.

–Tenía la esperanza de que todo hubiera sido un mal sueño – balbuceó, con una sombra de desencanto en la mirada.

El aire encerrado del cuarto desprendía cierto olor a flores mustias. En medio de aquel batume se hallaba mi sobrino o lo que quedaba de él: un cuerpo descamisado tendido en la cama, con los ojos desorbitados y la nariz apuntando al techo.

Dominada por un impulso repentino, Irene se arrojó sobre el cadáver, lo abrazó y lo acarició con desespero.

–Deja que el pobre chico se aleje sin magua –le dije con un nudo en la garganta.

Y pensé en los cuentos que había escuchado en boca de viejas supersticiosas, historias de muertos recientes cuyos espíritus se habían quedado trabados días enteros, conmovidos por afectos jamás conocidos antes.

El tiempo se va muriendo, la gente también, pero el querer sobrevive al olvido cuando el ayer se desvanece. Aún me duele la memoria cuando se me figura la imagen de Irene abrazada al torso desnudo del muchacho. Todavía me parece ver a la mujer rendida al pie de cama junto al candil humeante, los ojos deslucidos, las cejas arqueadas formulando quién sabe qué preguntas.

–Si el Señor nos manda esta desgracia, Él nos ayudará a soportar su voluntad con entereza –dije sin convicción.

Irene engurruñó el gesto y apretó los labios.

–Si el Señor no fuera quien es debería sentir vergüenza – masculló Irene, con más compunción que rabia.

–Los designios divinos… –balbucí.

– ¿Designios? ¡Vaya con Dios! –rezongó la mujer–. ¡Se lleva al chico en la flor de la vida y no atiende la súplica dolorida de los viejos!

–También algunos ancianos se aferran a sus vidas desgastadas –dije como para mis adentros–. Hasta el viejo que se ahoga lucha por mantenerse a flote.

–Muchos se mantienen vivos más por costumbre que por ganas –respondió Irene. Y entornando la mirada, musitó: «¡Ahora que Romo empezaba a vivir …!»

–Hay gente que ni siquiera llega a nacer –comenté sin pensar.

Irene me miró con sesgo de extravío, se rodeó de espesura y se entregó a un oscuro bisbiseo, como si en su interioridad hallara alguna respuesta.

– ¡Ánimo, Irene! Echa fuera el dolor y no dejes que se te enquiste el mal trago con la pena dentro –le dije.

«Lo que hoy no va en lágrimas, mañana irá en suspiros», pude haberle dicho, si bien, atendiendo a cierto sentido de la oportunidad, permanecí en silencio. Callé, más que nada, porque también yo sufría, no como ella, pero sí como quien se ve ante un profundo vacío allí donde se guardan las viejas querencias. Quién se ha visto arrasado por una muerte cercana sabe que el dolor se alivia con gestos y se aviva con palabras innecesarias.

Pañuelo en mano, Irene se acercó a la cabecera de la cama, se inclinó sobre el cuerpo de Romo y le susurró una parrafada al oído. «¿Creerá esa mujer que el chico se halla en condiciones de recibir un recado?», me pregunté. Como si hubiera adivinado mi inquietud, Irene se rodeó de compostura, se enjugó la llorera y me miró con una sonrisa amarga. Abismada en su pesadumbre, se recogió el cabello, se asomó a la ventana y alzó la mirada. El cielo de la madrugada lucía una claridad tibia y anodina, velada por un fino manto de calima.

De repente me vi en medio de un hervidero de gente: la casa y los morros cercanos se habían convertido en un ir y venir de siluetas apresuradas. «¿Se habrá enterado el señor Sanfiel de esta desgracia?», se preguntó a viva voz una vieja recién llegada. «Romualdo se va a arrancar las guedejas y hasta las uñas cuando se entere», me dije yo, entreviendo el calvario que le esperaba a mi cuñado. Aunque se había forjado un carácter brioso ante la adversidad, al viejo apenas le quedaban fuerzas para afrontar ni el más leve remordimiento.

Sumida en el estupor de quien despierta de un mal sueño, me restregué los párpados y me abrí paso entre un murmullo de presencias inquietas. Los vecinos recién llegados abrumaban con preguntas a los que, pasada la novelería, bostezaban a destajo y regresaban a sus casas murmurando para sus adentros. Apiñados en corrillos rumorosos los más despiertos conversaban en voz baja, mientras otros dejaban escapar expresiones de pena, de incredulidad o de asombro.

Al cabo de unos minutos de hormigueo enfebrecido, en torno a la casa apenas se percibía la presencia ociosa de algunos viejos entregados a la cháchara, a la espera de quién sabe qué novedad. En vista de que nadie servía unas copas ni unos dulces ni un café siquiera, las escasas siluetas que aún permanecían cerca se diluyeron en la noche, con el fragor zumbón de una nube de cigarrones.

El médico tardó en llegar, pero al fin se dejó ver cuando ya nadie esperaba su presencia en el lugar. Don Manuel entró la casa con la cabeza gacha, abrió su maletín de los remedios e hizo lo que pudo por el muerto, aun a sabiendas de que no podía hacer nada. Con mano distraída le cerró los ojos al finado, farfulló unas palabras y se marchó encogido de hombros. Al cabo de un rato también yo me alejé de la *casa de arriba*, no por imperativo del sueño ni por fatiga, sino porque debía llevarle la mala nueva a un anciano atormentado.

Ajena al revuelo que reinaba en torno a la casa, me eché a andar camino abajo sin despedirme de Irene. «Si no rompe a llorar, la pobre chica se viene abajo y revienta», cavilé, pensando no tanto en el alivio que proporciona el desahogo, cómo en el desgarro que para mí misma suponía aquella desgracia. El ánimo se atranca y desata extrañas ansias, cuando el llanto contenido se enquista con la pena dentro. Aunque apenas he probado el sabor salado de las lágrimas, sé que las que no se vierten dejan cierto sabor amargo y atirantan las costuras del alma.

No sé si pensaba en Irene o en mí misma, si hablaba sola o si soñaba. Atenazada por la quietud silenciosa de la noche, me veía apartando el sentir a manotazos, en vez de abandonarme al desconsuelo que se abría cauce mejillas abajo. Aquella muerte me dolía como la pérdida de alguien entrañable, no como el hijo que jamás concebí, sino como el niño al que había visto despertar a la vida entre mis brazos.

Aun cuando Romo no habría de despertar al nuevo día, a buen seguro habría deseado despedirse de la vida con el semblante despreocupado que había mostrado siempre. Así que, aun a expensas del dolor y la postración que me embargaban, debía dejar su cuerpo bien arreglado y amortajado antes del alba.

Cuando los años se amontonan en soledad, la remembranza llena los espacios donde antes anidaban el apego y las viejas querencias. Las voces de antaño, sin embargo, permanecen dormidas en las estancias vacías, se hacen oír como ecos sin sentido y se rebujan entre las figuraciones de los sueños. Mientras el alma persigue la sensación de alivio que nace del olvido, el recuerdo que duele se aviva al calor de la almohada. Solo al cabo de una larga andadura, cuando apenas queda camino ante los pies, los rescoldos del ayer cobran cierta inmediatez y crean la vana ilusión de llamas sin aire. Al fin del viaje, cuando el aliento se apaga, la mirada recrea lo acontecido en los años de plenitud, se arropa al calor de una sonrisa y fantasea entre las brumas de la memoria.

En los años de bonanza, el caserío de Tacande no era más que un hervidero de silencios en torno a una iglesia vacía, media docena de chinchalitos humosos y un cementerio bien poblado. Quizá entonces los vivos no eran aún tan numerosos como los muertos del cementerio. Aunque el aire de prosperidad atraía tanto a los necesitados como a la gente de mal vivir, apenas se oían lamentos en las noches calimosas de Tacande.

Ernestina los vio llegar al atardecer de un día brumoso de septiembre. Cogidos de la mano, los chicos avanzaban como murgaños temerosos ante un nido de corujas. Irene tendría entonces unos doce años, aunque apenas le llegaba a los hombros a su hermano Juanón. Juan de Dios Guzmán era un mocetón apocado, cuya bondad apenas se reflejaba en su gesto adusto de niño grande. A la zaga de Juanón, Irene se detuvo ante la cancela entreabierta, se alisó la falda y contempló el paraje que se tendía ante su mirada.

Declinaba el día. El sol mortecino del ocaso se abría paso entre las nubes, iluminaba el horizonte y teñía la casa de color naranja. Los muros descarnados de la casa rezumaban oscuros manchones de humedad, como si durante años hubieran vivido de espaldas al verano. Aun cuando conservaba la prestancia de mejores tiempos, el edificio presentaba el aspecto agónico de la decadencia, ese dormitar deslustrado que apenas se aviva con la luminosidad del poniente. Orgullosa entre frutales, en las estribaciones de Lomo Tacande, la casona de los Sanfiel aún lucía ciertos vestigios de su pasado esplendor: una escalinata doble ante el portal revestida en mármol, la sinuosa vistosidad de las balaustradas, cierto afán de eternidad a lomos de un aire añejo y grandilocuente...

Juanón debía de sentirse apocado como un escarabajo, no porque el lugar en sí lo intimidara, sino porque la demasía y la desidia quizá acrecentaban el sentido de su propia insignificancia. Ante aquellos signos de avejentada opulencia, el muchacho parecía olvidar la razón de su presencia en aquella casa.

Con más voluntad que ganas Juan de Dios tomó a Irene de la mano, empujó la cancela y se echó a andar través de un empedrado flanqueado de hortensias. Irene seguía su paso con esfuerzo, rezagada a su espalda. La fachada deslucida por el abandono se abría a una jungla de rosales adormecidos, donde los yerbajos crecían sin reparo. «Aquí hacen falta unas manos capaces», se dijo el joven en un vano intento de infundirse ánimos.

Juanón subió los peldaños de la escalinata, se atusó el cabello e hizo sonar el aldabón del portal. Irene aguardaba en el rellano, absorta aún en la fastuosidad de la entrada. Achicada y encogida de hombros, la niña observaba cómo la brisa del atardecer mecía el púrpura de unas buganvillas, barría las escaleras y se alejaba sin rozar el portalón cerrado. La puerta parecía sellada en toda su desmesura; acaso no convenía que el aliento humilde de las lomas se rebujara con el aire altanero de la casa; quizá el viento orgulloso del señorío ahuyentaba al airecillo manso del ocaso. Al otro lado de las ventanas a Irene se le figuraban espacios iluminados en los días de esplendor, cuando las vidrieras aún dejaban entrar la luz madura del poniente.

Ernestina oyó unas voces contenidas junto al portal. Cada tarde la mujer se sentaba junto a una ventana y veía pasar las horas escuchando el clamor de la soledad. Al oír a los chicos se asomó y vio sus rostros temerosos de quién sabe qué incertidumbres. Al cabo de un rato oyó el tímido golpeteo de la aldaba sobre la puerta.

Con la apatía de quien lleva un lastre atado al alma, Ernestina atravesó el cuarto de costura, bajó la escalinata del salón y entreabrió la puerta con la reserva de quien se enfrenta a una visita inesperada.

– ¡Buenas tardes! –saludó Juanón con una sonrisa a medias.

La mujer no respondió al saludo. Con mirada inquisitiva de guardián observó al joven y le preguntó:

– ¿Qué te trae por aquí, muchacho?

La figura de Ernestina lucía el porte enseñoreado que da el vivir con holgura, ese aspecto ampuloso y tristón que imprime la vida acomodada al cautiverio. Con los brazos en jarras y las piernas separadas bajo una bata de color cárdeno, su presencia abanderaba una barriga floja y abatida, como el ánimo de quien languidece entregado al tedio.

–Si me permite... –balbuceó el chico abriéndose paso con la mirada.

–Pasa, anda –dijo la señora.

Juanón avanzó con aire indolente y se arrimó a una esquina, cabizbajo. Ernestina atravesó el vestíbulo con andar cansino, descorrió una cortina y se apoltronó en un rincón en penumbra. El joven permanecía a pie firme junto a un sillón remachado en cuero y brazos torneados a modo de garras. La luz rojiza del atardecer traspasaba las vidrieras, se colaba entre los visillos e impregnaba la atmósfera adormecida de la casa.

–Tú dirás –arrancó Ernestina, indolente.

–Corren malos tiempos para la *casa de arriba*, señora –dijo el chico–. De un tiempo a esta parte, allí todo ha sido desgracia tras desgracia: primero lo de mi padre, después mi madre, ya sabe… A todas estas mi hermana y yo nos quedamos al pairo y...

–¿Y?

–Bueno, se nos ocurrió que a lo mejor a usted le vendría bien una ayudita en las tareas de la casa.

Con gesto azorado y sin permiso, el chico acercó una silla, se sentó y tendió la mirada sobre el aire ceniciento de la estancia. Entre diversos ornamentos fuera de lugar, algunos objetos cobraban cierto relieve: un reloj de carillón parado a las tres, una lámpara de cristal envuelta en desidia, un bronce de mujer tumbada sobre un lecho de polvo...

–Me decía yo que a lo mejor podría emplear a Irene para ayudar en lo que hiciera falta –prosiguió el muchacho–. La chica tiene fundamento, come poco y apenas levanta la voz.

En tanto el joven ponía en juego sus dotes de persuasión, Ernestina lo curioseaba con mirada espesa de tratante de esclavos.

–Pareces un hombre serio y trabajador, Juanón –dijo la señora–. En vez de buscar ocupación para tu hermana, bien podrías ocuparte de las plataneras, como antes hacía tu padre. Con tu trabajo y la ayuda de Irene, los dos podrían salir adelante.

El muchacho cobró cierto aire de determinación, clavó los ojos en los de la mujer y respondió:

—Me embarco para Venezuela el mes que entra, señora. Me duele alejarme de mi hermana, pero...

— ¿Tan joven y te expones a esas aventuras? —dijo Ernestina con gesto de extrañeza—. A ver cómo te las arreglas en ese viaje.

—Ya me apañaré, descuide, pero me gustaría dejar a Irene a resguardo y... Pensaba yo que como don Romualdo es el padrino de la niña...

— ¿Viene tu hermana contigo? —preguntó Ernestina por preguntar.

—Sí señora, viene conmigo. Sentía cierto apuro y…, ahora aguarda entretenida ahí fuera.

— ¿Y a cuento de qué ese empeño tuyo en irte a buscar fortuna a tierras extrañas? —quiso saber la señora—. Ya disponen de la *casa de arriba*. Irene podría ocuparse de las tareas domésticas, tú atiendes la finca, cultivas las huertas y…

—No crea que somos desagradecidos, señora —dijo Juanón, cabizbajo—. Le tenemos aprecio y usted lo sabe, pero cuando todo viene mal dado, el barrenillo de mejorar se le cuela a uno en la cabeza y...

El chico se quedó pensativo, entornó la mirada y añadió:

–Un día oí decir que no hay razón que se convierta en amarra ni revés que tuerza el rumbo de los tercos. Es preferible emprender una aventura aun a riesgo de mañana tener que arrepentirse, que cruzarse de brazos y después lamentar no haberlo hecho.

–Encomiable ese afán tuyo, jovencito –dijo Ernestina, sorprendida por la facundia del muchacho.

–A nadie le gusta vivir de prestado en casa ajena –respondió Juanón con voz queda.

– ¿De prestado dices? –preguntó Ernestina, extrañada–. Tras la desgracia de tu padre, tu madre se quedó a vivir en la finca de Lomo Tacande y, que yo sepa, nadie ha puesto ningún reparo.

–Jamás nadie nos ha reclamado nada, es verdad, pero duele el vivir en deuda de gratitud con quien tanto...

El joven calló y escondió el gesto.

– ¿A dónde quieres ir a parar, muchacho? –dijo Ernestina con recelo.

Juanón alzó la frente, tomó aliento y dijo:

–Usted perdone, pero… –un leve titubeo selló los labios del chico–. Al cabo de tantos años de mal pairo, no conviene remover el olvido –masculló, como para sus adentros.

La mujer enarcó las cejas con mohín de desconcierto, se arropó como quien despierta en medio de una tormenta y asintió con un leve movimiento de cabeza.   El joven permanecía en una prudente actitud de reserva, quizá a la espera de algún reproche.

Con aire dubitativo en el rostro, Ernestina se arrellanó en el sillón, se acarició las mejillas y dijo:

—Está bien, Juanón. Asómate ahí fuera y dile a tu hermana que entre.

El chico farfulló un apresurado «con el permiso» y se asomó al portal, complacido, sin muestra alguna de júbilo en el rostro. Irene ya había visto aquella expresión en el semblante de su hermano. Juanón respondía a su mirada con un gesto a medias entre el triunfo y la amarga sensación de no merecer su suerte.

—Vamos, Irene —dijo—. La señora quiere verte.

El semblante de Irene se oscureció como el cielo al paso de una nube. Con andar vacilante la niña subió un escalón, avanzó otro y sintió que dejaba atrás los peldaños de una escalinata interminable. Arriba, lejos, su hermano la esperaba con ademán de apremio. «¡Espabila, vuela y no te arrastres!», parecía decir, mientras agitaba las manos con las palmas mirando al cielo.

Desde el fondo del salón Ernestina los llamaba a voces.

—¿Van a pasar toda la vida ahí fuera? —dijo.

Cuando traspasó aquella puerta, Irene supo que su voluntad ya no le pertenecía, que su tiempo y ella misma ambos formaban parte de aquella casa, como el polvo amontonado en los rincones umbríos, como el aire envejecido de los aposentos.

—Usted dirá... —balbuceó Juanón.

–Irene se queda –dijo Ernestina con determinación–. Y tú, si al fin emprendes ese viaje, deberías regresar sin piezas de oro en las encías y provisto de buen equipaje.

Mientras el muchacho articulaba un tímido «gracias», sus ojos indagaban en la mirada ansiosa de Irene. Como si adivinara cierto sinsabor en el ánimo del joven, Ernestina forzó una sonrisa y le dijo:

–No te preocupes por tu hermana. Desde ahora esta será su casa.

La niña no escuchó aquellas palabras o quizá las oyó con el frío desapego que nace de la indiferencia. Toda su atención parecía atraída por la delicada figura de Ernestina. Desde la cómoda solidez del sillón, la señora le devolvía la mirada y sonreía con cierto mohín de tristeza.

Como si despertara de una lánguida modorra, la mujer se levantó, atravesó la sala con parsimonia y enfiló hacia un rincón poblado de libros. Allí se entretuvo un instante, dejó planear la mirada sobre los anaqueles más cercanos y se plegó sobre sí misma, con gesto de sopesar. Al poco rato recuperó la conciencia del entorno, se rodeó de aplomo y se dirigió a un aparador de gavetas oscuras, donde guardaba una cajita colmada de sueños. La señora de la casa se movía con el vientre señalando escrupulosos rumbos. «Como el mascarón de proa de los navíos de antaño», se diría Irene.

De espaldas al apresurado transcurrir del tiempo, Ernestina abrió un cajón del mueble, rebuscó entre pájaros de porcelana y se volvió con una cajita de cedro entre las manos. Al fin, con más discreción que altanería, la mujer sacó un par de billetes nuevos y se los ofreció al muchacho.

—Esto te servirá de ayuda —le dijo—. Para volar en solitario bajo cielos extraños, vas a necesitar algo más que coraje.

—Se lo agradezco de verdad, doña Ernestina —balbuceó Juanón, azorado—. Es usted muy generosa, pero...

— ¿Crees que basta con un puñado de orgullo para emprender una aventura a la primera de cambio? —insistió la mujer, mientras encerraba los billetes arrugados entre las manos del chico.

— Muy agradecido, señora. Se lo devolveré algún día, Dios mediante.

—Échate el mar bajo el brazo, Juanón —dijo la mujer, animosa—. Busca vientos favorables y cuando regreses... ¿podrías traerme una mata de orquídeas?

—Cuente con ellas, no le faltarán esas flores por olvido.

El muchacho sonrió mano en alto, con un gesto a medias entre una promesa y una despedida.

Atenazado por un súbito pesar Juanón se acercó a Irene, la estrechó entre sus brazos y salió al jardín con el gesto apesarado de quien se echa el mundo a la espalda. Desde una ventana entreabierta, Ernestina vio cómo el joven atravesaba unos parterres y se alejaba con el andar remolón de quien queda en deuda con una conciencia inflexible a la hora de juzgar un desacierto.

Nunca me faltó tiempo para enseñar a Irene a obedecer con presteza ni para reprenderla cuando se dejaba llevar por su irrefrenable propensión al embeleso. Aunque a menudo se abismaba en sus adentros, la chica no ponía reparos a la hora de cumplir un mandado ni mostraba asomo alguno de indolencia. Si le proponía que mascara un tallo de hinojo después de una comida de garbanzos, Irene hasta se tragaba algún bocado a disgusto, convencida de que todo consejo obedece a una razón de peso.

– ¿Te parece bien? –le pregunté, mientras ella chupaba el yerbajo.

–Ni me parece ni me deja de parecer –respondió la chica. Y con gesto dubitativo, añadió: «Pero me pregunto yo...».

Y me mareó con una andanada de dudas, hasta que le hablé de las propiedades del hinojo y de su bondad para aliviar la tripa inflada de gases. Más que un buen carminativo, la muchacha necesitaba calor y atención como asidero frente a los vaivenes del desconcierto.

Irene Guzmán aún no había cumplido trece años cuando llegó a la casa de los Sanfiel. Desde el primer día, sin embargo, ya se mostraba diligente como una mujer sin carencias. Las primeras semanas le resultaron a Irene duras como sus peores recuerdos. Añoraba el aire inquieto de Lomo Tacande, soñaba con la madre viva y despertaba agitada, como si aun despierta se aferrara al abrazo tierno de un padre sin rostro. En sus horas de asueto la muchacha hallaba refugio en una habitación amplia y confortable, aunque no tan espaciosa como el cuarto de costura, la cocina o los pasillos, espacios estos más transitados por ella que por nadie.

El señor Sanfiel salía temprano, regresaba al mediodía y en horas de tarde apenas paraba en casa. Entre semana apenas se recibían visitas y la señora distraía las horas recostada en un diván, ajena a lo que acontecía fuera de su cuerpo achacoso. Desde hacía meses, años quizá, Ernestina hablaba poco, andaba mal avenida con sus coyunturas y sufría un quebranto que no le permitía levantarse o cambiar de postura sin la ayuda de algún lamento.

– Hasta la sombra me duele cuando subo las escaleras, Maruca –se lamentó mi hermana ante la escalinata del salón.

–A lo peor a la señora le duele la sombra porque se le quiebra en el filo de los escalones –especuló Irene, inocente.

–Deben de ser dolores erráticos –aventuré, por desdibujar la simpleza de la chica.

– ¿Erráticos? –preguntó ella.

–Los llaman así porque van de un lado a otro, como los peregrinos –le expliqué–. Son tan veleidosos los puñeteros, que por momentos no sabes ni dónde te duele. Se ceban en los ñuncos, arrasan el pescuezo y atacan la rabadilla al menor meneo de cintura. Son terribles.

– ¿Tan puñeteros son los peregrinos?

La pregunta de Irene quedó en el aire. Cuando a la chica se le nublaba el entendimiento, convenía dejarla de la mano o mantenerla ocupada en quehaceres de rutina. Irene se movía a gusto cuando le encomendaban la mejora de algún estado de cosas: cambiar un objeto de lugar, limpiar esto o recoger lo otro. Mientras andaba entretenida, la muchacha no pergeñaba ideas descabelladas ni buscaba respuestas.

Irene madrugaba y se entregaba a sus obligaciones tan pronto como asomaban las primeras luces del alba. Desde temprano la casa se inundaba de su presencia, el aire de los pasillos se le arremolinaba en torno a las caderas, y los pájaros se animaban a cantar desde que oían sus tarareos a media voz. Antes de ocuparse de los capirotes enjaulados, Irene descorría cortinas y visillos, abría las ventanas y dejaba escapar el aire cautivo.

Pasadas las diez llegaban las Rosas, dos hermanas gemelas que fregaban los suelos, lavaban la ropa y se ocupaban de esas tareas que a menudo requieren más nervio en las manos que inquietud en la cabeza. Rosa Tamora y Rosa Candela debían sus nombres al carácter dubitativo de su padre, un jardinero de espíritu viajero, que durante años había adquirido un vasto conocimiento en el cultivo de las flores. Úrculo Prieto, que así se llamaba el hombre, era un jardinero corpulento y enjuto de posaderas, al que apodaban «Culoprieto». Tal nombrete no respondía tanto a la conjunción del nombre con el apellido, como a cierta particularidad en su hechura, recia de espaldas y escueta de nalgas.

Según refería con voz traposa Facundo el *Cotorra,* Úrculo Prieto emigró a las Américas cuando aún soplaban aires de miseria en Tacande. Como otros muchos desasistidos, el jardinero había embarcado rumbo a Cuba sin más equipaje que una maleta llena de aperos y un petate colmado de sueños.

Mientras aún albergaba anhelos de prosperidad en tierras caribeñas, el emigrante descubrió que se puede salir de la necesidad para caer en la penuria. A decir de Facundo Rocío, al cabo de unos años de aventura Úrculo regresó a Tacande porque en sus viajes no había hallado bienestar sino hijos que alimentar, desarraigo en el sentir y la desventura que nace de la malandanza.

Úrculo regresó a Tacande porque en sus viajes no había hallado fortuna sino hijos que alimentar, desarraigo en el sentir y la desventura que nace de la malandanza.

Cuando aún no había dejado de pasar hambre en La Habana, Úrculo halló ocupación acarreando bagazo a la sombra de un trapiche, en un pueblo azucarero llamado Camagüey. Aunque se mostraba discreto y apenas llamaba la atención, el jardinero era como esos árboles solitarios que, aún bajo un cielo en calma, atraen los rayos de todas las tormentas. A poco que se moviera o abriera la boca, el aire se agitaba y los ánimos se encrespaban a su alrededor, como si de su inquietud se desprendiera un ejército de pulgas. Se diría que su presencia vivaz encendía la pólvora de las peores conciencias. Si bien era hombre discreto y de pocos allegados, a menudo Úrculo se veía liado en discordias que alteraban su naturaleza apacible.

Según contaba el *Cotorra*, a poco de llegar a las Américas el indiano se vio envuelto en un fregado del que tuvo que salir a escape para salvar el cuello. Cuando aún añoraban su origen lejano, las Rosas recordaban que una vez le oyeron decir a su padre que si un día tuvo que huir de Cuba, no fue debido a trajines amorosos, sino a pronunciamientos indebidos en noches de farra. Sin embargo, Facundo sospechaba que si bien al jardinero apenas se le encendía el alegato al paso de un trago, su espíritu sensato se derretía como manteca al calor de una trigueña.

A decir de las comadres, Facundo conocía a Culoprieto y sabía que el hombre había tenido que huir de Cuba, por ver de conservar la cabeza sobre los hombros. Al parecer, al cabo de una noche de farra, Úrculo tuvo que escabullirse a la carrera de una fonda de mala muerte, arreando sin montura y con el culo al aire. Al parecer los sicarios de un mandamás sin escrúpulos lo habían pillado en cama ajena, mientras se trajinaba con ardor a la querida de aquel alto funcionario.

En aquella madrugada de calor y arrebato Úrculo tuvo que salir a escape con el alma en vilo y los pantalones enredados en los tobillos. Aunque no le faltaba coraje y cuidaba su indumentaria, en aquella circunstancia al indiano le faltó tiempo y determinación para abotonarse la bragueta, antes de salir corriendo. Si bien era hombre de espíritu soñador, mientras andaba metido en trajines de jardín, Úrculo no se distraía en observar la evolución de las nubes ni en escuchar cantos de pájaros. Cuando una mujer ajena se derretía en sus brazos, tampoco mantenía las cautelas a que se obliga el cazador furtivo. Sin embargo, en aquella noche de relajo Úrculo debía de permanecer con el oído atento del gato que caza en predio ajeno. El hombre tuvo sacudirse el desmayo que sobreviene al amor, cuando oyó voces cercanas y barruntó filos de machete alzados en el aire. De no haber salido por pies con presteza, el jardinero habría perdido algo más que los calzones en aquel penoso trance. Al parecer la muchacha con quien mantenía amoríos era hermana de un mulato pandillero, hija de criminales y amante ocasional de un alguacil de barba hirsuta, celoso y mal encarado él, debido a cierta merma de facultades, allí donde más le duele a un hombre.

Aunque a su regreso a Tacande, Úrculo apenas hablaba de aquella dulce guajira, el viejo aseguraba que cuando salió de Cuba no dejó su vida ni dejó su amor, que no había huido de La Habana sino de Santiago, antes de embarcar rumbo a Cancún en playas de María

74

La Gorda. Cuando contaba sus peripecias el indiano insistía en que, si bien nunca le hizo ascos a ninguna mestiza, aquel día salió con los pantalones bien sujetos y la frente alta, no debido a enjuagues de alcoba, sino a desencuentros y a tirrias enconadas, con un puñado de pesos de por medio. «Un hombre serio, trabajador y bien afeitado no puede vivir en paz allí donde manda un hatajo de haraganes con barba», decía cuando le preguntaban por qué no había echado raíces en aquellas tierras dulces sembradas de caña.

Tras un penoso vagar de un lado a otro bajo el cielo despejado de Méjico, Úrculo Prieto halló labor en la hacienda de un potentado ganadero entrado en años, cuya esposa sentía cierta debilidad por las flores. Cuando aún no había olvidado a la dulce guajira, Úrculo ya miraba con cierta indiferencia a la mujer del patrón, no porque a aquella le faltaran atributos bajo la vestimenta, sino porque se había quedado prendado de Arcilda López y, aún despierto, a menudo soñaba con ella. Arcilda era una sirvienta bella de rasgos mestizos, silueta esbelta y talle fino de avispa. Al cabo de unas semanas de cercanía, roce y encuentros casuales, el jardinero cultivó la voluntad de Arcilda, se ganó sus favores y se entregó a un dulce arrejunte con ella.

Después de unos meses de apaño amoroso, a la mucama se le avivó el semblante, encarneció de vientre y, transcurrido un tiempo de destemplanza, parió gemelas. Si bien Úrculo conocía las particularidades de gran variedad de rosas, a menudo se veía sumido en la duda y mostraba escasa determinación a la hora de elegir la mejor semilla. Aunque también le costó decidir el nombre que habrían de llevar las niñas, al fin eligió el de «Rosa» para ambas, ya que, según decía, las dos lucían la misma delicada floración en los labios. A fin de establecer alguna diferencia entre las mellizas, a la primera en nacer la llamó Tamora, como a una rosa de color fuego cultivada en los jardines de Inglaterra. A la otra la llamó Candela, nadie supo en honor a qué flor extraña.

Mientras despuntaba una primavera con promesas de bonanza, cuando aún no había desposado a su adorada trigueña y cuando apenas se miraba en sus hijas con la sonrisa embobada de un padre, Culoprieto se convertía en un viudo solitario y desconsolado. Quienes conocían a Úrculo aseguraban que Arcilda, su amante más querida, había fallecido en las postrimerías del parto debido a su naturaleza frágil y, más que nada, a la extenuación que tras el esfuerzo de un parto doble, arrasa las entrañas de una madre.

A raíz de aquella desgracia Úrculo se vino abajo, se desentendió de setos y jardines y se entregó a la holganza en cuerpo y alma. Mientras la ausencia de la bella Arcilda se apagaba en su memoria, el hombre vivía sumido en la indigencia y vagaba de un lado a otro con las mellizas a rastras, como un arbusto sin arraigo empujado por el aire.

Mientras las jóvenes festivas veían en Úrculo a un extranjero tibio y apocado, las señoras añosas no ocultaban cierta admiración por las dotes del jardinero. A decir de unas vecinas guasonas, Culoprieto había engendrado mellizas, no debido al azar sino a su portentosa habilidad para la siembra. «Donde ese chango hinca la simiente, ahí no crece una mata, crecen dos», decían las damas postineras, cuando veían al jardinero en su deambular sin rumbo, a rastras con las gemelas.

Empezaba el indiano a creer que su vida, como la de un árbol solitario, se le iba en puro envejecer, cuando se vio en brazos de una florista firme de carácter, de talle altanero y resuelta en carnes. Aquella joven se llamaba Edelmira, se apellidaba Cortés y, según aseguraba, su familia paterna entroncaba con cierta rama perdida de una rancia estirpe de conquistadores.

Aunque no mostraba escote y apenas sonreía, Edelmira vendía lirios en un caserío cercano a Veracruz, conocido por La Antigua. La joven criolla detestaba a los españoles porque, según decía, los gachupines la miraban como mira un moscón a una linda flor abierta de piernas. La muchacha no solo abominaba de los forasteros, también despreciaba a los indios de espíritu sumiso y a los hombres que vestían sotana. «Esos santurrones venidos de fuera se forran desde el cuello hasta los tobillos, a fin de cubrir la infamia y la vergüenza que esconden entre las piernas», decía de los clérigos. Edelmira aborrecía a los religiosos porque al parecer se había visto sometida a los manejos carnales de un predicador redentorista, un tipo de manos largas y mirar encendido, que a menudo le encargaba lirios tempranos.

Si bien la florista de La Antigua se desvivía por la mirada tierna del jardinero, a menudo le costaba olvidar que Úrculo procedía de tierras lejanas. La chica solía andar descalza, se adornaba el pecho con abalorios y se mostraba orgullosa de su ascendencia materna. Aquel orgullo, sin embargo, dejaba entrever cierta rasquera. «¡Eran más brutos que sus caballos!», decía de los antiguos colonizadores. Con cierta vehemencia Edelmira insistía en que los conquistadores habían engatusado a las muchachas del lugar, no solo por mitigar la calentura del aventurero, sino por someterlas a viles antojos y darse gusto con ellas. Aún sin entender por qué debía cargar él con aquellas culpas, Úrculo se mostraba paciente y explicativo ante la soflama de la joven. Por más que el hombre insistía en su inocencia hasta la saciedad, a Edelmira le costaba entender que habían sido sus propios antepasados y no los de él, quienes unos siglos antes les habían sacado crías a las lugareñas.

Pese a su condición de extranjero Úrculo cautivó a la ramilletera, no con habilidades de seductor, sino con su vasto conocimiento sobre la hibridación de las flores. Antes de retozar con ella, Úrculo ya le había regalado una mata de orquídeas aladas y una propuesta de matrimonio. Desde aquel día la florista aprendió a sonreír, cuidó de las gemelas como si fueran sus hijas y se rindió al deseo enardecido del jardinero. Aunque no se andaba con miramientos a la hora de la entrega, Edelmira Cortés siempre se mostró reacia a asumir el compromiso del casorio.

Cuando Úrculo encanecía y la llama de su hombría apenas calentaba a la mestiza, esta ya le había dado un hijo y algunos quebraderos de cabeza. El hijo de Edelmira había nacido tan enteco y delicado que daba miedo verlo dormir. Mientras el crío languidecía en la silenciosa quietud de un capazo, algunos allegados temían que su aliento se apagara como un pabilo ante una corriente de aire.

Los meses transcurrían con desgana y el hijo de Úrculo en vez de engordar menguaba, sin recibir el sacramento que abre el camino de la Gloria. El niño tardó en llamarse de alguna manera porque el padre se mostraba indeciso y, más que nada, porque Edelmira no quería oír hablar de bautizo ni de Dios ni de quienes predicaban rarezas en su nombre. Úrculo Prieto repasó su árbol genealógico infinidad de veces, consideró las denominaciones inglesas de los más bellos arbustos de jardín, discutió con la madre acerca del nombre que habría de llevar el niño, y al fin lo bautizó con el que a él le había tocado en suerte. Al cabo de la ceremonia bautismal el hijo del indiano se llamó Úrculo Hernán-Moctezuma Prieto Cortés, como mejor modo de contentar a la madre, de honrar al padre y de evitar que el niño tuviera que responder al mote de «Culoprieto», aquel apodo que tanto lastimaba su orgullo.

Al cabo de unos años Edelmira se cansó de vivir encerrada entre espuertas, plantones mustios y silencios, se enfundó en blusas de colores, se aireó el escote y, con su cesta de flores bajo el brazo, se echó a la calle. Era viernes de cuaresma cuando la florista dejó a Culoprieto plantado como un arbusto de jardín, solo con sus tres retoños. Al cabo de unos meses, un monaguillo amigo de las mellizas les dijo a las niñas que su madrastra había hallado acomodo como mucama interina en la casa parroquial de la ermita del Rosario. Al parecer, desde hacía tiempo Edelmira se había ganado el favor de un hombre de gran predicamento entre la vecindad, un arcipreste mujeriego que a menudo le compraba lirios tempranos.

Viejo y agotado como los ideales de antaño, Úrculo regresó a su tierra en compañía de las gemelas y el joven criollo. Cuando el indiano llegó de vuelta al origen de sus miserias, sus hijas bellas despertaban el deseo de los hombres y la envidia de las mujeres más vistosas de Tacande. A decir de su anciano padre, Tamora y Candela lucían la presencia lozana de las rosas bajo el sereno. El hijo del indiano, en cambio, no gozaba de la fina prestancia que a menudo adorna el mestizaje. De ojos legañosos y gesto abatido de pobre, el chico presentaba el aspecto lastimoso de quien ha crecido destilando mocos en soledad. El joven Úrculo era un mozo achaparrado de rasgos selváticos, cuyo semblante no guardaba parecido alguno con las mellizas ni con nadie. «El indianito solo se parece a sí mismo, por si el parecido pudiera incomodar a alguien», decían de él las comadres. Aunque el muchacho no mostraba tara alguna ni deformidad aparente, su presencia resultaba tan poco agraciada, que hasta en una comparación sin referencia a menudo salía perdiendo.

A la muerte de Úrculo Prieto su hijo solo heredó el apodo, un machete de buen filo y el carácter resuelto de quien se ve obligado a allanar caminos con dificultad. Tamora y Candela heredaron una casita vieja en los altos del valle, se disputaron unas copas de plata y compartieron unas hechuras que hacían palidecer a las damas postineras de Tacande.

Cuando la fiebre de las plataneras se desató en el valle, el joven Úrculo y sus hermanas se sumaron a la corte de menesterosos que llamaba a la puerta de los Sanfiel. Eran tiempos de pobrerío y la gente buscaba labor en casas y haciendas, para asegurar comida y sustento. Pese a su condición humilde, las Rosas eran mujeres de extremidades delicadas, piernas bien torneadas y unas manos que no se dejaban la piel restregando mugres. La actitud de ambas, sin embargo, contenía el gesto servil de quien sabe someterse de buen grado a la voluntad del que manda. Los encantos de las mellizas no pasaron desapercibidos ante la mirada golosa de Romualdo. «Ernestina con sus dolores, Irene al garete con el culo a dos manos y..., nadie se ocupa de atender al señor de la casa», se diría el hombre Romualdo antes de dejar a las gemelas a cargo de las tareas domésticas. Y en cuanto a Úrculo, aunque a menudo se mostraba huraño y parco en palabras, el criollo mostraba cierto genio, parecía obediente y derrochaba coraje para lo que fuera menester.

A mediados de junio, mientras el joven Culoprieto sudaba a las órdenes de Juan *Cachimba*, las Rosas andaban de fregoteo al amparo de la casa más fastuosa de Tacande. Unos meses antes del nacimiento de Romo, a la misma hora de una noche tibia de verano, las dos hermanas parían sendos niños, atribuidos por las malas lenguas a Romualdo, no por el parecido evidente ni por mera maledicencia, sino porque a las comadres no se les ocultaban los enjuagues amorosos de nadie.

Los hijos de las Rosas nacieron con el pelo arremolinado de los Sanfiel, se apellidaron Prieto Cortés como sus madres, y se llamaron Cuauhtémoc y Cuauhpópoc en honor a quién sabe qué antepasados inciertos. Ambos niños, sin embargo, fueron bautizados con la gracia de «Romualdo» de primer nombre, no por honrar a nadie, sino porque así se llamaba el padrino y porque así se le antojó al cura, siempre remiso a bautizar a unas criaturas de Dios con nombres paganos. Aunque se criaron sanos y bien alimentados, los niños de las gemelas crecieron en rincones umbríos, con ese encogimiento de cuerpo y ánimo que caracteriza a los hijos espurios.

—Si no ven un poco de luz, esos críos se van a quedar encanijados como duendes —les dije un día a las Rosas.

—Usted ocúpese de sus asuntos… —respondió Tamora.

—Que de nuestros hijos nos ocupamos nosotras —añadió Candela.

–A lo mejor los «Popocos» no crecen por no hacerse notar – musitó Irene, siempre tan dada a no dejar escapar la ocasión de verter algún comentario inoportuno.

–Los chiquillos son como las plantas: apenas se desarrollan si no les acaricia el sol de la mañana –susurré al oído de la chica, más por distraer su atención que por aleccionarla con mis palabras.

Cuando el día clareaba sobre las lomas, las dos hermanas llegaban a la casa con los chamacos forrados como larvas, a resguardo del sereno. Mientras sus madres andaban ocupadas, los críos permanecían agazapados en sus capazos en un cuarto a oscuras. A decir de Irene, los niños crecían apocados porque pasaban todo el rato enroscaditos como gusanos. A media mañana las mujeres disponían los cacharros de la cocina, sermoneaban a Irene y, a ratos, se ocupaban de los pequeños. A los críos apenas les faltaba atención, a menos que sus madres se hallaran enfrascadas en alguna conversación, en cuyo caso quedaban olvidados en el trastero, llorando a moco tendido, como pobres huérfanos. Al mediodía, cuando los pequeños se habían cansado de berrear, las gemelas reparaban en el silencio desatado y acudían prestas a remediar el olvido.

A su paso por el salón las Rosas dejaban ecos pertinaces de risa y verbosidad, en medio de una limpieza cruda y desdibujada. Aunque arrancaban las roñas con esparto y agua tibia, tras ellas quedaban vahos densos y opacidades que solo desaparecían al paso de Irene. Cuando aún no soplaba la brisa temprana del mar cercano,

Irene ya animaba la quietud mortecina de las estancias, con su grácil contoneo de caderas y una estela festiva de aire amable.

Desde que mi hermana comenzó a sufrir la indisposición del embarazo, también yo acudía a su casa a primeras horas de la mañana. «¿Hay vida inteligente en este mundo?», me preguntaba yo a viva voz ante el portal, más por ahuyentar a las Rosas que por anunciar mi presencia. Cuando me oían las gemelas orientaban sus pasos por rumbos distintos a los míos, se escabullían sin ruido y vagaban por ámbitos apartados, como las cucarachas. Tan pronto me veían salían a la carrera, quizá porque les procuraba ocupación y las atosigaba en demasía desde horas tempranas. A poco que las dejara a su aire, las criollas pegaban la hebra y se entregaban a un parloteo desaforado, como si llevaran media vida sin saber una de la otra.

Una mañana en presencia de Irene, oí a las Rosas que, mano sobre mano, pasaban el rato de cháchara.

—No sabe una si esas dos charlan mientras trabajan o si faenan mientras conversan –dije con la voz vuelta hacia dentro.

—Me parece a mí que solo charlan mientras no hacen otra cosa, porque hasta el mantenerse calladas les cuesta trabajo –comentó Irene, con gesto guasón–. ¡Tanto alegar por gusto cuando, al ser iguales, se podrían entender sin abrir la boca!

A menudo no acertaba a comprender las ocurrencias de Irene. Aunque la chica se expresaba con voz clara y bien timbrada, sus palabras apenas perfilaban la silueta de alguna idea abriéndose paso a través de espesas nieblas. Mientras rajaba de las criollas, su gesto dejaba entrever cierta animosidad, esa tirria que empaña el semblante cuando el disimulo no cabe en una mirada franca.

—Como se aburren de tanto escuchar ecos, esas dos se dedican a cazar voces al vuelo –dijo Irene, en respuesta a un comentario mío acerca de las gemelas–. Parecen murciélagos con las orejas tiesas persiguiendo moscas.

—Quizá fisgonean por llenar sus vidas vacías –aventuré, en clara alusión a la fea inclinación de aquellas mujeres, a meter las narices allí donde olían verdades en penumbra.

Irene apenas se interesaba por mi costumbre de hablar para mis adentros. Tampoco yo le hablaba a ella del frío que arrasa la intimidad desguarnecida, ni de la sensación de desabrigo que hiela a quien se ve con el alma al descubierto, ante unas miradas que no entienden.

Un día les censuré a las mellizas su incorregible manía de arrimar la oreja a la interioridad de otros.

– ¿Se podrá respirar alguna vez un poco de intimidad en esta casa? –masculle, incómoda–. No hay manera de abandonarse a un soliloquio con estas dos mayatas rondando cerca.

—Si no quiere hacerse oír… –rezongó Tamora.

–Más le valdría pensar en voz baja –añadió Candela, como si tirara del mismo hilo de pensamiento.

Las Rosas me evitaban o seguían mis pasos según me vieran callada o envuelta en voces. Mientras me movía entre calderos, las criollas permanecían en la proximidad con el oído atento, no al borboteo de los guisos, sino a la urdimbre que se cocía en mis adentros. « Quizá han encontrado a Dios en los pucheros, como le ocurrió a Santa Teresa», me dije, cuando aún suponía que aquellas dos se acercaban a la cocina empujadas no por el puro afán de olisquear, sino atraídas por hambres tempranas. Tamora y Candela orbitaban en torno a mi voz como lunas fascinadas. A menudo se quedaban embobadas junto a los fogones, me observaban de reojo y escuchaban el alegato que se me escapaba, mientras decidía si debía realzar los aromas de un guiso con una pizca de tomillo o con una hoja de laurel. Irene, en cambio, se involucraba en mis diatribas de soledad. La chica se acercaba a mis voces en desacuerdo, tomaba partido por la reflexión más desafortunada y, al menor gesto de desaprobación, apretaba los labios y se obligaba a un discreto silencio.

En las mañanas de sábado, cuando el desorden de la casa quedaba reducido a los rincones umbríos, Irene se ocupaba en cambiar objetos de lugar y en otros quehaceres innecesarios. Aunque las gemelas no acudían en fin de semana, los aposentos de más uso habían de quedar limpios como el alma de un santo. Al amanecer del domingo las vidrieras debían parecer estampas de aire cuadriculado y la pajarera tenía que brillar sin inmundicia, como si en las gargantas de los pájaros el alimento se sublimara en puro canto.

En poco tiempo las manos de Irene descubrieron el pasado esplendor de las baldosas, embellecieron los desconchados de las paredes y desvelaron la transparencia de los cristales. Con la presencia de Irene, la casa de los Sanfiel se llenó de tonalidades azules, como el horizonte cercano en las mañana despejadas del verano. Al declinar el día el sol entraba en estampida en las habitaciones, se adormilaba en los pasillos y permanecía entretenido durante horas, cuando ya hacía rato que había abandonado otras casas, el pueblo, el valle.

Cuando la faena del día andaba encaminada, yo misma me ocupaba de Ernestina, atendía sus exigencias y compartía silencios con ella. Siempre anduve pendiente de los requerimientos de mi hermana, no porque a Ernestina le faltaran cuidados, sino porque a menudo la mujer caía en tal dejadez que parecía expuesta al abandono. Por ver de abrirle el apetito, a media mañana le preparaba un enyesque ligero, frugal en la cantidad aunque vistoso en la apariencia, a sabiendas de que, ante los alimentos, mi hermana era más dada a entretener la mirada que a recrearse el paladar. Si bien Ernestina era mujer de buena boca, las náuseas de la preñez le provocaban cierto repudio a la hora del almuerzo. En los días fríos de invierno, cuando los dolores la mantenían postrada en cama, Irene le presentaba la comida sobre un mantel bordado y bandeja de plata. La chica irrumpía en la alcoba envuelta en unos vapores bullangueros, cuyos aromas cantaban las excelencias de unos sabores a la vez intensos y delicados. Sin embargo, Ernestina apenas respondía ante los mimos de nadie. Daba tristeza verla ante una comida suculenta, entregada a su ramoneo cansino de vaca preñada. Indiferente a la cuidada presentación de las viandas, la mujer se llevaba los cubiertos a la boca más por costumbre que por gusto, mascaba con desapego de monja y fingía deleites increíbles. En vez de comer Ernestina apenas picoteaba, no tanto por necesidad, como por no ver el gesto de contrariedad que debía de asomar a mis silencios. Cuando la veía añusgada con un mal bocado, Irene le acercaba un vaso de agua y le daba unas palmaditas en la espalda, como si el hastío se pudiera remediar a golpes. Entonces Ernestina entornaba la mirada y asentía con una leve inclinación de cabeza, antes de entregarse a un rumiar silencioso de ternera indolente.

Mi hermana era capaz de aguantar una andanada de retortijones en plena digestión, con tal de no someterse a unas cataplasmas. Aunque las unturas que le aplicaba en el vientre la aliviaban por momentos, las friegas en las sienes la dejaban derrengada, como si hubiera sufrido una molienda devastadora en las fibras del alma. Sin embargo, soportaba el sermoneo de buen grado y sin rechistar. Ernestina detestaba los masajes porque la dejaban sin fuerza, siquiera para abandonarse a su quejumbre en soledad.

Mis afanes en aquella casa no concluían a la vista de los platos vacíos ni al paso de unos cuidados orientados a avivar el ánimo alicaído de Ernestina. La modorra de la digestión no debía de ser la única causa de un abatimiento que la mantenía postrada, no solo en las horas de siesta, sino durante toda la tarde. Ni con cuentos de amoríos ni con historias de mártires conseguía avivar el ánimo alicaído de mi hermana. Aunque los emplastos la adormecían y el restregamiento con aceite tibio le desinflaba el vientre, el calor de la compañía apenas le despejaba las densas brumas del quebranto.

Un día Ernestina me miró con gesto de gratitud, tomó mis manos entre las suyas y dijo: «Se agradece la buena voluntad y la compañía, hermana, la conversación me entretiene y tu empeño animoso me llega al alma, pero este decaimiento..., este fastidio no lo remedia ni el santo más milagrero de la Gloria».

En la mañana de un domingo apacible de enero llamé a Irene a la cocina, la senté ante la mesa y la mandé a trocear calabaza, chayotas y habichuelas tiernas. Aunque apenas probaba bocado, Ernestina apreciaba los caldos de ave y las viandas de colores vivos en los días nublados. Mientras la chica preparaba la verdura, yo desplumaba un pollo de corral.

– ¡Hermosa gallina! –comentó Irene, mientras observaba el animal desnudo.

–Es un pollo tomatero de los que no cantan –dije sopesando el animal, antes de enumerar las excelencias de las gallinas de antes.

– ¿Y en qué va la diferencia con las de ahora? –quiso saber la chica.

–En la carne sabrosa y abundante –respondí–. Las gallinas de antaño tenían el delicado sabor del faisán almizclero –añadí, por no hablar de la fina textura del capón alimentado con castañas.

Y sin dejar resquicio para averiguaciones, me entregué a la evocación de un tiempo que a Irene se le antojaba envuelto en aires de pesadumbre. Como quien habla para la interioridad, me acomodé en el asiento y me entregué al tibio placer de la remembranza:

–En los años de penuria la tierra da lo mejor de sí, produce poco pero se muestra pródiga en esencias. Se diría que de la escasez surge ese dulzor que solo se aprecia en las peores condiciones de miseria. En otros tiempos las huertas de Tacande daban bubangos con sabor a almendras, papas blancas como nubes y hasta piedrecillas que debían de saber a millo tierno, a juzgar por el deleite que se reflejaba en la mirada de las gallinas. ¡Cómo engordaban las ponedoras de antaño! Picoteaban la tierra a la sombra de un nisperero y en pocas semanas se ponían redondas como gallipavas. Los gallos no las despertaban al alba sino a mediodía, sin insistencia ni apuro, ya que al fin y al cabo contaban con toda la jornada para sus alardes de seducción. Ajenas a la envanecida prestancia del gallo, hasta las gallinas más alteradas comían tranquilas como gansos, sin su natural propensión al alboroto. Y ya al atardecer dejaban los nidos llenos de unos huevos que parecían melones…

–Esas gallinas, más que aves de corral parecerían avestruces – me interrumpió Irene, incrédula.

–No es que parecieran esto o lo otro –aclaré–. Más bien daba la impresión de que ahítas de tanto picoteo, se sentían obligadas a poner un par de huevos de buen tamaño. No un huevo del tamaño de una aceituna, como los de los capirotes, sino dos y bien grandes como los de los caimanes. Las claras llenaban una sartén y las yemas olían a nísperos maduros. Y hablando de aves de corral…, tu madre siempre anduvo empeñada en aparear quíqueres ingleses con ponedoras meladas, unos y otras criados en libertad. La pobre estaba convencida de que a resultas de tal mestizaje iba a obtener pollos suculentos como codornices.

– ¿Y...?

–Primero salieron pollos melados, duros como riscos y después gallinas voladoras, de esas que nadie ha visto nunca.

– ¿Tiernas como faisanes?

–Nunca se supo. Aquellas gallinas se echaron a volar, se remontaron al paso de los alisios y nunca nadie pudo hincarles el diente.

Irene se quedó embelesada, como sumida en un leve ensueño. «Quizá imagina criaturas pintorescas batiendo alas a lomos de extraños vientos», me dije.

–En la mocedad tu madre era una muchacha inquieta como tú, aunque de hablar más quedo, sin ese derroche de palabrerío de que haces gala cuando te hierve la chaveta. En su juventud Nerea era una mujer cautivadora, de buenas hechuras y sonrisa amable. Su delicado ser irradiaba la discreta belleza de los jardines en invierno.

– ¡Qué bien hablada es usted! –dijo Irene, alelada–. Cómo aprendió a decir las cosas tan bien dichas.

–Dichas de una manera o de otra, las palabras solo son recaderas del pensamiento –respondí con cierto rubor, por no decir que acaso podríamos expresarnos con más sutileza en los matices si pudiéramos prescindir del lenguaje.

–No se vaya por las ramas y hábleme de mi madre, haga el favor. Con esas historias que usted cuenta, hasta un desmemoriado podría construir falsos recuerdos.

Por un momento me vi con una mueca de extrañeza dibujada en los labios. La curiosidad de Irene me animaba a rememorar algunos hechos acaecidos en un tiempo plagado de heridas. La mirada de la chica surtía el efecto vivificador de la brisa sobre los rescoldos de la memoria. Con el pollo desplumado aún entre las manos, me desentendí de la conversación y me dejé llevar por viejas reminiscencias.

No le conté a Irene que su madre había sido una mujer de velada hermosura y carnes bien puestas, una moza de las que con solo dejarse ver, prenden en el ánimo de los hombres. Y si algunos jóvenes arden como yesca a poco que se les caliente, Juan Guzmán se encendía con el leve calor de una mirada. Aunque se mostraba parco en palabras y malcriado a veces, el hombre miraba de frente y sabía callar. Su escasa maña para el galanteo la suplía con mano hábil y paciencia de pescador. Sin embargo Juan olvidaba que en materia de seducción no basta con echar el anzuelo, que antes conviene echar engodo al agua para engolosinar a los peces incautos, aquellos que a la postre se han de convertir en pescado. Si bien carecía de la desenvoltura del galán verbenero, el hombre se mostraba diestro a la hora de embaucar a una moza. Nadie le enseñó a Juan Guzmán que el cortejador fino envuelve con voz persuasiva, engaña con arrumacos y acompaña con mano audaz la palabra encendida. El seductor sabe que sin no se cuenta con una llama es inútil preparar una hoguera. Aunque no era muy habilidoso a la hora del requiebro, Juan sabía que para adueñarse de la voluntad de una mujer antes conviene encenderle el oído, dejarla sumida en el desconcierto y mantenerla distraída. Quizá porque era hombre de pocas palabras, a Nerea la entretenía con caricias y la descolocaba con el atrevimiento de quien sabe que hasta las murallas más firmes sucumben a la determinación de quien sabe que puede echarlas abajo.

– ¿Quiere decir que...? –balbuceó Irene.

–Que algunos hombres se acostumbran a tomar sin pedir, de tanto abrirse paso a empujones.

– ¿Y la mujer...?

–Cuando el galán se apodera de lo que ella aún no le ha concedido, la dama sufre cierta sensación del atropello.

– ¿O sea que...?

–Que aunque poco avanza quien anda con paso inseguro, quien no pide permiso para adentrarse en predio ajeno, tampoco llega lejos.

– ¿Y...?

–Si Juan empezó a cortejar a Nerea en primavera, ella se rindió antes de que asomaran los primeros calores del verano. Ocurrió como ocurren estas cosas: ayer la moza ni mira a los jóvenes, hoy se encandila con uno y mañana no tiene ojos para ningún otro. En poco tiempo Nerea surge de sí misma, como un paisaje yermo al paso del invierno. Al cabo de unos encuentros con Juan, sus ojos cobran la vivacidad de las sensaciones inexploradas, su humilde atractivo se torna en discreta exuberancia, su encanto adormecido despierta como una crisálida madura. Tú no sabes lo que es sentirse deseada, chiquilla, pero algún día sabrás que pese a la fascinación que suscita la belleza, la mujer sensata debe hallar la suya en los ojos de su hombre.

– ¿Y por qué no en un espejo?

–Porque el engreimiento empaña la hermosura de quien se deja llevar por la complicidad de los espejos.

–Antes hablaba de…

–Hablaba de tu madre, que en paz descanse. En cuanto a sus inquietudes, mientras no hay compromiso, su existencia transcurre en medio de una bonanza sin novedad ni alborozo, pero a raíz del casorio la cosa cambia. Si antes vive una cotidianidad movida por la penuria, con el matrimonio el día a día se convierte en un esfuerzo vano sin gratificación ni expectativa.

– ¿Qué quiere decir con eso de «singratinosequé…»?

–Digamos que tu madre veía ponerse el sol cada día, sin más ilusión que verlo salir al día siguiente.

– ¿Y entonces...?

–Por aquel entonces la fiebre de los plátanos se desata en el valle, Romualdo allana las laderas de Lomo Tacande y necesita un capataz que dirija las cuadrillas. Juan no es de los que arriman el hombro, pero es hombre de voz recia y sabe manejar a los peones. Por mandato del patrón, Juan se queda a vivir en el pajero donde guardan el utillaje y se hace cargo de los aperos. Al cabo de unos meses finalizan los trabajos de la sorriba, las murallas de piedra delimitan media docena de canteros, y al fin los bancales quedan cubiertos por un manto de tierra fértil y esperanza. Cuando aún no ha transcurrido un año, la finca ya luce el verde apagado de las plataneras.

– ¿Y eso qué tiene que ver mi madre? –quiso saber Irene.

Rodeada de cierto aire de ensoñación, la chica parecía confusa. Quizá su pensamiento no acertaba a representar el sentido de mis palabras; acaso no era capaz de establecer un claro deslinde entre mi modesto parecer y el relato que despertaba su incertidumbre.

–Todo tiene que ver con todo –le dije–. No pretendo que me entiendas, pero a lo mejor acierto a alimentar esa curiosidad tuya que ni siquiera vislumbra sus orígenes. Cuando te hablaba de Nerea, en cierto modo hablaba de ti.

Ruborizada, Irene escondió la mirada e intentó justificar su ansia.

–A veces una se apura por saber y…, usted perdone, caramba.

–No hay nada que perdonar, mi niña. Si el afán de saber es un sarpullido de juventud, bien está que te rasques.

–Estábamos en que...

–En que al cabo de un año la finca de Lomo Tacande es el orgullo de Romualdo y la envidia de todo el valle. Una vez recogida la primera cosecha, el patrón manda a llamar al capataz y le propone un acuerdo de medianería. «Tu trabajo a cambio de una cuarta parte de la cosecha libre de gastos, amén de que podrías sembrar las huertas y disponer de una vivienda», le dice. Y cómo ve al otro pensativo, le ofrecerle el machete de Úrculo para cortar los racimos y la mula de Fidelio para los trabajos de carga. Con más recelo que entusiasmo en la mirada, Juan se muestra remolón y no acepta el trato a la primera. «Déjeme que le eche cabeza al asunto», dice antes de encender la pipa que sostiene entre los dientes, tras considerar que, llegado el caso, la condición de medianero le permitiría vestir ropa limpia y mirar al mundo con la frente bien alta. Aun sin contar con la tierra en propiedad, un afincado por cuenta ajena está mejor visto que un simple caporal. Un capataz no es más que un asalariado con cierto distingo entre los peones, pero un descamisado al fin y al cabo. Y un aparcero puede vestir camisa blanca al fin de la jornada. «De acuerdo. Me parece bien el arreglo», asiente Juan en medio de una bocanada de humo.

Soplan brisas de prosperidad en el valle, y con la medianería a Juan le entra la ventolera del matrimonio. Los jueves, sábados y domingos, el hombre pasa las tardes con Nerea, se enciende y se apaña con sus besos, pero siente que sin ella sus noches se vuelven interminables. «Me vendrían de perlas tus atenciones de mujer y, la verdad…, también les vendrían bien a los manchones de mis camisas y a los desgarros de los pantalones», pudo haberle dicho antes de proponerle matrimonio.

Un domingo ventoso de verano Juan agarra a Nerea por la mirada, acuerda con ella una cita ante el altar y se la lleva a vivir a la casita que le había cedido Romualdo en la finca de Lomo Tacande.

– ¿Habla de la *casa de arriba*?

–Hablo de tus orígenes.

– ¿Y entonces…?

– Entonces corren tiempos de fertilidad en el valle: los plátanos rinden buena cosecha, tu madre engorda feliz y al cabo de unos meses nace tu hermano Juanón. Juan de Dios es un niño robusto y de continuo llorar, como si mantuviera alguna desavenencia con el mundo. Quizá no le alcanza el aire que respira porque le resulta escaso en las alturas, de manera que, como no puede dejar de crecer, adquiere cierta amplitud de miras y…

–Tal vez a Juanón no le quedaba más remedio que mirar a lo lejos –dijo Irene, ensimismada–. Todo el santo día andaba con los ojos engurruñados como los vigías de los veleros, de tanto otear horizontes.

– ¿Y por qué ese empeño suyo de mirar a lo lejos? –quise saber.

–Era tan alto y robusto que hasta se mareaba cuando se miraba los pies. Hay gente que sufre vértigo en las alturas, he oído decir –masculló Irene.

–¿Y a ti no te entra vértigo cuando alumbras esas ocurrencias? –le pregunté.

La muchacha no respondió. Sus ojos me interrogaban con la mirada atónita de quien confunde un mareo con una calentura.

—Déjese de guasa y siga con su cuento, haga el favor —dijo la chica con ademán de apremio.

Con el pollo desplumado y aburrido ya en el regazo le hablé a Irene de los tiempos de bonanza y de cuando los años transcurrían para los suyos al compás de un esfuerzo sin apenas reconocimiento ni premio. No le hablé de cuando la apacible monotonía de las noches se tornaba en griterío, debido a cierta desconsideración de Juan con Nerea o al delirio cercano de Fidelio Calandre.

Aun cuando pensaba en voz alta, en todo momento me cuidé de no contarle a Irene que mientras el medianero se ocupaba en sus menesteres, el señor Sanfiel se dejaba caer por la casa de la finca y cortejaba a Nerea. La mujer lucía entonces un esplendor tan vivo que, aun sin proponérselo, en poco tiempo se adueñó de la tenaz voluntad del patrón. Debido a la dolorosa pérdida de un amor reciente, Romualdo parecía empeñado en una extraña búsqueda de silencios. Dicen las comadres que en aquel tiempo el hombre albergaba un irrefrenable afán de convertir el tedio de las mañanas en un festín de lujuria. En sus primeras visitas a la *casa de arriba* Romualdo conserva las buenas maneras, se muestra respetuoso con Nerea y la obsequia con halagos. «Da gusto verte al fresco de la mañana sin enrames ni aderezos, siempre tan linda», le dice. Arrebatado por el hechizo de la mujer, un día el patrón arrasa unas matas de gladiolos, estropea un rosal y se planta con un ramo de flores ante la esposa del medianero. Aunque solo pretende acercarse a Nerea con una atención entre las manos, se diría que a Romualdo le ha entrado un repentino fervor por la jardinería. Si hoy le regala rosas, mañana le ofrece fruta en sazón o una espuerta de judías tiernas. Todos los días el hombre se pone ufano, se muestra halagador como un tratante de telas y se permite unas licencias con tal descaro y arrebato, que habrían causado sonrojo hasta en el semblante impúdico de Sinforosa Gómez. De poco le sirven las evasivas a Nerea. Por más que la mujer se muestra digna, no hay deslinde entre el poder omnímodo del que manda y la precaria dignidad de quien a él se debe. A medida que traba cierta confianza con ella, Romualdo se permite cierta familiaridad con Nerea, sucumbe al desenfreno y pierde el sentido de la mesura. Un día, crecido ante el tímido recogimiento que envuelve a Nerea, el hombre tira por el camino de en medio y se muestra tal cual es: «Te miro de arriba abajo y se me enciende la mecha de tal manera, que si no te muestras cariñosa y la apagas con jeito, en una de estas reviento», dice con voz enardecida de galán. Y con las manos por delante, deja asomar la intención. «Si fueras más amable conmigo y quisieras...», insinúa. « Quite por favor, señor», suplica ella, inerme. «Deja de llamarme señor, no me jodas. Puedes llamarme Romualdo», dice él. «Perdone don Romualdo, pero me hace usted pasar una vergüenza...», responde la joven, azorada. « Déjate querer sin apuro, mujer. Unas manos blancas y delicadas como las tuyas no se hicieron para criar callosidades», insiste el amo. Tantos requiebros y tanta insistencia le arrancan a Nerea rubores de desconcierto. «Me abruma usted con sus cosas, ¡válgame Dios!», se queja la mujer, sin salida. «Arrímate un poco y verás cómo se te pasa el abrume», propone Romualdo con gesto avasallador. Entonces la mirada de Nerea se vuelve esquiva y se esconde. «¡Tiene usted unas ocurrencias!», dice por decir. «Si supieras lo que se me ocurre ahora...», insinúa el patrón, lanzado. Y sin más contemplaciones la estrecha por los hombros, la aprisiona entre sus brazos y le estampa un beso que la deja sin resuello. «Me ofende usted, señor», se encoge ella, en un vano intento de zafarse del abrazo. «Si se entera mi marido...», balbucea la mujer, con voz queda. «¿De qué se va a enterar ese vinagre?», dice él. « A tu maridito borracho no le interesa otro culo que el de la botella», añade con desdén. Sin más recurso que la huida, Nerea da media vuelta y deja a Romualdo con la palabra en la boca. Aunque de momento ceja en su empeño, el patrón conserva cierta esperanza. Engallado en su afán seductor, el hombre no repara en el andar alicaído de la mujer que se aleja, sino en el movimiento acompasado de sus nalgas.

Una mañana de junio Romualdo se dirige a la finca, recorre un par de canteros y se encuentra ante un cuadro desolador: la badana desparramada entre matas cubiertas de pulgón, los plátanos maduros sin desflorar y unos racimos deslucidos como manos de pobre. Endiablado por lo que ve, el patrón busca al medianero y lo encuentra sentado en una atarjea, bocadillo en mano, en la otra una botella. «Si gusta...», brinda Juan, distante. «Buen provecho», responde Romualdo con aspereza. Y sin más preámbulos añade: «Las plataneras están de la mano de Dios, *Cachimba*. Aquí solo faltan loros para que esto parezca una selva». Juan mira a Romualdo de arriba abajo, lo encara al desgaire y le dice: «Usted sabrá mucho de loros, señor, pero de las plataneras solo sabe que son verdes». «Te equivocas, Guzmán», responde el patrón, imperturbable. Y con gesto ceñudo, agrega: «Si la finca no se endereza en un par de meses, despídete de la próxima cosecha». «¿Cómo dice?», pregunta el medianero, desafiante. «Digo que si la finca no coge tino, el trato de medianería se va al carajo». Al paso de aquella advertencia Juan se levanta, enciende la pipa y mira al otro con saña. « ¿De verdad ha dicho usted lo que acabo de oír?», insiste Juan, perplejo. «No acostumbro a repetir las cosas por gusto», responde Romualdo, serio. Juan empina la botella, apura un trago y con voz pastosa, dice: «A usted se le ha metido algún barrenillo en la cabeza, porque bien mirada... la hacienda produce lo suficiente». «Eso no basta», replica el señor, altanero. Y acto seguido puntualiza: «Mis plataneras deben rendir lo conveniente». La reprimenda exaspera a Juan Guzmán. El aparcero es de los que revientan con mecha corta, se maneja mejor con las manos que con la palabra y siente que su arrojo desfallece ante la sinrazón que lo avasalla. «Se puede meter los plátanos por...», suelta el hombre a bote pronto y aprieta los dientes. Una mueca de crispación le sella los labios, se lleva la pipa a la boca y con voz contenida añade: «Ya hablaremos usted y yo un día de estos». «Todo ha quedado dicho, no hay nada más de qué hablar, *Cachimba*», responde Romualdo, serio. Entonces Juan   encara al otro con arrogancia y le dice: «Puestos a dejar las cosas en su sitio, también usted me va a oír, señor». El medianero agita la pipa ante el rostro impávido de Romualdo y dice: «Si no deja en paz a mi mujer, me voy a olvidar de quién es quién y...». «Cómo te pongas farruco, Guzmán..., me parece a mí que te vas a tragar la lengua», replica el amo sin descomponer el gesto. Y con un dedo amenazante en el aire, agrega: «Te juegas algo más que los garbanzos en este envite, desgraciado». Juan observa al dueño de la finca con mirada sombría, masculla unas palabras y se aleja. De su gesto abatido se desprende más rabia que orgullo.

Un día despejado de agosto, en vísperas de la festividad de Las Nieves, Juan tarda en regresar y Nerea lo echa de menos. «Tal vez se hartó de vino y se recostó sobre un montón de badana», pensaría la mujer. Cansada de esperar, Nerea llama a su esposo a gritos, lo busca por toda la finca y encuentra la cesta del desayuno junto a una acequia. Aún queda vino en la botella. Nerea se asoma al borde del bancal sin amurar, mira al cantero de abajo y siente que la voz se le anuda en la garganta. El cuerpo desmadejado de su marido yace boca arriba, con la cabeza destrozada y los ojos abiertos. Se diría que a Juan le quedaba algo por ver aún después de muerto.

Juan Guzmán cayó de mala manera, nadie sabe cómo, pero cada cual compone su juicio: unos hablan de un mal paso bajo los vapores del alcohol, otros involucran la fatalidad, nadie cree que un bebedor pueda echarse a volar dejando atrás una botella a medias. Mientras las comadres se llenan la boca con los pormenores de la desgracia, las autoridades interrogan a Fidelio Calandre, indagan acerca del paradero de un tal Úrculo Hernán-Moctezuma Prieto Cortés, alias *Culoprieto*, y preguntan por un cabrero ciego llamado Facundo Rocío, alias el *Cotorra*. A Fidelio le hacen chanza, lo mortifican y lo cubren de desprecio; al criollo lo insultan y lo muelen a guantazos por ver de arrancarle unas palabras; al invidente lo someten a un penoso careo con Sinforosa Gómez, una joven carnosa de mal vivir, a quien llaman la *Guagua*. A la muchacha le piden pormenores de su encuentro con Facundo, pero nadie le pregunta al ciego si ha recobrado la vista a resultas de algún milagro. En torno a los interrogatorios de la Guardia Civil surgen miradas que entrevén el desquite del siervo maltratado, el golpe por encargo o el empujón de unas manos que sueñan con la mujer del muerto. En todo caso, quienes albergan sospechas de violencia, hablan en voz baja o enmudecen, no por discreción, sino porque hallan algún premio en el más discreto silencio. Nadie cree en el disimulo temeroso de los que olvidan, pero todo Tacande entiende las razones que aconsejan callar. Quienes conocían al medianero ven en su oscura muerte un acto de rebeldía contra su propia destemplanza. «Ese cabrón no aguantaba la hiel que echaba por la boca», dicen unos. « Era bastante atravesado y de mala entraña el condenado *Cachimba*!», aseguran otros. Apenas se escuchan frases tibias a la hora de enjuiciar al difunto; tampoco se oyen esas voces inarticuladas que temen ser despellejadas por los filos maliciosos de las propias gargantas. Si acaso los más prudentes ajustan su vara de medir y aprietan los labios, a sabiendas de que algún día solo han de vivir en bocas de malas lenguas. Algunos desalmados se rodean de falsa benevolencia, entornan la mirada y dicen: «Era ruin como el demonio el jodido *Cachimba*, pero en el fondo no era más que era un pobre diablo». Arrinconada en la débil memoria de Tacande, la oscura caída de Juan Guzmán pronto cae en el olvido. Solo Juanón, un muchachote soñador por aquel entonces, mantiene viva la muerte de su padre.

En poco tiempo se disipan los rumores, las cabañuelas de San Miguel anuncian lluvias en abril, y nadie habla de pasiones encontradas en torno a la discreta belleza de Nerea. Al cabo de unos meses la mujer del medianero encarnece de vientre y da a luz una hermosa niña. La chica nació en un veranillo novelero de marzo, cuando aún no habían florecido las primeras lilas. Apenas habían transcurrido siete meses desde el entierro de Juan *Cachimba*.

Escuchaba yo la voz indiscreta de la interioridad, cuando percibí una mirada cercana, de cuyo silencio se desprendían quién sabe qué preguntas.

– ¿Cómo conoce usted la vida de mis mayores con tanto deslinde? –quiso saber Irene.

–¡Bah!, no debes hacerme caso, solo le daba vueltas a un cuento de viejas –respondí con cierto sonrojo–. Aunque en esto de los cuentos…, quién sabe qué ocurrió, bien puede imaginar cómo y por qué pudo haber ocurrido.

–También mi madre se enteraba de cosas que nadie sabía, pero ella hablaba lo justo para no arder por dentro.

–Pero el reconcomio a veces quema las entrañas –opiné–. Quien se traga un secreto que duele se abrasa por dentro, no con fuertes llamaradas sino a fuego lento.

–Es verdad. Hay cosas que si no las dices, revientas.

–Aun así, a veces conviene callar.

–De tanto callar, mamá siempre tenía razón.

–Tu madre era una mujer de pocas palabras, pero desde que enviudó se volvió tan aleganchina, que a poco que abría la boca se le destapaba el alma.

– ¿Le contó mi madre...?

–Tu madre le contaba su desgracia a quien quisiera escuchar. A menudo los alegatos acallan la amargura y encienden el coraje. Quizá por eso a Nerea nunca le faltaron fuerzas para salir adelante. ¡Con qué orgullo se miraba la pobre en esos ojitos tuyos tan lindos!

Mientras le hablaba, Irene permanecía encogida en el borde de la silla, los codos sobre los muslos, las manos apuntalando el rostro.

–Me parece que fue ayer cuando viniste al mundo –musité contemplando el semblante aniñado de Irene.

– ¿También a mí me vio nacer? –preguntó ella, sorprendida–. Usted, como Dios, parece que está en todas partes.

–Digamos... en todos los partos –maticé–. ¡Y a saber dónde se halla Dios en su inmensa Gloria!

–Nadie lo sabe –masculló la chica, abstraída–. Muchos lo buscan y pocos lo encuentran.

Por un momento temí que Irene se descolgara con algún comentario acerca de la naturaleza de Dios, su ubicuidad o su disposición a ser hallado por criaturas extraviadas, cuestiones que la razón no puede esclarecer como si tal cosa. El interés de Irene, sin embargo, volaba más bajo. Su curiosidad andaba centrada en saber si había venido al mundo con la boca cerrada, llorando a lágrima viva o con las nalgas por delante.

– ¡Qué cosas se te ocurren! –dije por decir.

–Mis primeros recuerdos eran de puro llorar –balbuceó ella entre dientes.

Como Irene insistía en conocer ciertos pormenores en torno a su nacimiento, me acomodé en el asiento y le referí los detalles de su despertar a la vida. Mientras troceaba el pollo, le hablé a la chica de los calambres y el descoyunto que sufre una parturienta, de aguas rotas muslos abajo, de retortuños lacerantes seguidos de un plácido sopor... y de cuando al fin el dolor se torna en una placentera sensación de alivio.

–Después del parto, el bienestar y la confusión son tales, que la mujer no sabe si ha dado a luz o si ha dado de vientre –dije.

– ¿No querrá decir que me confundió con...?

–Viniste al mundo de repente, como una necesidad, pero desde tu primer día ya daba gloria verte. Naciste al alba, con la tez sonrosada y esos ojos de mar en calma...

– ¿De dónde saca usted ese hablar tan enramado que parece envuelto en flores? –me interrumpió Irene, boquiabierta.

–Aunque las lecturas se olvidan, a menudo dejan poso en el fondo..., como un buen café –dije, arrasada por cierta sensación de inmodestia.

Enfrascada en aún en mis recuerdos le hablé a la muchacha de las tongas de libros que le compraba a Abdul, un mercader de sonrisa permanente que recorría la vecindad, vendiendo tarecos de puerta en puerta.

–No hablaba usted de mercaderes risueños sino de un nacimiento, el mío, del que apenas sé lo poco que me contó mi madre –me reconvino Irene con mirada de ansiedad.

Sentía el brazo agarrotado debido al esfuerzo de descoyuntar el pollo, así que dejé el animal despedazado sobre la mesa y me puse a trocear verduras. Sin perder de vista el vaivén del cuchillo, me agarré a la mirada de la chica y le hablé de su madre, de su entereza a la hora de afrontar la adversidad y de su determinación en los momentos difíciles. No le dije a Irene que tras la apariencia resuelta y animosa de Nerea se ocultaba un ser inconsistente como un tallo de centeno. Tampoco le conté cómo al atardecer de un día despejado de septiembre, unas fiebres le arrasaron la cabeza y la despojaron de la escasa alegría que aún le cubría los huesos.

–Al anochecer Nerea siente que se le abrasan las sienes, se adormila a ratos y despierta con un dolor en el cuello que la inmoviliza de pies a cabeza. Alarmado y presa del miedo tu hermano sale volando y viene a dar conmigo: « Mi madre está malita, doña, mire a ver..., ¡ayúdela, por favor!», clama el muchacho, desnerviado.

Sin tiempo ni para tomar aliento, mando a Juanón a buscar al médico y me planto en la casa de la finca. Allí encuentro a Nerea encogida entre las sábanas, con el rostro sudoroso y el cuerpo salpicado de manchas. La mujer yace hundida en un sopor que no presagia nada bueno. Apenas reacciona a la voz, no articula palabra y da miedo asomarse a su mirada. «Cuando alguien te pide ayuda desde tan lejos, solo te queda rogar por su alma y encomendarte a San Judas Tadeo», me digo, por no sucumbir al desánimo. Al cabo de una eternidad llega Juanón con el gesto descompuesto y el médico tras sus pasos. Don Manuel se inclina sobre la enferma, la observa de pies a cabeza y se retira a una esquina con su maletín bajo el brazo. El hombre se acerca a la cama, se acaricia la barbilla y entorna la mirada. Su rostro contiene la expresión dubitativa de quien no sabe qué hacer o quien busca una respuesta más allá del propio discernimiento. «A ver cómo responde la enferma», dice, mientras echa mano a una jeringuilla. El doctor procede según su arte, recoge los bártulos y deja un puñado de consejos con la expresión sombría de quien se siente incapaz de mantener viva siquiera cierta esperanza. Cuando apenas queda expectativa alguna, solo queda recabar la presencia del cura, aunque tampoco hay que apresurarse con tal requerimiento, al fin y al cabo en la eternidad no cabe el antes ni el después, el tiempo ni el destiempo. Aun en caso de apuro el párroco siempre llega tarde, no debido a su andar dificultoso de viejo entrado en carnes, sino porque es hombre discreto y sabe que en el momento más espinoso de la vida, la fe no debe anticiparse al conocimiento y a cierta esperanza.

El médico, sin embargo, se rinde ante lo que debe de considerar inevitable y se pone una venda ante los ojos. «Salvo rezar y esperar un milagro, nada podemos hacer por ella», dice don Manuel antes de alejarse encogido de hombros. También Nerea se marchó aquella noche, sin tiempo para recordar que aún le quedaba por saldar alguna deuda de silencio indebido.

Mientras mis reminiscencias cobraban voz, una lágrima azul se desbordaba de la mirada de Irene; sus ojos brillaban con el fulgor diluido de un par de aguamarinas. «Habrá escuchado la chica...», cavilé, mientras consideraba que a menudo mi interioridad dejaba escapar alguna inconveniencia.

– Cuánto lo siento, mi niña. Perdona a esta vieja ensimismada que no calla ni aunque piense bajo el agua –traté de excusarme.

Mientras yo me centraba en el puchero que tenía entre manos, la chica forzó una sonrisa con gesto apesarado, inclinó la cabeza y se abismó en sus adentros.

Irene veía transcurrir cada jornada sin más novedad que alguna inquietud de la pubertad, una destemplanza que a poco que se moviera bajo el sol del mediodía la hacía sudar vapores afiebrados. Cada día le parecía igual al anterior; cada jornada le resbalaba entre las manos, como un rosario de horas engarzado en hilos de rutina. Solo alguna ventolera desatada a su paso, animaba la impasible quietud de los pasillos.

En enero, en junio y a veces en septiembre, pasaba por la casa un mercader ambulante de ascendencia libanesa, conocido como Abdul el moro o Abdulá 'el porruño', debido a su origen y a una deformidad que le impedía extender su mano izquierda. Abdulá Ibn Jaldún, que así se llamaba el hombre, era un tipo broncíneo de sonrisa amable tachonada en oro, un lunar cárdeno en la base del cuello y traza erguida de caballo percherón.

De tiempo en tiempo el árabe se acercaba hasta la terraza ajardinada con una maleta al hombro, subía la escalinata del pórtico y se descargaba ante la puerta. «¡Doña!», clamaba con voz clara de pregonero. Cuando Ernestina acudía al portal, el vendedor la saludaba con una sonrisa que le iluminaba el rostro, mientras se deshacía en reverencias. Maletón en mano, tras los pasos de Ernestina, el moro se adentraba en el salón, se interesaba por la salud de la familia y daba muestras de regocijo o de pesar, según escuchara noticias de buenaventura o de malandanza. Cuando Abdul abría su valija, el salón quedaba colmado de hilaturas, libros, pedrerías... «Pida usted sin reparo que Abdulá provee», le decía a Ernestina con gesto servil. Y como la mujer se mostrara remisa a creer que pudiera llevar tal o cual género, añadía: «Si a usted se le antoja arrimarse al calor de un fuego azul, un servidor lo encuentra con una mano y se lo ofrece con la otra. Y si se le antojara contemplar un fuego verde, tomamos la llama de color azulina, le añadimos unas gotas de Sol y obtenemos una hermosa luz de color esmeralda».

El fenicio exponía su mercancía con el discreto orgullo del colegial que muestra su colección de mariposas. En sus visitas periódicas Abdul llenaba el salón de unas sedas multicolores que, según decía, habían adornado el talle de bellas huríes; tendía alfombras de Jorasán cuyas lanas habían servido de suelo viajero en fastuosas jaimas; desplegaba retales de tafetán apropiados para confeccionar enaguas y sudarios; amontonaba madejas de estambre en tonalidades quisquilla y ámbar; apilaba libros rescatados de incendios acaecidos en ciudades antiguas; daba a oler especias utilizadas en la India para realzar el aroma de los guisos; desenrollaba pergaminos babilonios y papiros escritos en arameo con mano primorosa; aireaba perfumes de esencias nepalíes; se adornaba la frente con guirnaldas de abalorios procedentes de Turkmenistán... Alguno de los artículos que mostraba eran tan voluminosos, que su desmesura superaba las dimensiones del cofre donde hallaban cabida. « ¡El baúl del moro encierra magias de feriante!», aseguraban las comadres, incrédulas al observar cómo el arca de Abdul contenía tal abundancia de objetos exóticos y quincalla. «Ante la mirada que no entiende, cualquier insignificancia puede parecer inmensa», sentenciaba el mercader. Mientras su mano derecha, la del ofrecimiento, era fina y delicada, los dedos de su mano izquierda eran oscuros y nudosos como sarmientos. Aquel hombre no había nacido para arreglar relojes ni para engastar joyas, sin embargo sus manos se mostraban locuaces como las de quien ha perdido la palabra. Con ademanes pausados de quien es dueño de su tiempo, Abdul representaba matices de finura, sutileza y abundancia. «Es una pieza única», aseguraba el libanés cuando se empeñaba en realzar las excelencias de cualquier baratija. Si se proponía vender unos mondadientes de marfil angoleño, el hombre los mostraba en su mano sarmentosa e insistía en la utilidad del género: «Con estos palillos no hay grano que se esconda entre las muelas. ¿Que no come guayabas ni tunos o no tiene usted dientes?, entonces tendrá uñas que limpiar, sandalias que rehilar o un agujero de menos en el cinto cuando algún kilito se amontona en la barriga, y usted perdone». Con voz cadenciosa y oído atento de confesor, Abdul convertía cualquier antojo pueril en la más imperiosa necesidad. El vendedor no solo convencía merced a su bien administrada elocuencia, también hacía gala de una admirable habilidad para desvelar oscuras ansias.

En sus visitas, el árabe proveía a Ernestina de alhajas plebeyas, libros de Historia Sagrada y reliquias de santos. También le mostraba botones de cuerno de alce que ella adquiría con discreción, a fin de asegurar la bragueta inquieta de Romualdo. Aunque jamás manifestaba aquel propósito, Ernestina mostraba cierto rubor cuando insistía en lo bien que iban a lucir aquellos botones en su chaqueta más elegante. Ernestina tampoco presumía de habilidad para coser remiendos. Si alguna vez su esposo le pedía que le arreglara un descosido o que le rehilara un botón, ella dejaba pasar las horas muertas y olvidaba el encargo adrede, a la espera de que su desgana se viera arrasada por el tedio. Entonces echaba mano a la cesta de costura y se sacudía la indolencia. Ernestina se aplicaba a sus tareas de costura con tal desidia, que en más de una ocasión Romualdo se preguntó si a un hombre se le podrían enfriar sus partes, debido a un mal aire que se pudiera colar por un descosido olvidado en el fondo de los pantalones. «De tanto sacar a pasear la hombría… ¡ni tiempo le queda al señor para cerrar la puerta!», le oí decir a las comadres. Antes de perder la vista, también Facundo el cabrero se atrevía a comentar el vestir descuidado de Romualdo. Con voz aguardentosa y palabrerío soez, Facundo decía que si Romualdo andaba con la bragueta abierta, no era por distracción ni por holgura en los ojales, sino porque le saltaba la botonadura debido a su propensión a mantenerse empalmado, con la virilidad rampante de baifo en celo.

En un atardecer anodino de enero Abdul llamó a voces desde el portal. Ernestina le abrió, respondió a su reverencia con una leve inclinación de cabeza y lo invitó a pasar al salón.

–A ver si trae algo que valga la pena –dijo.

–Con el permiso...

Respondiendo a un gesto de la señora, el árabe ocupó una silla y abrió su maletón colmado de abundancia.

–No se tome demasiadas molestias, que en esta casa ya no queda sitio para tanto chafallo –dijo Ernestina con fingido desinterés.

Abdul fijó su mirada en los ojos de la mujer. Había en ellos cierto desabrimiento, esa desgana que ensombrece el rostro de la dama que ha dejado marchitar el deseo al cabo de una vida sin querencias.

Sin pronunciar palabra, el hombre buscó en el baúl y dejó a la vista un muestrario de pedrería fina. Sobre un paño de gamuza oscura brillaban hileras de rubíes, zafiros y esmeraldas, algunos engarzados en piezas de oro, otros sueltos como estrellas.

–Quizá a la señora le podría interesar una bella alhaja –dijo el moro vaciando la voz en la palabra «alhaja», como si invocara al Señor de sus creencias.

– ¿Y en qué fiesta iba a lucir yo una buena prenda? –objetó Ernestina.

–Una gema en el cuello de una dama ya es una fiesta de por sí, amable señora –comentó Abdul con galanura.

Ernestina no respondió, ni escuchó siquiera. La voz almibarada de Abdul le causaba cierta ensoñación inconfesable. Después de revolver un rato en la valija con su mano izquierda, el libanés sacó un estuche de cuero, sopló la tapa enmohecida, lo abrió con pausa de prestidigitador y lo mantuvo en su mano derecha, ante el rostro impávido de Ernestina.

Entre los dedos del mercader colgaba una cadena de plata, de la que pendía un cristal cárdeno tallado en forma de lágrima.

—No es más que una humilde amatista, pero se comporta de un modo increíble —dijo.

– ¿Cómo que «se comporta»? – preguntó, extrañada, Ernestina.

El árabe desplegó su mejor sonrisa, alzó el colgante en su mano deforme y dijo:

—En las noches de luna nueva, la piedra se apodera del calor de la piel, se enciende como un lucero y alumbra ilusiones de color violeta.

—Demasiado cuento le echa usted a sus joyas, me parece a mí —respondió Ernestina, descreída.

—Le hablo de un objeto fantástico, bella señora. Si esta gema le iluminara el descanso, disfrutaría usted de un sueño tan placentero que no querría despertar.

– ¿Y si una duerme en compañía? —preguntó la mujer.

Con gesto caviloso Abdul se acarició la barbilla, entornó la mirada y dijo:

—Si quien yace al lado es persona de bien, dormirá como un niño hasta el alba, pero si tuviera mala conciencia o mal dormir, entonces a lo peor…, quizá la amatista le podría alumbrar alguna pesadilla.

Ernestina tomó el colgante entre las manos, asintió tras un breve titubeo y acordó el precio con el vendedor. Movida por una súbita premura, la mujer se dirigió al aparador, abrió una gaveta y sacó un par de billetes de su cajita de cedro.

Interesada en las gemas del mercader, Ernestina insistía en conocer sus particularidades, como si de repente le hubiese entrado alguna compulsión por coleccionar pedrerías.

– A ver qué hay de verdad en ese dormir iluminado –dijo, complacida, mientras arreglaba cuentas con el moro.

–Va a quedar maravillada –aseguró Abdul.

–Más le vale –respondió la mujer, risueña–. De lo contrario lo han de ver vendiendo chubasqueros bajo el sol de algún desierto.

Abdul dejó entrever el blanco perlado de su dentadura, cerró la maleta con parsimonia y se deshizo en gestos de reverencia y parabienes de despedida.

Aquel día Ernestina trabó conversación con Abdul, como si lo conociera de toda la vida. Mientras Irene le habría la puerta del salón y le franqueaba la salida al moro, Ernestina seguía de cháchara con él y se despedía a su pesar, hasta las lindes de la hacienda.

Al cabo de un rato, cuando el sol ya declinaba sobre el horizonte, la mujer regresó con andar distraído, a través del patio flanqueado de naranjos. Ensimismada, de espalda al portal, Ernestina cerró sus manos sobre el pecho enjoyado, alzó la amatista ante la mirada y se quedó embelesada con la mirada en la lejanía. Un delicado velo de color violeta se tendía sobre el naranja encendido del poniente.

Durante dos noches seguidas Ernestina durmió con la amatista colgada al cuello. Y nada cambiaba en su soñar anodino de siempre. Cuando aún no había calentado la almohada, la mujer se revolvía entre las sábanas y mascullaba imprecaciones contra el libanés: « ¡Vaya con el dichoso moro! Tiene más labia que vergüenza», decía entre dientes.

Ya de madrugada, la mujer caía en un dormitar somero del que solo salía para hundirse en un dormir plagado de sobresaltos. En su sueño alterado legiones de mercaderes de tez cetrina llenaban la casa de joyas, sonrisas con reflejos dorados y reliquias de santos.

A la tercera noche, en una madrugada oscura de enero, Ernestina cayó dormida con una mueca de placidez en los labios. Refugiada entre sus pechos melancólicos, la amatista irradiaba una luz de color berenjena salpicada de mariposas. Al otro extremo de la cama, Romualdo dormía un sueño agitado, como si un ejército de ratas le royera las uñas. De tanto en tanto el hombre abría los ojos, se llenaba la boca de palabras soeces y se deshacía en una sarta de improperios. « ¡Hay que joderse! ¡Mi mujer retozando con un demonio ante mis propias ñañas!», mascullaba y se restregaba los párpados, como quien no da crédito a lo que ven sus ojos. Con el gesto encendido de rabia, Romualdo se cubría el rostro con la almohada y sacudía la cabeza, en un vano intento de desprenderse de aquella pesadilla. Al cabo de un rato el hombre caía en un sopor atormentado, desde donde no atisbaba los remansos del sueño ni el alivio del despertar.

Ya de amanecida Romualdo despertó con los ojos entumecidos y las sienes claveteadas de dolor. Ernestina yacía a su lado, envuelta en una laxitud despreocupada.

– ¿No has dormido bien, querido? –se interesó la mujer–. Te veo tenso y enfurruñado, con cara de haber pasado la noche en vela.

–Anoche tuve un sueño repugnante –respondió él, arisco–. Y resultaba tan real que…

–Cuéntame, anda.

–Te veía en cueros en medio de una luz morada, reías como una posesa y te revolcabas con un chalado que... ¡Qué indecencia!

–A veces una mala digestión nos da la mala noche, ese dormir desapacible de los sueños revueltos, ya sabes.

– ¡Qué revoltura ni qué puñetas, no me jodas! Parecías entregada al relajo como una cualquiera. Y te enredabas en unos trajines de buscona, que no daba crédito a lo que veían mis ojos. Por momentos no sabía si dormía o si soñaba despierto con una escena increíble.

–Habrás sufrido una pesadilla, ya te digo, los sueños van por libre, como el aire –insistió la mujer, cabizbaja.

Con el semblante descompuesto por la ira, Romualdo se llevó las manos al rostro, se restregó los párpados y escondió la mirada.

—A un hombre los cuernos le duelen hasta en los sueños, Ernestina —dijo con sesgo huidizo—. Y el sueño de anoche parecía tan real…, tú te revolcabas con un chiflado, mientras yo me veía contemplando el festejo, como un cabrón que no acaba de creérselo.

Ernestina jamás había visto a su esposo tan fuera de sí y a la vez tan apocado. El hombre envanecido y altivo que antes parecía el dueño del mundo, ahora yacía encogido sobre las sábanas, como una frazada sin orgullo.

—A veces la cabeza nos juega malas pasadas, Romualdo —balbuceó la mujer, movida por cierta sensación de culpa.

—¿Malas pasadas? —remedó Romualdo con sorna—. Pues se diría que tú no lo pasabas tan mal. No echabas un polvo recatado de novicia, no señor —insistió él—, retozabas de una manera…

Plegada sobre sí misma, abatida como una sabina azotada por el viento, Ernestina se llevó las manos a los oídos y se derrumbó sobre la almohada. Le ardían las mejillas, le crujían los huesos y sentía cierta pena en el alma. «Si la mujer duerme en compañía, con la amatista colgada al cuello…», le pareció oír decir. Y recordó vagamente las palabras del mercader: «Si quien yace al lado tiene mala conciencia o mal dormir...». El eco de aquellas palabras le reveló a Ernestina que mientras ella soñaba con Abdul, Romualdo pudo haber sido testigo su goce inconfesable.

El ruido de un portazo puso fin a las cavilaciones de Ernestina. La mujer buscó a su esposo con la mirada, lo llamó con la intención llena de excusas, pero el hombre ya se hallaba lejos.

El brillo rosáceo de la amatista empezó a declinar en febrero, cuando la luna entraba en cuarto creciente. En tanto el astro se llenaba de luz, los sueños de Ernestina se tornaban incoloros, los espejismos de placer se velaban tras espesas nieblas, hasta que al fin se disipaban al clarear el día. Así, durante una semana, la mujer dormía en medio de un cálido arrobamiento, cuyo íntimo deleite se apagaba al borde del alba. La joya dejó de brillar en un amanecer de marzo, cuando el resplandor del plenilunio se fundía con la primera luz de la mañana. Desde aquel día Ernestina volvió a la rutina de su dormir anodino, sin el menor asomo de aquella fantasía placentera de color malva.

En una de esas tardes en que se entregaba a la confidencia, Ernestina me confesó que quería olvidar a alguien, aunque no recordaba a quién. Al anochecer ya me había hablado de Abdulá, de su gema luminosa, de su cabellera azulada y de su torso recio de alazán. Antes de caer dormida se enredó en elucubraciones sobre el amor incierto que alivia las llagas del abandono, habló del placer prohibido que la memoria relega al olvido, y al fin cerró los ojos.

Al cabo de unos días Ernestina ya no recordaba sus ensoñaciones en color relámpago, buscó refugio el lecturas plagadas de santos y descubrió un cielo poblado de presencias extrañas. También Romualdo recobró sus inquietudes de siempre. Cada noche el hombre se acostaba de madrugada, se echaba la cobija al hombro y roncaba hasta el amanecer. Aunque a menudo se restregaba los ojos mientras dormía, Romualdo no volvió a ver a su esposa en trance alguno que le inquietara en sueños.

Sumida en una profunda melancolía, Ernestina veía transcurrir las horas confinada en la penumbra de su alcoba. Mientras ella permanecía encerrada en sí misma, Romualdo aireaba su espíritu festivo, en discreta desavenencia con su cuerpo en declive. Ninguno de los dos gozaba de buena salud: ella porque había caído en una desgana que la consumía; él porque padecía los rigores de una conciencia escrupulosa de la que no escapaba ni a fuerza de lujuria. Si de por sí ya era mujeriego, después de aquella semana de pesadillas, el hombre se entregó a una vida disoluta salpicada de amoríos. Sus andanzas quedaban tan a la vista, que a menudo eran pasto de las habladurías de Tacande.

Las comadres ociosas se relamían al paso de cada rumor:

– No sé cómo a Romualdo no se le reblandecen los huesos de tanto irse por la entrepierna

– Es cuestión de naturaleza, amiga mía. De casta le viene al galgo y... Romualdo de casto no tiene nada. Bajo su apariencia de enclenque estirado se esconde un macho sustancioso en colgajos.

– ¿Y tú cómo lo sabes?

–La gente chismorrea…, todo se comenta, todo se sabe, todo se ve.

– ¿Y será verdad eso de que el señor Sanfiel tiene tres huevos, como los chivos morlacos?

–Tenga los huevos que tenga, el hombre los empolla fuera del nido, como los tordos.

…

Romualdo Sanfiel vivía una madurez marchita que declinaba hacia la inanidad, hacia la vejez o peor aún, hacia una huida sin escapatoria. Si un día Romualdo se desentendió de su mujer no fue porque nunca se hubiera entendido con ella, sino porque entendía que el amor de un caballero, una dama debe merecerlo y, más que nada, porque se sentía herido en las fibras del orgullo.

Si bien era hombre incansable en materia de faldas, Romualdo no se parecía a esos amantes ricos que erigen templos en torno a queridas vistosas, estandartes íntimos de poderío y altares desnudos para sus ritos de alcoba. Romualdo prefería el silencio generoso de la amante retraída, a la exuberancia teatrera de la mujer de pago. Cuando aún no conocía a las Rosas, el hombre se entregaba a apaños nocturnos con Sinforosa la *Guagua* o buscaba queridas sumisas que reían sus ocurrencias, cuando no encontraba alguna joven necesitada dispuesta a plegarse a sus pies con espíritu de esclava. Aunque vivía con enjundia de marqués sus noches de parranda, nunca nadie vio a

Romualdo engolosinado con querencia alguna, hasta que descubrió cierto sosiego a la sombra de unos frutales.

Romualdo encontró el amor a primeras horas de la mañana, en un día radiante de finales de marzo. Aquel día no solo se encandiló ante la plácida hermosura de María de los Ángeles Rocío, también experimentó la emoción del ciego que al abrir los ojos vislumbra el alba. Quizá el discreto silencio que se desprendía de aquella mujer tenía la virtud de aplacar sus ansias de señor intratable.

La hija de Facundo el *Cotorra* era una joven de lindura insustancial, semblante relajado y atmósfera de tonalidades suaves. Cuando reparó en Angelita Romualdo olvidó a las mujeres que apenas recordaba y a su esposa más que a ninguna. Pese a la inconsistencia de sus hechuras, la muchacha abanderaba unos encantos tan delicados, que su primor ensombrecía las bellezas más afamadas de Tacande. Su talle semejaba el de una abeja alimentada con polen de retamas; su voz apenas se dejaba oír, como no fuera envuelta en alguna tonada; su mirada rezumaba la verde quietud de un estanque de aguas mansas. Angelita vivía rodeada de una familia de gatos indolentes, con su padre ciego y un rebaño de cabras. Cada día la mujer veía transcurrir las horas de la mañana al amparo de una casa destartalada, cuyos muros se alzaban sin pretensiones entre frutales, colmenas viajeras y un palomar.

Un día al amanecer, camino de la sorriba, Romualdo oyó una voz aniñada que entonaba una habanera. Por momentos la alborada se llenó de luz, los pájaros enmudecieron y hasta la brisa se quedó sin aire. Hechizado por la melodía, Romualdo olvidó su rumbo de cada mañana y se quedó alelado, como quien escucha la voz incierta de un ángel. La joven se movía entre unos aguacateros en flor con una palangana de ropa entre las manos.

— ¡Buenas mañanas, señor! –saludó Angelita.

— ¡Muy buenas! –respondió él, con los ojos clavados en la piel que asomaba sobre el escote de la mujer, ajeno a la bonanza de día.

Mientras recuperaba el tino, el hombre se preguntó cómo podía haber visto antes a aquella criatura, sin que a su mirada se le revelara la hembra cerrera que llevaba dentro. A ojos de Romualdo, la presencia de Angelita sugería la fresca espesura de una arboleda poco transitada; su figura lucía esa fastuosidad de selva húmeda que nadie ve y nadie olvida cuando ha reparado en ella.

Movido por un impulso irrefrenable, Romualdo se ajustó los pantalones a la cintura, se atusó el cabello y se dejó arrastrar por una atracción jamás conocida antes.

— ¡Cuánta hermosura! –dijo entre dientes–. A tu paso deberían inclinarse las flores del pedregal.

Como en los labios de la muchacha se dibujaba una sonrisa, él insistió en el halago.

— Donde pisan tus pies, las piedras deberían convertirse en alfombras de flores –dijo.

– ¿Como las del *Corpus Christi*? – balbuceó ella con expresión inocente de niña.

« O como las que ablandan los suelos palaciegos, ¡qué sé yo! Si te gustan las flores, desnúdate y te haré sentir que flotas sobre un lecho de hortensias», habría respondido Romualdo, de no haber enmudecido a causa del pasmo.

Mientras el hombre, atolondrado, se deshacía en cumplidos, María de los Ángeles escuchaba sus requiebros sin asomo de vanidad.

–Nadie me había dedicado unas palabras tan amables –dijo ella, arrobada.

–Ni tan merecidas –añadió él, ufano.

Desde aquel instante Romualdo se entregó en cuerpo y alma a la tarea de cultivar los favores de Angelita Rocío, a decir de las comadres, la mujer más linda y vistosa de Tacande.

Empeñado en cosechar más temprano que tarde las golosinas del amor, el señor Sanfiel se aplicaba a diario con mañas de seductor y ademanes de galán. Cada mañana, con ademán de apremio como quien solo va de paso, Romualdo visitaba a María de los Ángeles, la abrumaba con halagos y la desnudaba con mirada babeante de amante primerizo envuelta en lascivia. Jamás tenía atenciones con ella, pero cuando contemplaba su hermosura lo hacía con la querencia del jardinero que cultiva pensamientos en un prado de malas hierbas.

Al amanecer la voz melosa de Angelita se alzaba sobre la silenciosa quietud de los cerros y se adelantaba al canto de los gallos. Cuando las primeras luces del día se derramaban sobre el valle, ella ya andaba entregada a sus trajines en el colmenar, rodeada de insectos zumbones y polen de flores. Igual que el sol madrugador, Romualdo se dejaba ver a diario antes de que las abejas obreras salieran a libar flores de retama. Mientras él subía la lomada, la joven lo esperaba llenando tarros de miel y entonando boleros a media voz.

Cada día, antes de anunciar su presencia con su habitual saludo, Antes de dar los buenos días, Romualdo se quedaba embelesado contemplando el ir y venir distraído de Angelita, como si temiera que su ensoñación se pudiera desvanecer en el aire al paso de unas palabras.

–¡Qué radiante y azul asoma el cielo esta mañana! –observó ella un día, cuando reparó en la presencia del recién llegado.

–Hermosa de verdad –asintió Romualdo, embobado ante la grácil figura de la mujer, ajeno a la serena belleza de las horas tempranas.

Día tras día, mientras la muchacha andaba ocupaba en sus quehaceres, Romualdo la sorprendía con galanterías cada vez más atrevidas. A medida que el hombre entraba en confianza, sus palabras se tornaban más cálidas, sus manos se volvían más audaces y su voz sonaba más cercana. Y cuando al cabo de unos requiebros Romualdo al fin callaba, entonces su mirada se posaba sobre el rostro sonriente de ella y contemplaba sus labios con ojos golosos de niño hambriento, como si en materia de seducción hubiera permanecido siempre sobre en ayunas. Por momentos en las mejillas de Angelita se encendía cierto rubor. Entre aquel ir y venir de silencios, el cabello cobrizo de la mujer se volvía bermejo, la sonrisa se tornaba en un gesto de placidez y la voz se le enriquecía con cadencias nuevas.

Cuando María de los Ángeles descubrió el dulce arremangado del amor, no solo perdió el gusto por la miel, también perdió la voz y dejó de cantar. Angelita entonó el último bolero en una mañana soleada de abril, en brazos de Romualdo. Andaba ella entretenida en el arreglo de unos rosales, cuando vio llegar al señor Sanfiel. Aquella mañana el hombre se acercó a ella con ademán campechano, le dio las buenas horas y la miró de arriba abajo, con la sonrisa golfa del niño que urde alguna maldad. Mientras se recreaba sin disimulo en los encantos de la mujer, Romualdo se mostraba poco hablador, no se prodigaba en zalamerías ni sufría el ansia del pescador, esa premura que invade a quién ve el pez en el anzuelo antes de echar la caña. Aquel día el galán mañanero traía la intención madura y Angelita lo sabía. En tanto la muchacha endulzaba unas torrijas, Romualdo la abordó con determinación de fusilero y la aprisionó entre sus brazos. Cuando ella aún no había abierto la boca, él la desnudó y la hizo callar para siempre.

Mientras se desmigajaba de goce entre los brazos de Romualdo, Angelita arrancó un grito tan desmedido que espantó a los pájaros, silenció a los gallos y despertó unos ecos que retumbaron en el valle durante dos días y tres noches. Al tercer día el alba se llenó de trinos, las abejas se arremolinaron en nubes negras y los pollos arrancaron cantos destemplados al borde del mediodía, como aquel día si el sol no hubiera despuntado a su hora. Desde entonces María de los Ángeles ya no volvió a entonar una habanera ni un bolero ni un tarareo siquiera.

La callada de Angelita desató un silencio tan clamoroso en el valle, que su mudez pronto se convirtió en la comidilla de todo Tacande. Entre aromas de café las comadres ociosas departían a media voz, reían y comentaban las nuevas que flotaban en el aire:

— ¡Vaya por Dios! Con lo bien que cantaba la hija de Facundo…

— ¡Qué pena! Ahora los días amanecen sin color. Ya no se oye el zumbido de las moscas ni el canto de los pájaros.

— ¿Qué les habrá pasado?

— ¿A los pájaros?

—No, mujer, me refiero a la Angelita y al señor…, ya sabes. Dicen que a ella se le destempló la voz, de tanto suspirar en brazos del galán, bajo el frío del sereno.

— ¿Y eso?

— ¡Ah, amiga, ya sabes! En pleno trajín amoroso a la chica le habrá entrado una mala calentura, pillaría un airón casual y habrá sufrido un espasmo de campanilla.

— ¿Así, de buenas a primeras?

—Más bien «de primeras», diría yo. En vez de tratar a la mujer con jeito, va el muy bruto, la escarrancha y la desvirga al estilo bárbaro, sin ese miramiento que hay que tener con las doncellas.

– ¡No me digas!

– ¿Y si te dijera que se la enhebró a cuatro patas a la sombra de un guayabero? La muchacha se deshacía en gemidos de tal manera, que los gatos salían espantados como si se los llevara el diablo. Y en esas que la mujer arranca un alarido agudo como un filo de cristal, se le deshilvanan las cuerdas de la voz y… Aquel día la pobre Angelita perdió el habla.

– ¡Tremenda brutalidad!

– «¡Tremendo fornicio!», me dije yo, incrédula. Había que ver a ese tunante en plena polvacera, con el culo hecho un panal.

– Dicen las viejas colmeneras que al hombre que recibe picaduras de abeja en salvas sean las partes, se le aprieta el culo y se le endurece el aguijón, ya sabes.

–¡Qué voy a saber yo de esas ordinarieces! Pero en tal caso, a más de uno le convendría ir a por miel.

...

Empujadas por el afán incontenible de meter las narices allí donde olían a enredo, unas vecinas confianzudas le preguntaron a Romualdo por la repentina mudez de María de los Ángeles.

– ¿Qué le pasa a la Angelita que ya no habla? –quiso saber una vecina.

–No es que no hable –respondió el señor, distante–. Quizá simula que no oye por no responder a impertinencias.

Romualdo y Angelita vivían su romance furtivo a espaldas de Facundo Rocío y a la vista de todo Tacande. A decir de las comadres, el cabrero no veía el arrejunte mañanero de su hija porque era ciego o porque saldría de pastoreo desde temprano, pero si tampoco escuchaba sus gemidos desvergonzados, no era porque fuera sordo, sino porque debía de sentirse en deuda con el señor Sanfiel o porque aún no se había ejercitado en la habilidad de escrutar silencios. En cuanto a María de los Ángeles, las vecinas comentaban que aunque había perdido la voz, al menos conservaba la vista, a juzgar por los destellos que se desprendían de su mirada. Con los ojos bien abiertos y el pensamiento en flor, Angelita se entendía con Romualdo sin despegar los labios. «Cuando dos se entienden en silencio, con uno que hable basta», decía el hombre sin reparo. Entonces ella entornaba la mirada y sonreía, sin echar de menos la palabra.

María de los Ángeles Rocío era una mujer de esqueleto liviano, caderas sin autoridad y piel evanescente como un espejismo. Pálidas y delicadas, sus rodillas parecían puestas al borde de los muslos para entretener miradas. Romualdo, sin embargo, apenas se entretenía en otros parajes de su cuerpo que no fueran sus labios, sus pechos respingones o su vello íntimo de color azafrán. « Tienes una manera de retozar que es gloria bendita», le decía él después del amor. Entonces ella se dejaba halagar y sonreía complacida, ya sin el delicado rubor que a menudo enciende el semblante inocente de las doncellas.

Aun sin voz, cada día Angelita cantaba para sus adentros mientras aguardaba la visita de Romualdo. El hombre se levantaba al clarear el alba, se refrescaba la cara y subía los escarpes del valle con la ligera viveza de quien camina en llano. El hombre jamás se hacía esperar hasta media mañana. Cuando el sol apenas había despuntado sobre las lomas, Romualdo ya se hacía oír con silbar despreocupado de holgazán, al borde del camino. Entonces Angelita salía a recibirlo y lo agasajaba con primor de madre, como si llevara años aguardando su llegada. Mientras él se recreaba en los andares de la mujer, ella le preparaba unas torrijas, y se las servía con miel y leche de cabra. Romualdo no era dado a endulzar la pasión con miradas tiernas, pero se dejaba mimar como un niño y se miraba en aquella muchacha que lo escuchaba y callaba como nadie.

A media mañana, con el sabor de la jalea aún en los labios, el señor Sanfiel se dirigía a la sorriba, sermoneaba a *Culoprieto* y espoleaba a Juan *Cachimba*. «Hay que apretarles las clavijas a esos gandules, no vayan a creer que el malpaís es tierra llana», insistía el patrón ante el capataz. Al cabo de un presuroso ir y venir entre cuadrillas Romualdo regresaba al lado de Angelita, saboreaba el café entre miradas tiernas y pasaba horas enteras con ella. Llegara antes o después, alegre o contrariado, aquella mujer siempre lo esperaba con los brazos abiertos y una sonrisa en los labios. Cuando los gatos adormilados reparaban en su silbar, Romualdo ya había caído en brazos de Angelita y se consumía con ella bajo algún frutal de sombra fresca. Mientras él se desbravaba y retozaba a placer, la joven se abandonaba a sus abrazos, como si el deseo mudo cobrara voz en su hermosura. Y cuando al borde del mediodía, el hombre caía rendido a su lado, ella se prodigaba en caricias y se mostraba obsequiosa, con ánimos renovados. Entonces Romualdo se mostraba voluntarioso y reavivaba sus afanes, como el general derrotado que se empeña en emprender nuevas batallas. Mientras el hombre le susurraba obscenidades al oído, Angelita se dejaba acariciar el vientre y lo obedecía, sin esperar órdenes siquiera.

A primeras horas de la tarde Romualdo regresaba a su casa, comía con gesto esquivo y se refugiaba en el cuarto de las siestas. «Dedicas demasiado tiempo a la finca, amor mío», le decía Ernestina, solícita, como si la ocupación de su marido la inquietara en mayor medida que su propia soledad. Quizá entonces no sospechaba que mientras la voz autoritaria de Romualdo aún retumbaba en los oídos de los jornaleros, él compartía silencios con su amada.

A media tarde las comadres murmuraban entre vapores de infusiones y un surtido de confituras:

–Recogía yo la ropa tendida en la azotea, cuando veo a la *Descampanillada* en pelota picada, retozando con el galán a la sombra de un aguacatero.

—Retozando lo que es retozar..., ¿desnudos?

– Se revolcaban en cuero vivo, como Dios los trajo al mundo.

– No me lo puedo creer.

– ¡Si tú supieras!

—A ver, mujer, larga por ese pico que esta boca no suelta prenda.

—Te cuento, mujer. No había cargado yo con la palangana de ropa, en esto que los enamorados se ponen relajones, ríen que se descostillan y se dan un revolcón, que para qué te cuento. Y cuando terminan... ¡Si yo te contara no lo ibas a creer!

– ¿Echaron otro?

—Nada de eso. Después del relajo el hombre se pone caprichoso, se descuelga con unos requerimientos, unas exigencias... ¡Ni te figuras por qué le dio!

– ¿Por comer aguacates verdes?

– Nada de eso. Era tiempo de frutos en flor.

– ¿Entonces…?

—Pues se le antoja al caballero verla a ella encaramada en el árbol, colgada de una rama patas arriba, como los murciélagos que duermen.

– ¡Jesús bendito!

– « ¡María Santísima!», me dije yo.

...

Cuando apenas habían transcurrido unas semanas de aquel amorío, el señor Sanfiel ya descuidaba la hacienda, se desentendía de parrandas y dormía pendiente del canto de los gallos al alba. Cada noche antes de meterse en la cama, Romualdo descorría las cortinas de la alcoba y abría las contraventanas, para despertar con las primeras luces del amanecer. Aun cuando los días amanecían bajo un cielo radiante, Romualdo temía quedarse dormido a resultas de una indisposición en el gallinero o una avería del despertador. Ya desde antes de conocer a Angelita, el hombre pasaba las noches de espaldas a su esposa, como las había pasado en los últimos años. Y cuando ante la mirada licenciosa de Romualdo, Ernestina empezó a desmerecer, entonces entre ambos solo quedó un puente viejo tendido entre dos soledades. Tras aquellos sueños de color violeta, tampoco Ernestina ardía entre sus brazos, como en sus mejores tiempos. Antes de que Romualdo se rindiera al amor mañanero de Angelita, cuando en las noches de cielo revuelto aún en él la llama tibia del deseo, el amor novelero de los primeros tiempos ya se apagaba como una hoguera olvidada. «Parece que ya no te gusto, querido. Antes no me roncabas al oído ni me virabas el culo de esa manera», se quejó un día Ernestina, desconsolada. En aquella ocasión Romualdo alzó las cejas y se encogió de hombros con gesto extrañeza, como si aquella queja no tuviera que ver con él. Y mientras se desentendía del lamento, mantuvo los labios apretados, por no responderle a su esposa que más le valía callar, que se acostaba a su lado y roncaba como un energúmeno, no por cuestión de gusto sino por mera costumbre, que si se entregaba a un dormir apresurado no era por mero apremio del sueño, sino por sentirse dispuesto y despejado para alegrarse el día desde horas tempranas, lejos de tanta quejumbre.

A mediados de la primavera, cuando los alisios alfombraban el patio con flores de jacaranda, Angelita lucía su tez lozana enfundada en colores vivos. A su paso por la huerta, las hojas tiernas se miraban en sus ojos, el aire se entretenía bajo su falda de colorines y las abejas madrugadoras se desentendían de las retamas. Si por capricho de alguna bruma los días amanecían encapotados, la mujer se veía envuelta en nubes zumbonas que se alzaban de la colmena y se arracimaban en torno a ella, como si no hubiera más colorido en el campo que la cálida eflorescencia de su piel. También Romualdo la miraba con ojos de abejón cuando ella reía, cuando se despojaba de sus prendas o mientras se relamía los dedos untados en miel. Mientras Angelita se desnudaba, la blusa y la falda caían a sus pies, igual que caen los pétalos bajo el calor del estío. A él le fascinaba la desnudez impúdica de la mujer que se sabe deseada, y ella le mostraba su lindura con desenfado de sacerdotisa, como si su cuerpo fuera una ofrenda.

Desde que María de los Ángeles se instaló en sus querencias, Romualdo dejó de comportarse como el mandarín arrogante que siempre había sido, para dejarse querer con humildad de necesitado. A quienes conocían sus andanzas nocturnas les extrañaba su aire

139

festivo de buena mañana. Si antes amanecía ceñudo y se conducía por andurriales de vicio, ahora sus pasos transcurrían por las sendas de un vivir plácido y atemperado.

– ¡Quién lo ha visto y quién lo ve! –decían las comadres.

–De un tiempo a esta parte anda el hombre con una contentura, con un silbar pajarero de buena mañana... Nadie diría que el Romualdo de ahora y el de siempre son el mismo señor Sanfiel.

–Quién sabe si a resultas de un mal aire se habrá quedado sin riego en la cabeza y..., ¡vaya usted a saber! A poco que se descuide ese hombre se ha de ver deschavetado como un chivo.

–A lo peor de tanto hembrear, la sangre que se le entretiene en los bajos y no le llega a la mollera.

–En todo caso, el hombre no debe de andar muy católico. Dicen que el médico le ha prohibido las farras.

–Es natural. Se le habrán reblandecido los huesos de tanto irse por la entrepierna.

...

Romualdo no se sentía aquejado de flojera alguna, bien al contrario nunca había subido la lomada con tal sensación de consistencia en la osamenta ni había respirado aromas tan vivificantes como los que se desprendían de la presencia de su amada. Cuando se arrellanaba junto a Angelita a la sombra de un guayabero, todos sus afanes se convertían en caricias, el oído se le llenaba de silencios y el olfato se le embebía de fragancias de guayaba. Aturdido por el sopor que sobreviene al arrejunte, Romualdo veía sin asombro cómo María de los Ángeles se volvía evanescente, se elevaba sobre sí misma y permanecía suspendida sobre los frutales. En sus trances de arrebato la joven se mantenía en el aire con tal levedad, que más que un ángel sin alas parecía un velo tendido sobre las flores.

Las voces de la vecindad no decían que la hija de Facundo fuera de vuelo fácil, de andar liviano o ligera de cascos, decían que Angelita era «más puta que las gallinas». Y no la comparaban con las aves de corral porque hiciera esto o dejara de hacer lo otro, la juzgaban con envidia porque administraba sus encantos con una gracia que nadie acertaba a entender. Pese a los comentarios de las vecinas, María de los Ángeles no conocía otro gallo que no fuera Romualdo Sanfiel.

En las noches de parranda los borrachos de Tacande se recogían con ánimo bullicioso, se hacían eco de los rumores y tocaban los bucios al borde de la madrugada. Un sábado de amanecida sonó una caracola y se oyeron unas voces destempladas. «La gallina colmenera se remonta cuando el gallo la monta», canturreaba con voz pastosa un borrachín. «La pájara vuela cuando le clavan la espuela», añadió otro con aburrida prosodia.

Tampoco a las comadres les pasaban inadvertidas las levitaciones mañaneras de Angelita Rocío:

—¡Lo que hay que ver! Se diría que la *Descampanillada* se comporta como una paloma sonámbula.

–¿Y cómo se comportan esas palomas?

– Se echan a volar dormidas, en vez de andar en sueños.

–Los pájaros podrán dormir de mil maneras, pero una mujer sensata no puede echarse a volar así por las buenas. Como un día despierte en el aire, la Angelita se va pegar un costalazo...

Aunque las vecinas chismorreaban para quien quisiera escuchar, María de los Ángeles solo prestaba oído al dueño de sus silencios. Romualdo no se mostraba fino a la hora del arrumaco ni era hombre delicado en el trato, pero tenía jeito para el halago. Sus lances amorosos desataban tal fervor en Angelita, que al paso de una calentura, su piel irradiaba un aura de polvo fino, leve e inconsistente como un suspiro. Y cabo de una mañana de desenfreno su cuerpo no se alzaba hasta las ramas bajas de los frutales, sino hasta lo más alto, sin más vestido que un leve manto de sudor. Cuando se rendía al amor de Romualdo la mujer se encendía de tal manera, que aun en las tardes frías apenas se cubría con prendas ligeras. A María de los Ángeles le resultaban tan dulces las mañanas junto a su amado, que al cabo de unas semanas de amorío ya aborrecía las torrijas, perdió el gusto por la fruta madura y hasta dejó de chuparse los dedos untados en miel.

Las jornadas de dicha se le acabaron a Romualdo en un día lluvioso a finales de abril. Su retozar de buena mañana apenas duró lo que dura la floración de las retamas. Cuando las abejas madrugadoras empezaban a creer que los pétalos nunca se marchitan, Angelita sufrió un desengaño. En una mañana de cielo borrascoso, ni Romualdo ni el sol asomaban por donde se dejaban ver a diario.

Aquel día había amanecido bajo una serenada tenaz, de esas que calan en el ánimo cuando el suelo aún no se ha cubierto de fango. Transcurría la mañana y la lluvia caía con suave mansedumbre, empapaba la tierra agradecida y abrillantaba las hojas tiernas. Al cabo de unas horas de fina llovizna el cielo aún lagrimeaba con dulzura en medio de un silencio brumoso y quedo. Cuando unas nubes distraídas dejaron entrever el azul del mediodía, cansada de esperar a su amado, la muchacha se encaramó a una brevera, se hartó de fruta verde y se elevó sin ninguna inspiración sobre las copas de los árboles. Si Angelita no hubiera perdido la voz, todo Tacande habría oído un grito amargo y desnudo, cuando la mujer se precipitó sobre el palomar. Solo Facundo Rocío, el perro que guiaba sus pasos y las palomas que se guarecían en el palomar oyeron el golpe que puso fin a la funesta caída.

Al borde del mediodía, al oír un tremendo estrépito, Facundo se quedó paralizado como una estatua mientras acariciaba un pichón de plumas mojadas. Cuando aún no se había recuperado del desconcierto, el hombre se adentró a tientas en el palomar destrozado y tropezó con un bulto blando, un cuerpo desmadejado, ya sin aliento. Al cabo de un rato, unas vecinas vieron como el ciego trastabillaba de un lado a otro, mientras le hablaba a su perro y farfullaba incoherencias.

A primeras horas de la tarde se desató una brisa inquieta sobre las lomas, los perros de la vecindad aullaron como si barruntaran alguna calamidad y las mensajeras se recogieron con desgana.

Cuentan las comadres que la hija de Facundo el cabrero cayó con la mirada perdida en las nubes y con los brazos abiertos como alas. «Parece que a la pobre aún le quedan ganas de volar», masculló una anciana desdentada al oído de otra, mientras unas mujeres piadosas cubrían con una sábana limpia el cuerpo inerte de Angelita Rocío.

Aunque al día siguiente a la oscura desgracia el cielo amaneció despejado y sin amenazas de lluvia, durante una semana no se habló de otro suceso en los mentideros del valle:

– ¡Pobre chica! A media mañana aún esperaba al querido, a pie firme bajo la lluvia, al borde del camino.

–Claro, y don Romualdo no había acudido a la cita, por no exponerse a las lloviznas de abril. Desde que hace unas primaveras pilló una pulmonía, el señor Sanfiel jamás sale de su casa cuando barrunta lluvia. Y como el hombre se demora, ella se desespera, se encarama a una higuera por matar el jilorio, se atiborra de brevas y...

– Si se encaramó a una higuera, no se entullaría de brevas sino de higos sanjuaneros. Abril no es mes de brevas.

–Tampoco San Juan cae en abril.

–¡Qué más da! A lo peor la mujer se elevó en el aire y a poco que se dio cuenta de que nadie puede echarse a volar como si tal cosa…, entonces se vino abajo y se pegó el tremendo costalazo.

–Se habrá remontado con el estómago lleno y sufriría un corte de digestión. La pobre aún permanecía tibia a unas horas de la caída.

–¿Y eso qué tiene que ver?

–Dicen que los muertos no se enfrían del todo, si llevan una hartada de higos en la barriga.

…

Tras la oscura muerte de María de los Ángeles, Romualdo perdió el gusto por levantarse con el canto de los gallos a primeras horas de la mañana. Ya no alimentaba sueños de amor que lo animaran a despertar con las primeras luces del alba. Nadie iba a suspirar entre sus brazos como su mudita de pelo bermejo, nadie lo acariciaría con tanto silencio en los labios, porque nadie callaba como Angelita, con tanta voz en la mirada. Después de las últimas lluvias de abril, Romualdo apenas se conmovía ante la belleza inútil de las mañanas de primavera.

En el día del sepelio, Romualdo se quedó en la cama hasta las tantas, olvidó el desayuno y dejó pasar las horas mientras escuchaba como el aire inquieto agitaba las vidrieras. Si mil veces lamentó su aprensión a pillar una ronquera que le quebrara voz o una pulmonía que pudiera dar con sus huesos en el cementerio, otras tantas maldijo el cielo revuelto de aquel día aciago. Mientras añoraba sus mañanas de amor y miel, Romualdo se mostraba huraño y esquivo como si todo Tacande le debiera la vida. En poco tiempo su carácter agrio se volvió amargo, su espalda se encorvó bajo el peso del abatimiento y su voz se tornó áspera como la corteza de los enebros.

También Fidelio Calandre vio alterada la rutina en sus noches solitarias. Aquel día, ya de madrugada, en tanto Facundo y las vecinas allegadas velaban el cadáver de Angelita, Fidelio se revolvía entre cobijas y soñaba con una joven desnuda envuelta en brumas de incertidumbre. Cuando en aquel amanecer oscuro ya nadie esperaba a Romualdo, al viejo visionario se le aparecía una joven de cabello rojizo y pálida desnudez, de cuyas mejillas chorreaba sangre y lodo.

Con la llegada del buen tiempo el señor Sanfiel olvidó el placer del silencio, dejó de creer en sí mismo y se reencontró con su vida andariega. Más por costumbre que por ganas, el hombre se levantaba al clarear el día, se dirigía a la finca, se hacía acompañar por el joven Úrculo y espoleaba a los braceros. Pasado el mediodía Romualdo regresaba a su casa, más por mera costumbre que por querencia o por hambres tempranas. En vez de almorzar con apetito y fundamento, el hombre deambulaba por la cocina y picaba lo que hallaba a mano, en un ir y venir de pollo encerrado. Cuando oía voces se refugiaba en el cuarto de las siestas, caía en un duermevela incierto y salía sudando a chorros, como quien regresa del averno. Al declinar el día el hombre encontraba a su esposa entregada a un abrir y cerrar de puertas y ventanas, no tanto por por aventar el aire avejentado de la casa como por verlo a él expuesto a corrientes insanas.

De carácter promiscuo y atrabiliario, en las tardes grises de cielo revuelto Romualdo se arropaba en un temor desmedido a pillar catarros, como si unos golpes de tos le bastaran para expurgar su inclinación a la lujuria. A mediados de mayo, pasado el tiempo de andancios y lloviznas, el hombre cobraba nuevos bríos, henchía el ánimo y recuperaba el gusto por la algazara. Al anochecer el señor Sanfiel se sacudía el desaliño, se echaba a la calle y se disolvía en atmósferas cautivas.

Mi hermana siempre se mostró comprensiva y tolerante con los extravíos de su marido. «Aunque lo atiendo con la consideración que merece un obispo y lo mimo como si fuera un marqués, Romualdo se siente agobiado en casa porque, según me restriega por las narices, 'todo el rato le busco la lengua y lo atosigo con pejigueras'», me dijo en confianza Ernestina. «Para apaciguar su carácter trasnochador y su mala conciencia, de noche Romualdo necesita calores de mujer liviana y de día momentos de calma», pudo haber dicho, sin embargo.

Si bien tenía a su esposo por hombre caballeroso y discreto en sus andanzas, a Ernestina no se le ocultaba que Romualdo se mostraba inquieto en materia de faldas, debido su espíritu mujeriego. Pero Ernestina parecía vivir de espaldas a las andanzas de su marido. Poseída por cierto pundonor y algunas creencias peregrinas, la mujer sospechaba que a su esposo le daban a beber extrañas pócimas, a fin de mantenerlo sometido quién sabe a qué oscuras voluntades. Engatusado o no mediante aviesas artimañas, cada fin de semana Romualdo acudía a su cita de relajo con las gemelas. A juzgar por los comentarios de las vecinas, en ambientes de copas el señor celebraba las habilidades de las Rosas, sin medir el alcance de sus palabras. «A decir de Facundo el *Cotorra*, esas mellizas busconas se muestran tan solícitas y amorosas con Romualdo, que en vez de dos le deben de parecer cuatro», referían las comadres, antes de abundar en digresiones sobre la visión engañosa y la locuacidad desmedida, como efectos indeseables de la bebida.

«¡Romualdo es un sol!», me dijo un día Ernestina, contrariada. A buen seguro mi hermana no consideraba que su marido fuera un sol porque le pareciera brillante o cálido en el trato, sino porque desaparecía todos los días al caer la tarde. De madrugada, mientras Ernestina se apagaba entre el frío de las sábanas, Romualdo calentaba la cama de las Rosas, un catre de dos cuerpos donde apenas cabían tres almas. Si por las mañanas las gemelas acudían a la casa del señor Sanfiel y lo trataban con la consideración debida, en las noches de parranda lo acogían en la suya con familiaridad de parientas cercanas. Aunque eran mujeres de espíritu alegre y bullanguero, las Rosas recibían a Romualdo con unción de novicias, se encamaban con él y colmaban sus afanes de hombre maduro. Sin embargo, mientras las mellizas andaban de faena en su casa, el señor no requería sus servicios ni les dirigía la palabra. «¡Buenos días, señor!», lo saludaban las Rosas a una sola voz. «¡Muy buenas!», les respondía Romualdo sin reparar en la firmeza de sus pechos, en la rotundidad de sus cuadriles o en el bamboleo de sus caderas. En sus citas nocturnas, sin embargo,

Romualdo manoseaba a las dos hermanas sin reparo, se mostraba jacarandoso con ellas y les hablaba con la llaneza que da el trato íntimo de alcoba.

Antes de su encandile primaveral con Angelita Rocío, Romualdo ya andaba engolosinado con la hermosura chisposa de las gemelas. En las noches de fin de semana y en vísperas de festivos las visitaba con gesto alegre, las desnudaba y las contemplaba a placer, mientras ellas exhibían sus bellezas lozanas. Tamora se mostraba de frente, Candela de espalda, como si ambas fueran las dos caras de la misma moneda. Pero no todo iba en miradas golosas y guiños cascabeleros. El recogimiento cumplimentero de la llegada se tornaba en confianza cuando el hombre se despendolaba a puerta cerrada. Mientras la Rosas enarbolaban sus encantos, Romualdo se bajaba los pantalones y enfilaba con gesto resuelto de lancero bengalí, desnudo y ufano hacia ellas.

«A veces las gemelas se me figuran como una divinidad indostánica», les decía Romualdo a sus allegados, no porque en sus encuentros con las Rosas fantaseara con la presencia incorpórea de una diosa oriental, sino porque las dos mujeres se le antojaban como una amante de cuatro brazos y el semblante sereno de una deidad desnuda. O acaso se figuraba a una mujer divina, vista a un tiempo de frente y de espalda. Ajenas a las fantasías del señor, rodeadas de cierto candor, las Rosas abrumaban a Romualdo con juegos pícaros y mañas de mujeres experimentadas. Entonces él se mostraba jovial y complacido, como si cada lance con ellas fuera el primero.

Aunque le gustaba que le pasaran la mano por el lomo, como a los gatos, Romualdo no se conformaba con el revolcón apresurado que le ofrecía Sinforosa la *Guagua* y otras las mujeres de pago. Él, como todos los Sanfiel, siempre fue dado a urdimbres perversas y a ocurrencias de viejo. Según tuviera el día, el hombre les exigía a las Rosas primores de monja, habilidades de golfa o atenciones de esclava, bien es verdad que a la hora de echar mano a la cartera, siempre mostraba largueza de cristiano arrepentido.

–Aunque se muestra caprichoso y tiene sus rarezas, no es nada rácano el señor, Dios lo bendiga –le oí decir a Tamora.

–Y premie su generosidad con todos los parabienes –añadió Candela–, porque, la verdad..., don Romualdo es desprendido como nadie. Aunque de día ni nos mira, de noche no olvida que lo atendemos como a un cura.

En su trajinar a lengua suelta por los rincones de la casa, las Rosas festejaban las extravagancias de Romualdo en la intimidad. Según se desprendía de los comentarios de las gemelas, el hombre no se conformaba con el mero escarranche que satisface al esposo hogareño y mal atendido, más bien se mostraba mandón como esos gobernantes que se embriagan de poder, mientras otros se doblegan ante sus requerimientos más estrafalarios. Del mismo modo que algunos generales de tanto respirar sometimiento se tornan veleidosos y emprenden hazañas innecesarias, a menudo Romualdo urdía ideas descabelladas y sometía a las Rosas con ademanes de amante autoritario.

Una noche Romualdo se presentó achispado ante las mellizas, trastabillando y dando órdenes con un ramo de claveles en cada mano. Mientras ellas le agradecían la atención y le preguntaban por qué las obsequiaba con aquellas flores, él las desnudaba, les tanteaba las ingles y les enramaba las oquedades. «Aunque en honor a sus nombres pensé en regalarles unos ramos de rosas, supuse que a lo mejor preferirían unos claveles», les dijo con sorna. Ante la manifiesta curiosidad de las mujeres, Romualdo se adornó el gesto con una sonrisa socarrona, se encogió de hombros y les recordó que las rosas vienen cuajadas de espinas. En aquella noche de extravagancia y claveles, sin pronunciar palabra, el hombre aupó a las gemelas sobre una mesa, les emparejó los enrames y las convirtió en floreros desnudos. « Ni aun con flores de distintos colores se aprecian diferencias palpables», se diría, sorprendido. Por aquel entonces la pérdida su amor mañanero aún le dolía a Romualdo en la memoria. Quizá debido a aquella pena silenciosa, el hombre se mostraba agitado y antojadizo como un reo en capilla.

Pese a su empeño en seguir siendo el hombre vigoroso que siempre había sido, ni los placeres conocidos ni las fantasías por realizar, aplacaban la inquietud de Romualdo. A raíz de la muerte de Angelita, el hombre cayó en un desmejoramiento que le arrugó la piel, le blanqueó el cabello y le apagó el brillo de la mirada. Como en los sueños que pueblan el dormitar de los viejos, su desazón parecía anclada en reciedumbres ya pasadas. En poco tiempo el señor Sanfiel se vio con el semblante plagado de arrugas y el ánimo sumido en la decadencia de quien cuenta los meses por años.

En una tarde calurosa de siesta, Romualdo se arrancó unos pelos del entrecejo y descubrió cierto bienestar. Al cabo de unas semanas se vio sin cejas y con una clarea en la cabeza que, a decir de Ernestina, se asemejaba a una tonsura de acólito, una coronilla de esas cuyo tamaño no supera el de la moneda de un real.   A los cuarenta y tantos años el señor Sanfiel ya lucía la frente despejada de sus antepasados y la testa clareada del potentado que ha perdido el pelo a montones en el camino del triunfo.

Un día Romualdo me preguntó si conocía algún remedio que pudiera a ayudarle a conservar su ya precaria cabellera. Por un momento me vi tentada a recomendarle unas fricciones con una infusión de alcohol, tea y romero, pero conocía la arrogancia de mi cuñado y sabía que cualquier recomendación sensata iba a resultar cuanto menos ignorada. «Cuida la cabeza por dentro y despreocúpate de lo que le ocurre por fuera», le aconsejé en confianza, por no recomendarle que se dejara de buscar remedios inútiles para lo que arrasa el tiempo y arrastra el peine, que solo el suelo y la calvicie frenan la caída del cabello.

Desde siempre los Sanfiel habían lucido cabelleras despeluzadas en la juventud y testas pelonas en la madurez. A todos ellos les había dado por arrancarse las canas, las de las cejas primero, las de las sienes al cabo de los años. Cuentan las viejas postineras que el abuelo paterno de Romualdo no se conformaba con tirarse de las propias greñas, que también la emprendía con pelambres ajenas. Antes de ir a parar a un manicomio, aquel hombre hurtaba pestañas, coleccionaba vello púbico de sus queridas y se enorgullecía de haberle arrebatado unas guedejas del bajo vientre a la amante preferida de Amadeo de Saboya. Aunque a menudo soñaba con la melena encendida de Angelita Rocío, Romualdo jamás sintió la tentación de arrancarle un pelo a nadie. Sin embargo, ya en los años grises del declive, el hombre hallaba instantes de paz mientras se arrancaba los pelos de las orejas.

– ¿Te doy unas friegas en las cuerdas del cogote a ver si se te aplacan esos nervios? –le propuse un día.

–Dejémonos de friegas, cuñada. Esta nerviosidad no tiene remedio –respondió él, arrasado por el desánimo.

En poco tiempo el quebranto se le extendió a Romualdo por todo el cuerpo hasta los entresijos más delicados del alma. Cuando no se veía aquejado de algún trastorno en las ijadas, sufría retortijones en los hipocondrios, y cuando disfrutaba de cierta calma en la barriga, entonces padecía calambres en las pantorrillas o punzadas bajo el costalar.

–No paras de quejarte de dolores pamplineros, Romualdo –le decía a menudo Ernestina–. Cuando te pongas malo de verdad, a ver quien va a tomar tus achaques en serio.

– ¡Qué achaques ni qué leche machanga! –respondió el hombre con gesto adusto–. Ya quisiera yo verte aguantando este suplicio.

–También yo aguanto 'ese' suplicio, más que nada en el oído.

–No es lo mismo. A mí me duele...

–A mi me duele, a mi me duele... –remedó Ernestina, tras un leve titubeo–. Si te duele algo es que aún te queda aliento, así que… si te sirve de consuelo,   peor será cuando ya no te duela nada.

Romualdo atravesó a su esposa con la mirada. La perspectiva de que algún día iba a verse convertido en polvo de cementerio lo inquietaba, como si en su fuero interno alimentara la vana idea de que

155

mientras las vidas de los demás están expuestas a fúnebres contingencias, la propia nunca se acaba.

– Como cambian las cosas, me cago en diez –dijo el hombre, abrumado–. Me casé contigo porque hablabas poco y… mírate ahora, ¡quién te vio y quien te ve! Cuando te pones majadera no hay quien te aguante.

– Tú siempre tan delicado, Romualdo.

–No abras la boca, Ernestina, haz el favor. Mientras lleves ropa encima y el pelo recogido, no deberías despegar los labios.

Con gesto abatido la mujer se alisó los pliegues de la falda, se retocó el cabello y se rodeó de un prudente silencio.

Tras una velada aburrida de copas, aquel día Romualdo regresó a primeras horas de la madrugada, envuelto en vapores de aguardiente. Ernestina dormía.   Por un momento al hombre le dolió verla enroscada en la inmensidad de la cama, tan sola, tan minúscula y vulnerable.

Mientras contemplaba a su mujer, Romualdo se entregó a un tarareo despreocupado.

–Despierte el huerto abandonado, que viene el mago a pasarle el arado… –canturreaba con sorna.

Adormilada aún, Ernestina se aferró a la almohada y le volvió la espalda.

–¡Vaya! ¿Le viras el culo a tu marido? –masculló el hombre.

Y sin mediar más palabras se desnudó, se tumbó junto a su esposa y se aplicó en un brutal intento de someterla a su antojo.

Cuando el alcohol terciaba en sus encuentros carnales, Romualdo no hallaba lugar para preliminares ni aderezos, antes bien, espoleado por secretos resquemores, se enrabietaba y se conducía al modo brusco de un allanador de voluntades.

La mujer se incorporó sobresaltada.

– ¿Qué haces? –dijo, sorprendida.

–Mi pobre mujercita –dijo él con acento conmiserativo de limosnero–. Deja que un buen gusano trajine en esa manzana como Dios manda.

Ernestina enmudeció, no sabía qué decir ni qué pensar, ignoraba a qué mandato divino obedecía su marido mientras cometía aquel atropello. Tampoco se atrevía a quejarse en demasía, al fin y al cabo debía cumplir con cierto débito y abandonarse a un placer incierto, como mejor modo de no sentirse maltratada. Y una vez humillada lo mismo le daba que le hurgara en una herida como en otra, tanto le dolía la maldad como el escarnio.

Insensible ante el tímido reparo de la mujer, Romualdo se revolvía a su espalda, bufaba y sudaba como un jornalero. Sus tentativas, sin embargo, resultaban en vano.

Al cabo de un rato, extenuado ya, el hombre desistió de su propósito, soltó un improperio y cayó rendido sobre la almohada.

–¿Por qué me tratas de esa manera? –balbuceó Ernestina–. ¿Es que no te basta con lo que te ofrecen ahí fuera?

La mujer no escuchó ninguna respuesta. Su marido roncaba a su lado, como si su voluntad caprichosa jamás hubiera lastimado a nadie.

Aquella noche Ernestina no pegó ojo hasta bien entrada la madrugada. Con lágrimas en los ojos y una gargantilla de plata como único abrigo, tomó un quinqué, se sentó ante la cómoda y, mientras se cepillaba el cabello, se compadeció de la imagen apagada que le devolvía el espejo en penumbra.

Un dolor lacerante despertó a Romualdo antes del amanecer. Sentía un ojo a punto de estallar y el cráneo se le abría, como una nuez bajo una espada. Aquella tortura lo acompañó durante todo el día. Al caer la tarde se refrescó las sienes, se emborrachó hasta la náusea, olvidó a las Rosas y buscó refugio entre sábanas mercenarias. Aquella noche la *Guagua* lo acogió entre sus senos admirables, le sirvió unos tragos de mistela y se metió en la cama con él, más por seguirle la corriente que por alegrarle una noche sin remedio. Antes de despedirse de ella, ya de madrugada, el señor Sanfiel obsequió a la mujer con la prodigalidad de un necesitado: se deshizo en mentiras galantes, olvidó un anillo que le estrangulaba un dedo y dejó caer un billete como por descuido. Aunque no se sentía el hombre más feliz del mundo, a cambio de unas minucias había recibido un agasajo que le permitía olvidar su cabeza atormentada.

De camino a su casa Romualdo miró en sus adentros y vio que, pese a sus afanes de amante irredento, el cuerpo se le había vuelto indolente como el de un niño enfermo. Ya no era el joven de anteayer, ni el hombre de ayer siquiera. Aunque sus maneras de gobernante aún doblegaban voluntades, su virilidad apenas respondía al mandato del deseo.

Al cabo de unas semanas, la dolencia de Romualdo se había vuelto pertinaz y arrasadora como las sequías de antaño. Cada día despertaba con las sienes claveteadas de dolor, la frente desollada y el espíritu atado al carro de la intemperancia. Pese a su naturaleza aprensiva el hombre hacía acopio de cierta entereza, una firmeza de carácter que le permitía soportar el daño con la prestancia de un luchador acostumbrado al triunfo. Lejos de caer abatido por la resignación, Romualdo se alzaba sobre su flaqueza, se rebelaba contra el abatimiento y se apoyaba en un coraje que lo enaltecía hasta cotas inaccesibles al desánimo. En las reuniones de copas jamás hablaba de sus achaques; tampoco se lamentaba de su declive en ciernes. Aunque apenas concedía familiaridades a nadie más allá de unas risas, a menudo se despojaba de su aire distinguido, se cubría de simpleza y se mostraba ufano ante quienes celebraban su espíritu mujeriego. «Vas a acabar baldado de tanto menear la cintura, Romualdo», le decían entre bromas sus allegados. Y él, fanfarrón como nadie, se henchía de arrogante vacuidad, como si el universo entero se sustentara sobre los pilares de su hombría.

Las jornadas de Romualdo Sanfiel transcurrían entre mañanas de terrateniente, almuerzos de eremita y noches de enjundia. En el ambiente festivo de la madrugada, las fulanas de los tugurios glosaban sus bríos:

– Ese hombre es tremendo.

–Dicen que no puede pasar sin desfogarse dos o tres veces al día.

– ¡Así está esmirriado que parece un podenco!

–Pues ni aun venido a menos, flaco y todo... a ese galgo no se le escapa un conejo.

Ajeno a los dimes y diretes que llegaban a sus oídos, el señor Sanfiel se veía en horas bajas. «Ya no hay gallo en este gallinero», se lamentó un día ante el portal de su casa. Y, en efecto, desde que sus mañanas se llenaron de voces, Romualdo parecía afanado en representar lo que creía que debía ser, por no mostrarse tal cual era. A medida que transcurrían los años, la fogosidad de sus lances se tornaba en un atolondramiento que no hacía feliz ni a Sinforosa Gómez, mujer de pocas luces. Aún al borde de los cincuenta, Romualdo ya sentía cómo la flojera le asolaba los bajos y le arrasaba el orgullo. Durante un tiempo al hombre le dio por tomar huevos crudos, comía mollejas de capón y revolvía en las alacenas, en busca de levaduras y remedios en los que jamás había creído antes. Cuanto más se esforzaba en recuperar sus habilidades de juventud, más de manifiesto quedaban sus carencias de viejo.

Las amantes que en sus buenos tiempos disfrutaban en brazos de Romualdo sin mentir, en sus noches blandas lo cubrían de gloria, unas por costumbre, otras por consideración, todas por infundirle ánimos a la hora de echar mano a la cartera. Algunas pelanduscas escenificaban goces increíbles, otras fingían desmayos, las más teatreras simulaban trances de placer arrebatado. A Ernestina, en cambio, el despecho le podía más que la astucia o el deseo. Cuando su esposo daba muestras de flojera, ella se crecía, se rodeaba de suficiencia y le escarbaba en la herida.

—Te encuentro venido a menos, Romualdo —le dijo un día.

—¿Cómo que venido a menos? —preguntó él con extrañeza.

—Mermado, apocado…, sin el ardor de antes —balbuceó Ernestina.

—El tiempo pasa, se acomoda uno en la dejadez y…, ya sabes. Todos los días no son días de fiesta —respondió él, digno, como si a la mujer no le faltara su presencia y su calor, sino cierto ambiente festivo, ajeno a las celebraciones del calendario.

Un martes de cielo encapotado, Romualdo se aburría al abrigo de las destemplanzas del invierno. A media tarde oyó voces ante el portal:

—¡Doña…!

Era el moro Abdul.

Ernestina no respondía. Quizá andaba enfrascada en sus bordados, en sus rezos, en su rutina diaria.

Romualdo se echó a andar con pachorra de jubilado, recorrió el pasillo y le abrió la puerta al mercader.

—¡Buenas tardes, caballero! —saludó el árabe con gesto servil—. Espero que su señora se encuentre bien. Ella siempre recibe a este humilde servidor.

—Mi mujer se halla indispuesta —dijo Romualdo con abierto desabrimiento.

— ¡Caramba! —farfulló el mercader, cariacontecido—. Espero que se reponga en breve. Ya pasaré en otra ocasión, aunque… si me concediera unos minutos, podría mostrarle algunos géneros.

—No me interesa.

—Llevo un jarabe que a lo mejor podría arreglar ese desinterés suyo y remediar esa desgana...

—No se moleste —cortó Romualdo, expeditivo—. Para remedios y brebajes ya cuento con las habilidades de mi cuñada, pero bueno… —añadió con un destello en la mirada—, pase y déjeme ver.

El comerciante abrió su maleta, desplegó una sonrisa y dijo:

—Para servirle, señor. Si se le ofrece algo en particular, no tiene más que mandar, ya sabe.

Le habría ordenado al moro que cerrara la boca y desapareciera tragado por la tierra, pero él no era hombre de malos modos y, al menos en su casa, siempre cuidaba las maneras hasta en el trato con los extraños. Miraba al mercader y le ardían los ojos; la sangre le hervía al ver el blanco centelleante de su dentadura adornada en oro. Sin embargo, aquel hombre parecía ajeno a su resquemor, se mostraba cortés y le ofrecía cierto asomo de esperanza.

– ¿No llevará levaduras vivas? –preguntó Romualdo, circunspecto.

– ¿Levaduras…?

–Algún remedio para levantar el ánimo, ya me entiende.

El libanés rebuscó en el fondo de la valija, sacó un frasco de vidrio carmesí y lo abrió ante la mirada del señor.

– ¿Qué demontre es ese potingue? –quiso saber Romualdo, desconfiado.

–Es polvo obtenido de limadura de cuerno de rinoceronte. Durante siglos ha sido el logro más preciado de los hechiceros abisinios.

–¿Y cree usted que eso va bien para...?

–No lo dude. Es un excelente afrodisíaco.

– ¿Afro... qué?

–Es un buen remedio para el decaimiento y para la flojera. La fórmula original data de los tiempos de un sultán de Damasco, cuyas proezas amatorias se conocieron desde Estambul hasta el golfo de Omán, desde el más remoto lupanar de odaliscas hasta el harén más envidiado del medio oriente.

– ¡Ñoh! –exclamó Romualdo, impresionado.

Poco más de un real le costó al señor aquella promesa de bonanza.

Antes cerrar la valija, el moro sacó un libro de tapas enmohecidas y lo dejó sobre la mesa.

–Es el Martirologio Universal –dijo–. Un encargo de la señora que aún tenía pendiente.

– Así que… –masculló Romualdo–, ¿ahora la señora fantasea con mártires?

Mientras el dueño de la casa observaba al trasluz el frasquito colorado que le había vendido el mercader, éste compuso una leve reverencia, se echó el baúl al hombro y se alejó con paso ligero, como quien no carga ni con su peso siquiera.   A Romualdo, en cambio, le pesaban las piernas, cierta sensación de impotencia y una profunda rasquera.

Un día, al caer la tarde, encontré a mi cuñado ensimismado ante una ventana del salón abierta al poniente. Brazo en alto, con un tarro encarnado a la altura de los ojos, observaba el envase ante el cielo entreverado de nubes.

– ¿Qué te parece este mejunje, cuñada? –dijo mostrando el frasco. Y con cierto alborozo, añadió: «Dice el moro que es afroasiático y...».

–«Afrodisíaco» querrás decir.

– 'Afro' lo que sea. Se obtiene del polvo de no sé qué animal salvaje.

– ¿De polvo de cuerno de rinoceronte? –quise saber.

–Eso mismo dijo el moro –asintió él–. ¿Qué te parece?

Picada por cierta curiosidad tomé el pomo entre las manos, olí el contenido amarilloso y opiné:

–El rojo encendido del vidrio resulta vistoso, la verdad, pero el contenido parece diente de cochino cebón.

– ¡Qué «diente» ni qué pepinos en vinagre!

—A juzgar por el olor, me da en la nariz que esto es colmillo de cerdo mantequero.

—Pues según dijo el mercader perteneció a un golfo de Damasco que se trajinaba a todo el puterío de Estambul y a la mitad del lejano oriente.

—Ese fenicio charlatán es capaz de venderle un tarro de aire fresco a un ahogado —comenté—. «No creas lo que oyes y de lo que ves cree solo la mitad», reza un dicho de viejos —añadí, a sabiendas de que Romualdo no era dado a seguir consejos.

—Entonces, ¿tampoco a ti debería hacerte caso? —cuestionó él.

—Ni a mí ni a nadie que te ofrezca una solución para un mal sin remedio —opiné—. Una persona sensata debería obrar con sentido común, en vez de dejarse llevar por patrañas —insistí—. Aunque parece un hombre de bien, Abdul es un tipo sombrío, un tanto enigmático… Allí donde tú vas, a él lo encuentras de vuelta.

—Se diría que ese mercachifle adivina los deseos de la gente. El condenado moro es persuasivo como nadie —masculló Romualdo con la mirada clavada en el frasco de color carmesí.

A última hora de la tarde el cielo se había despejado y las ventanas dejaban entrar una luz mortecina, como si hasta el sol declinara por hastío, harto ya de tanto día. Más allá de los muros de la casa, el horizonte del ocaso prometía la transparente quietud de las noches en calma.

Aquel día, ya al anochecer, Romualdo echó mano al frasquito encarnado que le había vendido el mercader, vertió una pizca del polvo amarillento en medio vaso de agua y se empinó el bebedizo de un trago. Al cabo de un rato, el hombre ya había olvidado la merma de su vitalidad, cobró nuevos bríos y se dispuso a emprender su aventura de farra. Ya de madrugada, mientras se entregaba a sus lances, el hombre debió de sentirse henchido de poderío, como un gallo de corral. Sin embargo, el goce del que disfrutaba en sus buenos tiempos apenas debió de durarle lo que dura un espejismo.

A media mañana del día siguiente Romualdo ya no se mostraba tan pletórico y risueño, más bien languidecía, derrumbado de hombros y de ánimo, como quien se ha arrastrado por las arenas de un desierto durante toda una vida. Y cuando por momentos se sobreponía al desánimo, su gesto contenía la rabia del sordo que desearía arrancarse las orejas, no ya por creer en todo lo que quería oír, sino por cierta sensación de que alguien podría tomarlo por imbécil. Quizá él, igual que antes tantos otros, había depositado su fe, no tanto en la magia que a menudo se desprende de la propia creencia, como en las propiedades inciertas de un brebaje maloliente. Aquel día Romualdo aprendió que aunque un bastón sirve apoyo y ayuda al andar, no hay cayado que alivie el desmayo del caminante, ni muleta que remedie la cojera de los viejos.

Al cabo de unas semanas encontré a mi cuñado sentado ante la mesa de la cocina, las mejillas plegadas entre las manos, los brazos apuntalando el rostro.

—¿Te ocurre algo, Romualdo? —le pregunté.

—Se me ha metido un daño en la mollera que me trae a mal traer —respondió él con voz quebrada—. Parece que la cabeza me va a estallar como un triquitraque.

—Descubrió el condenado que vivía en una hoguera, cuando empezaba a creer que el infierno era solo un lugar de paso —musité para mis adentros.

A juzgar por el gesto revirado de Romualdo, la frase debió de sonar en sus oídos con la entonación pomposa de una maestra ante un hatajo de ignorantes. Aunque había vertido aquel comentario sin más afán que tocar su fibra sensible, también le daba a entender que mientras uno percibe el dolor como una contingencia pasajera, la molestia sobrevenida suele convertirse en fiel compañera de viaje. Si la finura en el alegato ya incomodaba a Romualdo, cualquier pretensión de adoctrinamiento le sentaba como un guantazo en un oído enfermo.

—No tienes el don de la oportunidad, Maruca —me dijo—. Aunque parece que no rompes un plato, a veces resultas un tanto puñetera.

—No molestan las palabras en sí, cuñado, sino la intención que se desprende de ellas —le respondí, más por confundirlo que por devolverle el menosprecio.

—Hazme un favor, ¿quieres?

—A ver…

—Déjame en paz.

—Si crees que te hablo por tocarte las narices, dejo de importunarte y no te doy más la vara, faltaría más, pero en paz, en ese remanso de calma que solo disfruta quién anda bien avenido consigo mismo, en esa bonanza no te puede dejar nadie y tú lo sabes —insistí—. Viviendo como vives, que parece que te falta tiempo para comerte el mundo, te va a resultar difícil hallar un momento de sosiego, no te quepa duda. El cuerpo es como un globo lleno de humores: si lo aprietas por arriba se hincha por abajo y si lo aprietas por abajo...

Romualdo tenía la cabeza hinchada por dentro y lo sabía. Durante un rato le hablé de globos estratosféricos, de cráneos atirantados y de molleras que no revientan de un momento a otro porque la sangre halla fácil desahogo a través de los delicados pliegues del alma.

—Poco alivio proporciona el trasiego de humores a través de los orificios corporales —opiné, aun cuando me había propuesto no despegar los labios.

— ¡Qué sabrás tú de los trasiegos de nadie!

—Por los agujeros del cuerpo entran los vicios y salen las necesidades.

— ¡Tremenda matraquilla! —masculló Romualdo con aspereza. Y como quien habla para sus adentros, farfulló: «Con razón esta mujer se quedó soltera».

Mi cuñado no entendía de trasvases de fluidos ni de humores atrapados en celdas de continencia, pero albergaba cierta sospecha:

en su conciencia se alojaba un monstruo que dormía de día y despertaba en sus noches de gloria.

Al día siguiente, decidido a desentrañar la razón de sus dolencias, Romualdo compró media docena de libros y se planteó infinidad de preguntas. Durante horas enteras anduvo el hombre enfrascado en la lectura de un grueso compendio de indisposiciones de las que jamás había oído hablar ni en las cháncharas de tugurio. Si por momentos se veía perdido en intrincadas cábalas acerca del mal de ojo, al poco rato repasaba historias de maleficios atribuidos a mujeres desdeñadas y se documentaba acerca de magias llevadas a cabo con muñecos capados, leía historias de brujas que se partían de risa mientras sus amantes andaban desnudos con gangrena en los colgajos y, perdido ya en las conjeturas más descabelladas, devoraba relatos de poseídos por extraños maleficios, unos cuentos increíbles donde los súcubos se comportaban como mujerzuelas y donde los íncubos, más que a él, se parecían a demonios frescachones entregados a la holganza.

Durante una semana Romualdo se entregó a una búsqueda, cuyos resultados apenas le despejaban las brumas de la incertidumbre. Romualdo Sanfiel apenas manejaba certezas, no porque le faltara luz en las entendederas, sino porque al menor hallazgo se perdía en figuraciones inconcebibles, derivaba hacia sospechas peregrinas y se hundía en una confusión de mayor calado.

Al cabo de un mes de pasar páginas en balde, Romualdo pudo entrever que el tesón sin sentido no alumbra soluciones, que una mala torcedura no se endereza con un simple remedio y que las heridas enconadas no hallan cura bajo una venda.

En una mañana ventosa de lunes el señor Sanfiel despertó con la frente dolorida y un ojo chorreando a lágrima viva. Con el gesto de quebranto de quien ha recibido una pedrada en la frente, el hombre se quejaba de una dolencia que le arrasaba el lado izquierdo de la cara.

–No anda fino el Creador a la hora de repartir el sufrimiento –dije, por no decir que me sentía incapaz de responder a su inquietud–. Cuando a Dios no se le va la mano sobre media cabeza, deja caer un brazo sobre medio mundo.

Amparado en la fría distancia que nace del hastío, Romualdo aseguró que le importaban un comino los repartos de Dios, me miró con desdén y opinó a su manera que yo hablaba de los dolores de la humanidad con la afectación de un cura afeminado en un sermón, con mucho enrame en el alegato y sin puñetera idea a la hora de arbitrar una solución.

Al cabo de una semana de soportar el daño que llevaba metido en la cabeza, después de hojear un viejo manual de autoayuda, Romualdo se convenció de que solo un experto en padecimientos podría ayudarlo a engañarse como es debido. Aquel día decidió ponerse en manos de don Manuel Morera.

—De poco para acá me encuentro un tanto derrengado, arrasado por cierta flojera, así que... tal vez debería consultar al médico —le dijo un día a Ernestina.

—Te podría venir bien esa visita, querido, —convino su esposa con él—. Como hombre avezado que es, don Manuel adivinará lo que deseas escuchar y hasta lo que prefieres mantener en la ignorancia. Si te encuentras fastidiado y te aguantas porque decides mirar hacia otro lado, él te ayudará a ignorar tu enfermedad, no lo dudes.

Un viernes al clarear el día Romualdo se afeitó, se atusó el cabello y se vistió con ropa de domingo. A media mañana se hallaba en el consultorio de don Manuel Morera.

El médico recibió a Romualdo con gesto afable, lo miró de arriba abajo y lo mandó a pasar a un despacho sombrío, de cuya atmósfera se desprendía un olor penetrante a mejunjes de botica. «Tome usted asiento, caballero», le dijo antes de interesarse por la salud del recién llegado. Como desde su poltrona don Manuel le ofrecía una silla de patas cortas, Romualdo se cruzó de brazos y permaneció parado a pie firme. Cuando al cabo de un rato el doctor insistió en el ofrecimiento, él ya le había contado sus penas, había expresado sus temores y aún le había sobrado tiempo para ocultar su inquietud.

—No debería preocuparse —dijo el médico al término de la consulta—. A menudo es la mente caprichosa la que mortifica al cuerpo y maneja los hilos del fracaso.

— ¿Quiere decir...?

—Que no debería agobiarse por una merma de facultades de lo más natural, aunque quizá pasajera. Un mal día y hasta un *annus horribilis* lo tiene cualquiera.

— ¿Y qué me dice del dolor de cabeza? —preguntó Romualdo, preocupado—. Me digo yo si tendrá que ver con alguna mala calentura en las criadillas o... ¡vaya usted a saber! A lo peor el polvo de rinoceronte me ha dejado algún daño en la sesera y...

—Puede quedar tranquilo, no se agobie —cortó el doctor, con una sonrisa bonachona en los labios—. Ese trastorno suyo no tiene que ver con criada alguna ni con el apareamiento de ningún animal salvaje.

—No es eso —aclaró Romualdo—, es que he leído en unos libros que de mucho hembrear a algunos se les sublevan los bajos, se les alborota la pituitaria y... ya sabe. A mí no se me hernian los mondonguillos por el escroto ni se me encogen los cataplines, salvo en las noches frías, pero...

—Nada de hernias ni de sublevaciones, no se preocupe. Si acaso su dolencia tendrá que ver con una simple migraña.

— ¿Una qué?

— Podríamos decir que sufre una cefalea común, de las de andar por casa.

—De esas ha de ser la que se me ha metido en la cabeza, porque cuando el daño aprieta, uno no es ni la sombra del que era. Al caer la noche solo me dan ganas de pegar la oreja a la almohada, no por sueño ni por fatiga, sino porque ya ni me apetece poner un pie en la calle.

—Tampoco le conviene salir por ahí a deshoras. Debería evitar los disgustos y sobre todo los excesos, téngalo en cuenta.

—¿Excesos?

—El alcohol, el tabaco, las farras…, ya me entiende.

«Este hombre se confunde de enfermo», se diría Romualdo al cabo de un fugaz inventario de sus malas costumbres. Detestaba el tabaco, no bebía por necesidad y solo se emparrandaba los viernes, sábados y algún día entre semana. En cuanto a sus lances de amorío, si tenía fama de hombre incansable en materia de amorío, no era porque él fuera de los que se entregan a los lances del arrejunte hasta el amanecer, sino porque no había mujer que lo fatigara ni aun cuando era él quien tenía que sudar en catre blando.

— ¿Cuántas veces puede uno resolver al día en asuntos de hembras? —se atrevió a preguntar.

— ¿Qué le puedo decir? —respondió el médico, descentrado—. Resuelva usted lo que le pida el cuerpo, no se prive, pero debería recogerse temprano, como las gallinas.

—Si he de serle franco, y usted perdone…, las gallinas me importan un pimiento. Después de una dura jornada, a veces a uno le apetece echarle fandango a las carnes.

–Es natural, me hago cargo, pero debería saber que el fandango llevado a la exageración resulta pernicioso como un mal vicio. A menudo un poco se convierte en mucho, mucho se convierte en demasía y…, al fin toda demasía se traduce en pecado *contra natura*.

– ¿Contra qué?

–Digamos «contra el sentido común», el menos común de los sentidos, ya sabe. Y por cierto… ¿No pensará usted como los chinos?

– ¿Qué piensan los chinos?

–Creen que al fin de la existencia, a un hombre no han de alcanzarle los dedos de las manos a la hora de contar las amantes que han pasado por su vida. «El amor aleja las preocupaciones que ensombrecen el ánimo», decía Confucio.

– ¿Y cuántas manos le faltaron a ese hombre para contar sus queridas?

–Nadie lo sabe, pero cuenta una leyenda que hubo una vez un emperador tan dado a rodearse de concubinas, que al cabo de los años conjuró la muerte y acabó por convertirse en un dios. Pero no debería llevarse a engaño, la vida jamás regala nada. Todo placer desmedido, tarde o temprano se paga.

–Habla usted como mi cuñada.

El doctor clavó la mirada en la mano anillada de Romualdo, se rascó la barbilla con sesgo de desconcierto y, haciendo oídos sordos al comentario, añadió:

—Razón de más para seguir mi consejo, usted es un hombre casado y...

—Para toda la vida, como Dios manda —asintió Romualdo con sorna—. Si Dios entiende de mujeres, comprenderá que el trato con hembras cerreras ayuda a valorar las virtudes de una buena esposa.

—O sea que…

—Que cada uno es como es. Si en sus noches locas Dios hallara una Diosa digna de ser amada, hasta Él se comportaría como un demonio.

Al paso de aquella chilindrina el médico escondió una sonrisa, garabateó en una cuartilla y se la tendió a Romualdo.

—Crea en sí mismo, cuídese y no crea cuentos chinos —le dijo al fin con gesto amable.

El señor Sanfiel asintió con un leve movimiento de cabeza y se mantuvo en silencio. Con los años Romualdo había aprendido a apretar los labios y a contener el pronto, no por falta de aplomo a la hora de mantener una opinión, sino porque sabía cuándo debía mantener la boca cerrada.

Desde que vio a su esposa desmandada en sus sueños, Romualdo se acercó al hombre desdeñoso que siempre había sido y se alejó de ella. Quizá porque sabía que no quería a nadie tanto como a sí mismo, Romualdo jamás se preguntó si entre la malquerencia y el desapego cabría alguna distancia apreciable. En las tardes despejadas Romualdo se echaba a la calle y se disolvía en parrandas de tugurio, como quien no se debe a nadie. Mientras él se entregaba a la vida jaranera, Ernestina se amorugaba en su alcoba y enjugaba pañuelos en soledad.

Antes de caer rendida por la fatiga, la mujer se desnudaba, se acariciaba los pechos y rezaba hasta que sus rogativas se fundían con el sueño. Si hoy invocaba a un beato ejemplar, mañana dirigía sus plegarias a unos santos inventados por mor de alguna necesidad. De no haber sido por el fervor con que elevaba sus rezos, nadie hubiera dicho que Ernestina y yo, su hermana mayor, habíamos nacido de la misma madre. Aunque la costumbre de rezar venía de familia, en nuestro común apego siempre medió una clara disparidad: mientras yo me encomendaba a Dios, Ernestina veneraba a personajes imaginarios de dudosa santidad.

– Qué rarita es Maruca –le oí decir a una de las gemelas.

–Esa mujer es tan rara y peliculera, que más le habría valido meterse a monja –comentó la otra. Y con gesto desdeñoso, añadió: «Adora a la Virgen y espanta a los hombres, como si sus pretendientes fueran moscas y ella una santa».

No les faltaba razón a las Rosas en cuanto a mi devoción por la Virgen, pero se equivocaban si creían que alguna vez había rechazado a un hombre cabal. Aunque también es verdad que jamás he adorado a nadie. Si bien profeso cierta veneración por Nuestra Señora del Carmen, a la santa patrona de los marineros solo me encomiendo ante la adversidad, no por mera creencia sino porque a ella debo mi nombre. Aunque ante la pila bautismal me llamaron Carmen, de niña me llamaban Carmita, de joven Carmela y de mayor siempre he sido Maruca Luzardo. Aun cuando jamás fui dada a tontear en festejos ni en verbenas, mi nombre y mi tibieza ante el galanteo solo debían de espantar a los pretendientes que veían en mí a una mujer con más preguntas en la mirada que calidez en el trato y en las palabras.

En mi juventud también yo supe amar, más con frialdad desapasionada que con cálido sentimiento, es verdad, no por falta de corazón sino porque el ardor en las carnes apenas me ha inflamado alguna vez el alma. Según la llama no prende en leña verde, la pasión tampoco nace en amores amañados, de esos que languidecen sin

178

encuentros a escondidas ni guiños de complicidad. El amor se me murió antes de nacer, como un embrión malogrado que no llega a ser hijo de nadie. Cuando ya descubría la ternura y el goce que nace de las caricias, vi como ambos se alejaban de mí, sin dejarme siquiera un leve dulzor en los labios. Sin embargo, aún guardo el vago recuerdo del único hombre que un día me hizo soñar. El muchacho era músico de una orquesta pachanguera y tenía nombre de tanguista porteño. Se llamaba Celedonio Flores y era un joven apuesto, aunque de espíritu macilento e inconsistencia de monaguillo. Del cortejo con Celedonio me viene a la memoria su recato, su palidez enfermiza y una mirada profunda enmarcada en ojeras, como si sus ojos jamás hubieran visto la luz que despunta al alba.

Declinaba una tarde inquieta de junio cuando se ultimaban los detalles del casorio. Aquella tarde, unas vecinas me trajeron la mala noticia. « ¡A tu novio lo tumbó un mal aire!», me dijeron sin rodeos, sin ese tiento compasivo con que se debe transmitir una mala nueva. Al cabo de un rato de incertidumbre supe que Celedonio se había ido de mi vida cuando apenas se había asomado a la suya. Aunque a su alrededor se había desatado el revuelo que acompaña a lo inesperado, el muchacho se apagó de un modo noble y sosegado, sin dramatismo en la despedida. Si bien aquella congestión repentina no lo había privado del habla, Celedonio se mostró lacónico en la agonía, quizá porque el arrechucho le había nublado el entendimiento y lo libraba del horror que sufre el alma cuando la vida avanza un paso más allá del último peldaño.

Después de aquel mal trago me quedé sin nupcias, sin prometido y sin ganas de ningún otro apaño. «Si buscas novio, procura que venga, que tenga y que convenga», oí decir cuando aún tenía las carnes prietas y el busto altanero de la juventud; «que venga quien tenga, aunque no convenga», proponían las solteras añosas; «que venga quien sea, aunque no tenga ni convenga», decían las solteronas sin remedio. Ajena a cualquier miramiento o conveniencia de familia, de joven también yo alimentaba algunos sueños para recordar. Cuando aún estaba en edad de merecer, los galanes nunca me pretendieron de dos en dos, como a las gemelas, pero sí se me acercaban uno tras otro, como las desgracias.

En un atardecer de calor y tedio mi hermana y yo hablábamos de las vueltas que da la vida, de sus alegrías y mis desengaños. Como siempre que me veía dispuesta a escuchar, aquella tarde Ernestina se arrellanó en el asiento y me habló en confianza.

–No eres fea, cuentas con buena dote y pareces avispada como una mujer madura –me dijo–, pero tan pronto te sale un pretendiente..., se diría que lo espantas, como si el aliento de un enamorado te quemara las pestañas. Y a poco que abres la boca, el hombre que te escucha se acoquina y sale pitando.

–Cuando Celedonio aún vivía, me escobaron los pies –le expliqué a Ernestina–. Un día una mujerzuela que suspiraba por sus besos me pasó una escoba por los empeines y..., desde entonces se me chafó cualquier esperanza de casorio.

– ¿Qué tiene que ver una cosa con la otra?

—Cuando a una mujer soltera le barren los pies, esa ya no se casa nunca.

— ¿Da lo mismo un barrido adrede que una escobada sin querer? —quiso saber Ernestina.

—Lo mismo da —le respondí—. Cualquiera te puede escobar de mala fe para levantarte el novio.

—A Celedonio te lo arrebató la fatalidad —opinó mi hermana—. ¿Quién te iba a levantar el novio cuando ni el viento más atrevido te ha levantado nunca las faldas?

—Aquel muchacho no estaba para mí ni para ninguna otra — dije, por no decir que el viento y los hombres a menudo se desentienden de todo aire que no se calienta bajo unas enaguas.

—Aunque tras la muerte de aquel chico se te acercaron otros jóvenes, no parecía que estuvieras para nadie —insistió Ernestina, majadera—. Al cabo de unos años te salieron pretendientes a puñados, pero nunca se te guarecía ninguno.

—Romeos de calentura y galanes verbeneros he conocido a unos cuantos antes que tú, es verdad —respondí, dolida, mientras recordaba que, aunque aventureros de tonteo se me habían acercado unos cuantos, cortejadores serios no había tenido más que uno.

Mientras Ernestina abundaba en su impertinencia yo mantenía los labios apretados, por no confesarle que también Romualdo me había mirado con ojos golosos antes de fijarse en ella.

Debido a su condición de hermana menor, Ernestina siempre me tuvo por persona sesuda y con poca gracia, no porque me faltara

181

garbo ni disposición para la risa, sino porque, según decía, me mostraba demasiado recatada a la hora de hacer valer mis encantos. No le dije a Ernestina que cuando aún era joven ya me comportaba como una mujer madura, mientras ella jamás había dejado de comportarse como una niña.

–Un enamorado tiene sus debilidades, sus apetencias… –dijo Ernestina, en actitud aleccionadora de madre–. Una moza avispada cautiva al hombre con la mirada, lo engatusa con guiños inocentes y lo seduce con andar resuelto de potranca.

Aun sin disentir con su comentario, bien pude haberle dicho a Ernestina que lo que abunda por un lado, a menudo escasea por otro, que aunque con su contoneo de mula ella podría seducir a un ejército, con su encanto bullanguero de colegiala si acaso habría de a encandilar a algún un sargento chusquero.

–Te muestras demasiado sosa con los hombres, Maruca. Eres fría y calculadora como una viuda entrada en años, y a todo le miras el revés. Si tuvieras corazón, cabría pensar que hasta las cuentas del corazón las resuelves con la cabeza –opinó Ernestina. Y con gesto altanero, añadió–: «En el trato con caballeros, una dama inteligente jamás debería parecerlo».

Había escuchado sus confidencias, le había prestado atención un día tras otro y apenas conocía a mi hermana. Nunca supe si en su cortejo con Romualdo, Ernestina se habría mostrado reservada a fin de solapar alguna privación, si se haría la distraída para encubrir cierta merma en la autoestima o si sufriría en silencio para salvar el orgullo.

Cuando una visita llamaba a la puerta, Ernestina dejaba sus bordados, se arreglaba el cabello y acudía al portal con el ansia del tullido que espera un milagro.

Una tarde de marzo el moro Abdul se presentó ante el portal de la casa, con su maleta a cuestas.

– ¡Doña...! –voceaba el mercader desde el jardín.

Ernestina apartó sus labores, se arregló con premura y salió a en una carrera alocada, como si de repente no le doliera nada. Desde buena mañana, Ernestina se había venido quejando de un fuerte dolor de espalda.

–Si te duelen los cuadriles, te recuestas un rato y te quejas hasta que la voz te rabie más que los huesos –le dije.

–Ya no me quedan fuerzas ni para dejar escapar un suspiro – respondió ella.

Si no hubiera visto cómo de repente su dolor caía en el olvido, quizá habría pensado que Ernestina sufría quejumbre aspaventera, ese padecimiento que nace de la amargura y aflora como un mal sin remedio. Cuando sufría alguna contrariedad, la mujer no dejaba de lamentarse a menos que alguien le dirigiera unas palabras de aliento o le dedicara atenciones de madre. Mi hermana apenas cuidaba su cuerpo delicado. Cuanto más le dolía el esqueleto, en mayor medida lo sometía a duras exigencias, como si el castigo que se infligía le templara las coyunturas y le avivara ánimo. Aunque Ernestina contaba con Irene para lo que fuera menester, solo le encomendaba a la chica tareas innecesarias y que se adelantara a abrir la puerta cuando creía escuchar voces en el jardín o cuando alguna visita hacía sonar la aldaba. Mientras Irene aburría a los recién llegados, ella se retocaba el cabello y se perfumaba las orejas, como si entre aromas de colonia las voces ajenas se asomaran a su oído con entonación más amable.

Un día, a mediados de septiembre, Al oír la llamada de Abdul, Irene acudió a abrir la puerta con presteza de mayordomo bien entrenado. Entre tanto, Ernestina ya se había acomodado en el recibidor y se recreaba en el brillo de las uñas, como quien no espera a nadie.

—Tengan buenas tardes las señoras y la joven compañía —dijo el libanés ante el portalón abierto —. Si me permiten que les muestre algunas fruslerías...

Sin esperar un gesto asentimiento Abdul entró con su cofre al hombro, atravesó el vestíbulo y se descargó en el salón, junto a una cortina mecida por el aire. Mientras el árabe mostraba sus géneros, Irene se acercó al baúl repleto y se quedó boquiabierta. Su atención parecía atrapada en la lustrosa portada de un libro.

— ¿De qué trata ese tocho tan vistoso? —se interesó la muchacha.

—Cuenta la historia de un amor infeliz —respondió el árabe.

184

– ¿De gente desdichada, pasiones, calamidades y todo eso?

–Narra las tribulaciones de un muchacho que se prendó de quien no debía, cuando no convenía y en un lugar donde el amor no hallaba cabida.

Irene se quedó pensativa un instante, se acarició las mejillas y preguntó:

– ¿De quién, cuándo y dónde tenía que haberse enamorado ese pobre chico?

–Tenía que haber hecho lo que debía –respondió Abdul, serio–. Debía haberse hecho un hombre primero, para entregarse al amor sin perder la cabeza, como el macho de la mantis religiosa cuando…

–Dicen que el amor verdadero no se somete a los dictados de la sesera   –cortó la chica, ajena a los avatares amorosos de un insecto desconocido.

–Por eso el apaño sesudo no acarrea tanto desencanto como la pasión sin freno –tercié yo, sin afán de cuestionar aquel aforismo…, aquello de que «el corazón tiene razones que la razón no acierta a entender».

El palabrerío de Irene, mi condescendencia y la cachaza de Abdul encrespaban a Ernestina. Impaciente por ver asomar el brillo de las pedrerías, mi hermana se inclinó sobre la valija, afiló el gesto y se dirigió al mercader.

–Dele el libro de las desgracias a la chica, ande –dijo con gesto de apremio.

Obediente ante el mandato de Ernestina, el libanés inclinó la cabeza y le tendió el libro a Irene. Con la pachorra de quien vive ajeno al transcurrir del tiempo, Abdul rebuscó en la maleta, alzó en el aire un collar de gemas verdosas y dijo:

—Si me permiten que les muestre esta gargantilla en plata y olivino... Aquí donde las ven, estas piedrecitas nacieron hace millones de años en el corazón de la Tierra. La memoria del olivino reaviva el fuego interior cuando...

— Déjese de fogaleras, haga el favor —intervino Ernestina, impaciente—. ¿No llevará otra amatista como aquella que se encendía de noche...?

— ¡Cuánto lo lamento, señora! —se excusó Abdul, apesarado—. En estos tiempos las maravillas solo se dan de una en una.

—También ocurren pequeñas maravillas a diario —observó Irene—. Aun encerrados en sus jaulas, los capirotes gorjean como locos cada mañana. Tendría que oír sus cantos al alba.

El mercader le hizo un guiño a Ernestina, se volvió hacia la chica y se encogió de hombros.

—Cuando la excelencia menudea deja de despertar asombro, jovencita —opiné con afán aleccionador—. A fuerza de despertar fascinación a diario, hasta el canto de un canario flauta se vuelve común, pierde interés y hasta podría resultar ordinario.

—Tanto es así que la gente ordinaria se desentiende de los pequeños prodigios —convino Abdul—, como si cada amanecer no fuera un milagro.

—El milagro de cada día no va en que amanezca sino en que alguien lo vea   —insistí, por ver si la muchacha se distraía y dejaba en paz al moro.

Ajena a la verbosidad desatada, Ernestina escudriñaba entre las pedrerías que el marchante había tendido ante su mirada. Al fin Irene calló y Abdul se centró en las particularidades de las joyas. Con mano gesticulante y brillos en los ojos, el hombre mostró la iridiscencia de los ópalos, habló de un remoto país donde el cielo se desplomaba sobre horizontes montañosos para formar nidos de lapislázuli, mostró el tiempo atrapado en la cálida transparencia del ámbar, y buscó la mirada de Ernestina con una sonrisa en los labios.

—Déjese de historias y dígame, Abdulá: ¿ha dormido alguna vez con una amatista colgada al cuello? —preguntó Ernestina.

—Jamás se me ocurriría tal cosa —respondió el marchante—. El género es para vender, señora.

Pese a su actitud distante y respetuosa, el semblante de aquel hombre dejaba entrever cierto asomo de complicidad.

—¿Entonces cómo sabía que aquella amatista alumbraba sueños encendidos? —insistió mi hermana.

La voz de Ernestina contenía timbres de duda con pinceladas de rubor. Y Abdul, hombre cortés pese a su facundia de tendero, la escuchaba con el gesto impávido del sordo que atiende sin entender ni una palabra.

Cuando Ernestina ya no esperaba respuesta, el árabe entornó la mirada, sonrió con ademán tranquilizador y dijo:

–No debe preocuparse, amable señora. Un vendedor de ilusiones jamás se asoma a los sueños de nadie.

Ernestina sintió cómo sus mejillas ardían de sonrojo. No sufría vergüenza, más bien sentía cierto alivio. Salvo su esposo, nadie se había asomado a sus sueños iluminados.

– ¿Se encuentra bien, doña? –se interesó el árabe.

–Deben de ser sofocos de la edad, ya sabe –respondió Ernestina, azorada–. A veces me entran unos vahídos, que si yo le contara…

–A lo mejor necesita usted una prenda donde verter el desahogo –dijo Abdul, rebuscando en su maleta–. Puedo mostrarle la reliquia de un santo, cuya virtud ha sido modelo para quienes deben guardar un secreto aun a costa de la propia vida.

Mientras Ernestina se preguntaba quién había hablado de «desahogo», el mercader ya le mostraba una pequeña urna de cristal, en cuya tapa lucía una corona de cinco estrellas. Abdul acercó la cajita a la mirada ansiosa de la mujer, abrió la superficie estrellada y dejó a la vista un objeto tieso y oscuro, como un pedazo de cuero. Aunque a primera vista aquel pieza amojamada podía resultar repugnante, a poco que la mirada se posara en él, su aspecto dejaba de resultar extraño. Sobre una almohadilla de terciopelo azul se adivinaba el contorno sinuoso de una oreja.

Con las estrellas del cristal reflejadas en los ojos, Abdul endulzó la voz y dijo:

–Esta es la oreja derecha de San Juan Nepomuceno o Jan de Nepomuk, como lo llaman en su tierra. Aquel Juan fue un hombre virtuoso, arzobispo de Praga y el primer cristiano que sufrió martirio por guardar los secretos del confesionario.

–¿Y cuál es el interés de esa reliquia? –se interesó Ernestina.

–En esta oreja vertió sus pecados Sofía de Bavaria, la esposa de Wenceslao IV, rey de Bohemia. Movido por su carácter celoso y desconfiado, un día el rey interrogó al confesor a fin de sonsacarle los pecados que su esposa vertía en su oído de confesor. Aquel día el religioso no despegó los labios, se indispuso con Wenceslao y al fin fue inmolado por orden suya. No se sabe si a Juan lo mataron por guardar el secreto de confesión o porque, según dicen, él mismo se entendía a escondidas con la reina.

–Entonces, el santo… –masculló Ernestina, ensimismada– más bien callaría por no quedar, digamos… con el culo al aire.

–¿Decía?

–Nada. Pensaba que hasta del propio pecado algunos hacen virtud.

–¡Vaya usted a saber! El caso es que por una razón o por otra Jan Nepomuk cayó en desgracia, lo arrojaron de un puente sobre el río Moldava y lo enterraron en una catedral de Praga. Al cabo de unos meses de silencio y olvido en torno a aquel suceso, durante un tiempo en los despachos eclesiásticos se habló de martirio y de la santidad de Juan Nepomuceno, como lo llamaron desde entonces. Aunque la imagen del santo acabó en los altares, con las orejas en su sitio, quienes enterraron su cadáver comentaron que había perdido una oreja.

—El cuerpo de un santo no pierde una oreja así por las buenas —objetó Ernestina.

—No le falta razón —asintió el mercader—. Unos aseguran que se la arrancaron los peces y la dejaron a los pies de una lavandera piadosa, cuando el cadáver encalló en una orilla; otros suponen que la robaron unos ladrones husitas para cambiarla por las cenizas de otro mártir... En fin, qué le voy a contar, a propósito de esta oreja se han contado muchas historias.

—¿Quién era ese otro mártir? —preguntó Ernestina.

—Los libros hablan de otro Juan, Jan Hus se llamaba el hombre. Este era un religioso protestante, un tipo corajudo que por defender sus ideas acabó ardiendo en una hoguera.

— ¿Y dice usted que esa reliquia sirve para...? —quiso saber Ernestina, impaciente.

—La oreja de San Juan Nepomuceno sirve de talismán para la confesión y el desahogo —aseguró Abdul—. Algunos creen que también protege a los débiles contra las calumnias y contra inundaciones inesperadas.

En tanto Ernestina cerraba el trato con el moro, Irene permanecía de cuclillas junto a la valija abierta. A juzgar por su gesto, quizá se preguntaba cómo una oreja muerta podía servir de talismán ante el ímpetu incontenible de las aguas bravas.

Declinaba la tarde y el sol caía a raudales sobre las vidrieras, como si quisiera escapar de la noche cercana. Mientras Ernestina, embelesada, contemplaba su cajita de cristal, Abdul removía algunos tarecos menudos en el fondo de su baúl y ponía orden en aquel universo imposible.

Contemplaba yo una hilera de pomos de colores, cuando un frasco ambarino atrajo mi atención.

–Contiene almizcle egipcio, miel de retamas y aceite esencial de maderas nobles –dijo el mercader–. Suaviza los calcañales, aclara las ideas y blanquea el cutis castigado por el sol.

Mis ideas jamás se habían visto empañadas por brumas de turbidez, no sufría quemazón y tampoco se me abrían los calcaños. No obstante, siempre había ansiado lucir el cutis níveo de las damas criadas a la sombra.

– ¿En verdad ese brebaje blanquea el tizne del solajero? – quise saber.

–Puede estar segura –asintió Abdul con aplomo.

Sin perder tiempo en indagaciones acerca de las propiedades de aquel bálsamo, me interesé por su precio y me quedé con él. Aun cuando pudiera estar lleno solo de mentiras, aquel frasco bien podía valer lo que me ofrecían por adecentar el cuerpo desmadejado de un difunto malquerido.

El árabe recogió la mercancía con parsimonia de sultán, compuso un amago de reverencia y se echó la maleta al hombro. Si bien vivía ese tiempo en que la madurez se torna en lento declive, el porte envarado de Abdul le confería un llamativo aspecto de hombre sano.

–¡Se echa ese baúl al hombro con unos bríos...! –observó Irene, impresionada–. Se diría que por usted no pasan los años.

–Aunque cada día deja su huella en la piel, el tiempo no se ceba con saña en quien lo administra con prudencia –opinó el árabe con un sesgo de rubor en la mirada.

–En todo caso, lo suyo tiene mérito, Abdulá –dijo Ernestina con gesto de anhelo, como si al paso del extraño nombre, su pecho se quedara sin aire.

Aún boquiabierta, la mujer se acercó al moro y escudriñó su semblante a placer.

–No le falta razón a la chica –insistió Ernestina–. De un año a otro no se le ven arrugas, ni un diente de menos, ni siquiera unas canas.

Abdul inclinó la cabeza en ademán de reconocimiento, esbozó una sonrisa y dijo:

–Las maderas nobles resisten la carcoma, adorable señora.

Ernestina se encogió de hombros, acompañó al moro hasta el portal y siguió sus pasos con la mirada. Al pie de la escalinata, el mercader se volvió, desplegó el blanco de su dentadura tachonada en oro y se alejó con andar despreocupado. Como un Atlas venido a menos, Abdul avanzaba con su cofre a cuestas, con paso cansino de animal de carga. Con un brazo poderoso el hombre apuntalaba la cintura, mientras con el otro mantenía su extraño mundo sujeto a la espalda.

Hubo un tiempo en que Ernestina encontraba a su esposo más apartado y huraño que de costumbre. Si por la mañana Romualdo le parecía esquivo, por la tarde lo sentía distante, y de madrugada le parecía lejano como los días de antaño. Si alguna noche permanecía a su lado, el hombre mostraba el frío desabrimiento de quien se siente prisionero entre sus propias murallas.

— ¿Qué te pasa, Romualdo? De un tiempo a esta parte apenas me hablas.

—Sabes que soy hombre de pocas palabras.

—La *Descampanillada* te las ha robado todas, dicen por ahí.

—Deberías respetar a los muertos, Ernestina. La pobre mujer tenía un nombre.

—Me pregunto yo si también tendría algo especial…

—No tenía nada de particular. Si acaso le faltaría…, quizá algo que a ti te sobra.

— ¿Paciencia tal vez?

—La voz, Ernestina. A la pobre Angelita solo le faltaba el habla.

…

Cuando aún cuidaba las maneras, Romualdo se mostraba dicharachero y, como un niño antes de pedir golosinas, sonreía con gesto zalamero y hasta se mostraba afable. Después de un arranque de malos modos Romualdo bromeaba con ademán jovial, agasajaba a su esposa y la requería para festejos de alcoba. Pasado el trance del arrebato el hombre se deshacía en halagos con Ernestina y la trataba con amabilidad, como si la atención de un momento bastara para olvidar el menosprecio de siempre, como si las monerías de ahora pudieran remendar los descosidos de siempre.

«A Romualdo lo ve una venir», me dijo un día mi hermana, antes de añadir: «Cuando le entra la vena sandunguera, siempre se pone jacarandoso y busca relajo conmigo».

En los últimos años, ni los cumplimientos ni las treguas con su marido le alegraban la cara a Ernestina. Solo las lágrimas y las inclemencias del invierno ponían cierto brillo en su mirada. Al declinar el día, mientras Romualdo se disponía a salir, ella observaba las nubes rastreras en busca de promesas de lluvia. Y en las tardes de cielo revuelto su semblante se iluminaba, no tanto por sentir a su marido cerca, como por verlo contrariado. «A veces Romualdo parece una fiera atrapada entre las redes del mal tiempo», me dijo Ernestina en una tarde de soledad.

En las noches de aguacero, la casa de los Sanfiel rezumaba aires de desencuentro.

–Da gusto sentir el calor del hogar mientras el cielo se viene abajo –comentó Ernestina, mientras escuchaba el trepidar de las vidrieras bajo la lluvia.

– Coraje es lo que da –rezongó Romualdo, con mirada esquiva–. El frío de esta casa es más dañino que los airones de ahí fuera.

– Tu frialdad sí que hace daño, Romualdo –se lamentó la mujer–. Cuando sales de jarana siento que ya no te importo y se me encoge el alma.

– ¡Vaya! –dijo él–. ¿Entonces hasta tienes alma?

Con la mirada apocada llena de respuestas, Ernestina se refugió en su silencio, sin nada que decir, sin una queja que le proporcionara alivio.

Si Romualdo ya se mostraba hosco de por sí, tras la muerte de María de los Ángeles se volvió tan arremangado de ánimo como en sus días más aciagos. «Ese hombre vive en pie de guerra con media humanidad y en deuda con la otra media», decían de él las comadres. Algunas lo ponían a caldo porque ignoraban que el hombre vivía en deuda consigo mismo, debido al bullir silencioso de su cabeza atormentada. A Romualdo se lo llevaban los demonios cuando oía decir que Angelita se había descalabrado porque le faltaban alas, debido a un empacho de higos o a unas lluvias tempranas. «¡Mi pobre mudita bella! Caería abatida por el peso de quién sabe qué desventura», se diría Romualdo en las mañanas de otoño. Como observara algún movimiento de nubes negras sobre el horizonte, el hombre se embozaba hasta las orejas y no ponía un pie en la calle hasta que veía asomar el azul de un cielo sin aires de amenaza.

De cintura para arriba Romualdo nunca mostró el vigor que reflejaba su carácter porfiado y agrio. Aun a resguardo de fríos y andancios, en unos años su ánimo se volvió aprensivo y su cuerpo se tornó endeble como el de un pájaro enfermo. A la menor ronquera o constipado, mi cuñado hurgaba en mi conocimiento en yerbas medicinales, en busca de algún remedio:

– ¿Me preparas una infusión de las tuyas, cuñada? –me dijo un día–. Tengo una tos de perro, un catarro tremendo.

– ¿Con flemas o sin flemas? –quise saber.

–La verdad… la prefiero sin flemas –respondió él, con sorna.

Aunque a menudo se pronunciaba con socarronería de viejo, Romualdo no era hombre de humor ni de ocurrencias siquiera. El hombre parecía más dado a la burla chabacana que al reír chisposo que brota del ingenio. Le divertía el pie que tropieza, la ventosidad que se escapa y la contingencia que avergüenza o duele, pero no soportaba el comentario mordaz ni reía ante lo que no lo que no cabía en su entendimiento precario. Tampoco llevaba bien las tardes de encierro. Cuando a causa del mal tiempo se veía confinado entre las paredes de su casa, Romualdo se mostraba arisco, respondía al saludo con ceño avieso y se movía con ademanes de animal cautivo.

Después de una noche de tormenta, Ernestina se levantó radiante y despejada como un amanecer de mayo. Aunque a menudo vertía su inquietud en la oreja de San Juan Nepomuceno, aquella mañana mi hermana necesitaba orejas vivas donde verter el desahogo. Tan pronto me oyó llegar, Ernestina vino a dar conmigo, me procuró acomodo a su lado y me llenó el oído de confidencias:

—Cuando tiene la noche loca mi marido descarga sus afanes con la primera buscona que se le escarranche, pero como un chubasco le fastidie el puteo, entonces la cosa cambia. A poco que se quede en casa se pone faltón, se vuelve majadero y…, al fin siempre viene a dar conmigo en busca de sandunga.

—Deberías alegrarte si Romualdo todavía se anima contigo —opiné.

—Me pregunto yo si le habré gustado alguna vez —respondió Ernestina, cabizbaja—. De haberse prendado de mí, a buen seguro se habría enamorado de otra. Hay quien dice que Romualdo no se enamora de las mujeres que le gustan.

—Los hombres maduros no se enamoran, si acaso se encaprichan con alguna novelería, ya sabes.

—Pues a lo que se ve, en lo que a mí se refiere… a Romualdo ya debe de habérsele pasado el capricho.

—En vez de quejarte, hermana, deberías tirar voladores si tu marido aún se anima contigo y te busca para el retozo.

—A mí el relajo me parece bien, pero servido con delicadeza. Apenas puedo con mi alma y encima él pretende...

—No siempre tiene porqué ser encima, Ernestina. Hay otras maneras.

—No es esa la cuestión, Maruca, no te hagas la boba. El caso es que de vez en cuando Romualdo olvida que soy su mujer, se enrala como quien trata con una cualquiera y… ¡Qué te voy a contar! Por un rato de chirinola que pasa conmigo, se pone ufano como si me hubiera regalado la vida. Y cuando me quejo de sus trasnoches…, ¡no te digo lo que tiene una que oír! Un día me dijo que cuando una buena esposa siempre debe perdonar a su marido, porque cuando es ella quien tiene la culpa, parece que es él quien se equivoca.

—Sean de quien sean los errores y las culpas, el tiempo lo cura todo, mujer   —dije, por decir—. Como el fuego de virutas, el amor retozón enseguida prende y pronto se apaga.

   …

Cuando se veía relegada al olvido, Ernestina buscaba mi compañía, me contaba sus penas con voz amarga y apenas me escuchaba. Un día me dijo que yo no sabía lo que era sufrir la indiferencia de cerca, que había que caer bajo el peso de un hombre desconsiderado para saber lo que significa el vivir como una esclava. «Me hablas de tu sin vivir y no ves que te dedico mi atención, mis momentos, mi vida al fin y al cabo», pude haberle dicho. Sin embargo me tragué la comezón y le sugerí que ante la adversidad conviene armarse de paciencia y esperar, como quien se defiende entre los muros de una fortaleza. Ante aquella confesión delicada le hablé a mi hermana de paciencia y no de coraje, por no hablar de abnegación, no fuera a entender la pobre que le convenía someterse a las exigencias de nadie.

En aquella ocasión Ernestina no me dio la razón, tampoco me la quitó, se limitó a suspirar con el ademán de fatiga que embarga a las viejas solitarias. Derrumbada y sin parpadear, se humedeció los labios y lamentó el precio que pagaba por disfrutar de un placer cada vez más tibio y desganado.

–A menudo, el gusto regalado con disgusto se paga –dije por decir.

Entonces ella esbozó una sonrisa, clavó sus ojos en los míos y me confesó que un revolcón de veinte minutos, le costaba días enteros de quebranto en los cuadriles, que ni a fuerza de paciencia lograba un poco de paz en su cuerpo atormentado.

–Cuando a Romualdo se le antoja relajo me deja tan derrengada, que apenas puedo moverme del molimiento que me queda en las carnes –dijo, con voz quejosa, como si hallara alivio en el desahogo.

Durante un buen rato Ernestina me habló y yo la escuché hasta que, descentrada ya, le solté lo primero que se me vino a la boca:

–Toda generosidad enmascara cierto afán de reconocimiento, hermana. Con tal de que una mujer le reconozca alguna virtud, un conquistador en declive se desprende hasta de su orgullo.

—A la hora del desprendimiento, mi marido es como un risco –insistió ella, ajena al sentido de mis palabras–. Cuando Romualdo se deja caer más vale apartarse, por si te pilla debajo. Y para ver como se me acerca, con tan poco entusiasmo, prefiero que me deje de la mano del todo. Me duelen sus andanzas y me aguanto, pero cuando me mira desde tan arriba, siento como si recibiera un escupitajo.

—A lo mejor si te hicieras valer, si le respondieras con firmeza y mantuvieras cierta distancia…

– Ni por esas. Lo mismo da que lo mires de lejos y con telescopio, que de cerca y con gafas de aumento. Lo mire una como lo mire, hasta cuando se muestra solícito y cercano, Romualdo parece ausente.

…

Al cabo de un tiempo de reproches y desdenes, la voz altanera de Romualdo apenas dejaba rastro en el ánimo apesarado de Ernestina. Desde que cayó bajo la infausta sombra de su marido, la mujer se acostumbró al pulso taciturno de una penumbra colmada de presencias inciertas y un vivir sin sentido. Mientras languidecía a la sombra del tedio y el abandono, a Ernestina se le ponía cara de viuda, dejaba de echar en falta a su marido y echaba a volar la mirada, como mejor manera de apartar los ojos de lo que no quería ver ni en sueños. Aunque no podía cerrar el oído a lo que no quería escuchar, al final de su vida solo atendía al rumoreo incierto de sus creencias más profundas.

En las noches de soledad Ernestina invocaba a los personajes más parranderos de la Gloria, los recibía con parabienes y los agasajaba con íntimo fervor de monja. Su desaliento, sin embargo, lejos hallar alivio en la ensoñación, se contagiaba a quienes se prestaban a infundirle ánimos. Según me contó ella misma, San Pascual Bailón había sufrido un acceso de melancolía, mientras intentaba animarla con cabriolas de bufón y paso estiloso de bailarín de tango. A decir de Ernestina, aunque el santo seguía el primoroso compás de una música celestial, a menudo se movía con aire cachazudo, como quien se halla de faena en una mañana de domingo. Si bien las piruetas del beato la entretenían, su mirada desvaída no se avivaba con aquellas danzas. En ocasiones, mientras ella yacía recostada en un diván, se le aparecía San Millán de la Cogolla. Según me dio a entender mientras escuchaba sus confidencias, en tanto ella hojeaba el Martirologio Universal, el aparecido le susurraba versos al oído, celebraba su hermosura y la desnudaba con mano distante y primorosa, con el miramiento de quien arregla el altar mayor en una tarde de viernes. Hasta bien entrada la madrugada Ernestina permanecía con el libro abierto entre las manos, desnuda y desparramada en su diván, sin más abrigo que la humilde cogolla de San Millán.

Intranquila ante el arrebato contemplativo que reinaba en casa de mi hermana, un día acudí a la consulta de don Manuel Morera, por ver si la respuesta que no hallaba en mi modesta elucidación podría asomar en el consejo de un médico.

–No debería preocuparse –dijo el hombre con ademán tranquilizador–. Eso que me cuenta le ocurre a quien solo ve y escucha presencias figuradas, delirios inocentes que a menudo se desprenden de la soledad. También las religiosas de convento, algunas ancianas solteras y las viudas desconsoladas, hablan a menudo con los santos.

–No le faltará razón, pero..., cuando veo a Ernestina enajenada en esos remontes, me resulta difícil alejar cierta aprensión –dije–. ¿Cómo no voy a preocuparme cuando mi hermana pasa todo el día como una mística en trance?

–Quizá sufre algún desencanto o siente algún vacío por llenar, y halla refugio en sus creencias –sugirió el médico.

– Pero es que los santos le responden –insistí.

–¡Vaya por Dios! –se lamentó don Manuel–. En tal caso sí debería preocuparse.

En las aburridas mañanas de invierno, Romualdo iba y venía entre plataneras, azuzaba al joven *Culoprieto,* ponía a arrear a Fidelio y sermoneaba a Juan *Cachimba*. Que si «hay que cortar esas piñas», que si «hay que deshijar esas matas», que si «aquellos racimos parecen patas de araña…», les decía el patrón a los jornaleros, haciendo valer la razón del que manda. Entre tanto Ernestina languidecía bordando manteles, echaba a volar sus pájaros de porcelana y asomaba el oído a los rumores que cazaba al vuelo en su ir y venir de un lado a otro de la casa. Pese a su empeño, Ernestina rara vez escuchaba nada claro en boca de las Rosas, no porque las gemelas hablaran con ecos inaudibles, sino porque aquellas mujeres se mostraban discretas y callaban cuando observaban que ella andaba cerca.

Con el paso del tiempo también Ernestina se acostumbró a vivir en silencio. En los últimos años su fervor rogativo se tornó en un paulatino apagamiento de la voz y del ánimo. A poco que observaran a la mujer sin apenas fuerzas para sonreír, los santos de su figuraciones volcaban todos sus afanes en alegrarle el semblante. Cuando la encontraban rendida por la desgana, algunos aparecidos cobraban extraños bríos y, en vez de alentarla con voz amiga, se echaban a reír y le festejaban las súplicas. Entonces Ernestina sufría y quizá pensaba que también los santos de la Gloria se habían vuelto locos.

Ya en el lecho de muerte Ernestina no abría la boca para rezar, sino para quejarse sin asomo de esperanza. «Si a ti te escobaron solo los pies, a mí me barrieron de arriba abajo», me dijo, antes de asegurar que en su matrimonio no había conocido más calor que el que nace del placer enardecido en las carnes.

A poco de conocer a Romualdo la vida de Ernestina debió de haberse oscurecido, como si el mundo cansado de dar vueltas, hubiera dejado de girar en mitad de la noche.

En pocos años, cuando ya se velaba el tiempo aún luminoso de antaño, la mujer perdió el gusto por la algazara, se acomodó en la plácida existencia de señora ociosa y se abandonó al tedio. En los últimos años de su vida a Ernestina no le movía otro afán que reunir aves de porcelana, piezas finas de cortos vuelos, cuyas alas permanecían inmóviles en las gavetas del aparador. En sus visitas Abdul le sonreía con gesto amable mientras le ofrecía petirrojos en cerámica de Limoges, cormoranes de la China y palomas blancas de Meissen. Por aquel entonces Romualdo apenas le prestaba atención, iba y venía como el aire, y solo paraba en la casa en los días de cielo revuelto. Al cabo de unos años de hastío ya se había apagado la mirada fogosa de la mujer, su tez se tornó pálida y sus ojos se plegaban sobre sí mismos, como cochinillas medrosas ante una amenaza.

Mientras Ernestina se encomendaba a los personajes de La Gloria, sus pájaros de porcelana escapaban de las gavetas, emprendían extraños vuelos y regresaban a su encierro convertidos en grajas. Y Romualdo parecía tan ajeno a los extravíos de su esposa, como a su propio descarrío. En las noches de fin de semana el hombre se echaba a la calle, como si en su alcoba no hallara cobijo ni lugar para colgar la indumentaria. Y de día, mientras permanecía en su casa, su mirada se echaba a volar tras el rastro airoso de las gemelas. Ya se hallaran ociosas o de fregoteo por la casa, las Rosas siempre andaban de cuchicheo a media voz. Su rumoreo, sin embargo, no siempre escapaba al oído cercano de Ernestina. «El señor tiene un mirar…, que parece que te come con los ojos», le oyó decir a Tamora. «Y vaya gusto que tiene por poner un rabo», añadió Candela. «Si a su paso no te arrimas a la pared, pierdes el culo por los pasillos», se desprendía del reír festivo de ambas.

Si bien Ernestina no se dejaba abatir por infundios, a menudo sufría con lo que oía y cerraba los ojos ante lo que no quería ver. «En una noche de farra mi marido podrá ser mujeriego y hasta putero como su padre, pero en su casa jamás pierde la compostura ni se derrite ante nadie», se decía, apocada ante el esplendor de las Rosas. Ella sabía que su esposo era de esa clase de hombres ante quienes una mujer rara vez permanece impasible. Ante hermosuras ajenas, la mirada osada de Romualdo podía resultar grosera, turbadora y hasta galante, pero nunca indiferente. De ademanes autoritarios y trato sin doblez, aun en la edad madura Romualdo lucía el porte escueto de un necesitado. Su presencia, sin embargo, emanaba cierto aire de sátrapa acostumbrado a mandar, a obtener respuesta antes de preguntar, y a doblegar voluntades sin más razón que la que se desprendía de su orgullo. Cuentan las comadres que en sus lances amorosos el hombre exhibía ese halo de suficiencia que distingue al amante complaciente del marido resignado. En el trato con su esposa, en cambio, cuando no se veía decrépito se sentía desganado, cuando no se mostraba altanero, se volvía quejoso como un enfermo. De un modo u otro, Romualdo dejaba asomar algún rasgo de debilidad. Si en sus andanzas callejeras aún se conducía con cierta prestancia, en su casa se movía con impulsos de animal encerrado. Como un gato en celo, antes de salir de noche, el hombre iba y venía sin rumbo ni propósito, regresaba sobre sus pasos y revolvía en los cajones de los muebles, como quien busca la propia cabeza, perdida u olvidada. Habitado por la arrogante vacuidad de un gallo viejo, su carácter hosco lo hacía propenso a cierto descaro. «Cuando el señor anda cerca, las gemelas salen volando como pájaras espantadas», observa Irene, aun a sabiendas de que las Rosas no corrían delante sino detrás del señor. Pese a la familiaridad que nace da la desnudez, de día las mellizas jamás se tomaban atribuciones más allá del estrecho ámbito de sus rutinas. «¡Toda la santa mañana recibiendo órdenes, que si esto que si lo otro..., cuando una se deja hasta los riñones limpiando el polvo!», se quejó Tamora, mientras se disponía a cumplir con un mandado. Con gesto remolón, a su zaga, Candela añadió: «¡Como si no tuviéramos polvacera de sobra desde la madrugada hasta el alba!».

Aunque a primera vista las dos hermanas parecían idénticas, bien miradas dejaban traslucir claras diferencias: si una mostraba la discreta reserva de quien ve asomar el engaño, la otra resultaba aleganchina como una guacamaya; si la sonrisa de esta dejaba entrever cierta picardía, aquella reía con el guiño mordaz del escarnio. Tamora rompía los silencios y se adelantaba a la hora de expresar lo que pensaban ambas, quizá porque ella había nacido primero, porque había llorado antes o porque no se conformaba con ir a la saga de nadie. A decir de Tamora, desde antes de venir al mundo, Candela ya se tomaba la vida con calma. Y si ella anduvo más despierta a la hora de nacer, la otra andaba más ligera a la hora de entrar o de salir, aunque a menudo era la última en cerrar la boca. Romualdo no sentía mayor debilidad por ninguna en particular. Según le oyeron contar en ambientes de copas, de Tamora le prendaba la mirada risueña, la tierna palidez del bajo vientre y la turgencia de sus pechos ingrávidos. De Candela, en cambio, le atraía el cabello indómito que le caía sobre la espalda y el tacto delicado de las nalgas. «Esas dos solo tienen una cosa en común», decía cuando alguien insistía en que no se apreciaba ninguna diferencia entre ambas. « Tienen unas cachas que parecen sandías maduras», añadía con gesto de abundancia. En su casa, sin embargo, Romualdo no mostraba querencia alguna por aquellas mujeres ni por ninguna otra. Si al paso de las Rosas se le iba una mirada indebida o una mano confianzuda, el hombre se alzaba sobre su debilidad, cerraba los puños en el fondo de los bolsillos y se convertía en administrador de su voluntad, en ocasiones firme, a menudo contrariada como la de un niño antojadizo.

En las madrugadas de los viernes, el mundo distante y autoritario del señor Sanfiel se tornaba en otro mundo más risueño y cercano. Cuando se desabrochaba de bragueta y de ánimo, Romualdo se dejaba llevar por el desgobierno y la alegre deriva de la intemperancia. En ámbitos de amorío el hombre se despojaba de sus aires de gobernante, se volvía jovial como un cachorro y se abandonaba a la llaneza que da el trato en confianza. Aunque en sus noches de fin de semana las mellizas se prodigaban sobre él con obsequiosidad de esclavas, solo Angelita Rocío le había endulzado los labios con el sabor de los besos tiernos. Tras el descalabro de su mudita bella, Romualdo jamás se volvió a entregar al amor fresco de buena mañana. Al caer la tarde, sin embargo, el hombre henchía el ánimo y cobraba bríos de caballo sin riendas. Cuando el sol se ocultaba tras el horizonte, el señor Sanfiel se atusaba el cabello, se ajustaba los pantalones a la cintura y se adentraba en las sendas de su descarrío.

Ernestina jamás lamentó su suerte. Transcurridos los primeros años de matrimonio, la mujer aún conservaba rasgos de esposa fiel y considerada. Romualdo, en cambio, apenas le prestaba atención, la miraba como por casualidad y apenas escuchaba sus lamentos.

–Parece que ya no te importo, Romualdo –se quejó la mujer–. Solo me diriges la palabra para quejarte de esto o de lo otro, o para pedirme que guarde silencio o .

–Sabes que no soy dado a monerías, Ernestina –respondió él, esquivo.

–Ya ni me hablas ni me miras ni te me arrimas, como antes, querido. A no ser que de repente me haya vuelto invisible, conmigo ya no eres dado a nada.

–Uno tiene sus días...

– Y otras tendrán tus noches, supongo. Sé que te acuestas conmigo porque oigo como roncas y porque me despiertas cuando llegas a casa en horas de madrugada. Se diría que ya no vives con tu esposa sino con tu viuda.

–No te enrabisques, Ernestina, haz el favor. Aunque últimamente ando ocupado en mis cosas y paro poco a tu lado, bien sabes que para mí tú cuentas más que nadie.

– Mucho cuento es lo que tienes, más que nadie, Romualdo. Nunca pensé que tendría que dar por muerto a mi marido vivo.

– ¡Qué muerto ni qué ocho cuartos! ¿Te gustaría verme atolondrado como un babieca, que si 'mi niña esto', 'mi niña lo otro'...?

–Me gustaría verte de alguna manera, Romualdo, reír contigo y sentirte cerca, al menos de vez en cuando.

...

A Romualdo y Ernestina solo les unía el inmenso espacio que cabe entre el desapego y la soledad. En los últimos tiempos entre ambos se tendía un desierto helado, como un ventisquero entre dos páramos. Durante años, sin embargo, los dos conservaron unas costumbres que respondían a lo que al menos él esperaba del matrimonio. Con las primeras luces del día, mientras Romualdo ganduleaba al calor del último sueño, ella se levantaba, le preparaba el desayuno y se lo servía en la cama, no tanto por atención como por simple rutina. Y cuando su esposo regresaba tras sus mañanas de silencio, también era ella quien le preparaba el baño tibio, le raspaba las callosidades de los pies y le enjabonaba la espalda. Aunque a menudo Romualdo se quejaba de que el agua caliente le derretía el escroto y le escaldaba las ingles, el hombre soportaba los restregones sin rechistar, por no pedirle a Ernestina que le aplicara sus cuidados con delicadeza, que de sus manos recibía más mortificación en el cuerpo que caricias en el alma.

Movido por el afán de ganarle tiempo a las horas muertas, el señor Sanfiel envejeció cuando aún parecía joven, tocó techo a mediana edad y declinó sin alcanzar la plenitud cuando aún no había cumplido los cincuenta. Ya en el declive de su hombría, ni su aplomo ni su arrogancia le alcanzaban a Romualdo para encubrir el desmadejamiento que arrasaba su ánimo. A los cuarenta y pocos años los hombros ya se le derrumbaban, las extremidades se le consumían y el rostro se le arrugaba, como una prenda de lino bajo la lluvia. Si un amanecer radiante le insuflaba espejismos de vitalidad, cualquier nube amenazadora lo abatía y lo mantenía confinado bajo techo, como si en vez de un hombre sensato fuera un lagarto resignado a la inmovilidad bajo las brumas del invierno. En el lecho de muerte Ernestina aún se preguntaba por qué le habría dedicado su vida a aquel extraño, por qué había fingido estremecimientos de gozo entre sus brazos y por qué había dejado apagar la luz violácea de sus sueños.

Aunque Ernestina nunca quiso ver el apaño de su esposo con las mellizas, éstas no tardaron en enterarse del enjuague de Romualdo con Ángelita Rocío. «Cuentan por ahí que el patrón anda engolosinado con la *Descampanillada*», le dijo Úrculo a su hermana Tamora, como si algo que de lo él pudiera haberse enterado no lo supieran ya las gemelas. Desde hacía unas semanas el patrón había dejado de acudir a su cita de relajo con las Rosas, cuando ellas aún lo esperaban dispuestas a colmar sus apetencias de los viernes. Durante las visitas más recientes, aunque había acudido con el ánimo festivo de siempre, Romualdo se mostraba menos chisposo y más comedido que nunca. Ya en las últimas noches de relajo el hombre andaba pendiente del reloj, se movía con ademán silbador y se recogía en horas tempranas.

Cuando aún no era tiempo de lluvias, el hombre dejó de acudir a sus encuentros con las mellizas, como si el cielo dejara entrever alguna amenaza. Al cabo de unas semanas, las gemelas ya barruntaban la espantada del patrón. Y al fin la revelación de su hermano Úrculo arrojó una luz clarificadora, allí donde ellas lo empezaban a ver todo claro. «Cuando un hombre deja enfriar una cama, a buen seguro que calienta otra», le dijo Tamora a Candela.

Un mañana de brisas mensajeras, mientras las Rosas comentaban entre risas las proezas ya olvidadas de Romualdo, Ernestina cazó unas palabras al vuelo. Aquel día descubrió que había dejado de importarle poco a su marido, que ya no le importaba nada. Desde entonces la mujer perdió el apetito, comenzó a sufrir vahídos y se encerró en sí misma, como si el alma se le hubiera quedado a oscuras.

En poco tiempo Ernestina apartó a Romualdo de sus afectos, de su resentimiento y hasta de su más leve inquietud. Al fin de su vida, sin embargo, ninguna compañía le mitigaba el fastidio, la lluvia no la reconfortaba y solo se alegraba cuando recibía las visitas de Abdul. Aunque la presencia del moro le encendía la mirada y le infundía ánimos, ella jamás confesó desliz alguno con él, como no fuera en el discreto ámbito de los sueños. En la soledad de su alcoba Ernestina se entregaba a fantasías iluminadas y se acariciaba el vientre, como si la cálida redondez del abdomen le proporcionara cierto alivio.

—En vez de sufrir la indiferencia de mi marido, más me valdría darlo por muerto —me dijo un día.

— ¿Darlo por...? –indagué simulando extrañeza.

— Quitármelo de la cabeza como si no hubiera existido nunca –respondió ella con amargura.

—«No se ve nada claro con lágrimas en los ojos, decía Protágoras» –musité, dejándome llevar por cierta mala costumbre.

En ocasiones, cuando hablaba para mis adentros, atribuía a los antiguos griegos las ocurrencias que alumbraba sin pensar. Aunque sabía que más me valía callar, no se me ocurría mejor manera de aligerar el eco pomposo de mis palabras.

—Las lágrimas se me acabaron hace tiempo –musitó Ernestina, ausente.

Conmovida ante tanta pesadumbre, escondí la mirada y no insistí. « Escucha, presta atención a las tribulaciones de tu hermana y no seas majadera», me reprendió la voz de la sensatez. Quizá aquella voz me daba a entender que debía prestarle oído a Ernestina, en vez entregarme a consideraciones vanas.

Antes de despedirme, como cada jornada al caer la tarde, aquel día permanecí un rato junto a mi hermana, la tomé de la mano y escuché su quejumbre con el corazón encogido, sin despegar los labios.

A principios de febrero Ernestina se encerró en un mutismo religioso del que apenas salía en las noches de tormenta. Con la mirada perdida en el cielo, la mujer reía entre dientes y suspiraba con el rostro iluminado por los relámpagos. A finales del invierno se sintió aquejada de una molestia en el espinazo que la obligaba a pasar todo el día tumbada, ahora de un lado, después del otro, como si no hallara fácil acomodo para su quebranto. Mientras Ernestina sufría, Irene permanecía a su lado, convertida en su sombra, en sus manos y en lo que hiciera falta.

Como todas las tardes antes de regresar a mi casa, una tarde de marzo me dispuse a despedirme de mi hermana.

– ¿Te encuentras mejor? –le pregunté, más por brindarle la oportunidad de quejarse que por saber. Un día tras otro me contaba los pormenores de su malestar.

–Siento que se me abren las coyunturas, como si se me rajaran las carnes —respondió Ernestina, echándose mano a la espalda–. El daño arranca como una punzada a un lado de la rabadilla, tira por el cuadril y baja por la trasera del muslo hasta la corva. Es como un latigazo...

217

–Deben de ser dolores 'asiáticos' –opiné–. A menudo las molestias se exacerban con el frío del invierno.

– ¿Qué significa eso de que «se exacerban»? –preguntó Irene, recién llegada.

–Que se crecen y se vuelven latosos, puñeteros..., insoportables como las torturas que los inquisidores infligían a los herejes para que confesaran que estaban poseídos por el demonio –respondí, dejándome llevar por cierta propensión a enramar mi discurso con historias innecesarias.

En tanto Irene permanecía con la boca abierta pergeñando quién sabe qué ideas, Ernestina sufría con la mirada entornada, como si llevara el daño metido entre los párpados. Mi hermana ya no padecía los dolores erráticos de siempre, ahora eran otros, lo mismo le daba que fueran asiáticos o africanos, amarillos o negros.

Arrasada por el amargo gesto de la náusea, Ernestina se llevó una mano a la boca y masculló unas palabras.

–Esta dichosa barriga... –pude entender.

– A ver si va a resultar que estás embarazada –aventuré.

Al cabo de un cruce de preguntas y evasivas, Ernestina dejó entrever que apenas albergaba dudas acerca de su preñez.

– ¿Me pregunto yo si este fastidio se deberá a...? –masculló con mohín de duda.

–A que llevas una criatura dentro –dije a bote pronto.

–Sí pero… –balbuceó Ernestina, ensimismada–, no sabe una si esa criatura tendrá que ver con algún relajo en una noche de lluvia o si...

Mi hermana apretó los labios y negó con el gesto de rechazo de quien se resiste a dejar que una idea descabellada cobre forma en su cabeza. Quizá en su fuero interno confundía las vivencias que agitaban el ritmo anodino de sus días, con las escenas vívidas que nacían de sus sueños.

A mediados de verano mi hermana apenas se levantaba de la cama. En poco tiempo sus dolencias dejaron de ser pasajeras y se tornaron en un descoyunto que la mantenía postrada durante buena parte del día. Si bien el asomo de la maternidad realza el esplendor de la mujer madura, aquel embarazo se manifestaba en la realidad de Ernestina, más como un trastorno que como una esperanza. Los espejos le devolvían, no ya el semblante desdibujado de siempre, sino otro de tez pajiza, mirar apagado y cuencas ojerosas de mal dormir. Mientras ella encarnecía de vientre, la naturaleza desfallecía en su ámbito cercano, como si la criatura en ciernes absorbiera cualquier brote de bonanza. Aun sin dejar de recibir los cuidados de siempre, los rosales del jardín se secaron, las naranjeras enfermaron y los capirotes dejaron de cantar.

A finales del invierno, solo Irene y el crepúsculo habían ganado en exuberancia. A sus quince años la chica había dejado de ser una niña útil, para convertirse en una mujer necesaria. Si desde su postración Ernestina le encargaba que pelara unas papas, la chica se enfrascaba con tal empeño en la labor, que en un abrir y cerrar de ojos no quedaba una papa sin pelar en la despensa. A Irene tampoco le faltaban bríos cuando se ocupaba de la ropa sucia. La chica restregaba las camisas de Romualdo con tal ardor, que hasta las manchas más reacias desaparecían de ellas sin dejar rastro, aunque la pieza quedara sin color ni sustancia. Para Irene no existían roñas insumisas ni manchas indelebles. Allí donde la mugre se resistía a desaparecer, ella frotaba con tal entusiasmo que el tejido desgastado se desvanecía convertido en una leve transparencia.

Una mañana encontré a Irene afanada ante la pila de lavar. La muchacha se debatía con más empeño que éxito, contra un manchón de platanera.

–De nada vale restregar esos lamparones –le dije.

–Todo es cuestión de paciencia, ya sabe –respondió Irene, enfrascada en su labor.

–Si te aplicas con ese afán –le advertí–, allí donde arrasas lo que apenas es una sombra va a quedar un agujero sin remedio.

–En tal caso se recorta un cachito de un vuelto inútil, se aplica con unas puntadas de hilo por dentro y allí donde estaba el agujero queda un remiendo aparente.

– Y en vez de andar con esos enredos, ¿no sería mejor dejar la camisa tal cual?

– ¿Con estos ensucies? –cuestionó la chica, mostrando las manchas.

–Esas roñas ya forman parte de la camisa, Irene. Si al cabo de unos restriegues te rindes a la evidencia, al fin quedarían como fiel testimonio de dos ocupaciones: la del señor en su trabajo y la tuya en la pileta.

– ¿Quiere decir que…?

–Que el estado de cosas debido a dos esfuerzos, nunca resultaría tan cicatero e indecoroso como un remiendo.

Irene me miró con cara de desconcierto, restregó la prenda con todas sus ganas y la dejó reducida a un velo transparente. Al día siguiente la muchacha ya había olvidado sus remiendos y aprendía a zurcir los agujeros que quedaban allí donde la suciedad había ganado la batalla.

La existencia de Irene transcurría sin más novedad que la incursión de alguna cucaracha en la cocina, algún ratón aventurero en el jardín o un desencuentro con las mellizas. A lo largo de la mañana, mientras pasaba un paño por los muebles, la chica dejaba algunos rastros de descuido, cuya evidencia ponía de manifiesto las derivas de su inquietud llena de preguntas. Mientras la casa dormitaba en horas de siesta, Irene observaba la danza caprichosa de las moscas, se preguntaba por la razón de ser de alguna calamidad y se sumergía en las páginas de algún libro desgastado al paso de su mirada ávida.

Apenas disponía de una docena de viejos volúmenes, pero los leía una y otra vez, hasta que llegaba el moro Abdul con su universo de historias increíbles. Cada vez que releía unas páginas, Irene descubría algunas palabras pasadas por alto en la primera lectura, desvelaba emociones escondidas y reparaba en sentimientos vagamente insinuados en el ir y venir de los personajes.

En una de sus visitas, Abdul trabó la hebra con Irene y le recomendó un libro.

—Narra los avatares de una expedición de aventureros a través de la selva inexplorada del Amazonas —explicó el mercader.

—No lo tome a mal, pero... —dijo la chica, escondiendo la mirada—. ¿A quién le podría interesar las andanzas de un hatajo de trotamundos entregado quién sabe a qué desmanes en tierras extrañas? A mí, la verdad…, esas historias no me interesan.

— ¿Entonces qué te gusta leer?

—Me gusta aprender, saber…, adivinar lo que piensa y lo que siente la gente corriente.

Como la joven insistía en que las aventuras solo emocionan a quien las vive y no a quien las lee, Abdul le tendió un tocho de tapas ennegrecidas y dijo:

—Este es un curioso ejemplar transcrito de unos pergaminos rescatados del incendio que destruyó la Biblioteca de Alejandría. Del libro se desprende un mundo desconcertante.

— ¿Y qué ocurre en ese mundo? —quiso saber Irene, picada por la curiosidad.

—En él se representa la leyenda de unos seres inmortales, cuya eternidad transcurre entre infinidad de páginas —dijo Abdul—. ¿Imaginas una espiral sin principio ni fin, donde la vista jamás se posa dos veces sobre el mismo párrafo y donde cada pasaje siempre resulta diferente?

—¡Qué pena! En tal caso no habría manera de releer un episodio interesante —observó la chica con aire de desencanto.

Cuando releía una novela, Irene se aislaba de su entorno cercano, se adentraba en un escenario ya familiar y se enajenaba de lo que acontecía en la proximidad.

Tras una pausa de silencio, el hombre se encogió de hombros y respondió:

—Lo abras por donde lo abras, en este libro siempre hallarás historias nuevas que no habrás leído antes.

—Si esa historia nunca empieza y nunca acaba, será como el cuento de la vieja majadera —opinó Irene encogiéndose de hombros.

Cierto aire de extrañeza ensombreció el semblante impasible de Abdul. Ajeno a la ocurrencia de Irene, Abdul acarició la cubierta del preciado volumen, lo envolvió en un paño de lino y lo guardó en su valija.

—Si llevara usted alguna historia con principio y fin, como la vida misma… —dijo la chica, ensimismada.

— ¿Otra de desventuras? —quiso saber el árabe.

La chica se quedó embelesada, entornó la mirada y dijo:

—Me gustaría leer una novela fantástica de esas que resultan increíbles, como los chismorreos que cuentan por ahí... Dicen las comadres que un día la imaginación alada de una mujer soñadora se alzó bajo la lluvia y desapareció entre las nubes, como una paloma moribunda. ¿No ha oído hablar de una joven sin voz que se remontaba como un ángel...? Al parecer la mujer volaba mientras creía que la sustentaba la brisa, hasta que al fin cayó, cuando se preguntó cómo se mantenía en el aire sin alas auténticas.

A la vista de que el moro, paciente y distante, no se pronunciaba, Irene se encogió de hombros, entornó la mirada y masculló:

—Pero bueno..., esa historia aún está por escribir.

Como Irene no se rendía, el libanés escarbó en el fondo del baúl, sacó un libro menudo de tapas enmohecidas y lo abrió ante la mirada chispeante de la muchacha.

—A lo mejor este librito es de tu gusto —dijo mostrando el libro—. Trata de una dama que languidece y sufre porque no es capaz de rendirse ni a un instante de bienestar.

—No me extraña ese sufrir —comentó Irene con gesto de suficiencia—. Dicen que una persona sensata debe saborear la felicidad mientras la persigue, porque si alguna vez la consigue, entonces ni siquiera se dará cuenta.

— ¿Felicidad? Aunque todos la buscamos y creemos saber dónde se halla, nadie la encuentra del todo, mi niña —tercié, por ver de acallar el palabrerío desatado.

Aunque no pretendía aleccionar a nadie, bien pude haber abundado en la idea de que la dicha es inaprensible, no porque no se halle al alcance de la mano, sino porque nadie repara en su suerte cuando ha topado con ella.

–Lo mismo debe de ocurrir con el arco iris –masculló Irene–. Todo el mundo lo ha visto alguna vez, pero nadie ha conseguido meterlo en un saco.

Desconcertada ante la contumacia de Irene, solo pude encogerme de hombros. Mientras yo me sacudía el estupor, la chica hojeaba el libro que le había ofrecido Abdul. Irene pasaba las páginas con el gesto distendido de quien dispone de todo el día para soñar. Mientras su mirada ávida se deslizaba sobre los renglones, las hojas amarillentas se convertían en escenarios dorados, la lectura adquiría la dimensión de un paisaje inexplorado y el relato se enriquecería como una planta abonada con estiércol divino.

Las tragedias románticas le fascinaban a Irene, los amores arrebatados y los suicidios aparatosos le cortaban el resuello, el despecho ribeteado de pundonor despertaba en ella más entusiasmo que cualquier sacrificio innecesario. A Irene le apasionaban los cuentos plagados de desventuras. Su mirada apocada se encendía al paso de las peripecias de algún personaje que pudiera parecer condenado a luchar contra páginas de adversidad, en un mundo injusto donde el esfuerzo rara vez obtiene premio y donde el orgullo herido se alza sobre las inclemencias del atropello. Y cuando al fin se deshacía algún entuerto en un remanso de la lectura, entonces ella se perdía en la búsqueda de un posible sentido oculto tras el significado de las palabras.

–Veo que esa historia te resulta entretenida –observó Abdul, poco dispuesto a dar tregua al silencio–. En ella no hallarás ni un minuto de bienandanza.

Irene sopesó las palabras del mercader, acarició el lomo insensible del libro y preguntó:

– ¿No contará patrañas de gente feliz, de esas que desconsuelan al lector que ha caído en desgracia?

–Ya sabes que hay cuentos para todos los gustos, Irene – intervine, a fin de poner fin a tanta digresión–. Fíjate si hoy en día se escribirá de todo –insistí–, que hasta se venden historias insustanciales para entretener a los perezosos, cuentos increíbles para distraer a los que se aburren y poemas sin sentido para confundir a los ignorantes.

–¿Y para los babiecas que no leen?

–También los analfabetos disfrutan los de libros: unos les pegan fuego, otros los prohíben… –respondí, por echarle un poco de chilindrina a tanto extravío–. Supongo que Abdul venderá tochos de páginas en blanco, para quienes no saben leer –añadí, mientras el moro asentía con un guiño de complicidad.

Cuando se adentraba en los entresijos de un cuento, a la muchacha no le importaba el color de las páginas. Irene se enfrascaba de tal manera en las ficciones, que si iniciaba una lectura bajo la luz del atardecer, bien podía seguir leyendo en la penumbra del ocaso y hasta en la oscuridad de una noche sin lumbre. Con un libro entre las manos, con luz o sin ella, la chica se proyectaba en un mundo figurado cuyas imágenes debían fraguar en los aledaños del delirio. Irene criaba pájaros en la cabeza, los alimentaba con fantasías y los enseñaba a hablar, como si fueran loros mansos.

Desde que Irene se hizo cargo de la casa, Ernestina se abandonó a un languidecer solitario y despreocupado. Si sus dolores amainaban un día porque se olvidaba de ellos, al día siguiente se alzaban encrespados como olas de quebranto. Mientras su marido se entregaba a una vida rutinaria salpicada de excesos, ella se ocupaba de preparar el ajuar del hijo que habría de llegar a finales de octubre. Apenas se ponía en pie dos o tres veces al día movida por algún capricho, tedio o necesidad. Al caer la tarde se tumbaba en algún sofá y solo se levantaba para evacuar el vientre, para hartarse de confituras o para asomarse a las ventanas abiertas al poniente.

A juzgar por las faltas de sanguina, Ernestina se había quedado embarazada durante el plenilunio de enero. Así que, conforme a las cuentas, el nacimiento debía acontecer sobre la tercera semana de octubre. Si la luna se mostraba propicia, el crío debería asomar en los primeros días de noviembre, como un otoño tardío.

Aunque Ernestina se mostraba dispuesta a escuchar opiniones sesgadas, jamás aceptaba un consejo. Una tarde, mientras Irene servía unas tazas de café, Ernestina se atracaba de dulces.

–Si no refrenas los antojos, se te va a poner la barriga como... –quise advertirle.

–Como el mascarón de proa de los navíos de antaño –dijo la chica, fiel a su costumbre de intervenir en conversaciones ajenas.

Pese a mis advertencias y a las reticencias de Irene, Ernestina pasaba todo el día picoteando rosquillas, como una paloma prisionera. También la curiosidad de la chica también parecía insaciable.

– ¿Las aves nunca quedan preñadas, verdad? –me preguntó Irene, mientras reparaba en el canto cercano de los capirotes.

–Nunca –respondí.

Como la chica insistía en averiguar las diferencias entre el eclosionar de un huevo y el nacer de las entrañas de una mujer, le hablé del apareamiento de las aves y de cómo estas no sienten ningún apego por el nido.

– Las avecillas emprenden el vuelo a poco que estiran las alas, quizá porque no conocen el tibio cobijo de una madre –le expliqué.

– ¿Y si un niño naciera con los brazos emplumados…? –quiso saber.

–Jamás saldría volando –aseguré, por no verme explicando las diferencias entre los niños y los pájaros.

A finales de mayo mi hermana pasaba las tardes realizando labores de punto y confeccionando peleles para una criatura que, pese a su escasa entidad, ya le ocasionaba algunos desarreglos: le revolvía las tripas, le provocaba arcadas y le fruncía los pliegues del ánimo.

A menudo me sentaba junto a Ernestina y le aplicaba ungüentos en el vientre, a fin de relajar sus tiranteces y suavizar las estrías que le abrían las carnes. Irene observaba mis manejos, obedecía mis mandados y no se cansaba de preguntar.

—¿Cuándo se le van a aliviar los pesares a la señora? —quiso saber.

—A lo mejor la luna llena de otoño levanta mareas de parto y el niño nace a mediados de octubre —aventuré.

—Hablando de mareas, a juzgar por esa barriga en forma de navío… ¿cabría suponer que de ahí va a salir un hombre de mar?

—Quitando lo del oficio, no andas muy descaminada, chiquilla. El vientre empingorotado casi siempre lleva un varón.

— ¿Y cuando lleva una niña?

—Entonces el abdomen se nota más crecido, más ancho y aplanado por los flancos.

— ¿Algo así como la popa de un barco? —aventuró Irene, embelesada.

— ¿Qué tanto sabes tú de barcos?

–No es que sepa mucho, la verdad, pero una vez leí una historia en que los tripulantes de un velero griego navegaban perdidos en el mar, expuestos a toda suerte de calamidades.

– ¡Pobres hombres!

–Aquellos marineros no eran «pobres hombres», no creas. Los antiguos navegantes eran verdaderos héroes.

– Entonces…, ¡pobres héroes!

…

A finales de febrero, las mujeres de la casa lucían barrigas abultadas, como lunas en cuarto creciente. Mientras Ernestina sufría esas arcadas y revolturas que confirman la preñez, las Rosas ya andaban crecidas de vientre, en fechas cercanas a los días en que habrían de ponerse de parto. Aunque las gemelas dieron a luz con cierta dificultad, ambas parieron en la misma noche, con arreglo quién sabe a qué extraños designios. Mientras Candela rompía aguas, Tamora ya andaba pariendo. El crío de esta asomó de cara con mirada de espanto; el de la otra nació al cabo de un rato, con las nalgas por delante.

En su ir y venir de faena por la casa, las gemelas llevaban a sus hijos acunados en brazos, atemperaban sus voces y hasta se mostraban afables. Mientras amamantaban a las criaturas, a menudo me preguntaban acerca de las particularidades del nacimiento.

– ¿Por qué unos críos vienen de una manera...? –quiso saber Tamora.

– ¿Y otros de otra? –añadió Candela.

–Igual que un perro antes de echarse, el crío da vueltas y se acomoda en el seno de la madre antes de venir al mundo –opiné.

– ¿Entonces la criatura asoma...? – balbuceó la más inquieta.

– ¿De una manera o de otra...? – farfulló la otra.

–Según cómo haya quedado tras el último tumbo –respondí sin rubor.

– ¡Ah! Creíamos que los niños nacen de cara o de culo, según la madre hubiera cogido... –dijo Tamora.

–Hubiera cogido macho mirando a la almohada o con la mirada perdida en el techo –añadió Candela.

...

A principios de octubre mi hermana me pidió que permaneciera a su lado hasta el anochecer, no por capricho, sino porque temía verse sola con un recién nacido entre las piernas. Sentada junto a la cama de Ernestina, durante horas me vi construyendo ilusiones y alimentando esperanzas. Por aquel entonces Romualdo madrugaba y emprendía su rumbo con la primeras luces de la mañana. Irene, en cambio, remoloneaba entre las sábanas y no se levantaba hasta que me oía llegar.

Ernestina dormía con los ojos entreabiertos y mantenía los párpados entornados, como si en vez de entregarse al descanso, durmiera pendiente de un continuo despertar. Cuando le deseaba los buenos días, ella apenas arrancaba un débil balbuceo, como si su voz permaneciera enfrascada en las matracas de los sueños. Los labios de Ernestina apenas se abrían, si acaso para dejar escapar un suspiro o una mariposa blanca. Su ánimo abotargado apenas cobraba aliento al paso de algún un bostezo, como si el aire fresco de la mañana no le alcanzara para la primera quejumbre. Si mis comentarios la importunaban, ella cerraba los ojos y asentía con desgana, sin dejar entrever el aburrimiento que sin duda le embargaba el ánimo. Enfrascada en un tibio sopor, Ernestina aguardaba con paciencia el nacimiento de su hijo, como si en su postración fraguara la idea de un embarazo para siempre.

Una tarde, mientras me despedía de mi hermana, Irene entró en la alcoba con una tonga de ropa entre las manos.

– ¿Cuándo va a dar a luz la señora? –preguntó la chica.

–No habrá que esperar demasiado –respondí, en un vano intento de conjurar aquellas ansias.

Como a juzgar por la altura y la forma de la barriga aún no cabía esperar novedad, le aseguré a Ernestina que con el plenilunio de noviembre vería asomar al pituso que llevaba dentro. Al paso de mis palabras Irene me miraba con el gesto caviloso de quien alimenta alguna inquietud:

–A la hora del nacer... ¿quién da la voz de salida: la madre, la criatura o la Divina Providencia? –quiso saber la chica.

–¿Quién sabe? Una vez llega el momento, quizá Dios mueve sus hilos y da el visto bueno al nacimiento –especulé–. Con el permiso divino la luna señalaría el «cuándo», la madre pondría las ganas, y al fin... el niño saldrá guiado por alguna señal, alguna luz... Al menos así, aunque sin madre de por medio, es cómo germinan las legumbres.

Con la cabeza ladeada y la frente amontonada sobre un hervidero de dudas, Irene encarnaba el afán de saber reducido a pura incertidumbre. Cuando parecía que de su boca iba a brotar una pregunta en torno a las particularidades de las alubias, la chica apretó los labios y se conformó con aquella respuesta.

Durante la tercera semana de octubre Ernestina se mostraba más apocada que de costumbre. Pasaba las mañanas tumbada en un diván, llenaba platillos de dulces y se entregaba a un picoteo desganado de gallina vieja. Cuando sentía algún molimiento en los cuadriles, la mujer se acomodaba junto a una ventana y realizaba labores de punto. Mientras a Ernestina la espera se le antojaba interminable, la criatura que debía nacer permanecía agazapada en su seno, ajena al transcurrir del tiempo.

Al declinar el día, antes de emprender mis rumbos, le encargaba algunos mandados a Irene, dejaba preparada una cena frugal y me entregaba a un rato de cháchara con Ernestina. Antes de despedirme de ella escuchaba sus cuitas, le daba a unas friegas en la cintura y le acariciaba el vientre empingorotado, por si cabía esperar alguna novedad de la inquietud que se palpaba allí dentro.

—De momento no hay trabajo para una comadrona en esta casa —observé.

—Esa barriga se mueve menos que un velero en tiempos de calma —comentó Irene. Y como quién alumbra una solución mágica, masculló: «¿Habría alguna forma de animar a la criatura, a ver si se espabila y… ?»

No me sentía con ánimos para aplacar el ansia averiguadora de la chica, así que apreté los labios, me cubrí de solemnidad y negué con un leve movimiento de cabeza.

Irene parecía impaciente.

– ¿Entonces no habría manera de...? –insistió.

Y yo me reafirmé en una negativa sin palabras, por no decir que ante un embarazo maduro solo cabe esperar, que no iba a llover antes por más que una voluntad impaciente abriera un paraguas.

—O sea que… –balbuceó Irene, desconcertada.

– Que cada uno nace en su momento, que cuando en estas estamos, solo cabe armarse de paciencia y esperar. No queda otra – dije con determinación.

«No hay premura ni dolor que muevan a una persona sensata a adelantar el ocaso o el amanecer de nadie», pude haber dicho, en vez de exponerme a tener que explicarle a la chica que ante el retoñar y el fin de la vida, de nada sirve ningún empeño en empujar o frenar el paso del tiempo.

Noviembre se hallaba en ciernes, las noches dormitaban bajo una luna creciente y los días transcurrían sin novedad en casa de los Sanfiel. Romualdo pasaba buena parte del día fuera, Irene veía asomar sus hechuras de mujer, y Ernestina se consumía en un languidecer taciturno y despreocupado. Solapados bajo los trastornos de la preñez, sus dolores erráticos habían derivado hacia un malestar impreciso que sobrellevaba en silencio. «Siento como un descoyunto en el alma…», decía mi hermana en los momentos de postración. Aunque a menudo se vaciaba en suspiros, de sus labios apenas escapaba queja alguna.

A primeras horas de la mañana Irene se anunciaba con un canturreo ensimismado que animaba los pasillos, daba unos golpecitos en la puerta e irrumpía en la alcoba. «¿Cómo se encuentra la señora en esta mañana?», preguntaba a modo de saludo. Y sin esperar respuesta emprendía un rumboso ir y venir de un lado a otro, abría ventanas y descorría las cortinas, a fin de echar fuera la oscuridad reinante. Al cabo de un rato la chica se plantaba frente a la cama de Ernestina, daba los buenos días a destiempo y abandonaba la alcoba con una leve reverencia.

En una tarde de sábado, cuando la casa ya había recuperado sus silencios, encontré a mi cuñado postrado en un sillón.

– ¿Qué te pasa, hombre? Te encuentro algo desmejorado –le dije.

– La cabeza me tiene a mal traer –respondió él, cariacontecido.

– ¿No te vio el médico hace poco? –pregunté por preguntar.

–Me vería, supongo, a no ser que tuviera problemas en la vista.

– ¿Y…?

–Dijo que tengo un no sé qué metido en la cabeza… «cosa de andar por casa», según pude entender.

–O sea, asunto de poca importancia.

– Qué sé yo de importancias. Solo sé que cuando el mal aprieta no hay quien lo aguante.

–Tampoco hay que tomarlo todo a la tremenda. Si lo tuyo fuera cosa seria, ya estarías criando malvas.

– ¡Qué alentadora!

– Deberías tener paciencia, Romualdo. A veces el daño proviene de algún barrenillo metido en la sesera, ya sabes. Con este trajín, la casa anda patas arriba y hasta los capirotes cantan de noche, como los grillos.

– ¿Y habría alguna manera de ponerle remedio?

– ¿Al destartalo de los pájaros?

–Al daño en la mollera.

–Dicen los pescadores que eso se arregla con untura de esperma de ballena.

– ¡Vaya ocurrencia! No me veo como un pastor marinero, ordeñando cachalotes a mis años.

– No seas ordinario, hombre. Esa jaqueca se podría aliviar con unas lavativas.

– Por el culo, un hombre que se precie no debe tomar ni consejo.

– Siempre con tus simplezas –protesté–. Las irrigaciones no solo sirven para limpiar los mondongos, también se utilizan para robustecer el alma, para aliviar la voluntad quebrantada y para mitigar el estreñimiento. Los ingleses usan lavativas para…

– Tipos raros esos extranjeros –masculló Romualdo, mientras se alejaba con la cabeza gacha.

En tanto Ernestina esperaba novedades, Romualdo permanecía en el salón, encapotado y sombrío como un cuervo viejo. Las visitas cumplimenteras lo incomodaban, pero el verse ignorado entre una rebujiña de gente lo dejaba sumido en cierto desánimo. El señor Sanfiel debía de sentirse como un extraño en su propia casa. Si desde siempre había sido dueño de las voluntades que se movían bajo su techo, ahora el vientre abultado de Ernestina se había adueñado de todas las miradas, de todas las atenciones y hasta de sus espacios de siempre.

En las tardes de fin de semana las vecinas acudían de visita con algún detalle entre las manos: unas rosquillas para acompañar el café, unos marquesotes, almendrados, bienmesabe…, por ver si los señores de la casa correspondían a su atención con algún licor, mistela o alguna bebida espirituosa de esas que animan a la confidencia. Hartas de escuchar sus propias voces, las comadres salían a cazar ecos en casas ajenas, allí donde los rumores aún se conservaban frescos y cercanos. Aunque a su llegada las vecinas se deshacían en parabienes, Ernestina las recibía con más cumplimiento que entusiasmo. Tan pronto oía su rumoreo, Romualdo se escabullía, como quien huye de una bandada de grajas. Durante horas enteras permanecía el hombre enfrascado en sus papeles, refugiado en el cuarto de las siestas.

En una tarde de sábado, cuando la casa ya había recuperado sus silencios, encontré a mi cuñado postrado en un sillón.

– ¿Qué te pasa, hombre? Te encuentro algo desmejorado –le dije.

– La cabeza me tiene a mal traer –respondió él, cariacontecido.

– ¿No te vio el médico hace poco? –pregunté por preguntar.

–Me vería, supongo, a no ser que tuviera algún problema en la vista.

– ¿Y…?

–Dijo que tengo un no sé qué metido en la cabeza…, «cosa de andar por casa», según pude entender.

–O sea, asunto de poca importancia.

– De importancias solo sé que cuando el mal aprieta no hay quien lo aguante.

–Tampoco hay que tomarlo todo a la tremenda. Si tus achaques fueran cosa seria, ya estarías criando malvas.

– ¡Qué alentadora!

– Deberías tener paciencia, Romualdo. A veces el daño proviene de algún barrenillo metido en la sesera, ya sabes. Con este trajín de visitas, la casa anda patas arriba y hasta los capirotes cantan de noche, como los grillos.

– ¿Y habría alguna manera de ponerle remedio?

– ¿Al destartalo de los pájaros?

–Al daño en la mollera.

–Dicen los pescadores que eso se arregla con untura de esperma de ballena.

– ¡Vaya ocurrencia! No me veo como un pastor marinero, ordeñando cachalotes a mis años.

– No seas ordinario, hombre. Esa jaqueca se podría aliviar con unas lavativas.

– Por el culo, un hombre no debe tomar ni consejo.

– Siempre con tus simplezas –protesté–. Las irrigaciones no solo sirven para limpiar los mondongos, también se utilizan para robustecer el alma, para aliviar la voluntad quebrantada y para mitigar el estreñimiento. Los ingleses usan lavativas para…

– Tipos raros esos extranjeros –masculló Romualdo, mientras se alejaba con la cabeza gacha.

…

Hacía unos días que mi hermana se hallaba cumplida, pero de sus entrañas no salía más que sufrimiento.

–Pasan los meses, tú con la barriga en la boca y el crío que ni se mueve –le dije a Ernestina.

– Me parece a mí que se hace esperar demasiado –asintió Irene, que se hallaba cerca.

–No es que se haga esperar –aclaré–. Se diría que la criatura se desentiende de su propio nacimiento.

–¡A saber si será por mera dejadez –dijo la chica–, o porque a este mundo le trae al pairo!

El comentario de Irene se disipó entre nieblas de desconcierto.

–Me preocupa tanta demora –musitó Ernestina, somnolienta.

–No te apures, mujer –intenté tranquilizarla–. Todavía no sé de nadie que se haya quedado a vivir en el vientre de su madre.

–Un día leí la historia de un percusionista húngaro…, un muchacho que tocaba el tambor en una orquesta de pueblo – intervino Irene, ensimismada–. Antes de venir al mundo, aquel chico pasó más de diez meses en la barriga de una soprano.

No pude ocultar un gesto de extrañeza. Interrogada por el sesgo de incredulidad que se me escapaba de la mirada, la chica se humedeció los labios y añadió:

–El musiquillo del cuento se quedó embobado escuchando los ritmos del corazón y las melodías que entonaba la madre, se le pasó el momento de nacer y…, por poco nace hasta con dientes.

Según se desprendía de su actitud expectante, Irene debía de esperar un comentario de duda, quizá un gesto de asombro.

– ¿Y cómo se las arreglaron para hacer salir a esa extraña criatura? –le pregunté.

–Con un solo de flauta travesera –respondió la chica, circunspecta.

Al observar que mi atención derivaba por otros derroteros, la muchacha afiló la mirada, apartó el cabello que le caía sobre el rostro y agregó:

–Aquel niño llevaba la música metida en el cuerpo. Su padre era el segundo corneta en un regimiento de húsares, la madre cantaba motetes en una capilla y un abuelo materno tocaba los timbales en una orquesta de jubilados, así que no era de extrañar que...

– ¿Que se quedara a vivir en el vientre de su madre? –la interrumpí.

Irene me encaró con aplomo de mujer madura, enarcó las cejas y respondió:

–Si me permite le explico…

–Cuenta, anda.

–Aquel mocoso nació porque al padre se le ocurrió que si le tocaba una fanfarria cuartelera, a lo mejor el chico despertaba y salía, como un soldado cuando oye tocar diana o como las cobras amaestradas cuando…

–En tal caso el crío saldría aplaudiendo a rabiar, supongo –intervine, por no parecer demasiado crédula.

–Échele guasa si quiere –dijo Irene, digna–, pero a usted misma le oí decir que los niños no saldrían llorando a lágrima viva si las madres parieran cantando.

–Los recién nacidos lloran sin lágrimas.

–Con lágrimas o sin ellas, en el primer momento de la vida aún no hay razón para tanto llanto.

…

Al anochecer del último día de octubre, Irene se presentó en mi casa con la voz desencajada y el alma entre los dientes.

–Ya viene… –farfulló.

– ¿Cómo que «ya viene»? –pregunté por preguntar.

– No me haga hablar por gusto –protestó la chica, seria–. La doña está de parto.

Sin más averiguaciones me eché un abrigo al hombro y me dejé llevar por el andar presuroso de Irene.

Al cabo de un rato me hallaba derrumbada junto a la cama de mi hermana. Ernestina yacía escarranchada con los ojos cerrados, sudaba a chorros y se retorcía entre las sábanas, como si unas manos invisibles le anudaran los intestinos. Después de indagar acerca de la naturaleza de los dolores, le palpé el vientre y le hurgué en la entrepierna.

–La criatura se anuncia a rabiar, pero aún no asoma –dije.

– ¿Y cuándo ha de asomar? –quiso saber Irene.

–Cuando Dios quiera –respondí.

Podía haber dicho que el crío habría de salir cuando empezara el parto, aun cuando tal perogrullada podría dar pie a una nueva pregunta. « ¿Y cuándo ha de empezar el parto?», habría insistido la chica. «Cuando sea voluntad de Dios», respondería yo en tal caso, de modo que al fin, mi ignorancia y la inquietud de Irene habrían realizado sendos esfuerzos en vano.

Fuera de la alcoba la noche desprendía una tensa quietud: los capirotes desvelados saltaban en sus jaulas sin atreverse a cantar; un aire desapacible hacía traquetear las vidrieras; los perros de la lejanía ladraban como si hubieran perdido los dientes. Al borde de la medianoche, Ernestina arrancaba alaridos de animal desollado.

– ¿Por qué ese empeño de los críos en nacer de madrugada? – quiso saber Irene.

–Porque a oscuras cualquier dolencia se vuelve insoportable – dije.

– ¿Como el dolor de muelas?

–Como la soledad.

Con la mirada perdida sobre el rostro sudoroso de Ernestina, la chica parecía alelada.

– ¿Parir es un castigo divino, verdad? –me preguntó al oído.

–Nada de eso –le respondí–. El nacimiento es una bendición del cielo.

–Hay quien cree que es un infierno –murmuró Irene.

–En el peor caso será como un purgatorio –maticé–. El dolor del parto viene envuelto en suspiros de esperanza. Cuanto más aprieta el daño, más placer proporciona el alivio.

– ¿Como el estreñimiento cuando al fin se afloja el vientre?

–Algo por el estilo.

…

Con las cejas arqueadas bajo la piel perlada de la frente, el rostro de Irene rezumaba aires de duda. Sus ojos desprendían ese brillo que imprime el afán de saber, cuando las palabras ni siquiera rozan los límites del entendimiento.

– ¿Y cómo saben los críos cuando llega el momento de nacer? –preguntó Irene.

–Los niños no saben nada –le respondí–. Ellos solo entienden de llanto.

–Decía usted que si la luna, que si el tallo de las judías, pero... –insistió la chica– ¿Al fin quién decide cuándo es hora de venir al mundo?

Abrumada por cierta sensación de desfallecimiento, respiré hondo y me armé de paciencia.

–Debe de ser Dios quien elige el momento –especulé–. En su divina sabiduría, el Señor se ocupa de lo que la gente no alcanza a entender.

Irene alzó la mirada con gesto caviloso, se encogió de hombros y dijo:

– A lo peor tampoco Dios entiende de los asuntos de este mundo.

...

El reloj aún no había hecho sonar las doce cuando Ernestina rompió aguas. De sus labios resecos brotó un quejido agudo, como si hubiera pisado cristales al pie de una ventana hecha pedazos. Entonces el aire de la alcoba quedó impregnado del olor acre de la fruta estropeada.

–Huele a limones marchitos –advirtió Irene.

–Son los efluvios que se desprenden de las entrañas cuando la criatura se desentiende del nacimiento –le susurré al oído.

– Los niños nacen tan delicados… –musitó ella, con ademán de mujer madura.

–No todos se muestran «tan delicados» –opiné–. Los hijos son como la fortuna: unos se presentan sin ser invitados, otros se hacen esperar, y algunos no llegan nunca.

La muchacha me observó con expresión de ave desorientada. Su mirada inquieta apenas alcanzaba el horizonte que se tiende entre el discurso sin sentido y la luz de la evidencia. El gesto de Irene contenía la expresión de pasmo que se dibuja en el semblante averiguador de una niña, cuando una respuesta clarificadora deja entrever un sinfín de preguntas.

– ¿Y por qué lloran los niños?

–Tal vez les asusta lo que sueñan y...

– ¿Y qué sueñan?

– ¡Quién sabe! A lo mejor vislumbran alguna reminiscencia del sueño primigenio.

– ¿Del sueño primi… qué?

–Quizá Dios creó las almas mientras soñaba –aventuré–. Algunos animistas creen que el espíritu recién encarnado podría entrever su origen. Durante su primer sueño el recién nacido podría recrear alguna vivencia de cuando se hallaba en el vientre de su madre y... ¡Dios sabrá! A lo mejor mientras sueña, el niño guarda un vago recuerdo del tiempo que pasó allí dentro.

–Los niños solo sueñan con hacerse mayores –opinó Irene.

–Nada de eso –disentí–. También los críos miran atrás. Quien no rememora el pasado, acaba por perder la memoria. Si durante la niñez hubieran soñado en blanco, los viejos tendrían que inventar falsos recuerdos y reconstruir algún pasado incierto.

La chica se quedó embobada. A poco que su curiosidad topara con alguna respuesta nebulosa, sus ojos claros brillaban, ávidos de alguna revelación. Suponía yo que Irene iba a mantener la boca cerrada durante un rato, cuando se quedó embelesada como quien desentraña un acertijo, entornó la mirada y dijo:

–¡Ah! Por eso algunos ancianos se comportan como niños. ¡Cuántos viejos malviven sin ilusión, entregados a los sueños de la infancia!

La voz de Irene se vio silenciada por el clamor de una súbita algarabía. Se oían voces atropelladas por toda la casa.

–Asómate al pasillo y dile a las visitas que no alboroten, anda –le ordené a la chica.

Irene no se movió.

En el corredor reinaba un bullicio de parvulario en horas locas. Desvelados por el vocerío, los capirotes cantaban extrañados y buscaban un sol incierto al otro lado de la noche. Las vecinas más confianzudas alzaban sus copas, bebían y reían, aunque no se atrevían a cantar. Inquietas ante la falta de novedad, las mujeres ociosas andaban de un lado a otro, entregadas a un olisqueo febril de alguna rareza que pudiera dar pie a un comentario.

Las ancianas más allegadas cotorreaban entre aromas de café y confituras. Unas charlaban, otras alzaban la voz, todas pugnaban por hacerse oír, como si la casa fuera un tenderete de sardinas frescas en una mañana de mercado. Entre las vecinas de peor condición destacaban algunas viejas cumplimenteras, cuya presencia parecía obligada en partos, bautizos y eventos fúnebres. Mientras las señoras distinguidas departían en corros apartados, las más noveleras se arracimaban en torno a una mesa servida con vino perrero y uvas pasas. Al cabo de un silencio casual, una anciana desinhibida le preguntó a las Rosas si nadie iba a servir una copita de malvasía y unos chicharrones. «Aún no es tiempo de vino nuevo ni fecha de matazón», observó una dama altanera, mientras las mellizas se encogían de hombros. «Antes de San Martín, ni se mata el cochino ni se abre el barril», explicó la mujer. Al cabo de un rato, al paso de las Rosas, hasta las visitas más exigentes parecían satisfechas o al menos conformes, con unas tazas de manzanilla, una fuente de rosquillas almibaradas y unos chupitos de licor.

Acuarteladas en la cocina, las Rosas se dejaban ver por los pasillos, se movían con tibieza y se ofrecían para lo que hiciera falta. Cuando alguien las requería con un «lleven esto» o un «traigan lo otro», las gemelas se excusaban con la amabilidad forzada de quienes se deben a sus obligaciones y desaparecían con apuro, como si de repente recordaran un asunto pendiente.

Pasada la medianoche, la parturienta aún no se había ido en agua piernas abajo. Empeñadas en significarse ante las damas postineras, unas viejas bullangueras acarreaban sillas, bacinillas vacías y objetos de dudosa utilidad. Extrañada ante tal frenesí, Irene me preguntó para qué una mujer de parto iba a necesitar biombos, foniles y braseros de viento.

– Atiende, muchacha –llamé su atención–. Ve y dile a las Rosas que traigan unos paños calientes. Y a las culichiches del salón... dales a entender que harían gran favor y hasta ayudarían bastante, si no ayudaran tanto.

La joven dio un respingo, salió al pasillo, bajó las escaleras y se plantó en el salón. Con aires de suficiencia encaró a unas damas, se llevó un dedo a los labios y dijo:

– ¿No ven que todo este trajín mortifica a la señora? A ver si se dejan de armar tanta bulla y alborotan en voz baja, si son tan amables...

– ¡Qué hocico para acallar a nadie! –rezongó una vecina.

–Estamos aquí para ayudar, señorita –dijo otra con retintín.

–«Mucho ayuda quien poco estorba», ya saben –se atrevió a decir Irene.

Plantadas ante la muchacha con los brazos en jarras, las gemelas arrojaban llamaradas por los ojos.

– Mira bonita, no estamos aquí por gusto ni para aguantar... –arrancó Tamora.

– ... Las majaderías de una pazguata malcriada –concluyó Candela.

– ¡Sin faltar! –se encrespó la chica–. Yo solo traigo el recado de la doña.

– ¿Y qué dice la doña?

–Que les lleven unos paños calientes y que..., entre mandado y mandado, deberían atender a las visitas en vez de escurrir el bulto, mano sobre mano todo el rato.

Sin esperar respuesta Irene dio media vuelta y se refugió en la alcoba. Un murmullo de desaprobación se elevó a lo largo del pasillo. Mesándose los cabellos, airadas como basiliscos, las Rosas apretaron los dientes y se alejaron envueltas en una nube de azufre.

La noche transcurría al ritmo de unas horas lentas y apelmazadas; los minutos adormecidos rendían como años, sin la menor novedad. Al borde de la medianoche las visitas ya se habían marchado, los capirotes dormían y Ernestina se deshacía en una quejumbre sin voz. En aquella tesitura solo cabía esperar, y yo aguardaba al lado de la parturienta, enjugando pañuelos de sudor y presta a ayudar cuando fuera menester.

Irene observaba mis movimientos con ojos de cielo revuelto.

– Ahí viene –dijo.

– ¿Cómo que «ahí viene»? –remedé con aspereza–. ¿Esperas ver un desfile de niños saliendo a gatas entre esas cobijas?

Por momentos sentí que perdía la paciencia. Había conservado la calma ante mil contratiempos, respondía al afán de saber de un espíritu inmaduro y hasta soportaba la necedad, pero la aparatosidad me exasperaba y me destemplaba los nervios.

Irene escondió la mirada y apretó los labios, no porque le faltaran ganas de exteriorizar su inquietud, sino porque sabía que el silencio roto en mal momento desata las ligaduras del enfado. La chica parecía intranquila: un tembleque fino le agitaba la falda, como si el vestido le brindara cobijo a un enjambre de avispas.

– Alegra esa cara, chiquilla –intenté tranquilizarla–. Sosiega el ánimo y pídele a San Ramón Nonato que interceda en favor de la criatura.

– ¿Quién es ese San Ramón no sé cuántos?

–Un beato que jamás llegó a nacer. Es el patrono de las parteras y el protector de las parturientas.

– Y si no nació… ¿cómo llegó a ser santo?

–La madre murió antes del parto y tuvieron que abrir su cadáver, como única manera de que el niño viniera al mundo.

– ¿O sea que ya era santo antes de nacer?

– ¿Qué sé yo? La santidad no es como un lunar de esos que vienen de nacimiento.

En torno a la una de la madrugada arreciaron los dolores de Ernestina. Mientras me esforzaba en simular una entereza que ya me abandonaba, le hablé a mi hermana del bienestar que acompaña a la sensación de alivio, le aseguré que no hay mejor lenitivo que la paz interior y le prodigué un masaje alrededor del ombligo. Quizá ya la aburría con la misma cantinela: «Empuja cuando apriete el dolor y después respira hondo», le venía diciendo. Pero las fuerzas se le iban a Ernestina entre regüeldos y flatulencias. «Afloja el culo como si fueras a dar del cuerpo», le aconsejé, en tanto observaba desde los pies de la cama si se producía algún cambio.

Aquel estado de cosas no me inspiraba tranquilidad. Ernestina languidecía con respiración jadeante de perro acalorado, las venas del cuello realzadas como varices, la cara enrojecida de tanto empujar en vano... «Así no hay manera», me dije, descorazonada.

– ¡Vamos, hermana! Cuando arrecie el dolor, pon todas tus fuerzas donde más rabia te dé –insistí con vehemencia.

«A ver si deja de poner el grito en el Cielo sin venir a cuento», me dije. «¡Como si fuera a parir por la garganta!»

El semblante se le iluminaba a Irene cuando Ernestina se alzaba sobre el espinazo arqueado de dolor. Sus ojos adormilados centelleaban al percibir el menor movimiento bajo las sábanas.

–Tráeme una taza de agua hirviendo, anda – le ordené a la chica.

Ajena al mandado, Irene parecía atrapada en un cepo de nieblas.

– ¡Despierta y trae el agua de una vez! –la azucé.

La muchacha se restregó los ojos, se alisó la falda y salió embalada, como quien recuerda un asunto olvidado. Al poco rato regresó haciendo equilibrios, con una taza humeante entre las manos. «¿No habría un plato en la cocina para posar esa escudilla como es debido?», me pregunté, mientras observaba cómo la chica se escaldaba la piel a cada paso, sin más muestras de dolor que las que escapaban a través de sus labios apretados, en silencio.

—Esas dos me tienen una inquina… —se quejó Irene, cercana a mi cavilar—. Menos mal que usted no me había pedido aceite hirviendo.

«En tal caso te habrían servido la taza rebosando», se me vino a la boca, si bien contuve la voz, por no espolear el ánimo encendido de la muchacha.

Decidida y sin pensar, eché mano a una talega de hierbas, saqué unas hojas de ruda y las metí en la escudilla.

Al cabo de un rato le acerqué a Ernestina el agua humeante.

—Tómala a pequeños sorbos. Te sentará bien —le dije.

La mujer apuró la tisana, tomó aliento y se estremeció de desagrado, como si hubiera saboreado una infusión de ortigas muertas.

—No hay mal que no tenga arreglo —opiné.

—Salvo la muerte —musitó Irene.

—Eso no siempre es un mal —maticé, ya por costumbre—. Cuando al fin la vida carece ya de sentido, la muerte es el último remedio.

...

A las dos de la madrugada, del aire tibio de la habitación se desprendía un silencio de noche avanzada. Mientras Ernestina dormitaba rendida por la fatiga, Irene mantenía la mirada perdida en los desconchados del techo. Enfrascada en su ensoñación, la chica debía de imaginar una criatura de porte expedicionario, abriéndose paso a través de oscuras pelambres. No solo mi hermana e Irene parecían extenuadas por la fatiga; también a mí me costaba mantenerme en vela.

Cuando hasta los capirotes habían sucumbido al sueño, Ernestina abrió los ojos y soltó un chillido que hizo enmudecer a los perros de la vecindad.

El aire parecía impregnado de cierto olor a flores mustias.

– ¡Ya está ahí, ya está...! –anunció Irene con expresión de júbilo.

De un brinco me alongué sobre la cama, aparté la sábana que cubría los muslos de la parturienta y me asomé a la puerta del nacer. Entre hilos de sangraza brotaba una cabecita oscura.

– ¡Empuja ahora, vamos! –clamé con ansia.

Un «¡ay!» áspero y deshilachado, una contorsión forzada..., y Ernestina cayó en el derrumbe. En su semblante se dibujaba el desfallecimiento que precede a la claudicación sin remedio.

Sin más consideración ni demora agarré la cabeza que asomaba, la giré despacio y saqué la criatura.

– ¡Vaya jeito! –dijo Irene, con los ojos como chícharos–. Lo sacó enterito, de una pieza, como quien escarba en una concha y saca el burgado.

Ajena a los comentarios de la chica, la atmósfera de la casa quedó sumida en un profundo silencio.

El hijo de los Sanfiel no nació con la cabeza gacha como todo el mundo, sino con la cara por delante y con el gesto altanero de la indiferencia. Aun sin llorar, el crío mostraba el mohín de amargura de quien ha sufrido un desahucio.

– ¿El niño parece fastidiado, verdad? –comentó Irene, alelada.

Las palabras de la chica quedaron en el aire, no por mera desconsideración ni por menosprecio, sino porque ante un recién nacido en apuros, una matrona debe buscar otras respuestas.

–Digo que parece contrariado como si… –insistió Irene.

Apenas escuché el comentario. Mi atención se centraba en la muda quietud que languidecía en mis brazos.

–Berrea con ganas, criatura, que el llanto le abre camino al aliento –musité al oído del recién nacido, como si el pequeño pudiera escuchar mis palabras.

Tampoco Irene me oía. Una repentina fascinación se había apoderado de ella.

–Tanto que lloran los niños... y este ni siquiera se queja – farfulló como para sus adentros.

Otra vez tuve que apretar los labios por no apartar la atención de lo que tenía entre manos. En una circunstancia de apremio como aquella, no me sentía con ánimos para entregarme a palabreos vanos, ni para explicar que los recién nacidos lloran porque no tienen conciencia de futuro, que si acaso algunos enmudecen, sobrecogidos, debe de ser a causa de algún pálpito que les revela un mañana incierto. Aun cuando contaba con motivos de sobra para la inquietud, cerré los ojos y elevé una plegaria en silencio. No me sentía de humor para entregarme a disquisiciones en torno al eco esperanzador de una llorera temprana en el delicado amanecer de un niño.

Si aquel crío no rompía a llorar, su vida se iba a quedar en nada. Estremecida ante tal posibilidad, estreché al pequeño entre mis brazos, lo agarré por los tobillos y le puse las nalgas como tomates maduros. Entonces el bebé engurruñó el gesto y dejó entrever un mohín de desagrado. Sus labios contenían la protesta del durmiente irredento que se resiste a despertar. «Te concibieron en un sueño profundo, angelito», pensé, sobrecogida ante la posibilidad de que aquella almita se me escapara de las manos. El crío no respiraba, apenas se movía y la piel se le teñía del azul cárdeno que ensombrece la palidez de los ahogados. Por momentos mi humilde saber naufragaba como una barca sin timón. «No le pidamos milagros a una partera sin oficio», me dije, atenazada por cierta sensación de impotencia.

– ¿Decía? –preguntó Irene, en un alarde de oído.

–Pensaba que la experiencia solo resulta útil cuando no es necesaria –respondí, por no admitir que ante una vida que no arranca, de nada sirve el haber ayudado a nacer a decenas de criaturas, sin contar mortinatos, cabras y algunas esperanzas.

Cuando Irene aún no había abierto la boca, el pequeño esbozó un gemir sin calado, como el de quien se queja por mero aburrimiento. Al cabo de un rato el bebé entreabrió los ojos y arrancó un llanto desganado. «¡Gracias a Dios!», me dije con sensación de alivio. «Ahora podré ocuparme de mi hermana, sin miedo a entregarle un cuerpecito que aún no ha sido nadie».

Ajena a las vicisitudes del parto, Ernestina dormitaba como quien se ha despojado de una pesada carga. Antes de dejar al bebé en brazos de la madre, lavé su cuerpo menudo y lo alcé con sensación de triunfo. La criatura abrió los brazos, se agarró al aire y al fin lloró con sentimiento.

Al oír la llorera Ernestina abrió los ojos y trató de incorporarse en vano. En un nuevo intento la madre se alzó sobre los codos, tomó a su hijo en brazos y lo acunó en su regazo.

Irene se acercó al lecho, observó al pequeño con sesgo averiguador y preguntó:

– ¿Es niño o niña?

– ¿Habré oído alguna vez esa pregunta? –masculló, ya de buen ánimo–. Nadie me ha preguntado nunca si ha nacido un ángel.

–Usted misma dice que hay que indagar para saber –alegó Irene.

–En ocasiones basta con observar –opiné–. Si quieres saber si una criatura es varón o hembra, mira lo que Dios le puso en la entrepierna.

–A ver… –musitó la chica, observando la tierna desnudez del pequeño–. ¡Caramba! –dijo, sorprendida–. Trae buen equipaje.

Aun sin fuerza para sonreír, celebré la ocurrencia de Irene. Sin embargo, no pude acallar cierta duda en torno a cuál podría ser el equipaje más valioso para el varón que inicia su viaje.

–Decía un pensador ateniense que al hombre y a la antorcha, se le han de medir según sus luces. Y alguien podría haber dicho que si al sabio se le mide de nariz hacia arriba, de ombligo hacia abajo se mide al necio –pensé a viva voz.

– ¿Y cómo habría que medir a quien dijo eso? –preguntó la muchacha.

Ni con evasivas ni con vaguedades pude responder a la inquietud de Irene.

Ajena al palabrerío desatado, a Ernestina no le alcanzaba la mirada para contemplar a su hijo. El pequeño alzaba los brazos como un profeta, fruncía el ceño y se desperezaba con la mueca de disgusto de quien no ha despertado de buen grado. El niño era robusto, de torso agitado y manos inquietas de pedigüeño. Una mancha de tonalidad violácea, como una medalla oscura, destacaba en el pecho.

Sombría como un mal presagio, la piel del rostro parecía velada por cierto aire de destemplanza.

– ¿Y ese color fosco en la cara...? –preguntó mi hermana, extrañada.

–No te preocupes –le respondí–. El crío se ha puesto morado de tanto llorar.

Ernestina respiró hondo, cerró los ojos y cayó dormida con una sonrisa en los labios. Su semblante revelaba una placidez más cercana a la sensación de alivio, que a la ternura de quien estrena la condición de madre.

Inmóvil junto a la cabecera de la cama, Irene observaba al recién nacido con ojos de ave desorientada.

– ¿Cómo se va a llamar? –quiso saber la muchacha.

No hubo respuesta.

Antes de ser concebido el niño de los Sanfiel ya se llamaba Romualdo, como el señor de la casa y como todos sus antepasados muertos. También podría llamarse Froilán como su abuelo materno, sin considerar siquiera el nombre que le correspondía, en consonancia con la fecha del calendario. Tal era la novelería que reinaba en la casa, que nadie tenía presente que el crío había nacido en la noche de Finados. Cuando le recordé la fecha del natalicio, Ernestina entornó la mirada y bisbiseó unas palabras.

–Romualdo... ¿de los Fieles Difuntos? –musitó con voz pausada. Y negando con un leve movimiento de cabeza, añadió: «Nadie va estropear el nombre de mi hijo por veleidades del santoral. El niño ya me dolía en la primera noche de noviembre, así que se llamará Romualdo Froilán de Todos los Santos, aunque sea por la devoción de su madre».

Antes de morir, mi hermana me confesó que de no haber honrado al Cielo y a sus abuelos con aquella denominación tan prolija, el pequeño también pudo haberse llamado Pascual Bailón o Amando de Liébana, en honor a alguno de los visitantes de la Gloria. Si aquella noche Ernestina hubiera sospechado que a su hijo le esperaba una existencia más efímera y anodina que la suya, no habría pensado en un nombre tan largo y pretencioso para el pequeño.

En su corta vida el chico de los Sanfiel ni siquiera respondió al apelativo que le había tocado en suerte. Desde antes del bautizo los más allegados ya lo conocían por «Romo». Quizá la madre empezó a llamarlo así debido a su semblante achatado, a su nariz arremangada o a sus facciones sin filo de malicia. Irene opinaba que aquel nombre le iría bien al niño, aunque remedaba el de un crío italiano amamantado por una loba. En todo caso, a decir de la chica, «Romo» no resultaba un nombre tan 'de persona mayor' como «Romualdo». Firme en su opinión, Irene torció el gesto y añadió: «Quizá esa forma de llamar al niño resulta demasiado seria y encopetada cuando se trata de un inocente».

Cuando abrí la puerta de la alcoba, dispuesta a dar la buena nueva, mi cuñado aguardaba a pie firme en el pasillo, con la expresión sombría de un reo en capilla. Romualdo iba embutido en una bata nueva de color teja, cuyas solapas dejaban asomar un torso velludo bajo un pijama ceniciento a rayas. El hombre parecía encogido de ánimo, tenso y agitado, como un árbol bajo una ventisca.

Con gesto anhelante, Romualdo aguardó a que pasara a su lado, me tomó del brazo y me sometió a un interrogatorio abrumador:

– ¿Cómo se encuentra?

– ¿La madre o la criatura?

–Digamos… ¿cómo se encuentran?

–Ernestina no está peor que antes. Ahora descansa.

– ¿Y la criatura?

–Es un varón. Nació débil y se mueve con pocos bríos, quizá porque tardó en llorar, porque el parto se alargó más de la cuenta o... Quién sabe.

– ¿Y ahora está bien?

–El niño llora como es debido, pero quizá debería verlo el médico.

– ¿Es asunto de apuro?

–Solo Dios sabe cuándo una cuestión es asunto de apuro – dije, por ahorrarme el esfuerzo de pensar.

–Tú entiendes de estas cosas y algo deberías saber.

–Lo único que tengo por cierto es que el ignorante no debe dar consejo. Y mi ignorancia es inmensa, así que...

– ¿Entonces?

–Imagina que te hallas bajo un andamio y le preguntas a alguien si deberías apartarte del lugar. «Le convendría quitarse de en medio», opinaría un hombre sensato ante la posibilidad de que el trasto se viniera abajo.

– ¿Y eso qué tiene que ver?

–Vaya si tiene que ver. A toro pasado hablaríamos de una opinión prudente o medrosa, según el andamio hubiera caído o no. Todo es cuestión de perspectiva y, más que nada, de tiempo.

– Bueno..., déjate de historias y cuéntame qué pasa con el chico.

–No te preocupes, cuñado. El crío nació algo aturdido, quizá un poco molanco, pero se encuentra bien. Aunque no convendría dar largas al asunto, tampoco parece cosa de apremio, como para salir corriendo.

Romualdo masculló unas palabras que no pude entender, entró en la alcoba y cerró la puerta a su paso. Al cabo de un rato salió de nuevo al pasillo, cariacontecido. Parecía más confuso que preocupado. Al pasar ante un corro de mujeres, agachó la cabeza y escondió la mirada. Nadie reparaba en su presencia atribulada. Algunas vecinas habían permanecido a la espera, adormiladas en el salón; otras chismorreaban en torno a la mesa del comedor; las más inquietas se movían de un lado a otro, como hormigas sin norte.

Aunque la llegada de un hijo había sido el acontecimiento más deseado en casa de los Sanfiel, no se respiraban aires de celebración en aquella casa.

Camino de Lomo Tacande percibí la caricia de un aire cálido en el rostro. La tibia quietud de la noche anunciaba tiempo africano. En medio de una calma avasalladora, el cielo de noviembre resplandecía constelado de estrellas.

Mientras tomaba aliento ante el portal de mi casa oí la voz del vecino que, en tono de letanía, clamaba:

–Xesús, María e Xosé, si yes al Diañu, de ti arreniego mal añu pa ti, doite mierda de gatu negru...

– ¿Le ocurre algo, Delito? –pregunté, acercando el oído a la puerta.

No obtuve respuesta.

Fidelio Calandre era un asturiano montaraz, engendrado según él mismo aseguraba, a resultas del acoplamiento carnal entre un *trasgu* y una moza extraviada. Casi nadie lo conocía por su nombre. Unos lo llamaban «Delio», otros «Delito», algunos lo apodaban «Calambre». En su ir y venir los vecinos distraídos apenas reparaban en él, quizá debido a su llamativa insignificancia. Fidelio vivía en la delicada precariedad de quien nunca ha necesitado nada, subsistía con recogimiento de ermitaño y apenas hablaba con nadie. Rodeado de ratones, crucifijos y temores, el hombrecillo pasaba las noches entregado a sus rutinas de noctámbulo, con el alma entreabierta y la puerta cerrada. Aunque ya de madrugada se recogía al calor de un catre destartalado, la soledad de su casucha se veía alterada por presencias majaderas que lo mantenían despierto hasta bien entrada la madrugada.

Fidelio llegó al valle en tiempos de las sorribas, a mediados de un otoño plagado de ventoleras. Sin el recato que acompaña al recién llegado, el peninsular se dejaba ver por las calles de Tacande a lomos de una mula, tocaba en algunas puertas y buscaba ocupación para ganarse el sustento. «¿Tie trabayu pra un mulero?», preguntaba el asturiano en su extraña jerga. Unos apenas lo entendían, otros no querían saber de arrieros, todos le respondían encogiéndose de hombros. «¡Vaya gente desabrida! ¡Cómo si les preguntaran por las particularidades de las musarañas!», se diría el hombre, impotente en su afán de hacerse entender.

Durante una semana Fidelio buscó labor y no encontró más que recelo y desdenes, aun cuando todo el mundo le buscaba la lengua mientras él, más que preguntas ociosas, solo buscaba alguna respuesta que le abriera camino en su búsqueda del sustento diario. Aun con todo el hombre no cejaba en su empeño y se ofrecía para trabajos de carga, en fincas de plataneras, almacenes de empaquetado y haciendas del valle.

Cuando empezaba a creer que toda senda conduce al lugar de partida, el arriero llamó a la puerta de los Sanfiel. Salió a abrirle la señora de la casa.

– ¿Tie trabayu pra un home e una mula? –preguntó el astur, inclinando la cabeza.

– ¿Cómo dice?

–Digu… que si hay faena pa un cristiano y una bestia, cosa de acarrear trastos y aperos, ya me entiende… de llevar esto o lo otro de aquí pallá –farfulló el hombre.

– ¿Usted no es de por aquí, verdad? –preguntó Ernestina, por preguntar.

Fidelio negó con un movimiento de cabeza e insistió:

–Venía a ver si…, a lo mejor necesita algún jornalero…

–Es el capataz quien se encarga de los asuntos de la sorriba –dijo la mujer–. Suba a Lomo Tacande, atraviese una llanada salpicada de higueras que se tiende al borde del camino y verá unas cuadrillas preparando unos canteros para la primera siembra. Si busca trabajo, déjese caer por allí y pregunte por Juan *Cachimba*.

Languidecía el primer día de una primavera mansa, cuando Fidelio y su mula remontaron las estribaciones de Lomo Tacande. El arriero llegó a la finca a media tarde, preguntó por el capataz y nadie le dio respuesta. Sin embargo, todas las miradas señalaban a un hombre de aspecto rudo que increpaba a unos peones.

—Ese es el tipo que busca —dijo un joven sudoroso.

Fidelio se acercó a quién le pareció el encargado, lo miró con gesto temeroso y le preguntó si hablaba con Juan *Cachimba*.

– ¡Qué cachimba ni qué niño muerto! ¿Dónde está el respeto, coño? —rezongó el caporal.

Mientras se disponía a dar media vuelta, desencantado, el hombrecillo sufrió una andanada de insultos, escuchó algunas advertencias y, tras escuchar algunas risas, se vio acarreando aperos a lomos de su mula parda.

Con el malpaís convertido en llanada comenzó el amurallado de la sorriba. Al cabo de unos meses los escarpes de la loma habían sido emparejados y confinados entre murallas, hasta que al fin se convirtieron en media docena de canteros escalonados. Muros de piedra firmes y bien perfilados delimitaban las terrazas, unas vacías, otras ocupadas por montones de tierra. Mientras algunos peones extendían el suelo fértil a lo largo de los bancales, otros se mantenían a la zaga y señalaban el trazado de las atarjeas.

Al caer la noche, el capataz y algunos jornaleros se quedaban a dormir en el chamizo donde el patrón guardaba los aperos. Quebrantados por la dura jornada, los hombres se emborrachaban y se entregaban a la cháchara, hasta que caían rendidos por el sueño. Cuando el aguardiente se les subía a la cabeza, los braceros reían como niños, se enroscaban sobre fardos polvorientos y sucumbían al apacible sopor que sobreviene a la fatiga. Aunque bebía a pico de botella como los peones, el capataz se mantenía serio y apartado, se achispaba solo y jamás reía.

Juan Guzmán era hombre de mal dormir y de peor carácter. En sus arranques de ira Juan se mostraba histriónico en el gesto, descomedido en el insulto y aparatoso en la expresión. Quienes lo conocían afirmaban que el hombre no conciliaba el sueño, a causa de tanto barrenillo que alimentaba en la cabeza. Los más suspicaces creían que el caporal no se atrevía a cerrar los ojos, no por falta de ganas sino porque una noche había oído decir que 'alguien' iba a amanecer con la cachimba escachada bajo un montón de piedras.

A la menor ocasión los peones se conjuraban a escondidas y despellejaban al capataz:

—Es tan ruin y desconfiado ese malaje, que ni para descansar cierra los ojos.

— ¿Cómo va a hallar descanso un gandul de esa calaña? Aunque va y viene, mano sobre mano..., ese haragán no se ha cansado en su vida.

— ¡Ni en subida ni en bajada!

—«Para sudar ya está la morralla», dice el muy cabrón cuando tiene que arrimar el hombro.

...

Aunque unos lo tildaban de holgazán y otros de 'malaleche', todos convenían en que la gandulería del capataz respondía a esas

271

flojeras sin remedio que privan al hombre del placer de un merecido descanso.

A Fidelio le bastó con una noche para desatar el violento arrebato de Juan Guzmán. Cuando los peones apuraban los últimos tragos, el mulero se envolvió en una manta, se acomodó sobre un lecho de fardos y cayó en un leve duermevela. Lejos de la apacible quietud del sueño, el peninsular daba tumbos bajo las cobijas, farfullaba oscuros rezos y movía los ojos, como si le costara mantenerlos confinados tras los párpados. Aun dormido Fidelio se entregaba a un alegato tan febril, que su garganta parecía un hervidero de ranas.

–*Sedénti in throno, et Agno: benedictio, honor, gloria et potéstas in saecula saeculorum...* –mascullaba el astur.

– ¿No callará de una vez ese comemierda? –rezongó el caporal.

Aunque Fidelio enmudecía por momentos, cuando callaba sus silencios resultaban tan sobrecogedores, que los jornaleros se quedaban con el alma en vilo. Entre sus retahílas el arriero emitía chillidos agudos como espinas, se iba en ventosidades y profería gritos destemplados, cuyas resonancias inquietaban a los perros de la vecindad. A menudo el mulero se incorporaba dando gritos, se persignaba y elevaba extrañas plegarias.

–*Credo in unum Deum, Patrem omnipotemtem, factorem caeli et terrae...* –rezaba.

El parloteo aterrado de Fidelio envilecía la tranquilidad de la noche y turbaba el descanso de los peones.

– ¡Fuerte pejiguera! –se quejaban algunos–. No hay quien pegue ojo con la matraquilla de ese desgraciado.

Mientras intentaban conciliar el sueño, los braceros se removían bajo las mantas como larvas maduras.

Ya de madrugada, los más inquietos se levantaron encorajinados, increparon a Fidelio y se mostraron dispuestos a taparle la boca a bofetones.

– Dejen quieto a ese pazguato. No me toquen al peninsular –ordenó el capataz.

Con gesto sombrío, Juan se incorporó y salió del pajero cabizbajo. Su gesto enfurruñado contenía el sesgo esquivo de quien urde alguna maldad. Al cabo de un rato regresó con una tabaiba desgajada, de cuyo extremo chorreando savia. Con la mirada relampagueando el caporal se inclinó sobre el hombrecillo, lo alzó por la pechera y le dijo:

– ¡Si no cierras el pico te doy una tollina que te dejo sin dientes!

Fidelio parecía desconcertado.

–Ye´l *Diañu Burlón*, ye´l *Diañu*... –intentaba justificarse.

– ¡Qué tanto «diañu» ni qué rábanos en vinagre! –explotó Juan–. Como sigas dando la matraca vas a saber lo que arde un tallo de higuerilla entre las nalgas.

—Ye un homín pequeñín de cu pelú..., cuernes e pates de cabra –balbuceaba el asturiano.

—Pues yo sé de un 'homín' que va a salir con el culo pelado cagando leches –bramó el caporal.

Y agarrando a Fidelio por los fondillos, le plantó la tabaiba de rabo, lo alzó en el aire y lo arrojó sobre un montón de tierra. Al arriero le costó menos levantarse, subirse los pantalones y escurrirse entre la noche, que olvidar aquella afrenta.

A principios del estío finalizaron las labores de la sorriba. Cuando el verde de las plataneras despuntaba en el terral, el capataz se convirtió en medianero de la nueva finca. Al atardecer Juan se afeitaba, se atusaba el cabello y se dejaba ver en lugares de copas, con pantalón nuevo y camisa limpia. Como si de repente mereciera cierto respeto, los pocos que mantenían trato con él dejaron de llamarlo «Cachimba» y empezaron a llamarlo «Guzmán», como si por la mejora de su condición, mereciera cierto respeto. Otros, sin embargo, opinaban que el respeto no se le debe a nadie por la mera apariencia, y que en todo caso cada uno debe ganárselo. Ajenos a tales consideraciones, sus conocidos más esquinados no lo llamaban de ninguna manera, ni hablaban de él, ni lo miraban siquiera.

Por mandato expreso del patrón, Fidelio y el joven *Culoprieto* permanecieron a las órdenes de Juan Guzmán. Aunque apenas mantenían trato con la vecindad, el mulero y el criollo no andaban mal avenidos con nadie. Úrculo y Fidelio a menudo compartían silencios, callaban en compañía y acudían juntos cuando, a la hora de cortar la fruta, hacía falta machete y animal de carga. Si bien se mostraba distante y sombrío como la selva de sus orígenes, Úrculo cortaba los racimos con soltura, desfloraba los racimos con mano hábil y obedecía al medianero a la primera voz. Cuando el indiano se mostraba cachazudo, Juan lo espoleaba sin herirle el orgullo, no por respeto ni por falta de ganas de incomodar, sino porque sabía que aquel hombre se debía a la voluntad del señor. Al arriero, en cambio, lo trataba con abierto desdén. Fidelio sufría las vejaciones de Juan sin rechistar, apretaba los dientes y escuchaba sus improperios con la cabeza gacha, en un vano afán de esconder un profundo resquemor.

Debido a su carácter arisco y alunado, el arriero no era bien visto en Tacande. El hombrecillo se mostraba huraño de día y molestoso de noche, de ahí que no gozara de buen predicamento entre las vecinas insomnes. Su mula, sin embargo, cargaba más que un peón bien alimentado y le costaba menos al patrón. Al término de cada jornada Fidelio se veía con llagas en las manos, juanetes en los pies y cierta quemazón en el orgullo. Aunque mantenía la mirada y conservaba cierto pundonor, a menudo el mulero perdía la dignidad, más por apocamiento que por falta de coraje. Ya en las puertas de la vejez, a Fidelio solo le quedaba su mula y ese amor propio que apenas duele cuando cae bajo las suelas del atropello.

Al declinar la tarde el peninsular se recogía con la mula en el cobertizo donde guardaban los aperos de labranza. Se colaba tanta noche a través de la techumbre destartalada, que ni el hombre ni la bestia se libraban de las inclemencias del tiempo. «Aunque el fríu cala les hueses, non ye de fríu el tembleque, sino de tanto diañu que se cuela perdayuri», le decía el asturiano al animal.

Fidelio se exponía a catarros y reúmas con tal de no pedirle al caporal que mandara acondicionar el pajero. Una mañana de cielo revuelto, Romualdo encontró al arriero enroscado en su refugio, con olor a perro mojado, temblando como un cachorro.

– ¡Buenos días, señor! –saludó Fidelio.

–No parecen muy buenos, Calambre –dijo el patrón. Y observando las nubes que se adivinaban a través del techo, dejó entrever una sonrisa, con aire socarrón. «Ten cuidado con las goteras, que a poco que te descuides… », añadió, dejando las palabras en el aire.

Al ver al hombrecillo sin aliento para dolerse de sus chanzas, Romualdo aguantó las ganas de decirle que si se mantenía mojado podría encoger como un trapo, que si ya era poquita cosa, a poco que se humedeciera el pellejo se exponía a quedarse en nada. Debido a su condición de hacendado, algunos tildaban a Romualdo de abusador y de mandarria, sin embargo, a nadie se le ocultaba que el señor albergaba cierto asomo de generosidad con los más débiles. Conmovido por el penoso aspecto de Fidelio, un día Romualdo lo animó a contar su pena. Durante un buen rato escuchó sus quejas, le propuso un trato inconfesable y le ofreció cobijo entre las cuatro paredes del pajero.

La casucha que acogía a Fidelio formaba parte de la herencia de Ernestina y, como ella misma, hacía años que permanecía deshabitada. Los muros de aquella morada se mantenían en pie más por costumbre que por orgullo. La única ventana que asomaba a la fachada parecía dispuesta allí para encerrar el polvo de la desidia; la techumbre carcomida sostenía una cubierta de tejas rotas, cuyas traviesas desafiaban la tendencia universal al descalabro. Cuando el invierno se manifestaba con toda su crudeza, el agua de los sirimiris se abría paso al interior y caía a chorros sobre los fardos amontonados, como los lances del infortunio. Al amparo del techo desvencijado, Fidelio veía los cielos abiertos durante las noches de lluvia. Cuando soplaban aires de levante sobre Lomo Tacande, aquella choza parecía un infierno. Los huecos de las paredes no solo se abrían al viento caliente, también servían a un tránsito febril de ratones aventureros y ánimas errabundas.

De noche, la voz destemplada de Fidelio alteraba el sueño de la vecindad y mantenía a las comadres en vela. En sus oídos los conjuros del asturiano se rebujaban con el croar de las ranas; sus alaridos se solapaban con el ruido sincopado de los grillos; sus pesadillas se fundían con el oscuro bullir de la madrugada.

Al caer la tarde, en un día de verano, el moro Abdul se detuvo ante la casa del arriero y tocó en la puerta. Fidelio asomó la nariz, abrió con cautela y observó al mercader a la luz de una lámpara.

– ¡Buenas tardes tenga usted, buen hombre! –saludó el árabe sin reverencias–. ¿Le interesaría adquirir algún género del lejano oriente?

–Aquí naide anda desorientado –respondió Fidelio con desabrimiento.

–Tal vez le vendría bien algún detalle para la casa, unos arreos para la montura, alguna cosa que pudiera necesitar… –insistió el vendedor.

Sin esperar un gesto de asentimiento Abdul traspasó el portal, observó los crucifijos que colgaban de las paredes y descargó su valija. Un montón de frascos de colores, fetiches y relicarios quedó desparramado ante la mirada recelosa del astur.

–A lo mejor podría usted permitirse algún capricho –dijo–. Puedo ofrecerle un elixir para gargarismos, un talismán de ébano, una colección de mariposas de Abisinia...

– ¡Cuantayá que unu vive sin rispiu! –farfulló el hombrecillo

– ¿Cómo dice?

–Digo que de tanto pasar necesidad, un pobre si acaso podría echar falta el aire que respira.

– ¿No le gustaría…?

–Si acaso una pizca de descanso en las nueches de luna.

El mercader revolvió en la maleta, separó un montón de chafallos y sacó una lamparita de latón coronada en cristal. Con fingida reserva, Abdul se la mostró a Fidelio y dijo:

—Es una pieza única: alumbra como el sol del mediodía, reconforta la vista y aquieta el ánimo destemplado cuando la conciencia permanece en vela.

– ¿Aleja a los condenados?

–Alejarlos, lo que es alejarlos... no se lo puedo asegurar, pero no hay espectro que se acerque a la luz blanca de los justos.

Fidelio entornó la mirada, se acarició la barbilla y negó con la cabeza.

Con gesto amable, Abdul echó mano a un pomo que contenía un líquido opalescente y lo acercó a los ojos de Fidelio. Con gesto resuelto y una sonrisa definitiva, el libanés destapó el frasco y dijo:

– Es aceite de tuétanos de mártir.

– ¿Y esu pa qué sirve?

– Para lo que se le ofrezca. Alimenta una llama extraordinaria. Lo elaboraron unos alquimistas cristianos para alumbrarse en las catacumbas, mientras escapaban de las matanzas de Diocleciano.

– ¿Y espanta a los aparecidos?

–Espantarlos, lo que es espantarlos... no se lo aseguro, pero desprende una lumbre tan viva, que hasta los gorriones cantan de noche como canarios.

Con mal disimulado regocijo Fidelio entabló un breve regateo, dio por bueno el tercer precio que el moro dejó en el aire y se retiró a un rincón en penumbra. Allí se entregó a una ardorosa búsqueda, revolvió en unas gavetas llenas de cruces, destapó unas cajitas de membrillo, y se dejó ver a la luz de una vela.

–Ahí tie les perres –dijo, mostrando un billete arrugado.

Fidelio se despidió del árabe, lo acompaño hasta la puerta y se apresuró a encender el quinqué recién adquirido. Le costaba creer que el líquido viscoso de donde surgía aquel fuego menudo tuviera que ver con los huesos de nadie. Aunque según le había asegurado el vendedor, el aceite provenía de sebos benditos, aquel candil no alumbraba más que un triste pabilo. Desilusionado como un soñador al despertar, Fidelio veía cómo la luz de su expectativa apenas se imponía a las primeras sombras de la tarde.

Algo cambió al anochecer. A medida que la penumbra se adueñaba de la estancia, la luz crecía, el desencanto se convertía en sorpresa y del asombro nacía cierta esperanza. Cuando al fin reinó la oscuridad, la llama vacilante se convirtió en un intenso fuego blanco.

Durante siete noches Fidelio Calandre cayó en un tibio arrobamiento y dejó de sufrir las inclemencias de sus pesadillas. Mientras la extraña lumbre permanecía encendida, el hombrecillo disfrutaba de un dormir a medias, cuya placidez ni siquiera se veía interrumpida por el tráfago de las alimañas.

«¿Qué le habrá pasado al peninsular? De un tiempo a esta parte en su casa no se oye ni un suspiro!», se decían extrañadas las comadres. En sus cháncharas de media mañana, algunas vecinas llegaron a considerar la posibilidad de que a Fidelio se lo hubieran llevado sus propios demonios.

En la octava noche se agotó el fluido de cristianos, se consumió la llama blanca y Fidelio se reencontró con su desvelo. Por si en aquel tiempo no era bastante su inquietud, la memoria de Fidelio parecía sumida en las puñeterías que había sufrido bajo el yugo de Juan Guzmán. Aunque algunas voces lo involucraron a él en el despeñamiento del caporal, al cabo de un tiempo la gente y las autoridades habían olvidado aquella muerte, quizá porque a Juan no lo echaba de menos casi nadie. Sólo él en sus desvelos conservaba el gesto ceñudo del capataz vivo en su memoria. Cuando se apagó aquella luz prodigiosa, a Fidelio aún se le figuraba el rostro de lívido Juan, sucio y ensangrentado como si hubiera caído al paso de una recua de mulas desbocadas. Noche tras noche, Fidelio veía transcurrir las horas en medio de un duermevela plagado de incertidumbre.

En una fría madrugada de febrero, mientras daba cabezadas a la luz de un candil, Fidelio se vio envuelto en una bruma gélida como la escarcha. Un aire frío le erizaba la nuca y le hacía castañetear los dientes. Alertado por cierto presentimiento, abrió los ojos y se vio ante una nube en movimiento. «Será un espíritu merodeador o un ánima descarriada...», se diría el viejo, llamándose a la calma. Los espíritus errantes le resultaban fastidiosos, no solo porque alteraban a los ratones levantiscos y tamboreaban en los cacharros, también le removían los fondillos de los pantalones y le echaban su aliento fétido en las orejas. Familiarizado con toda clase de presencias nebulosas, aquellas apariciones le parecían vahos mansos, cuyo frío hálito no lo inquietaban en mayor medida de lo que una corriente de aire podría incomodar a alguien. Sin embargo, ante aquella sombra gélida los calderos no se movían, no se le enfriaban las orejas y las alimañas no asomaban la nariz. Cuando pensaba que aquel ansia nacía de figuraciones suyas, Fidelio vio cómo a través de la leve bruma surgía un hombre de andar tambaleante y rostro desfigurado. La mirada del espantajo permanecía oculta bajo un velo oscuro de sangraza.

– Malditos sean los que me jodieron por encargo del patrón, malditos sean… –repetía el aparecido.

– ¡Xodidu *Cachimba*! –clamó Fidelio.

Sobrecogido, el astur echó mano a un crucifijo desgastado, lo alzó en el aire y se persignó, mientras elevaba plegarias al cielo.

–*Oculi mei semper ad Dóminum: quóniam ipse evéllit de láqueo pedes meos...* –mascullaba.

– ¿Qué demonios significa esa retahíla? –preguntó el espíritu intruso, desconcertado.

–Digu que… siempre fijaré los ojos en el Señor, líbreme Dios de los lazos y asechanzas de mis enemigos –respondió el hombrecillo, aterrado.

– A ti sí que habría que echarte un lazo al cogote y colgarte por los huevos, desgraciado –dijo, amenazante, el aparecido.

Con los párpados apretados y los puños cerrados sobre los oídos, Fidelio se hincó de rodillas y se entregó a una súplica apresurada. Aterido como un pájaro ante un cernícalo, el hombre se aclaró la garganta y elevó su rezo en una jerga comprensible, por no verse obligado a traducir plegarias.

–Santu Arcángel Miguel, por la gloria del Altísimo y la virtud de su Santa Madre, aparta de mí a este condenado –imploró.

–Leche de higuerilla, un gajo de tabaiba amarga en el culo del mulero… –insistía el espanto.

Desesperado, Fidelio echó mano a una botella de aguardiente y se emborrachó, hasta que olvidó por qué bebía. Pese al sopor en que lo sumía la bebida, el alcohol apenas le nublaba la conciencia aterrada. Aunque apenas le quedaban plegarias para conjurar espantos, aún conservaba arrestos para alzar la botella e incrustarla de un golpe en la cabeza del aparecido. Cuando el envase de vidrio se estrelló contra la pared, la figura nebulosa del medianero se desvaneció en la oscuridad del pajero.

Al cabo de un tiempo de noches mansas, a mediados de septiembre apenas se oían voces en las madrugadas de Tacande. Aun bajo los cielos ventosos del otoño, el asturiano caía dormido como un bendito, roncaba sin remordimiento y se dejaba arrastrar por sueños viajeros hasta el ámbito boscoso de sus orígenes.

En una noche tranquila de marzo Fidelio se volvió a sentir atenazado por ciertas amenaza sombría. Aun cuando la oscuridad reinante se arropaba en aires de bonanza, si algún vecino fallecía de repente, el hombrecillo despertaba agitado entre remolinos de nube y barruntos de desgracia. Nadie que le buscara la lengua creía al arriero cuando este aseguraba –y hasta juraba con los pulgares cruzados sobre los labios– que su pobre casa era una estación de paso para las almas en tránsito. Ni el eco de sus latines ni el fervor de sus plegarias movía a suponer que la chabola de Fidelio pudiera ser siquiera la morada de un cristiano en pecado. A juzgar por el vocerío que escapaba a través de la techumbre del pajero, el refugio del arriero debía de ser cuanto menos la antesala del infierno. Sin embargo, en las noches de cielo despejado el hombre se mantenía en silencio, bebía con ánimos de celebración y se rendía a la dulce postración de los ensueños.

Amanecía un día lluvioso de abril cuando Fidelio Calandre se vio cegado por un aura luminosa que levantaba torbellinos de polvo. Ante sus ojos los vapores inquietos cobraban forma, se alzaban en el aire y dejaban entrever la silueta evanescente de una mujer. Por más que se restregaba los párpados y se convencía de que soñaba despierto, al fin se rindió a lo que para él debía de ser la más cruda evidencia. Aun cuando no oía llover sobre el tejado, el viejo se vio ante una joven vestida de barro y lluvia. Ajena a su mirada incrédula, la mujer tarareaba un bolero cansino y sonreía con mirada seductora.

– ¡La... la... *Descampanillada*! –balbuceó Fidelio.

Aún sin salir del estupor, el hombre se acomodó en su camastro y se abandonó a la plácida contemplación de la aparecida.

Por una vez rehusó despertar, no por pereza ni por desidia, sino porque temía que la luz de la mañana acabara con aquella ensoñación increíble. Sin pronunciar ni una palabra, la mujer se tumbó a su lado y, con gesto ausente, deslizó sus manos frías sobre su pecho raquítico. Los dedos delicados de la joven se entretenían en el costillar, descendían hasta el vientre y lo acariciaban con tal primor, que ni por un momento sospechó que era él quién se trajinaba sus miserias con el fervor de un cenobita olvidado por el mundo. Era una sombra manoseadora y amable la que se apoderaba de su voluntad y lo dejaba derrengado, como si una nube tibia le derritiera el alma.

La plácida resonancia de aquella aparición irritaba a las comadres, acallaba el aullar de los perros y ahuyentaba a las corujas. A salvo de las rapaces, las alimañas del pedregal convirtieron aquella noche en una fiesta: asaltaron los graneros, arrasaron las huertas y se aparearon durante horas enteras por puro festín. Aun en los días siguientes, más por novelería que por audacia, los ratones confianzudos se colaban en la casa del mulero, asaltaban los cacharros y se apoderaban de la tensa quietud de sus noches.

Cuando vio pasar el entierro de Angelita Rocío ante la puerta de su casa, Fidelio entendió la razón de la presencia brumosa de la joven desnuda. « ¡Pobre mujer! Se vino abajo como una cometa sin viento», oyó decir a las comadres.

Al cabo de unos meses, ni el placer solitario ni la osadía de los roedores bastaban para distraer la desazón de Fidelio Calandre. A la luz de velas y candiles el hombre desplegaba una actividad inusitada: construía jaulas de alambre, cazaba grillos y los mantenía cautivos a la espera del verano; amasaba gofio con orujo, lo disponía en bolitas y alimentaba con ellas a los ratones, no por ruindad, sino por verlos trastabillando con los ojillos cuajados y las patas flojas. Pasada la medianoche, el viejo se desentendía de los murgaños achispados y entonaba letanías en lenguas muertas que, según decía, solo entendían los habitantes del purgatorio. Durante un tiempo algunos demonios tristes se materializaron ante su mirada ardiente y, con más esfuerzo que ganas, le apagaban las velas y le soplaban aire frío en las orejas. Desanimados por la bonanza del estío, el *Diañu*, el *Busgosu* y el *Cuelebre* permanecían ociosos en torno a la casa y se le aparecían, cuando él ya andaba de licor hasta las cejas. En vez de aterrorizar al astur, los espectros más indolentes lo enrabietaban o le provocaban unos accesos de risa que lo dejaban sin aliento. Entre denuestos, carcajadas e incredulidad, algunos aparecidos olvidaban su afán mortificador, se arrellanaban en torno a las palmatorias encendidas y se mostraban dispuestos a trabar la hebra con Fidelio. El espíritu de Juan Guzmán, sin embargo, no se conformaba con proferir maldiciones y derramar las botellas. Como si las lacras de una vida miserable se arrastraran hasta la otra, aquel fantasma se mostraba hostil con las alimañas, silenciaba el clamor de los grillos y ponía a rabiar a Fidelio.

Al cabo de unos años, las noches de la vecindad se volvieron largas y aburridas como las homilías de antaño. Por fuerza de la costumbre, las tinieblas del miedo se convirtieron en negruras conocidas, las sombras quedaron reducidas a un claroscuro vagamente habitado y la oscuridad se tornó en penumbra. Sin embargo, en las tardes de inquietud y en vísperas del Día de Difuntos, Fidelio se surtía de cirios, se abastecía de petróleo para los candiles y llenaba garrafas de esperanza.

La noche en que nació el niño de los Sanfiel, cuando mis pasos hollaban el camino ante la casa de Fidelio, oí cómo el hombre se deshacía en plegarias.

– ¡Xesús, María e Xosé…! –clamaba.

– ¿Le ocurre algo, vecino? –pregunté junto a la puerta.

No recibí respuesta.

– ¿Se encuentra bien? –insistí.

Al instante escuché unos pasos, oí el ruido del pestillo y vi un rostro ojeroso a la luz de una palmatoria.

– ¿Lo tenemos desquiciado otra vez, Delito? –observé con gesto displicente de maestra en ejercicio.

– ¡Si usted supiera…! –respondió el hombrecillo, atribulado.

–Si Dios no lo remedia, un día de estos lo he de ver sonado como una maraca, de tanto fantasear con demonios –le dije.

– Na de sonau como una maniega, doña. Estos güeyos ven cosas que nadie ve –replicó el viejo señalándose a los ojos.

Y al instante me observó con gesto de extrañeza, desparramó la mirada en la oscuridad y me preguntó:

–¿Cómo se le ocurre andar en vela por ahí, en la Noche de Finados?

–Cosas del nacer –respondí–. Los que vienen al mundo viven ajenos a la memoria de los muertos.

–Asgaya labia tie usté y esa costumbre de esbardiar... –masculló Fidelio en su extraña jerga– Ahí fuera la noche se mueve.

–Los Sanfiel estrenan descendencia. ¿Lo sabía? –dije, haciendo oídos sordos a su comentario.

– ¡Vaya noche pa'l eventu!

–Una noche como otra cualquiera.

– ¡Ye un mal día pa ñacer, doña! La *Guestia* anda dayuri por esas llombas.

– ¿La qué?

–La Santa Compaña, una comitiva de ánimas que …

–¡Bah! Figuraciones suyas –dije, descreída–. Esas comitivas no deambulan por caminos de cristianos.

– Qué sé yo de esos camines –respondió el astur, desdeñoso. Y con dos dedos ante los ojos, añadió–: «Solo sé que vi la con estos güeyos».

– No la iba a ver con los míos –dije por decir.

Ajeno a mi desabrimiento, Fidelio estiró el cuello hacia la lejanía, señaló los cerros y añadió:

–La *Guestia* venía de la finca del señor, salía de la casa con un neñu envuelto en pañales y... Eso dame mal barrunto.

– ¿Qué quiere decir?

–Me duele decilo, pero me da a mí que... d´ahí van a sacar a unu con los pies p'alantre.

– No sea pájaro de mal agüero, hombre de Dios.

–Líbrenos el Cielo de la calamidad, pero na bueno se teje con los hilos de esta nueche.

– ¿Por qué no se acuesta y se deja de patrañas? ¿No le parece que ya es hora de posar la cabeza sobre la almohada y planchar la oreja, como todo el mundo?

Fidelio se quedó pensativo, me observó de soslayo y permaneció en silencio. «Esa mujer no ve más allá de sus ollares», se diría el peninsular. Según se desprendía de su mirada medrosa y de sus palabras, el hombre debía de confiar en que sus dotes de premonición eran tan reales como sus miedos.

– Si usté hubiera visto al ñacaru que yo vi, recién nacíu y abandonau aquí mesme, a lo mejor... –dijo.

–No creo que las ánimas abandonen a sus crías, así por las buenas –opiné, por no parecer demasiado crédula.

–Era un fíu... un hijo de gente, a ver si me entiende –insistió Fidelio–. Lo dejaron tiradiyu por ahí y... dábame tanta lástima de oílo llorar, que entrelo, matele la fame con un poco de llechi y hasta limpiele la regaña –el hombre cruzó los brazos sobre el pecho y, con gesto de ternura, añadió–: «Entonces el ñeñu durmiose como un angelito. Iba yo a metelo en el jergón, cuando de sutrucu pega un brinque, suelta un clamíu y di: *Cucurrucucú, amamantásteme, calentásteme y secásteme el cu*».

Fidelio me miró con el semblante descompuesto, enarcó las cejas y, como quien propone una adivinanza, preguntó:

– ¿Non sabe quién era aquel ñin?

Mientra yo me encogía de hombros, perpleja, el viejo se acercó a mi lado y me habló al oído.

– Era el *Diañu Burlón* –dijo.

–Imaginaciones suyas –opiné–. De tanto andar descantarillado todas las santas noche, se le figura que ve…

– Na de descantarilles, doña –me interrumpió el hombre–. Yo vi al crío tornar en otra cosa bien fea y estampele un esconxuru. «Xesús, María e Xosé, si yes al Diañu de ti arreniego e la cruz te faigo», díxe yo. Y el homín desapareció como por ensalmo.

– ¿Por qué no me hace un favor? –dije, rendida ya por la fatiga.

–Mande usté –respondio Fidelio, a la expectativa .

–No he descansado en toda la noche, he asistido a un parto difícil y ahora me gustaría dormir un poco.

– ¿Y...?

Sin pronunciar palabra tomé a mi vecino por los hombros, lo acerqué a la puerta de la casa e insistí en mi ruego.

– ¿Por qué no apacigua el ánimo, se mete en el catre y descansa? –le pedí.

Ensimismado y en actitud vigilante, el viejo me escuchaba con la mirada inocente del niño que ha escuchado infinidad de veces el mismo cuento.

– Debería acostarse y dejarse de tanta pejiguera. Si no se quita sus matraquillas de la cabeza y deja de dar voces, aquí no hay quien duerma –lo reprendí, ya de malhumor.

Fidelio asintió con la cabeza, escondió la mirada y se adentró en la oscuridad del cobertizo.

–Creerá usted que desbarro, pero… me da a mí que esta nueche las ánimas no descansan –le oí decir.

«El pobre visionario barrunta desgracia», me dije, con la mirada perdida en el firmamento. Mientras cerraba la puerta tras mis pasos observé que sobre el horizonte despejado ya se insinuaban las primeras luces del alba. El cielo legañoso, sin embargo, aún mostraba el fulgor de algunas estrellas soñolientas.

Al traspasar el umbral de mi casa, oí sonar seis campanadas en el reloj de pared. Entré en el dormitorio sin fuerza ni para entregarme a un bostezo, me eché una manta sobre los hombros y me derrumbé en la cama. Cuando volvieron a sonar las campanadas del reloj, aún permanecía despierta. Aunque me costaba mantener las ideas claras y los ojos abiertos, no podía conciliar el sueño. El aire olía a flores mustias. Agitada por una profunda inquietud, me incorporé, me arropé con un chal y dejé que los pies me llevaran a la azotea.

Durante un buen rato permanecí apoyada en la chimenea, mientras escudriñaba los silencios del amanecer. Veladas por la turbidez de un cielo polvoriento, las estrellas del alba apenas refulgían, cansadas ya de tanta noche. Un soplo de aire cálido jugaba con el saquito de la veleta, lo inflaba y lo llenaba de ecos inciertos, quizá figurados, en todo caso extraños. «La fatiga abrumadora de toda una noche en vela, debe de ponerle voz a tanto silencio amontonado», me dije, mientras oía un lloriqueo lejano y desganado. Al albur de aquellos ecos, el nuevo día despertaba plagado de incertidumbre.

En el día de la buena nueva no hubo jolgorio ni albricias en casa de los Sanfiel. Había nacido un niño que pasaba todo el día llorando, en un lugar donde solo se oían las voces de las Rosas, empeñadas en acallar silencios. Al cabo de unos días del nacimiento, Romo aún presentaba el color de las criaturas que van al limbo sin abrir los ojos. Mientras el crío se debatía entre la nada y poco más, la casa parecía enferma desde el techo hasta los cimientos: Ernestina se hundía en un marasmo afiebrado, las gemelas discutían a gritos y los capirotes habían dejado de cantar. Después del alumbramiento, solo el señor de la casa parecía acariciado por cierto aire de bonanza.

Durante una semana de inquietud, Romualdo dejó de ser considerado como un criadero de manías, para ser elevado a la categoría de enfermo sin remedio.

−A ver, Maruca... ¿Por qué me dedican tantas atenciones ahora, cuando nadie me ha hecho nunca puñetero caso? −me preguntó.

–Hay que cuidar al zorrocloco –le respondí–. «Oscuros designios se ciernen sobre la vida que comienza», decían las parteras de antaño.

Romualdo no entendía de dichos de comadrona, de zorros ni de zarandajas, pero se dejaba mimar de buen grado, como si jamás hubiera recibido atenciones de nadie. El hombre no solo se sometía al trato considerado que recibía con extrañeza, también aceptaba un emplasto o cualquier otra inclemencia tibia sobre su cabeza atormentada.

–Con su permiso… vamos a ocuparnos de usted como si fuera un obispo –le dijo a Romualdo una beata de confianza.

Con una bandeja de dulces entre las manos, la mujer se acercó a la cama y agregó:

–Tome unos confites, señor. Le he preparado unas truchitas ricas, que se va a chupar los dedos. Verá como el dulce de cabello de ángel le alegra esa cara de mártir.

–Se lo agradezco, pero… –musitó Romualdo con gesto de rechazo–. No tengo el apetito para golosinas y tampoco quiero saber de los cabellos de nadie.

– Qué más da esa desgana –insistió la señora–. Un dulcito no le amarga la boca a nadie.

El hombre observó la bandeja, miró a la anciana con gesto caviloso y le preguntó:

–Si el crío nació tan delicado… ¿por qué no se ocupan de él, en vez de tanto dorarme la pava?

– ¡Shsst! –la mujer se llevó un dedo nervioso a los labios y lo hizo callar–. No debe mentar a la criatura, señor. Quien se mire en el niño no debe celebrar su suerte. Diga que el crío es repugnante como un ratón malparido, feo como un pecado..., ¡qué sé yo! No despertemos la atención celosa del mal. El zorrocloco debe comportarse como si fuera un pararrayos.

– ¿Cómo un para... qué? –preguntó Romualdo, desconcertado.

–Como un pararrayos, ya me entiende –insistió la anciana con voz queda–. Si se desatara una tormenta de mal agüero en esta casa, usted debería ser el paraguas.

En los días delicados del puerperio las visitas más dispuestas acudían solícitas a ayudar en lo que hiciera falta, desde horas tempranas. Mientras yo me ocupaba de la madre y el recién nacido, Irene atendía a Romualdo y cumplía con algún mandado. Las Rosas y las comadres pasaban el día entre fogones, entregadas a un parloteo sin medida. Mientras charlaban las mujeres preparaban comidas suculentas, mermeladas y confituras. Más que a atender a Ernestina y a cuidar del niño, todo el quehacer de la casa parecía orientado a agasajar al zorrocloco, como si este fuera un invitado.

Al mediodía las damas postineras disponían vistosas viandas en fuentes bien lustradas, se alineaban en ordenado séquito y se dirigían al cuarto de las siestas. A la hora del almuerzo, Romualdo aún dormitaba de puro aburrimiento. Sobrecogidas por el silencio reinante en los pasillos, las señoras entraban a la estancia de puntillas, con las bandejas rebosando y el corazón en un puño. «¿Creerán esas guacamayas que se meten en la guarida de un ogro?», me preguntaba yo, extrañada. Sin embargo, a las vecinas expedicionarias les sobraba razón para alimentar temores: cuando despertaban a Romualdo en medio de un sueño inacabado, el mal genio le salía al hombre por la boca, envuelto en las peores maneras. Un día tras otro Romualdo sermoneaba a las mujeres, las ponía a caldo y las echaba del cuarto con cajas destempladas.

Una mañana de domingo las Rosas me sorprendieron con una visita inesperada. Las mozas llegaron emperifolladas con sus críos acunados en brazos, sin manos para sujetar un cargamento de bienmesabe. Las gemelas saludaron con voces cascabeleras, abandonaron a los niños en el trastero y se enredaron en la cocina. Al mediodía habían preparado caldo de pichón unigénito con yema y hortelana, alitas de paloma bravía en salsa de nueces, y aún consideraron si debían adornar el plato con una guarnición de papas nuevas.

A la hora del almuerzo yo misma dispuse los manjares sobre una fuente repujada en plata, descorché una botella de moscatel para servir un aperitivo y añadí una copa de mistela para animar los postres.

–Llévale su comida al señor –le ordené a Irene.

– ¡Pobre don Romualdo! –dijo la joven–. Ha de estar malito de verdad cuando todo el mundo lo atiende con tanto esmero.

–No es eso –opiné.

– ¿Y a qué viene tanto agasajo? –preguntó la chica.

–Hay que mimar al zorrocloco, como si fuera un niño delicado –le expliqué–. Debemos alejar la atención del recién nacido, por si asoma la mala sombra.

– ¿Y qué tiene que ver el señor con todo eso?

–Es el hombre quien menos tiene que ver con el nacimiento de un niño, bonita. Quizá por eso, cuando los malos designios se incomodan por el despertar de la vida, siempre se ceban en la madre o en la criatura.

– ¿Y...?

–Como el zorrocloco recibe todas las atenciones y el mejor cuidado, los malos designios se confunden de persona y se meten en la cama equivocada. A menudo el hombre se vuelve majadero como un crío, así que entre una cosa y otra el mal se desorienta, se distrae de la nueva vida y se aleja, confundido.

– ¡Ah!

Irene tomó la bandeja entre las manos y echó a andar con aire dubitativo. «O sea… que el mal se aleja porque entre una cosa y otra el señor se distrae, se vuelve majadero y se desorienta como un crío», se diría la chica.

Mientras Ernestina languidecía en un diván sin abrir los ojos, el zorrocloco guardaba cama al calor de una cobija, enroscado como un gusano friolero. En un continuo ir y venir, Irene cuidaba de que Romualdo no se sintiera abrumado por el tedio: le llevaba caldo de pichón al mediodía, agua de toronjil de vez en cuando, y pan negro con mermelada de ciruela o de papaya según se le antojara. Por más compotas que tragara, el señor de la casa no lograba mover ni desatrancar su vientre obturado. Al cabo de haber pasado unos días en cama, las tripas se le habían vuelto indolentes como serpientes empachadas.

A primeras horas de la mañana Romualdo soportaba la inclemencia de cólicos y retortijones, se retorcía camino del retrete y, a la hora de evacuar las viejas excrecencias, sufría una verdadera tortura. De noche apenas dormía. Las tisanas apenas le proporcionaba alivio, pero le calentaban la barriga cuando su cuerpo se alzaba insurrecto contra el mandato del sueño.

Al atardecer de un día desapacible, tras varias noches de insomnio, Romualdo me mando llamar.

–Necesito algún remedio, cuñada –dijo, cariacontecido–. Por más que aparto las preocupaciones que me vienen a la cabeza, no consigo pegar ojo hasta bien entrada la madrugada.

Armada de paciencia, trabé la hebra con él e intenté apaciguar su ánimo. «Si quieres dormir a un niño o aburrir a un adulto, no tienes más que soltarle una prédica interminable salpicada de palabras esdrújulas, me dije, recordando cómo algunas beatas se quedaban arrobadas en la primera misa de la mañana, mientras el cura se despachaba a gusto en la misa de primera hora.

«Encomiéndense al Altísimo y desháganse en súplicas los agnósticos, los idólatras y los sacrílegos...», decía el sacerdote enardecido en su homilía, ajeno a las penosas cabezadas de señoras en ayunas. Aunque aquella tarde le hablé a Romualdo sin la convicción que debe rodear el discurso tranquilizador, sí supe adornar la voz con esa entonación cansina que induce al aburrimiento. Mientras le hablaba del plácido letargo de los osos en invierno, le preparé una infusión de valeriana y se la di a beber.

–Tiene un sabor revirado, pero te ayudará a descansar –le aseguré.

Romualdo se llevó el bebedizo a los labios, lo probó y apartó la taza, asqueado.

– Sabe a meados de gato –se quejó.

Enseguida le retiré la tisana, sin rechistar. No le pregunté a Romualdo si había probado orín de gato por no someterlo a tensiones innecesarias. Tampoco insistí en las propiedades de la valeriana y otras hierbas, pues sabía que no querría saber de ningún remedio que pudiera mermar sus vigores de hombre. «¿No será un bebedizo de esos que atontan y dejan el cuerpo venido a menos...?», me había preguntado con recelo en la víspera, antes de rechazar una infusión de manzanilla.

Las noches siguientes Romualdo las pasó en vela, sin las alegrías ni la disipación de antaño. El hombre se levantaba ojeroso y desgreñado al despuntar el alba, le procuraba alivio a la vejiga, tomaba una escudilla de leche cruda y regresaba trastabillando a la cama. Rendido al calor del desayuno, el hombre emprendía unas canónigas que le duraban hasta el mediodía. Por no perturbar el reposo mañanero del señor Irene entraba sin ruido, corría los visillos y dejaba el cuarto sumido en penumbra.

Al anochecer, la presencia cascabelera de Irene iluminaba la oscura quietud de los pasillos; su andar desataba un suave ondear de cortinas; su voz refrescaba el aire avejentado de las estancias. Mientras Irene vivificaba la casa, yo repartía mis desvelos entre la aflicción de Ernestina, el llanto del recién nacido y la tibia quejumbre de Romualdo. Aun atosigado por la apabullante atención que recibía, el señor de la casa no dejaba de reclamar cuidados, como si se hallara en ese trance de incertidumbre en que el enfermo duda entre si debería llamar al médico, al cura o a un notario. Cuando al señor no le dolían los ijares, se le recrudecía la jaqueca; cuando no se le calentaban las orejas, se le enfriaban las encías; cuando no se le encordaba el cuello, se le aflojaba el vientre o se le atirantaban las nalgas. A mediados de noviembre ya no me alcanzaban las manos para atender tanta malandanza.

Una tarde como otras tantas, subí al cuarto de las siestas a ocuparme de Romualdo.

— ¿Cómo se encuentra el zorrocloco? –le pregunté, solícita.

— Bastante jodido, cuñada –se quejó él–. Tengo un movimiento en las tripas como el de un domingo de feria.

Ni aun enroscado al calor de la frazada lograba Romualdo acallar los ruidos que se habían desatado en su vientre.

—A juzgar por esos borborigmos en la barriga, debes de andar estreñido como un amanuense –le dije.

– ¿Cómo un qué? –indagó él, desconcertado.

—Como un escribano –respondí–. De tanta inmovilidad al calor de la cama, hasta a los intestinos más inquietos les entra la pereza del funcionario.

– ¿La pereza del funcionario?

—Dicen por ahí que algunos escribidores aguantan las ganas de evacuar el vientre, con tal de no mover el culo del asiento.

– ¿Y eso que tiene que ver conmigo?

—No sé si tendrá que ver, pero cuando vayas a dar del cuerpo lo vas a tener crudo.

– ¿Por…?

—Cuando afloje la constipación y se te desatranquen los emuntorios, vas a obrar tan duro que vas a saber lo que duele un parto.

—Pierde cuidado, cuñada. Si aguanto tus monsergas sin rechistar, podré soportar cualquier otro padecimiento –zanjó Romualdo con gesto desabrido, más que magnánimo.

Fiel a un cometido cuya razón apenas entendía, Romualdo soportaba el malestar sobrevenido con la entereza de un santo resignado al sufrimiento. Soportar una impertinencia de más o una atención de menos, apenas suponía para él un leve contratiempo en medio de una creciente sensación de infortunio. Pese a los cuidados que recibía, Romualdo sufría unos accesos de incertidumbre que le hacían sentirse viejo y hasta condenado a una vida sin sentido. Tampoco el incesante ajetreo de las visitas contribuían a disipar su congoja. «¡Quién te vio y quién te ve!», se decía el hombre ante el espejo, mientras se veía lívido y ojeroso, como un moribundo.

Desde que volví a tomar las riendas de la cocina, las gemelas quedaron ociosas, se alejaron de los fogones y volvieron a menudear por los pasillos.

Tampoco las comadres daban tregua al silencio:

—Menos mal que la malandanza se ha cebado en el zorrocloco. De no haber sido por él, ¡cuánta desventura podía haber caído sobre esta casa!

– ¡Pobre don Romualdo! Se le ve tan esmirriado, tan enteco…, que más que un cristiano en paz con Dios parece un penitente en horas bajas.

– ¡Y que lo digas! El señor come como un cura, vive como un rajá y se ha quedado en los huesos, como un pobre. Se diría que un día de estos va a dar con el esqueleto en la tumba.

…

Los comentarios de las vecinas se clavaban como astillas en los oídos de Romualdo. Aun cuando cesaban las voces en los pasillos, un eco pertinaz encendía su cabeza delicada y le barrenaba el cráneo.

– ¡A ver si se callan esas brujas, coño! –gritaba, desquiciado.

Al oír alguna de aquellas rabietas vociferantes, las damas postineras se miraban con extrañeza y se alejaban del cuarto de las siestas, temerosas de la espantada a que se exponían si incomodaban al zorrocloco.

Al cabo de unas semanas del nacimiento de Romo, la casa de los Sanfiel recuperó el pulso inane de los días de otoño. Ernestina abrió los ojos, las visitas emprendieron nuevos rumbos y los capirotes reanudaron sus trinos al alba. A medida que transcurría los meses, el niño de los Sanfiel engordaba, adquiría buen color y aprendía a administrar el llanto según criterios de malestar impreciso, hambre o sueño. También Ernestina experimentaba cierta mejoría. Aunque permanecía ensimismada y apenas reía, la mujer se llevaba alguna golosina a la boca, se levantaba de su diván y se asomaba a las ventanas al caer la tarde.

Un día Ernestina me confesó que mientras amamantaba a su hijo se le había aparecido un santo que había recibido alimento del seno inmaculado de la Virgen. San Bernardo se llamaba aquel visitante, como el patrono de los montañeros y como esos perros lanudos que auxilian al caminante.

Desde hacía tiempo, mientras tomábamos el café a media tarde, mi hermana me ofrecía asiento a su lado y me contaba sus encuentros con «los visitantes». En los momentos de soledad Ernestina recibía la visita de unos santos por los que sentía, más que devoción religiosa, cierta querencia enfermiza quizá arraigada en la desesperanza. Aunque me refería sus citas con la voz queda de quien confiesa un secreto, no había complicidad en sus gestos ni calor en sus palabras. Sin embargo, sus ojos refulgían como si su mirada dejara escapar un crepúsculo encendido en sus adentros. Mientras ella hablaba, yo la escuchaba con atención de confesor y asentía, aun cuando apenas entendía como su cabeza delicada podía pergeñar aquellos «encuentros».

A menudo Ernestina me llenaba los oídos de insinuaciones, se deshacía en guiños y tendía velos de vaguedad sobre los pasajes más obscenos de su relato. Aunque se mostraba discreta y no se prodigaba en detalles, por momentos perdía el reparo, se desentendía de mi presencia y se entregaba a la ensoñación, como la niña fantasiosa que se adentra en la magia de sus propios cuentos. Si bien Ernestina media sus palabras y hablaba sin traspasar las lindes del recato, la transparencia de su voz dejaba entrever que los santos más atrevidos se permitían ciertas confianzas con ella. «¿En verdad consideras sagrados a unos seres que olvidan su condición de espíritus puros y se entregan a los manejos de la gente ordinaria?», me vi tentada a preguntar. «¿Quién eres tú para juzgar a nadie?», habría cuestionado ella con la razón que asiste a quien vislumbra cierto asomo de recriminación en la pregunta bienintencionada de quien no entiende. Así que, por no incomodar a mi hermana, me obligué a contener el impulso indagador y me conformé con escuchar su desahogo desde una distancia tibia. Aún con todo, mi silencio debía de invitar a la confidencia. Ni en aquella ocasión ni en ninguna otra vi a Ernestina tan despojada de su natural reserva. Sin embargo, de su mirada chispeante se desprendía ese aire de falsa dignidad, entre cuyos muros suelen hallar refugio quienes se ven con un secreto al descubierto.

Cuando se sentía perdida en la inmensidad de la cama, Ernestina encendía un cirio e invocaba a San Amando de Liébana, valedor de las mujeres abandonadas. «Mientras se despoja de las túnicas celestiales el santo enmudece, por no restarle encanto al milagro», me confesó una tarde sin rubor. Según se desprendía de sus palabras, el santo se desnudaba ante ella, se acomodaba con plácida mansedumbre a su lado y le susurraba promesas de bienestar. Cuando se sentía sola, malquerida o desdichada de verdad, entonces invocaba a San Buenaventura, patrono de los desafortunados. Con cierto arrobamiento en el gesto, Ernestina aseguraba que el beato le acariciaba el rostro porque sabía que no eran consejos sino ternura lo que necesita una mujer desconsolada. A tenor de lo que mi hermana dejaba entrever, los personajes de la Gloria la atendían como a una reina, la mimaban como a una niña y le infundían ese aliento cercano que da alas a la esperanza. Aunque me refería sus citas religiosas sin miramiento ni sonrojo, Ernestina hacía gala de cierta socarronería, como si disfrutara a la sombra de mi desconcierto. «Los santos no me incomodan con preguntas ociosas ni se descuelgan con indiscreciones como las tuyas», me dijo con voz casquivana cuando, picada por cierta curiosidad, me interesé por la virilidad de sus visitantes. «Escucha sus fantasías, presta atención a sus inquietudes y no hurgues en lo que solo le incumbe a ella», me aconsejé, cuando la indiscreción aún me quemaba en los labios. «¿Qué te voy a contar que ya no sepas, hermana?», musitó Ernestina, cercana. Y escondiendo la mirada, añadió: «El verme tan sola me atormenta, el alma se me cae a cachos y el cuerpo apenas me responde, pero la piel aún se me eriza al paso de unas caricias tiernas». «También se te alegrarían las carnes si tu marido se ocupara de ti como Dios manda», pude haberle dicho. Y es que me dolía ver a mi hermana menor, aún joven y hermosa, mustia como una begonia arrasada por el viento. Quizá mi presencia la reconfortaba, acaso mi atención le servía de paño de lágrimas, pero mis palabras apenas le infundían ánimos. Cuando hasta mi compañía ya le resultaba de más, la postración en que se veía sumida Ernestina solo cedía bajo unas friegas en los cuadriles o unas unturas en el cuello con aceite de almendras. Sin embargo, al cabo unos días de molimiento agotador para mí y placentero para ella, aquellos restriegues apenas la dejaban adormecida con cierto fruncimiento en los pliegues del alma.

Según aseguraba Ernestina cuando hablaba de San Bernardo, el santo mamón había tomado leche bendita, no por mero capricho sino como premio a su fervor por la Virgen. «Mientras le doy de mamar a la criatura, el beato me mira con la boca abierta, con un desconsuelo que parte el alma», me dijo una tarde. Aunque en más de una ocasión Ernestina me habló de sus encuentros con San Bernardo, del santo solo supe que, aunque no se mostraba exigente, si manifestaba cierto rechazo hacia el velete de vaca recién parida y poco gusto por la leche de cabra. Jamás llegué a saber si mi hermana atendía la debilidad de aquel lactante, ya crecido y dotado de una dentadura para morder, más que para lamer ubres de madre.

Ajeno a los desvelos de Ernestina y aun sin escuchar las voces mortificadoras de las comadres, mientras el niño crecía, Romualdo aún respiraba aires de mala sombra. Y quizá tal circunstancia se debía, no a que en sus horas bajas se le oscureciera el aliento, sino a que recordaba y echaba de menos sus privilegios de zorrocloco, cuando sufría algún acceso de incertidumbre.

Cuando en la casa ya se habían despejado los temores de malaventura, Romualdo salía del cuarto de las siestas, se dejaba ver por la cocina y almorzaba en soledad. Durante unos meses anduvo el hombre apartado de bares, parrandas y queridas, aborreció el caldo de pichón y no quiso oír hablar de mejunjes ni de santos remedios. «Hay que privarse de tarde en tarde, cuando uno no está de humor para sandungas», le oí decir mientras rechazaba un caldo de gallo viejo. Solo él sabía si las privaciones a que se sometía en la mesa le avivaban algún ardor, pero a la vista quedaba que el recuerdo de sus lances de mejores tiempos a menudo le causaban cierta desazón. Ni aun cuando recibía las atenciones debidas a un rey, se libraba Romualdo de sus tribulaciones de lacayo.

Una vez hubo pasado la indisposición del señor, las estancias recuperaron sus vacíos, se disiparon los temores y, al cabo de unos días, en los pasillos resonaron los ecos de una vocecita novelera. El crío de los Sanfiel lloriqueaba como si no le moviera otro afán que hacer olvidar su primer silencio. Ernestina pasaba las noches meciendo al pequeño, le hablaba del coco que se lleva a los niños que no duermen y lo arrullaba con un canturreo, cuyo arrebato, lejos de apaciguar al mocoso, enardecía su llanto hasta convertirlo en un berrear sin remedio. Noche tras noche Romualdo se veía dando tumbos en la cama, con las manos en las orejas y la cabeza escondida bajo la almohada.

Al cabo de unas semanas de mal dormir, Ernestina decidió poner a su hijo en manos del médico. Don Manuel Morera se presentó en la casa de los Sanfiel, en un viernes de febrero, al caer la tarde. Aquel día Ernestina recibió al doctor con el ansia enfermiza de quien espera un milagro. Aunque iba enfundada en una bata de tonos pálidos, su rostro ojeroso y el cabello suelto realzaban su aspecto demacrado.

–Pase, don Manuel. Nos preocupa ver al niño tan débil –dijo Ernestina con voz queda.

El médico siguió los pasos de la mujer, se lavó las manos en una palangana dispuesta para la ocasión, y entró en una estancia umbría de puertas acristaladas. Irene se hallaba de espaldas, sentada ante una cuna de barrotes torneados. Con voz cantarina, la muchacha musitaba un arrorró de esos que en vez de tranquilizar a los niños, los alteran y despiertan en ellos una tristeza inexplicable. No obstante, el crío dormía relajado, ajeno a la menor inquietud. «El chiquito se habrá quedado traspuesto debido al tedio que adormece a quien escucha y no entiende el significado de las palabras», me dije.

–Ahora descansa –musitó la madre–. Llora todo el día como un penitente y al fin acaba rendido, el pobrecito, de tanto irse en lágrimas.

–A decir de los entendidos, un sueño tan quedo solo se da en los peces que duermen en aguas profundas –intervino Irene.

En el rostro de don Manuel se dibujó el gesto de extrañeza de quien jamás ha oído hablar del sueño de los peces. Ajena al comentario de la chica, Ernestina se inclinó sobre el niño, le acarició el rostro y separó las mantas que cubrían su cuerpecito desvaído.

Mientras el doctor se entregaba a un reconocimiento minucioso, mi hermana le hablaba de fantasías de color violeta iluminadas por gemas fantásticas. Ajeno a los comentarios de Ernestina, don Manuel parecía absorto en la observación del niño dormido. A juzgar por la severidad de su gesto, el médico debía de escuchar latidos sorprendentes a través de los tubos que le colgaban de las orejas. Quizá oía redobles de tambor, arrullos de codorniz, retumbos de avalancha…, o quién sabe qué otras reminiscencias extrañas.

– ¿Cómo lo encuentra? –preguntó la madre, preocupada.

Don Manuel se perdió en digresiones crípticas, cuyo significado apenas arrojaba luz sobre el modesto entendimiento de una madre. Antes de explicar esto o lo otro, el hombre rebuscaba las palabras y se volcaba en el vano esfuerzo de eludir el dramatismo que encierra el hecho de mentar el corazón de un niño. A fin, con más voluntad que acierto, el médico le explicó a Ernestina el padecimiento de su hijo.

– ¿Entonces eso significa...? –preguntó la mujer.

–Se trata de una malformación de nacimiento –dijo el doctor, farfulló unas palabrejas y añadió: «El crío vino al mundo con el corazón sano pero... con un huequecito aún por cerrar, digamos... inacabado. La sangre impura escapa por ese pasadizo, y aflora con ese tono azulado en la piel y en los labios».

–Aquellas noches encendidas... –musitó Ernestina, ensimismada–, aquellos sueños debían de ser premonitorios. Aún antes de la preñez, ya tenía un soñar de color violeta que a lo peor...

–Eso no tiene nada que ver –la interrumpió el médico, tajante.

– ¿Y qué podríamos hacer con el niño? –quiso saber la madre, azorada.

Don Manuel recogió sus cosas con parsimonia, se acercó a Ernestina con ademán dubitativo y le habló de la posibilidad de realizar una operación delicada en un hospital lejano. Con las cejas arqueadas bajo los pliegues de la frente, el doctor se encogió de hombros y añadió:

–Como el trastorno tampoco es cosa del otro jueves, bien se podría esperar un tiempo y…, ya veremos cómo evoluciona el crío.

Ya ante la puerta del salón, don Manuel Morera estrechó la mano huesuda de Ernestina, esbozó una leve inclinación y le dijo:

–Cuide a su hijo, enséñelo a cuidarse y…, ya sabe, nunca son muchas las atenciones de una madre. Tan pronto como el muchacho atienda a razones, quizá debería aconsejarle que se mueva con tino por los andurriales de la vida.

Al cabo de unos días el niño de los Sanfiel aprendió a llorar por gusto, en seis semanas aprendió a sonreír y en unos meses ya se entretenía con juegos solitarios. Cuando Romo aún no había cumplido un año, su entorno cercano parecía haber olvidado que el pequeño había venido al mundo con cierto desarreglo en los adentros, algún trastorno de esos que los médicos no saben explicar y que el resto de los mortales no entienden.

Cuando Romo cumplió el primer mes, lo encontré gordo y sonrosado como un cochinillo sin futuro. El pequeño se deshacía en un lloriqueo menudo que en nada se parecía a una llorera de angelito bien querido. Romo no se pronunciaba con el llanto seco que nace de la necesidad o del abandono; sollozaba con los ojos arrasados en lágrimas, como si la amargura pudiera inundar la mirada a una edad tan temprana. De sus ojos se rebosaba una pesadumbre que caía en remanso sin fluir, como si aquel desconsuelo no hallara cauce en su rostro pequeño. El niño de los Sanfiel pasó los últimos días de diciembre en la soledad de su capazo, llorando a lágrima viva.

En Tacande era bien sabido que una sanadora bienintencionada podía desentrañar el sentido oculto de los fluidos que humedecen la vida. El curandero oportunista, sin embargo, no percibe el olor acre del desconsuelo ni el regusto amargo de las lágrimas.

–El niño huele a cuadra. ¿Se habrá ido de vientre? –observó Irene con la nariz engurruñada.

–Soltaría una ventosidad –especulé.

–Habrá sido un vientecillo inocente –asintió la chica–. Tiene el culito limpio como la mirada de un ángel.

–Los ángeles no tienen culo –comenté.

–He dicho «como el alma» –aseguró Irene, con más convicción que memoria–. Una ignora lo que pregunta, pero sabe lo que dice –añadió, digna.

No quería entrar en digresiones en torno al trasero de los ángeles. Yo sabía lo que Irene había dicho y ella ignoraba mi propósito de confundirla, cuando su afán era dejarlo todo claro. Más por despejar una duda que por poner fin a la conversación, tomé al pequeño en brazos y le palpé el abdomen. Romo tenía la barriga globosa como una pantana tierna.

–El niño debe de ser propenso al estreñimiento –observé.

–Como su padre –apostilló Irene.

No asentí ni opiné en sentido contrario ni me pronuncié siquiera, no solo por el respeto que le debía a Romualdo, sino por no hablar de paternidades ni entrar en digresiones innecesarias. Aunque Irene no entendía de constipaciones de vientre, a menudo se dejaba llevar por la primera idea que alumbraba en la cabeza, la desmenuzaba y especulaba con toda clase de conjeturas peregrinas. En aquella ocasión quizá le habría bastado con observar el pañal que le había cambiado al niño, para saber que el último de los Sanfiel no iba a hacer caso en su vida más que al dictado de sus vísceras. «El crío no llora por gusto, tiene razón para quejarse. Suelta unas cagarrutas tan duras como las cuentas de un rosario», advertí a la vista del paño sucio.

Aunque en materia de escatologías, «excremento» comparte significado con el fin de la vida, mi inquietud no sentía tanto apego por los enigmas del morir como por los secretos del estiércol. En asunto de excretas, siempre he desconfiado de esos copromantes que echan las campanas al vuelo por unas heces rutilantes, se llevan las manos a la cabeza cuando huelen una flatulencia y se alarman por una deposición con aspecto de tinta de calamar. Mientras los escatólogos más afamados vertían interpretaciones tremendistas ante un leve escape de vientre, mis modestas elucidaciones se movían por derroteros de mayor prudencia. Nunca me he fiado de adivinos desaprensivos, charlatanes esotéricos y sobanderos de medio pelo, gente sin escrúpulos que se ceba en la credulidad del ignorante. Tampoco he recurrido a escenografías, rituales efectistas o arcanos, a fin de adornar mi modesto conocimiento de maestra, quizá porque jamás quise parecerme a esa pléyade de embaucadores que medra entre la mentecatez y la desesperanza. «Para desentrañar el secreto de las inmundicias, basta con el fino olfato de un perro ratonero», le había oído decir a una vieja agorera. Y en efecto, si los excrementos tienen voz, el pañal que tenía entre las manos se manifestaba como un oráculo.

–El chinijo se va a convertir en un joven con hechuras de triunfador, débil de carácter como su madre, pero voluntarioso como un vendedor ambulante –pensé a viva voz.

– ¿Y cómo sabe usted todo eso? –preguntó Irene, boquiabierta.

–Observa –respondí, mostrando el pañal–. Esos cagajones son fiel testimonio de un espíritu ahorrador en asuntos de bienes.

– ¿Qué tiene que ver una cosa con la otra?

–Para quien sabe interpretar su significado, los cagajones menudos no solo dan fe de una barriga mezquina en materia de excretas, también hablan del carácter reservado de quien se desprende de ellos.

Incapaz de acercarse al sentido de aquellas palabras, Irene se encogió de hombros, apretó los labios y se tragó una andanada de preguntas. Entre tanto el niño permanecía en silencio, miraba con mohín de malestar y se agitaba como si hubiera perdido la llave que da salida a las sobras.

–Los críos no controlan los emuntorios –dije para mis adentros.

– ¿No controlan qué…? –inquirió Irene.

–Nada –respondí con desgana, por no abrumar a Irene con mi cavilar. «La inmundicia contenida, igual que el resquemor, acarrea dolor cuando se endurece en los adentros», pude haberle dicho.

–Un pituso tan reservado y llorón… –farfulló Irene, pensativa–, ¿podría convertirse algún día en un hombre de provecho?

– Ya lo creo –asentí–. Pero a lo peor se vuelve testarudo como un mulo viejo.

– ¿Y esa testarudez le va a repercutir? –quiso saber la chica.

Irene pergeñaba ideas descabelladas como quien caza mariposas al vuelo. Y no solo coleccionaba palabras altisonantes, también las empleaba con más voluntad que acierto. Debido al candor de la edad y a las tongas de libros que devoraba, la muchacha atesoraba más palabrerío que discernimiento.

–Pues le va a repercutir… según y cómo –respondí–. El vicio y la virtud a menudo se solapan, de modo que nunca se sabe dónde acaba uno y dónde comienza la otra.

– ¿Y dónde empieza lo bueno de ser testarudo?

–Hay dos clases de tozudos: los que se crecen ante la adversidad y los que sostienen la equivocación a porfía.

– ¿Entonces...?

Cuando la luz del entendimiento no le alcanzaba para esclarecer una duda, la chica se alzaba sobre su incertidumbre e indagaba hasta la extenuación. Hacía falta paciencia de monje tibetano para alimentar la curiosidad insaciable de Irene.

–Hay que saber mentir, ser hábil en ambigüedades o ser catequista nato, para tener siempre una respuesta a flor de labios –dije.

–¿O sea…?

—O sea que la terquedad es un defecto que visto a lo grueso bien se podría confundir con la perseverancia. Así que, todo depende de...

– ¿Depende de qué?

—De las posibilidades de éxito. Visto a toro pasado, ha sido perseverante quien, ante la dificultad, ha persistido en el empeño hasta conseguir un logro.

– ¿Y la testarudez?

—La diferencia entre la tenacidad y la tozudez va solo en el resultado, mi niña. Terco es quien, pese al fracaso, persevera una y otra vez en el error...

La chica escuchaba mi monserga en la actitud de quien se deleita con una melodía en una lengua que no entiende. Si a veces creía que a Irene le sorprendía mi punto de vista, a menudo sentía que mis palabras sonaban en sus oídos como una música extraña.

Irene no esperó a madurar con el paso de los años. De un día para otro su carácter se fortalecía, como si unas curvas de más y una sangraza de menos adelantaran su madurez, no solo en hechuras sino también en confianza. A medida que le crecían las nalgas, la chica se volvía respondona como una vieja. Sin embargo, a medida que maduraba, su candor ganaba en prestancia. Aunque jamás descuidaba las buenas maneras, su donaire encubría unas púas que sorprendían a quienes celebraban su encanto.

De la mano de Irene, el niño de los Sanfiel aprendió a reconciliarse con un mundo de largos pasillos, espacios umbríos y días de soledad. Transcurridos los meses del tierno andar a gatas, Romo crecía bajo la apariencia de un niño sano, apocado y sobrado en cautelas. Como si la prudencia fuera su virtud más temprana, Romo tardó en hablar, dio largas al andar y antes de alzarse en pie, ya había aprendido a no caer de bruces. En poco tiempo su tez perdió la tonalidad oscura del nacimiento, se tornó rubicunda como la de los mozos criados al sol y cobró la textura suave que resulta de las caricias. El rostro impávido del niño apenas adquiría cierta expresividad en los momentos aciagos del llanto. Aunque su mirada, como la de San Bernardo, se iluminaba mientras tomaba el pecho de Ernestina, entre comidas su semblante no dejaba entrever emoción alguna. El pequeño siquiera mostraba asombro ante las muecas de Romualdo, cuando este se empeñaba en arrancarle una sonrisa. En compañía de Irene, sin embargo, Romo reía y se deshacía en manifestaciones de júbilo, como si el rostro de la joven fuera un escenario de marionetas. Cuando la muchacha se acercaba a la cuna, el crío se aferraba a los barrotes blancos y brincaba con regocijo, como un preso ante una visita esperada. Antes de descubrir su propia imagen en los espejos, Romo ya escudriñaba en la mirada azul de Irene. A menudo la chica lo alzaba en brazos, lo acercaba a su rostro y dejaba que el crío se asomara a sus ojos claros. Entonces Romo se quedaba alelado y sonreía, como quien descubre el cielo a través de unas ventanas risueñas.

Mientras Romo dormitaba entre penumbras de algodón, los hijos de las gemelas pasaban las horas gimoteando como cachorros. A primeras horas del día Tamora y Candela llegaban a la casa con los niños en brazos, los dejaban bien arropados en el trastero y regresaban a amamantarlos a media mañana. Cuauhtémoc y Cuauhpópoc crecieron despacio, resueltos de hechuras como su padre, y escurridos de nalgas como el viejo Úrculo, su abuelo materno. Romo en cambio creció parejo y lozano, con chapetas encendidas en las mejillas y una mancha de color cárdeno estampada en el pecho.

Durante unos años Romo acudió a un grupo escolar donde aprendió a leer y a escribir, a detestar la aritmética y a confundir la historia. Un día de invierno el niño cayó en un acceso de debilidad, le tomó el gusto a remolonear entre las sábanas y dejó de levantarse a primeras horas de la mañana. Mientras se desprendía de las hilachas del sueño se veía tan falto de bríos, que hasta el abrir los ojos se le antojaba como una tarea imposible. Cuando aún no había despertado del todo ya se quejaba de esto o de lo otro, se hartaba de buñuelos y preguntaba si podía dejar de ir a la escuela hasta el día siguiente. Aunque Irene le inculcó cierta inclinación hacia el saber que emana de la lectura, nadie le hizo ver al chico que a su edad le convenía ejercitar el buen juicio, no solo leyendo cuentos, sino abriendo ventanas a la luz del entendimiento.

Cuando aún conservaba la dentadura de leche, Romo ya disfrutaba de un vivir asilvestrado e indolente, al calor del tedio que a menudo adormece al hijo único. Los sentidos del chico apenas se aventuraban más allá de la presencia de Irene y del sabor vacío de los buñuelos de viento. Al muchacho le costó entender que cuanto más avanza la inquietud averiguadora en una mente a oscuras, más allá se establecen las lindes de la propia ignorancia.

—Me parece a mí que Romo no sirve para estudiar —se lamentó Irene—. Ayer le enseñé las figuras geométricas y hoy apenas distingue un círculo de una circunferencia.

—No temas —dije—. Eso les ocurre a los críos que se adelantan a su tiempo. Y tampoco debes preocuparte si alguna vez no te entiende. Si al chico le cuesta entender a una mujer desde muy temprano, más le ha de costar cuando se convierta en un hombre con fundamento.

—Usted échele guasa si quiere, pero si alguien no lo remedia, el día de mañana Romo va a ser un perfecto ignorante.

—Eso no debe preocuparnos, descuida. Si ignorante es aquel que lo ha olvidado todo, en mayor medida lo es quien nunca ha aprendido nada. Aunque a veces parece distraído, el niño observa con atención y quien al menos observa, algo aprende.

—Bueno, tal vez Romo ha observado que no le nace el aprender de mano ajena y prefiere instruirse por su cuenta… —sugirió la chica—. «Lo que no nace no crece», le he oído decir a usted misma.

—Aun cuando el discernimiento no aclare nada, siempre deja huella allí por donde pasa. Allí donde anida un pensamiento o una duda, la inquietud deja cierto rastro —opiné, como quien habla para sus adentros—. El pensar, como el buen café, siempre deja pozos en el fondo. El brillo de las ideas suele dejar eso lo que se ha venido a llamar «cultura», algo que al fin y al cabo no es más que cierta claridad de juicio.

–Pero a menudo las ideas encandilan, la persona se confunde y... –objetó Irene.

–Lo que a ti te parece confusión o encandile nace de tu propia inquietud –le respondí, por no dejar sus palabras en el aire–. El entendimiento se alimenta de cierta capacidad de observación, de reflexión, de búsqueda.

– ¿Entonces la ignorancia...?

–La ignorancia es como un estado de inanición en el que la inteligencia, a fuerza de no probar bocado, ha perdido el hasta el hambre. Mientras unas torpezas se resisten al aprendizaje, otras curiosean y lo absorben todo, como si el saber fuera líquido y la inteligencia una esponja.

– ¿Entonces la curiosidad es cosa de torpes y de gente hambrienta?

–La curiosidad es puro hambre de saber, chiquilla, es una boca abierta en la inteligencia por la que entra algo de luz y escapan muchas preguntas.

–¿Por eso los mentecatos...?

–Hasta el más necio busca la forma de alumbrarse en un camino a oscuras. Alguna luz se ha de encender en la cabeza del ignorante que, aun sin estudios, vive con ese afán averiguador que desmenuza todo lo que no entiende.

– ¿Formulando preguntas?

–Buscando respuestas.

...

En tanto Romo crecía, Irene ganaba en hermosura y, más que nada, en aplomo. Ya desde las primeras horas del día Ernestina descargaba en la muchacha sus obligaciones de madre, se desentendía de sí misma y menguaba, a resguardo de la mirada ausente de Romualdo. En pocos años, la señora de la casa, la que en otro tiempo fuera una joven de carnes bien puestas, se convirtió en una realidad incorpórea, en poco más que un mal recuerdo. Ernestina no comía, apenas hablaba y pasaba las horas enjugando lágrimas en soledad. Mientras pasaba las tardes asomada a las ventanas abiertas al poniente, sus mejillas se derrumbaban como laderas arrasadas por barrancos de pesadumbre. Al cabo de unos años mi hermana lucía la delicada languidez de las acacias, su tez palideció y al fin se volvió imperceptible como el aire desolado de su casa. Cuando aún vivía, la esbelta figura de Ernestina se volvió transparente, su voz se apagó y su andar apenas se oía en la espesa en la quietud de las estancias.

A menudo las comadres se hacían eco del penoso languidecer de Ernestina:

–Se ha quedado tan esmirriada la pobre, que no debería exponerse a las corrientes de aire.

– Y que lo digas. En un día ventoso, a poco que abriera unas ventanas podría salir volando.

– A lo peor no se da cuenta de su tremenda flacura y…

–Dicen que se mira en el espejo y se ve redonda como un abalorio.

–¡Vaya! A lo peor la pobre se ve tan gorda y sola, que aun sin probar bocado siente que come como un regimiento.

–¡ Vaya calamidad!

– ¡Tremenda desgracia!

…

Tras el nacimiento de Romo, Ernestina había dejado de recibir las visitas de Abdul. El vendedor ambulante no llamó a la puerta en enero, tampoco apareció en junio, ni siquiera en septiembre. En las comidillas de Tacande alguien dijo que el mercader se había embarcado por las rutas de la seda, rumbo a la India; otros hablaban de la amenaza de los monzones en extremo oriente; algunos suponían que el moro tardaría en regresar debido, no solo a los malos vientos que soplaban en el valle, sino a la inmensidad del océano. Aunque en sus dimes y diretes las comadres se perdían en las conjeturas más dispares, en los bochinches de copas los contertulios más timoratos coincidían en señalar los peligros a los que se exponía Abdul, mientras cargaba con su universo a la espalda.

Al cabo de unos días de confidencia en el palomar, Facundo Rocío se destapó a contar patrañas. Mientras bebía de gorra y brindaba por quienes le llenaba la copa, la voz incansable del ciego se hacía oír en los mentideros de Tacande. Entre trago y trago Facundo especulaba con la posibilidad de que el mercader hubiera perdido el norte en medio de algún desierto o en la espesura de alguna selva. « ¡A lo peor el moro desapareció tragado por arenas movedizas o devorado por fieras hambrientas!», decía ante las miradas expectantes de sus contertulios. Algunos bebedores convenían en que un maletón cargado de rarezas entrañaba cierto riesgo, no solo ante un posible mal paso en suelos traicioneros, sino también en el desafortunado caso de que su dueño se hubiera visto en la necesidad de salir corriendo. Otros más versados en geografías aventuraban que el mercader bien pudo haber desaparecido a resultas de algún naufragio frente al Cabo de Buena Esperanza o en aguas del estrecho de Magallanes. Aunque todo el mundo vertía su opinión en torno a la desaparición del mercader, a nadie se le ocurrió que Abdul pudiera haber naufragado en tierra firme debido a rasqueras de amorío, al prurito enconado de los celos o al resquemor que encorajina a quien sufre un ultraje en las fibras del orgullo.

Desde que Romualdo se asomó a sus sueños, Ernestina supo que a su marido no le faltaban ganas de arrancarle la sonrisa al moro. Aunque creía a su marido capaz de alzar la mano y tumbarle a cualquiera una hilera de dientes, a Ernestina le costaba ver en Romualdo al desalmado que aplasta al débil mediante manos mercenarias. Desde siempre el señor Sanfiel había compartido copas, secretos y favores con las autoridades de Tacande. Debido a tal circunstancia, las comadres escondían el rostro y asentían, cabizbajas, cuando alguien insinuaba que al vendedor ambulante podrían haberle salido dos hombres al paso, vaya usted a saber con qué oscuro propósito. Aun cuando casi nadie prestaba oídos a tales especulaciones, alguien debía saber que las intenciones más aviesas saben esconderse con la paciencia e intención de las rapaces nocturnas, hasta que encuentran la ocasión de cazar al ratón incauto, al amparo de las sombras.

Durante unos años de sequía el tiempo transcurrió en Tacande bajo la apariencia luminosa de un verano apacible. En la casa de los Sanfiel apenas se oían voces, no se percibía el peso de las miradas ni se escuchaban risas. Las Rosas llegaban a primeras horas de la mañana, recogían las habitaciones, se entregaban a sus cháchares y se marchaban al borde del mediodía. Los hijos de las mellizas rara vez paraban en casa de los Sanfiel. Cuando aún no habían cumplido once años, Cuauhtémoc y Cuauhpópoc pasaban las mañanas recorriendo las inmediaciones de la hacienda, se bañaban en estanques de aguas verdes y rastreaban los cantiles en busca de nidos de pardelas.

Una mañana de agosto los chicos de las Rosas regresaron sucios, pálidos y sudorosos, como labriegos que acabaran de arar un cementerio. Al cabo de un rato de averiguaciones y evasivas, Cuauhtémoc dejó entrever que Cuauhpópoc había descubierto una cueva oculta al borde del acantilado. El hallazgo de los muchachos no resultaba extraño, en tanto que en el valle siempre se había oído hablar de intrincadas grutas cubiertas de zarzas, bajo viejas coladas de lava. Cuentan los ancianos del lugar que unas cabras del padre de Facundo desaparecieron un día en una sima abierta al borde del cantil, para aparecer al cabo de una semana, magulladas y mochas, al pie de una ribacera. Aquella mañana también las gemelas consideraron la posibilidad de que sus hijos hubieran pisado los restos de algún animal despeñado, como mejor modo de entender por qué los chicos desprendían aquel olor a podredumbre. Sin embargo, las Rosas olvidaron aquella conjetura tan pronto como descubrieron que sus hijos escondían, cuanto menos, algunos temores. A poco que las gemelas alzaron las voces e indagaron a mano abierta, enseguida salieron a relucir unos dientes de oro sucio, un cuchillo herrumbrento y unas piedras de colores.

Con voces temerosas los chicos hablaron de una calavera risueña que habían hallado, según decían, enterrada junto a un montón de huesos sin dueño. Las Rosas debían de haber oído cuentos de desaparecidos en grutas extrañas, pues cuando los críos parecían dispuestos a desmenuzar los pormenores de su aventura, ellas les taparon las bocas, los abroncaron con las voces contenidas y se los llevaron a empujones, en tanto les advertían que las lenguas se les iban a caer a cachos, si contaban lo que creían haber visto, cuando a buen seguro solo habrían soñado con todo aquello o si acaso debían de haberlo imaginado.

Un día les pregunté a las Rosas por el hallazgo de los *Popocos*, aun a sabiendas de que las mellizas sabían cuando debían callar. Como única respuesta, las mujeres se miraron, negaron con leves movimientos de cabeza y se encogieron de hombros. Picada por cierta curiosidad, trabé la hebra con los criollos, les hablé de tesoros escondidos y les ofrecí unas golosinas, por ver si les sonsacaba algún detalle. Al cabo de un rato de preguntas y evasivas, al fin resultó que nadie había encontrado un baúl vacío junto a una calavera sin dientes, en un cueva escondida al pie del cantil.

Aquel extraño suceso me trajo a la memoria un comentario aireado y tapado tiempo atrás, en los mentideros de Tacande. Aseguraban las comadres que una noche de carnaval habían visto al joven *Culoprieto* de confidencia a escondidas con Fidelio, al borde del camino. También en una madrugada de invierno me había parecido oír cierto rumor de voces ante la casa de Fidelio Calandre. Más extrañada que picada por la curiosidad, aquella noche me cubrí con un chal y me asomé a la ventana. Úrculo y el arriero caminaban despacio ante la mula, bajo la noche clara. La bestia llevaba albarda con una carga abultada en un costado y un fardo alargado en el otro. Desde hacía tiempo nadie había visto al moro Abdul en su ir y venir por los senderos del valle con su maleta al hombro; nadie había oído su voz llamando de puerta en puerta, en las haciendas adineradas de Tacande.

Al cabo de un incesante chismorreo las comadres aún especulaban e inventaban historias increíbles en torno al paradero del mercader y su posible zozobra en tierras extrañas. Aunque en los tugurios de copas algunos hablaron de la oscura desaparición de Abdulá Ibn Jaldún, solo Ernestina echaba de menos su sonrisa adornada en oro y su voz amable.

En las tardes de invierno la frágil figura de Ernestina se disipaba en la inmensidad del salón, mientras la presencia de Romualdo se volvía tensa y ruidosa, como la de un animal en cautiverio. A poco que amainaban sus males de zorrocloco, el hombre salía para las fincas con la fresca del alba, regresaba sudoroso al mediodía y almorzaba solo, más por costumbre que por hambre.

Al caer la tarde Romualdo se acicalaba, vestía ropa limpia e iba a parar a un barecito bullanguero, donde se disolvía entre partidas de dominó, voces destempladas y vapores de aguardiente. Ya bien entrada la noche el hombre se atusaba la cabellera, se ajustaba los pantalones a la cintura e iba a buscar calor en alguna cama blanda. Si hoy se encamaba con una joven modosa porque deseaba ser mimado con primor, mañana se revolcaba con una mujer madura, por ver si las sabias mañas de la experiencia despertaban en él pasadas reciedumbres.

Mientras Romualdo se engañaba creyendo que aún era el que había sido, su esposa desgranaba las horas muertas en olor de santidad. Cuando el niño se lo permitía, Ernestina se sentaba ante la luna de la cómoda, se cepillaba el cabello y evocaba los momentos felices de antaño.

En sus buenos tiempos Ernestina no rezaba ni se adentraba en la profundidad de los espejos. Lejos quedaba aquel tiempo de noches despejadas en que su marido se quedaba en casa, se ponía tunante y la seducía con entusiasmo de sacristán. Cuando aún se desvivía por ella Romualdo se rodeaba de suficiencia, la desnudaba y le hacía perder el tino entre repiques de campanas. Con el paso del tiempo, sin embargo, la pasión se apaga, las carnes se vuelven indolentes y el alma se adormece en el cálido rincón de los ensueños. Al cabo de unos meses, el fervor se convierte en rutina, el campanario enmudece y las veladas caen en el frío desencuentro que anuncia el tedio. Cuando entre Romualdo y Ernestina aún no había surgido el hastío, a menudo la fatiga se convertía en excusa, sus espaldas se miraban de lejos y la almohada, antes festiva, se tornaba en un paño de lágrimas.

Mientras Romualdo se engañaba en camas ajenas, Ernestina convertía la propia en un santuario. La mujer invocaba a los santos de la Gloria, no tanto por devoción como por mantener sus espacios a resguardo de una inmensa soledad. En las cálidas noches de agosto San Amando se mostraba remolón y acudía tarde, quizá aburrido de tanto arder en la misma mirada. Sin embargo, a Ernestina no le faltaban invitados en sus momentos de ensueño. San Buenaventura y San Pascual Bailón respondían con presteza a sus invocaciones, entraban a la alcoba sin llamar y se presentaban ante su mirada triste con aires de verbena. Uno tocaba el caramillo y el otro danzaba, mientras ella se alzaba más allá de sí misma y se acariciaba el cuello. Un gozo incierto le nublaba los sentidos y el alma se le fundía al borde del desmayo. Durante un rato Ernestina caía en un dulce embeleso, en ese estado de tibia lasitud que afloja las carnes al paso de unas fiebres. Entonces se desentendía de músicas y danzas, se tendía desnuda en el diván y se abandonaba a la ensoñación, no tanto por procurarse un plácido descanso como por conjurar el desánimo. En los atardeceres apacibles de septiembre, cuando veía salir a su marido, a Ernestina se le figuraban tormentas momentáneas que le aliviaban la pena y la hacían sonreír, no de mero bienestar sino de complicidad con su propio infortunio.

En las postrimerías de la vida Ernestina ya no se conformaba con la imagen muda que le devolvían los espejos. Sentada ante la luna de la cómoda, la mujer se cepilla el cabello, se miraba sin ver y hablaba para sus adentros:

«Debe de ser cosa de familia esto de calentarse la boca en solitario, Ernestina Sanfiel, o más bien Ernestina Luzardo. Aunque…, ¡qué más da el nombre, cuando has perdido al hombre! Porque, bien mirado… ¡habría que ver si en verdad has perdido a alguien! Al fin y al cabo, ese putero de mala sombra que pasa por tu marido, nunca ha sido tuyo, ni suyo, ni de nadie. Creía el muy ingenuo le habías pertenecido siempre, hasta que vio cómo disfrutabas en sus peores pesadillas. ¡Cuánto tardó el muy cabrón, en darse cuenta de que era tu prisionero y no tu dueño! Desde que se asomó a tus sueños iluminados, ya ni te mira, ni te ve, ni se asoma a tu mirada. Tampoco te pone la mano encima, no señora, se podría quemar los dedos a poco que te rozara las ingles. Romualdo tiene los dedos fríos como los de un muerto en invierno. Y a cuento de muertos, Ernestina…, antes de perder la cabeza como San Cucufate, deberías encomendarte a Santa Filomena, patrona de las viudas jóvenes. Aunque no deberías hacerte ilusiones, amiga mía. No es tu marido quien se halla al borde de la tumba, sino esa mujer… esa desgraciada que te observa con mirada ojerosa desde el fondo del espejo», se diría Ernestina antes de rendirse al sueño.

En un atardecer ventoso de marzo, cuando las naranjeras florecían con desgana, Ernestina sufrió un ataque de melancolía que la mantuvo postrada en cama durante dos días y tres noches. En su cabeza reinaba una confusión de estampida: veía luces en la oscuridad, escuchaba voces inciertas y sentía que flotaba en espumas de aguas bravas.

En una mañana radiante de marzo, al abrir una gaveta del aparador, Ernestina vio cómo de ella escapaba una bandada de pájaros negros con el pico y las patas teñidas de rojo. Aunque no le extrañaba que sus grajas de porcelana salieran volando, por momentos temía que aquellas no fueran aves de cielo manso sino cuervos manchados de sangre.

Cuando los días amanecían bajo alguna ventolera, Ernestina escuchaba carcajadas de bruja tras las cortinas y veía los pasillos cubiertos de plumas negras. Un día a media mañana mi hermana claveteó las gavetas del aparador y atrancó las ventanas de la planta baja. Desde entonces no volvió a abrir cajón de mueble alguno ni a descorrer las cortinas, no por temor a las aves cautivas, sino por miedo a que su aparador les diera cobijo a las bandadas de grajas que alborotaban los cielos de Tacande.

Si ya al borde del mediodía se aventuraba más allá de la alcoba, Ernestina al fin siempre hallaba refugio en un lugar enmarañado de las huertas o en un rincón umbrío de la alcoba. A mediados de abril, mientras el jardín se manifestaba con toda su soberbia, Ernestina languidecía como una begonia sin agua.

Al fin de su vida breve la mujer se entregó al cuidado de su hijo con cálida ternura de abuela. Durante horas el crío abría su precario entendimiento a las palabras de la madre, escuchaba sus delirios y callaba, porque aún no tenía edad para entender ni para preguntar siquiera. Aquellas veladas apenas le duraron al pequeño Romo lo que tardaban en llegar los aguaceros del otoño. Cuando el verano aún no había amarilleado el verde de las lomas, las naranjeras se secaron, los pájaros enmudecieron y Ernestina se apagó como una llama sin aire.

En una tarde desapacible de enero Ernestina se volvió evanescente como un espejismo. A primeras horas del día siguiente mi hermana falleció igual que había vivido en los últimos años: en ayunas y envuelta en el silencio bullanguero de una inmensa soledad. Al cabo de un día de pésames y condolencias, hasta los espejos de los rincones umbríos la recordaron con el rostro de sus mejores tiempos.

En la monotonía del velorio, las comadres departían y sonreían sin disimulo, como si aquel encuentro respondiera al mero afán de reunir a un montón de gente ociosa en torno a un ataúd ocupado. Caía la tarde cuando sacaron a Ernestina a hombros, camino del cementerio. Mientras la enterraban con fasto y rosas negras, unos pocos ya echábamos de menos aquella presencia suya a la vez tan cercana y tan ajena, tan encerrada en su mundo.

Si a los muertos aún les duele algo, a Ernestina debió de dolerle en el alma que ni siquiera la tuvieran en cuenta en el día de su entierro. Si a los difuntos aún se les encendiera alguna luz en la memoria, a Ernestina debió de quemarle que en su funeral tanta gente hablara de ella con lástima y no con dolor, como si lo más doloroso de la muerte fuera el momento de la despedida y no la pena del olvido.

Cuando en aquella tarde los vivos abandonaban el cementerio, el cielo se manifestó sobre Tacande con una intensa tronera y una salva de relámpagos. Hasta los que se guarecían bajo sus paraguas se dieron a la fuga, ahuyentados por un repentino desplome de las nubes negras. Por momentos las brumas se cernían sobre el valle, como si el cielo atormentado no pudiera cargar con el peso de todas las almas.

Mientras la gente corría a guarecerse bajo la lluvia, Romualdo permanecía junto a la tumba de su esposa, ajeno al fuerte palo de agua. Si desde el otro lado de la vida Ernestina hubiera podido reír, quizá habría estallado en carcajadas al ver a su viudo, pañuelo en mano sobre la nariz enrojecida, chorreando impávido junto a las flores de su tumba.

Aquella tarde las comadres acabarían criando ranas en las orejas, de tanto murmurar sin disimulo bajo el lejano fragor de la tormenta. Como si quisieran aprovechar el incesante lagrimeo del tiempo, las vecinas chismorreaban a destajo sin necesidad de humedecerse la lengua:

— ¡Vaya cachaza la de Romualdo! Debe de estar tan afectado por la desgracia, que… ¡hay que ver cómo aguanta el chaparrón!

— Con lo melindroso que es el señor, mal lo ha de pasar el hombre, cuando en vida de su mujer ni siquiera asomaba la nariz bajo el sereno de la tarde.

— A mí que no me digan que ese hombre se ahoga en un mar de lágrimas.   De los ojos le mana agua pura de nube, porque lo que son lágrimas de verdad…   de esas no derrama ni una.

—¿Cómo se iba a ensopar ahora por la esposa muerta, cuando nunca se mojó ni por retozar en brazos de Angelita Rocío?

…

De haber escuchado aquella conversación, Ernestina habría confesado que, en efecto, por ella su marido no se exponía ni a una llovizna, que si se mojaba en su entierro no era por amor ni por guardar las apariencias, como Dios manda. Romualdo se calaba hasta los huesos, no solo porque le pesaba el recuerdo de otras lluvias, sino porque le atormentaba cierta desazón y porque le faltaba la compunción que redime al alma de toda pena. Quizá esquivaba la culpa de haber ignorado a su esposa en vida, acaso se sentía miserable porque la ignoraba hasta el punto de permanecer ajeno a su propia indiferencia. « Cuando no tengas a nadie a quien dejar de lado, quizá entonces me vas a echar de menos», le había dicho Ernestina hacía tiempo. Y se lo dijo con una sonrisa amarga, como si mientras se lo figuraba a él de luto, ya vislumbrara su condición de muerta en ciernes. Romualdo se rebelaba contra su aprensión, no por sacar arrestos ante nadie, sino por expurgar cierto resquemor apenas olvidado. El señor Sanfiel no se habría expuesto al temporal con aquella entereza, si hubiera imaginado a su difunta esposa celebrando una fiesta de despedida bajo el lodo. Quizá en aquella circunstancia a Ernestina se alegraría el alma si, desde algún lugar incierto viera al hombre de su vida ensopado bajo la lluvia, cenceño y abatido como un junco.

Tras la muerte de Ernestina el sufrimiento apenas asomó a la mirada inocente de Romo. Aunque le sobraba desconcierto para alumbrar manantiales de llanto, el crío escondía el desconsuelo y apenas dejaba escapar alguna lágrima. Sin embargo, en poco tiempo el pequeño se acostumbró a jugar solo, se reconcilió con sus contrariedades y recuperó su llorar desganado de siempre.

Cada mañana, mientras Irene se ocupaba de la casa, yo me entregaba a los cuidados del niño: le preparaba comidas de su gusto, lo bañaba con agua tibia al caer la tarde y le enseñaba modales que él no acertaba a entender. Cuando se quedaba solo, Romo se encogía sobre sí mismo, se refugiaba en un rincón de la cuna y no se movía hasta que oía a Irene, entregada a sus trajines en la proximidad. Ella sabía cómo rescatar al crío de su propensión al embeleso. « ¿Cómo está mi amorcito?», le decía a menudo con voz cantarina de niña. Si al cabo de unos silencios lo veía envuelto en aires sombríos, entonces lo hacía reír, le contaba cuentos descabellados y lo dejaba dormido en un lecho de hojas tiernas. En poco tiempo Irene Guzmán se convirtió en el centro en torno al cual gravitaban los anhelos del pequeño. Desde que aprendió a gatear, Romo creció movido por un ardoroso afán: trepar pantorrillas arriba y escalar los blancos muslos de Irene.

Cuando el crío apenas se mantenía en pie, Irene era una joven distraída, de piernas magras y mirada de cielo en calma. La muchacha vivía instalada en una existencia donde la inmediatez arrasaba cualquier idea de un mañana incierto. Para ella la expectativa del día siguiente solo respondía a la mera posibilidad de repetir las vivencias del día anterior, con la misma inquietud, parecida curiosidad y nuevas incongruencias. La rutina diaria marcaba el ritmo de su tiempo, sin más novedad que la ilusión engendrada en su cavilar fantasioso, mientras leía en las horas de tedio. Desde la mañana hasta pasado el mediodía, los anhelos de Irene apenas cobraban naturaleza de idea pasajera. Al atardecer la chica se recogía en su habitación, le escribía cartas a su hermano aventurero y releía tongas de libros, en busca de sentimientos pasados por alto, intenciones veladas y emociones escondidas. Aunque nunca tuvo cabida en ningún afán ajeno, Irene siempre ocupó un lugar primordial en la vida de Romo. Aun cuando su madre le dedicaba más atenciones que nadie, aún antes de la muerte de Ernestina, aquella muchacha de mirada azul ya habitaba en sus sueños y en sus querencias más profundas.

Durante unos meses el pequeño de los Sanfiel aprendió a caminar, a la sombra de Irene Guzmán. Mientras ella se ocupaba de la casa, Romo la perseguía por los pasillos, la escalaba piernas arriba y la seguía por toda la casa, como una rémora inevitable. Dieciséis años tardó Romo en escalar los delicados muslos de Irene.

Mientras ella contaba algunas gracias y rarezas del niño, un día agarré a Irene por la mirada y le dije:

–El chinijo te tiene los contornos bien tomados. Si de mayor fuera escultor, te podría esculpir en mármol.

–Y si lo nombraran obispo, a lo mejor le imponía a usted un voto de... –insinuó Irene, mientras escondía cierta sonrisa pícara.

– ¿Un voto de qué?

–De silencio, y perdone la broma. Las monjitas del Císter no andan todo el santo día con lindezas como las suyas. Sus votos las obligan a callar.

Aunque siempre se mostraba juiciosa, a menudo Irene me abrumaba con alegatos más parecidos a meras ocurrencias de niña que al discernimiento que cabe esperar de una mujer inteligente. Cuando yo aun no había respondido a un comentario suyo o intentaba adivinar su intención, ella ya iba dos metros por delante, me llevaba la contraria y opinaba sin fundamento. Con el paso del tiempo, sin embargo, a la chica no solo se le ensanchaban las caderas, también se le abría el sentido al paso de algunas inquietudes, unas elucidaciones que a una muchacha ingenua le resultaba difícil entender.

En unos años Irene aprendió a reír de las cosas que antes la hacían pensar, a cultivar el pensamiento somero y a dudar de la conveniencia de formular preguntas de difícil respuesta. En las jornadas breves y sombrías del invierno, las horas de la tarde apenas le alcanzaban a Irene para repasar unas páginas salpicadas de infortunio, no por falta de luz, sino porque ni aun adelantando en las faenas domésticas, apenas disponía de tiempo para colmar su ansia de leer.

A la hora en que Romo debía irse a dormir, Irene se hacía cargo de él, lo llevaba de la mano hasta su cuarto y lo agotaba con monerías hasta que lo dejaba rendido, en disposición de abandonarse al sueño. Antes de dejarlo arropado entre las sábanas, Irene le contaba a Romo cuentos inventados que ni ella misma acertaba a entender. Sin embargo, el pequeño parecía ajeno al significado de sus palabras. Mientras ella recreaba con voces jocosas los avatares de la lectura, el niño se quedaba arrobado al paso de sus figuraciones, el horizonte del poniente se teñía de naranja y los afanes del día se rendían a la oscuridad del ocaso.

Cuando aún no había cumplido trece años a Romo le cambió la voz, dejó de fijarse en los ojos de Irene y empezó a mirarle los pechos como si fueran golosinas. Mientras el chico dejaba atrás la inocencia de los años tiernos, Irene se convertía en una mujer de carnes prietas, olor a lavanda y andar sosegado de gata mansa. A menudo Irene se mostraba calmosa ante cualquier apremio, se interesaba por detalles insignificantes y se rodeaba de fría parsimonia, no por dar la impresión de aplomo, sino por ver de corregir cierta inclinación de su entorno a girar movido por alguna prisa, cuando no arrastrado por alguna intemperancia. Aunque de sus inquietudes se desprendían candores de niña chica, a menudo sus respuestas dejaban entrever resabios escondidos y asomos de contrariedad. A poco que le dolieran unas palabras de reprimenda, la joven se plegaba sobre sí misma y se rodeaba de ausencia, como un ave empapada bajo una tormenta.

A los catorce años, cuando Irene ya rondaba la treintena, Romo se había convertido en esclavo de un hastío, cuyo vacío lo empujaba hacia una continua búsqueda de quién sabe qué. Tras el legañoso despertar de las mañanas de invierno el muchacho se entregaba a un remoloneo indolente, no por el mero gusto de rendirse al sopor, sino porque según decía Irene, «A Romo se le amontonaban las horas muertas». Al borde del mediodía el chico vagaba por las lonjas, revolvía en arcones polvorientos y buscaba chafallos viejos, a falta de mejor entretenimiento que observar rengleras de hormigas en soledad.

Tras un deambular ocioso en una mañana de agosto, Romo regresó a la casa con una pareja de pichones que le había regalado Facundo Rocío. El cabrero se sentía agradecido con el chico, porque al parecer le había prestado auxilio tras una caída y lo había ayudado a sortear una barranquera de mal andar. Según decían las comadres, además de aquella afición por la crianza de palomas, al ciego se le conocían tres debilidades confesables, dos penas y una penosa obcecación.

Desde que perdió la vista Facundo pasaba las horas hablando con las mensajeras o entregado a festejos carnales con Sinforosa Gómez, afanes ambos que, aunque le aliviaban los ardores del bajo vientre, no le endulzaban la boca ni lo libraban de cierto resquemor. A decir de las vecinas, el cabrero no era invidente de verdad ni putero de condición. «El *Cotorra* anda enredado con la *Guagua* y simula que no ve, porque hasta el ciego más recatado se desvive por un manoseo», decían las comadres, tras dar a entender que Facundo fingía aquella ceguera para conmover a las damas caritativas ante la puerta de la iglesia. Sin embargo, el pastor aseguraba que vivía a oscuras y de oído, como los murciélagos, por culpa de Juan *Cachimba*. «Si acaso..., apenas vislumbro tejados y azoteas mientras me imagino que vuelo bajo las plumas de los palomos», decía Facundo cuando alguna vecina suspicaz cuestionaba su discapacidad. Al salir de misa, algunas beatas le negaban la caridad al cabrero, porque, según decían, aquel hombre no veía a través de las palomas, sino con los mismos ojos que habían visto de cerca la mirada iracunda del caporal. Algunas viejas maliciosas miraban a Facundo con recelo y se apartaban a su paso, convencidas de que el hombre se movía a tientas, no solo para inspirar lástima, sino para toquetear a las mujeres confiadas.

Ilusionado con la novelería de los pichones, un día Romo se procuró unas tablas, alambre y tela metálica, subió a la azotea y construyó un palomar. Desde aquel día el chico perdió el interés por las hormigas exploradoras y se entregó al cuidado de las mensajeras. Cuando soltaba las palomas Romo se alzaba sobre sí mismo, abría los brazos y seguía sus vuelos con mirada anhelante de buchón enfermo. Al mediodía el muchacho buscaba a Irene y le describía los tejados poblados de bejeques, los remiendos de la ropa tendida en las casas de los pobres y las techumbres desvencijadas de Lomo Tacande. Cuando encontraba a Irene volcada en sus trajines, Romo le hablaba de palomos viudos, pichones solteros y arrullos galantes, como si a ella le interesaran los vuelos de las mensajeras y la crónica social del palomar.

Sin apartar de la cabeza lo que tenía entre manos, Irene le prestaba oído a Romo, lo escuchaba a distancia y al fin, cuando su voz ya ronca de adolescente le ardía en las orejas, lo dejaba con la palabra en los labios. «El deber manda, mi niño. A ti se te mueren las horas porque te aburres, pero una no tiene tiempo para cuentos palomeros», le dijo un día. Y se lo dijo con cierto sentido de culpa, porque antes le había dejado claro que entre sus cometidos no figuraba el entretener a un mayato ocioso que pasaba media mañana amodorrado y la otra media bobeando con fantasías de palomar. «Pasas las horas durmiendo de buena mañana, cuando hasta el sol anda ocupado en disipar el frío de las horas tempranas», le espetó mientras descorría las cortinas. Pese a las rociadas de Irene, el muchacho se levantaba sin otro afán que empujar el tiempo hacia las horas del atardecer. Mientras Irene andaba ocupada en sus labores, a Romo los minutos le rendían, como si las horas pasaran días enteros entretenidas en la penumbra del salón. En presencia de Irene, sin embargo, los minutos le parecían segundos y su tiempo desaparecía sin ruido, atrapado entre las agujas del reloj.

A las tres menos diez el carillón hacía sonar las tres. En aquella casa, la intrincada maquinaria giratoria no solo señalaba momentos equivocados, también falseaba los instantes campaneros en que las horas se hacían notar. Las manecillas del reloj se dejaban adelantar por las campanadas presurosas, y a la vez se anticipaban al tiempo convencional que debían marcar. En sus momentos de soledad Romo sentía cierto apego por aquel tareco polvoriento, cuya sonería arrancaba ecos de júbilo en el fondo de las estancias. La aguja del minutero parecía empeñada en engañar a los momentos inasibles que no saben de tiempo ni destiempo, de mentira ni de verdad. Como al viejo reloj de carillón, a Romo le sobraban las horas vacías y le faltaba alguna querencia de verdad. En el oído distraído del muchacho solo las campanadas de las tres sonaban con cierta alegría sobre el primer silencio de la tarde.

Tras la tercera campanada la casa de los Sanfiel quedaba sumida en un cálido sopor, sin ruido de pensamientos ni trasfondo de voces. Una vez recogida la cocina Irene subía a su cuarto, se descalzaba y se tumbaba ante la ventana abierta. A menudo Romo seguía sus pasos de cerca, le contaba naderías y se mostraba juguetón como un cachorro. En tanto ella se entregaba a sus rutinas, el chico la miraba con ojos pedigüeños y le hablaba por hablar. Aunque apenas le prestaba atención, ella lo escuchaba de lejos, se rodeaba de nubes momentáneas y le sonreía sin saber por qué. Mientras Irene se abismaba en sus lecturas, el chico la contemplaba con mirada inocente, como quien se asoma con deleite a un paisaje inexplorado.

Cuando mi hermana aún vivía, la primavera asomaba al jardín de los Sanfiel con alboroto de pájaros y fragancias nuevas. Pese a la engañosa quietud de los pasillos, a principios de marzo el ambiente de la casa rezumada cierto bullir de naturaleza desatada. Romualdo alzaba la voz a poco que no hallara lo que buscaba o sufriera alguna contrariedad; Ernestina se mostraba más aleganchina y quejumbrosa que de costumbre, dejaba sus bordados a medias y andaba con el cuerpo insurrecto de una madurez destemplada; Irene se movía de un lado a otro sin rumbo ni propósito, con la anhelante premura de quien teme llegar tarde a un encuentro.

Desde buena mañana Romo ya buscaba las brisas que se arremolinaban en torno a Irene, como si en toda la casa no hubiera más aire que el que posaba sobre sus labios inquietos. Dicharachera y rumbosa hasta en los momentos de solaz, la joven se dejaba robar la atmósfera cercana y atraía a Romo con la ingenua naturalidad de la mujer que aún no siente que ha dejado de ser una niña.

A sus veintitantos años Irene apenas había tenido trato con hombres. Si alguna vez un jornalero ocioso o un paseante desinhibido se le insinuaban con galanteos, ella los dejaba hablar, los escuchaba y los interrogaba con abierto desparpajo. No hubo pretendiente suyo que al cabo de un par de encuentros con ella no saliera abrumado por andanadas indagadoras acerca del sentido oculto de un requiebro o la intención solapada entre una sonrisa y un halago.

A menudo Irene se convertía en pasto de los comentarios malintencionados de las gemelas. Cuando creían que nadie las escuchaba, las Rosas desataban sus tirrias y despellejaban a Irene:

– Esa mujer huye de los hombres como el agua de los gatos.

– «Como los gatos del agua», querrás decir.

– Qué más da. Solo digo que no hay macho que se le arrime a esa mujer. Cuando algún galán atrevido le tira los tejos, ella lo marea a preguntas y lo confunde con majaderías, hasta que el otro sale a escape hurgándose las orejas, como un gato encerrado en una jaula de grillos.

– Locos de la cabeza salen todos los que la conocen, si es que antes no han acabado sordos.

...

Pese a su poca gracia en el trato con los hombres, Irene mantenía cierta complicidad con Romo, le hallaba acomodo a sus inquietudes y sufría con él los rigores de la casa vacía. Al cabo de unos años, cuando el muchacho ya presumía de pelillos aventureros, Irene aún le hablaba en tono zalamero y lo manoseaba con llaneza, como si las nervaduras del muchacho permanecieran imberbes de por vida. Cuando se abismaba en sus lecturas la joven se rodeaba de distancia, se arrellanaba en la comodidad del asiento y atirantaba los silencios hasta ese extremo donde resulta imposible mantener la mirada. Mientras ella parecía ausente Romo la contemplaba a placer, la invadía con atisbadura de vigía y la desnudaba sin reparo desde las rodillas hasta los ojos. Si alguna vez percibía el leve roce de un pensamiento obsceno, Irene miraba a Romo con azul de recriminar más que de ver, no tanto de desacuerdo como de cierto recelo. Cuando el silencio entre ambos se volvía espeso, el chico desgranaba comentarios ociosos o balbucía algunas frases vanas, con el torpe propósito de arrancarle unas palabras a Irene. Y no es que ansiara escuchar su voz cálida y cercana, tampoco le cautivaran sus ocurrencias, más bien trataba de mantenerla distraída mientras él deslizaba la mirada bajo la blusa desabotonada y se figuraba la turgente redondez de sus pechos.

Con la canícula se avivó el tedio, con el aburrimiento se multiplicaron las horas y al paso del tiempo muerto, las tardes del verano se volvían interminables. Irene y Romo pasaban largas veladas en el salón de los pasos perdidos, tumbados un rincón donde solo el aire encerrado, los libros y los asientos obedecían a un fin razonable. En aquel espacio los dos pasaban horas enteras entregados al único propósito de distraer el tedio. Durante horas enteras, Irene se mantenía entretenida entre páginas polvorientas en las que redescubría historias cuyos vericuetos narrativos habían escapado a su atención en alguna lectura ya olvidada. Mientras Irene permanecía enfrascada en sus lecturas, Romo acortaba distancias y se acercaba a ella en busca del suave tacto de sus manos, de su rostro, de su cabello manso. Y al cabo de un rato, tras algún comentario ocioso de él o una respuesta impertinente de ella, ambos acababan sentados uno junto al otro, como si compartieran el mismo afán inconfesable de acortar cualquier espacio interpuesto entre sus soledades. Al más leve contacto, Romo contenía la respiración y permanecía inmóvil, piel con piel, como si un leve movimiento suyo pudiera romper el frágil hechizo que se desprendía de la momentánea quietud. Y si al virar la cara tropezaba con la mirada inquisitiva de Irene, entonces se sentía a merced de un mar embravecido, se zambullía ante un rompiente de aguas bravas y se dejaba arrastrar mar adentro.

Una tarde de moscas estivales, Irene y Romo resolvían un crucigrama:

– A ver… «altar» –dijo él.

–«Ara» –apuntó Irene.

– ¿«Ave palmípeda de pico agudo, alas cortas y un penacho de plumas detrás de cada ojo»?

–«Pato», aunque… los patos de este mundo no tienen el pico afilado ni son dados a esos emplumes. ¿Cuántas letras…?

–Nueve letras y empieza con «*s*».

– Tal vez… ¿«somormujo»?

–Esa encaja. A ver, otra: ¿Dios de los egipcios?

–«Ra».

– ¿ «Hogar»?

Los dos se miraron a los ojos sin pensar. No dijeron «lar» pero atraparon el instante al vuelo, como si vieran pasar un ángel sobre sus cabezas. Durante un rato se acariciaron las manos, respiraron el aire desgastado que languidecía entre ellos y se enajenaron del calor de la tarde. Por un momento, el muchacho quiso liberar cierto apremio, pero se le atropelló la voz y se quedó sin aliento.

– ¿Qué pasa, Romo? –preguntó Irene con gesto socarrón–. ¿Te estás enralando, eh?

Romo esbozó una sonrisa y escondió la mirada.

–Respira hondo a ver si se te pasa el sofoco, anda –insistió ella, risueña.

El chico tragó en seco y no despegó los labios. Se sentía dominado por un ansia que le impedía hablar y aun pensar con sensatez. Un súbito rubor le encendía el rostro.

–Acércate, anda. No debes sentir vergüenza –lo animó ella con los brazos abiertos.

Los sentidos de Romo se desataron como una ventolera, las chapetas de sus mejillas se apagaron y sus manos se abalanzaron sobre la intacta madurez de Irene. Ella cerró los ojos, se humedeció los labios y se abandonó a las caricias.

En su primer acercamiento a Irene, el muchacho se desenvolvía con el brío alocado de un pirata no iniciado en abordajes. Bajo la avalancha de manos la mujer sentía, más que placer, el alivio del quemado que se deja curar, primero con temor, después con el bienestar que proporciona el agua fresca. Aquella sensación no duró más que lo que dura un suspiro. Al instante el fervor del chico se apagó, su arrebato se tornó en timidez y la turbación se convirtió en vergüenza.

– Esto no está bien, Romo –dijo Irene, seria–. Hay sueños que más valdría no echar a volar.

–Los sueños, como las palomas, vuelan solos y siguen sus propios rumbos   –respondió Romo.

– ¿Qué quieres decir?

–Que las cosas son como son.

– ¿Y…?

–Que después de tanto tiempo llevándonos por lo que debe ser, bien podríamos dejarnos llevar por… –farfulló el muchacho, vacilante.

– ¿Por…? –preguntó ella con gesto de apremio.

–Por lo que es –musito Romo, cabizbajo.

– Eres adorable, mi niño –dijo la mujer con ternura–. Puedes quererme un poco, pero sin arrebato…, como quien no quiere la cosa, ya sabes.

–Pídeme que encierre las palomas, Irene –respondió Romo, cabizbajo–, pero no me pidas que les corte las alas.

– ¿A las mensajeras?

–A los sueños.

Las palabras del muchacho quedaron suspendidas en el aire. A Irene le gustaba reír con él, confundirlo con incoherencias y hacerlo pensar, pero jamás caía en la tentación de la frase aleccionadora o el juicio de valor. Aunque le había contado historias de desamor y cuentos increíbles, nunca le habló de la frustración que acarrea el deseo insatisfecho o el inevitable desplome de las fantasías aladas.

–Un día de estos subimos tú y yo a la azotea, cerramos los ojos y echamos a volar una bandada de ilusiones –dijo Irene, embelesada.

Firme en su contención y débil en su voluntad de frenar la pasión de Romo, Irene sonreía con el sesgo cómplice de la mujer que no sabe como complacer a un niño mientras le niega una golosina.

Los días de verano se sucedían abrasados por un solajero inclemente;   las tardes transcurrían para Irene y Romo sin otro pasatiempo que las efusiones de un amor escondido a flor de labios. Cualquier separación que fuera más allá de donde alcanzaban sus manos, les resultaba tan penosa a ambos como las privaciones de un destierro. Mientras pasaban las horas juntos, entre los dos se establecía un vínculo de mutua necesidad, cuya raíz ahondaba en las simas de cierto sentido del pecado. «Esto no está bien», repetía Irene cuando Romo se desmandaba sobre ella sin recato alguno. Entonces él recuperaba la compostura y se conducía con discreta reserva, una cautela que hallaba acomodo entre cierto sentido de culpa y una fogosidad contenida.

En ausencia de Romualdo, la casa recuperaba sus silencios cuando las Rosas acababan sus faenas y se alejaban, al borde del mediodía. Al atardecer las paredes de la casa destilaban ecos de soledad. Entonces, ajenos a cualquier miramiento, Irene y Romo se buscaban, se rozaban en los espacios abiertos y se apretujaban en los pasillos, más por abandonarse a unas caricias que por mera estrechez o necesidad. El mundo empezaba a girar para Romo al caer la tarde, cuando sus manos desatadas se posaban sobre los muslos de Irene. Ella, en cambio, rara vez se entregaba a ningún juego amoroso sin poner algún reparo.

Si en un momento de calentura Romo se aventuraba más allá de las lindes del decoro, Irene desobedecía el mandato del deseo y lo atajaba sin autoridad.

—Hasta ahí, Romo, hasta ahí… —le ordenaba.

—Irene...

—No me hagas sentir vergüenza, anda. Sabes que me incomoda el verme rendida en tus brazos, entregada de esta manera.

—Si te quitaras la ropa interior…

—La ropa interior no existe, si acaso podríamos hablar de ropa «íntima» o de ropa «escondida», lo mismo da. Hasta la gente más friolera se cubre la intimidad, no por dentro sino por fuera.

Ante cualquier digresión o muestra de firmeza por parte de Irene, Romo se plegaba sobre sí mismo y desviaba las caricias hacia rutas ajenas al pudor. Con mano aventurera descendía hasta el paisaje frío de las rodillas, se entretenía en la cintura y hundía las yemas de los dedos en los pliegues delicados de las corvas, como quien se mueve en un territorio inexplorado. Al menor asomo de extravío, sus manos se mostraban inseguras como arañas atribuladas.

—Tampoco es cuestión de andar con tanto recato –dijo Irene–. Por mi parte…, ya ves, a veces debe una frenar el arrebato, porque una mujer decente debe hacerse valer, pero tú deberías insistir y…

–¿Y ? –apremió el muchacho, con ansia.

—Ante una empresa difícil, todo hombre que se precie debería mostrarse firme e ir a por todas, hasta salirse con la suya.

– Ya ves que lo intento.

—No es suficiente, Romo. En el amor apasionado, como en las guerras de antaño, la conquista requiere la firme constancia del conquistador y el empeño del que pasa hambre.

– ¿Qué tiene que ver una cosa con la otra?

– Ninguna fortaleza rinde su puerta al asedio, mientras el sitiador no se muestre capaz de echarla abajo.

…

Perdidos sobre la piel de Irene, los dedos de Romo se confundían en el ombligo, se atropellaban en la rabadilla y se quedaban paralizados allí donde las nalgas se funden con las ingles. Al cabo de varias tentativas, alguna vez las manos de Romo se acercaban a las verijas de la mujer, siguiendo el rastro de la tez más suave.

– Basta ya, Romo, no te enrales, anda –lo frenaba ella.

Entonces él obedecía y se arrellanaba en el asiento, asolado por la sensación de torpeza que invade a los jóvenes desmañados.

Un atardecer desapacible de septiembre, Romo se volcó sobre Irene con las ansias desatadas. Sus brazos aprisionaron a la mujer y sus manos se desbordaron sobre ella, como un rebose de aguas bravas. Aprisionada en el abrazo, Irene se debatía entre la costumbre del rechazo y el goce culpable de la entrega. Alarmada por su debilidad, una vez más decidió poner coto al arrebato de Romo:

– ¡Quita, quita… ! Poquito a poco…, anda.

El chico no escuchaba. Mientras Irene se desmigajaba en la comodidad del asiento, él se precipitaba sobre sus pechos, los estrujaba sin delicadeza y apretaba las areolas, hasta que los pezones alcanzaban la dura consistencia del dolor.

– Ya está bien, Romo –insistió Irene, inflexible.

Al instante se vio traicionada por el eco de su voz. «Está bien, está bien…», escuchaba en sus adentros.

Como las garras de una rapaz las manos de Irene cayeron sobre las de Romo, se cerraron sobre ellas y las guiaron con impudicia hacia los parajes más tórridos de su cuerpo, ya rendido al placer.

La costumbre de Irene de manifestarse con palabras y gestos que desmentían las miradas, sumía a Romo en un mar de dudas. El silencio lo confundía, la complicidad lo animaba y las contradicciones lo hundían en el desconcierto. Cuando por momentos Irene se abandonaba al relajo, toda ella se distendía, sus ojos chispeaban como brasas y su boca se abría como una flor. Entonces su mirada cobraba las tonalidades cálidas del ocaso y se velaba su azul frío de cielo lejano.

—No sabe uno si invitas a ir a más o si quieres que salga huyendo como un ratero –dijo el muchacho.

—Nada de eso –negó ella–. No se trata de encender el fuego y después emprender una huida alocada, como un pirómano.

—¿Entonces?

—En el amor y ante los fogones conviene el manejo con finura, mi niño   –sentenció la mujer con voz queda–. Como un buen cocinero, el amante primoroso debe entregarse a lo que tiene entre manos, con imaginación, sin hambre y con aplomo.

Romo no respondió. Prefería callar y asentir con gesto de conformidad, porque sentía que un amor bisoño como el suyo, obedecía antes a la necesidad de aplacar el ardor, que a la de superar la torpeza del amante que aún no ha aprendido a serlo.

Al declinar la última tarde de septiembre, las ropas de los dos jóvenes se hallaban esparcidas por el suelo, sin dueño ni calores cautivos. La brisa del mar cercano se colaba entre los visillos y agitaba el aire enrarecido de la casa. Desde buena mañana Irene y Romo ya andaban envueltos en nubes cómplices, se buscaban en las horas de siesta y se encontraban, desnudos y sin sensación de pecado, sobre el lado confortable de un vivir alegre y despreocupado.

Tan pronto como el señor Sanfiel emprendía sus rumbos, Irene y Romo se recreaban en ese ámbito festivo donde no caben tiempo ni destiempo, prisas ni demoras.

– ¡Cuántos años desperdiciados, tan cerca y tan lejos! –se lamentó Romo–. Teníamos que habernos arrimado antes sin tantos miramientos ni tanto...

–Antes tenías que aprender a querer y a conseguir lo que quieres–cortó Irene–. Y además, antes solo te entregabas a soñar.

–A lo mejor la realidad nace a fuerza de representarla en sueños, quién sabe.

...

Desde principios de octubre, en casa de los Sanfiel no hacían falta palabras para resolver pasatiempos, ni más gestos para acercar voluntades que los que se desprendían de las miradas del deseo. En apenas unos meses Irene y Romo aprendieron a comunicarse con la expresividad franca de los sentidos, sin hablar apenas ni pensar siquiera. A poco que se veía a solas con ella, el muchacho perseguía a Irene a través de los pasillos, la acechaba en las esquinas y se la echaba al hombro, como a un fardo liviano. Entonces Irene reía como una niña, se revolvía contra los abrazos y sermoneaba al chico entre protestas fingidas y gestos de rechazo.

Cuando se cansaba de juegos Romo se entregaba a la contemplación de Irene, la desnudaba con los ojos y la despojaba de la desnudez, como si quisiera apartar la piel interpuesta entre el deseo y la mirada. Mientras Romo la contemplaba, ella permanecía en silencio con una sonrisa en los labios.

A menudo la tibia quietud de un abrazo derivaba hacia un silencio incómodo, las palabras se apelmazaban y la conversación transcurría por derroteros de una simpleza banal y edulcorada:

–Te necesito, Irene.

–«No podría vivir sin ti», me dijiste ayer. ¿Lo sentías de verdad?

– ¿Aún lo dudas?

–A mí me ocurre lo mismo, Romo.

– ¿Tampoco podrías vivir…?

–No podría vivir sin mí.

– Hablo en serio.

–Pues también podrías callar en serio. Cuando el amor no inspira un requiebro que nadie haya escuchado antes, más vale dejar que las miradas se entiendan.

Cuando el ardor compartido les obligaba al silencio, Irene y Romo se apretujaban contra las esquinas, se fundían en una pasión de derribo y retozaban con enjundia. Si alguien los hubiera visto en trance de arrebato, podría haber pensado que no les guiaba otro afán que echar abajo los muros de aquella casa. Aun cuando Romo e Irene nunca habían sido dados a la risa fácil, entre ambos crecía un amor bullanguero y jovial, cuyos ecos silenciaban el clamor de la soledad. Durante un tiempo Irene y Romo vivieron entregados a un frenesí que no solo obedecía al ardor de la juventud, a ciertos afanes o a la mera costumbre; sus encuentros debían de responder a una imperiosa necesidad. Cada vez que ella entraba en el cuarto del joven a llevar esto o a recoger lo otro, él hallaba un pretexto para retenerla a su lado y estrechar su cuerpo generoso. En poco tiempo Irene enseñó a Romo a decir con buena gracia, todo aquello que solo sabía expresar con muestras de contrariedad.

Las conversaciones entre Irene y Romo parecían empantanadas en la densa atmósfera de un atolondramiento meloso y pertinaz, como una lluvia de agua dulce. A menudo, sus cháncharas de amor y tedio rayaban en el empalago:

—Sin ti esta casa quedaría vacía, Irene. Cuando no estás o andas enredada en tus cosas, siento que me falta el aire.

—Exageras, pero me encanta escuchar esas exageraciones tuyas tan amables.

—Exageraría si dijera que…, ¡Qué más da! Se me hiela la sangre si pienso que algún día podríamos dejar de vernos.

— ¿Y por qué habríamos de dejar de vernos?

Tras un leve titubeo, Romo escondió la mirada y respondió:

—La dicha no nace para ser duradera, he oído decir.

— ¿Por…? —quiso saber Irene

—El hombre que descubrió el fuego debió de ser el tipo más feliz del mundo, hasta que una lluvia inoportuna le apagó la hoguera.

— ¿Y eso qué tiene que ver con lo nuestro?

—Mantenemos una llama encendida y... cuando las cosas pueden salir mal, siempre vienen dadas de la peor manera. Nuestro fuego escondido arde con una llama tan viva que…, se diría que le pide al cielo una lluvia que lo apague.

–El pesimismo también puede aguar una buena fiesta, Romo. Al que teme una llovizna le suele caer un aguacero.

–¿Qué más da un sirimiri o un chubasco, cuando llueve sobre mojado?

–Hablando de lluvias…, dicen los viejos que conviene aguantar un leñazo de vez en cuando, por si alguna vez llueven troncos, para que en tal caso, entonces haya costumbre.

–No habrá temporal que arruine lo nuestro, Irene. Aunque lluevan chuzos de punta, nada podrá separarnos.

– ¿No serás tú como los pájaros almizcleros…? –insinuó la mujer.

–¡Qué sé yo de pájaros! Si me hablaras de palomas…

Al cabo de un rato, sin requiebros en la voz ni almíbar en las miradas, Irene y Romo se despojaron del pudor, se abrazaron y se entregaron a un goce que les hizo olvidar las tardes desiertas, los pájaros almizcleros y las amenazas de lluvia.

En la casa de los Sanfiel la voz autoritaria de Romualdo sólo se hacía oír al caer la tarde en los días de trabajo, en las horas muertas de los sábados y en las mañanas de domingo. En días de labor el hombre apenas paraba en su casa. Cada mañana Romualdo se levantaba cuando ya había despuntado el día, tomaba el desayuno que le preparaba Irene y, al cabo de un rato de revolver y ordenar papeles, enfilaba el paso hacia las fincas, de donde regresaba pasado ya el mediodía. El hombre salía de su casa no tanto con las prisas de quien teme llegar tarde a un encuentro deseado, como con el apuro de quien se halla en un lugar equivocado. Tras la muerte de Ernestina, la presencia del viejo en la casa solo se ponía de manifiesto en momentos para olvidar.

Un día nublado de invierno, tras salir con prisas a media tarde, Romualdo regresó a la casa al atardecer. Con el gesto atribulado de quien ha perdido algo, abrió unas gavetas, rebuscó entre un montón de papeles y se sentó a repasar unas cuentas. En la planta alta, unas risas apagadas alteraban la quietud del pasillo. Incapaz de formularse ninguna pregunta, el hombre subió la escalera, atravesó el corredor y se plantó en el salón de los pasos perdidos. Al fondo de la estancia, la puerta cerrada dejaba escapar el martilleo festivo de dos cuerpos en desenfreno. Se oían gemidos, silencios, un jadear entrecortado y…, al instante sobrevino un reír jubiloso de algazara.

Romualdo se quedó perplejo. Durante meses, quizá durante años, había vivido de espaldas a lo que él entendería como un trajín festivo intolerable en su casa, no tanto por el relajo en sí como por el descuido en las buenas maneras, quizá lo único en que aquella aún casa parecía un hogar. Preso de una cólera repentina, el hombre abrió la puerta e irrumpió trastabillando en el cuarto, como un viento racheado.

– ¿Qué demonios pasa aquí? –bramó.

Por un momento hasta el aire desnudo se escondió tras las cortinas para no pasar apuro.

– ¿Qué relajo es este? –insistió.

–Es que...

De nada sirvieron las explicaciones abochornadas de Romo. Inflexible como un iluminado, el viejo no parecía dispuesto a escuchar excusas de nadie. Quería ver rostros humillados y el gesto de temor que vio Dios en los rostros de sus criaturas, a la sombra de un manzano. Pese al desconcierto y a su balbuceo mudo, el chico no mostraba ningún gesto de arrepentimiento ni un asomo de sonrojo siquiera.

– ¡Qué poca vergüenza, carajo! Si tu madre levantara la cabeza… –dijo Romualdo, alterado.

–Tampoco es para tanto, papá, es que… –balbuceó Romo–. Sé que esto no está bien, pero...

El muchacho no se lamentaba por haber encendido aquel fuego en tiempo de aguaceros; solo intentaba poner a Irene a resguardo del temporal, fingía cierto pesar y se justificaba. Tampoco se inculpaba por amar a la mujer que se dolía por verse desnuda ante un extraño y escondía la mirada. Quizá el muchacho se preguntaba qué diantre pintaba allí aquel viejo que lo interrogaba con mirada llameante,   lo acusaba quién sabe de qué y lo juzgaba como si hubiera profanado un lugar sagrado.

– ¡Qué no es para tanto dice el muy huevón! Entre estas paredes nadie se abre la bragueta si no es para mear, a ver si te enteras.

Romualdo se acercó al chico, lo encaró con autoridad y añadió:

–Si te aprieta la fogalera, te vas de putas y aprendes a calentar una cama como es debido ¿Está claro?

–Está claro.

Con el gesto altanero de quien se ve en posición de fuerza, Romualdo se dirigió a Irene y le dijo:

–Y la niña bonita no busca macho por ahí, no señor, no tiene necesidad. Ella se apaña con lo que pilla en casa, ¿verdad?

–Escucha papá... –intervino Romo.

–Me vas a escuchar tú a mí, sorullo –dijo el viejo, agitando un dedo en el aire–. Desde ahora mismo, en esta casa se acabó la polvacera.

–«En casa, en esta casa... » –remedó Romo, cabizbajo.

– A ver…, ¿qué dices?

–Nada. Perdona, papá.

– ¡Qué perdón ni qué pepinos en vinagre! ¿Es que además de inútil me vas a salir respondón? Ya tengo que tragar con tu falta de respeto, para encima tener que aguantar la majadería de un babieca malcriado.

Aunque nunca había sido hombre de buenos modos, Romualdo era generoso hasta con sus adversarios. ¡Quién le iba a decir que su hijo se entendía con la mujer que se había criado en su casa, casi como una hija! No le parecía mal que el chico se ejercitara desde la mocedad en las habilidades de retozar con hembras, pero bajo el techo de sus antepasados no toleraba festejos de prostíbulo.

– ¡Hay que joderse! –masculló entre dientes–. ¡La chica trajinándose al mocoso ante mis propias ñañas!

Le dolía reconocerlo, pero aquella mujer de nalgas firmes y mirada clara despertaba en él una amalgama de pasiones encontradas. Los ademanes de Irene contenían la indómita arrogancia de Juan Guzmán, su desenvoltura el grácil desparpajo de Angelita Rocío, su rostro delicado reflejaba la serena altivez de Nerea. Junto a un ansia deshonesta crecía en él cierto reparo. Un escrúpulo recriminador asomaba a su conciencia, a poco que mirara a Irene con los ojos golosos de un deseo inconfesable. Por un instante afloró su peor saña. «Tranquilo Romualdo, no te sulfures», se dijo mientras apartaba de sí la imagen de Romo en brazos de Irene. Sin saber por qué, aquella escena le repugnaba, como si se viera a sí mismo entregado a unos goces que siquiera había imaginado.

Mientras el atropellado cavilar se le escapaba por intrincadas sendas, Romualdo vio un enjambre de moscas encendidas, percibió un latigazo en la lengua y sintió un filo acerado sobre la frente perlada de sudor.

–¡Otra vez la condenada migraña! –se lamentó.

Y salió trastabillando con la cabeza entre las manos, como quien teme el estallido de un barreno metido entre las sienes.

Durante un rato el hombre anduvo de un lado a otro sujetándose la frente y arrancándose las canas que aún le poblaban las cejas. Al instante le sobrevino la náusea, se vio deslumbrado por un relámpago y el cráneo le estalló entre las manos, como una nuez entre una tenaza. En un gesto de desesperación, se golpeó el entrecejo, se restregó los ojos y se echó a andar con paso atropellado de sacristán. Mientras bajaba las escaleras se preguntó a dónde iba, se detuvo a pensar y se dijo que lo mismo le daba ir que venir, detenerse o salir corriendo. Cuando se veía alterado, donde mejor se hallaba era en la cocina. Allí se procuraba alivio o al menos se distraía mientras preparaba unas tisanas que, aunque no le aplacaban la desazón, sí le proporcionaban cierta sensación de calma.

Sin ánimo para contar hojas secas, echó un manojo de hierbas en agua hirviendo, tomó la infusión y aguardó a ver si amainaba el daño. El estómago le daba tumbos, no sabía si debido al brebaje o al amargo sinsabor del reconcomio. Le hervía la sangre y no sabía cómo atemperar la rabia. Debía evitar que la nerviosidad se le emponzoñara dentro; tenía que volver sobre sus pasos y castigar aquella audacia tan inesperada como inconcebible. Aunque nunca se guió por catecismos, de pequeño había oído decir que la primera desvergüenza no mereció perdón sino un buen escarmiento.

Romualdo atravesó el salón con paso inseguro de militar degradado, subió la escalinata y se plantó de nuevo ante los jóvenes. Irene y Romo permanecían sentados uno junto al otro, con el gesto apesarado de los penitentes. Las chapetas habían desaparecido de las mejillas del chico, también su tez había palidecido, como si la sangre del rostro hubiera abandonado la piel expuesta, en busca de refugio. Con la cabeza apoyada en el hombro de Romo, Irene sollozaba.

– ¡Pobres tortolitos, caramba! –dijo el viejo con sorna. Y encarando a Irene, añadió: « ¡Quién iba a decir que andabas de sandunga con este guanajo!».

–Romo y yo...

– Puedes ahorrarte las explicaciones, no hay excusa que valga ¿Quién iba a imaginar que la niña bonita le calentaba la bragueta a este machango?

El hombre se quedó pensativo, miró a la mujer con frialdad y le espetó:

– Aquí se acabó la fiesta, señorita. Agarra usted sus cosas, arranca la caña y se larga ahora mismo de esta casa.

– ¿No iras a dejarla tirada por ahí? –intervino Romo, alarmado.

–Bueno... –farfulló el anciano, pensativo–. Se podría quedar esta noche si quiere, pero mañana lía el petate y se manda a mudar sin demora.

Incrédula ante lo que oía, Irene buscó amparo en la mirada de Romo, se mordió los labios y agachó la cabeza. Sentado en el borde de la cama con los codos apoyados en las rodillas, el chico parecía un arbusto arrasado por un vendaval.

– ¿Y dónde va a vivir Irene, si... ? –farfulló el chico.

Mientras se acariciaba la barbilla en actitud cavilosa de magistrado, Romualdo quizá buscaba razones que justificaran su desatino.

–Podría quedarse en la *casa de arriba*, supongo –dijo con voz pausada–. Y negando con un leve movimiento de cabeza, masculló: «Quizá nunca debió salir de aquel lugar olvidado del mundo».

Envuelto en aires de señorío Romualdo infló el pecho, dio media vuelta y cerró la puerta tras sus pasos, bajo las miradas atribuladas de Irene y Romo.

La mujer se incorporó, abatida, se acercó a la ventana y dejó que la mirada fluyera a través del cristal. La luz ambarina del crepúsculo iluminaba el patio de naranjos, encendía los cerros y se apagaba allí donde se divisaba el caserío de Lomo Tacande. Las nubes bajas del atardecer se amontonaban inquietas y enrojecidas tras las cumbres, empeñadas en doblegar el último afán del crepúsculo.

Durante un breve lapso de silencio, la atmósfera de la estancia rezumaba una extraña calma.

Romo se acercó a Irene con gesto apesarado, la abrazó y le acarició el rostro.

– El jodido viejo, el muy puñetero… –masculló–. ¡Algún día se va a acordar…!

La mujer no lo oyó. En sus oídos aún retumbaba la voz del señor que la había acogido en su casa cuando aún era una niña, y que ahora la devolvía al origen de sus miserias. Entre los sentimientos de Irene no había lugar para añoranza de la inmediatez, ni para el agrio desafecto que corroe a quien sabe que inspira lástima. En su orgullo herido no cabía ningún resquemor, ni rabia, ni trazas de inquina siquiera. Si acaso alimentaría cierta animosidad, ese amor propio que mantiene en pie a quien sufre el desprecio, sin posibilidad de recuperar cierta autoestima. Tal vez Irene se figuraba que algún día no muy lejano habría de ver a Romualdo rogándole que perdonara su desafecto y regresara a su caserón vacío, si quisiera disculpar su torpe inclemencia, si pudiera olvidar aquel atropello.

Irene emprendió el camino de Lomo Tacande con las primeras luces del alba. No se sentía presa del dolor que acompaña las despedidas, ni del tambaleo anímico que sobreviene al desarraigo, cuando hasta lo que cabe esperar de cada nuevo día se tiñe de incertidumbre. La mujer cerró la puerta sin ruido, bajó la escalinata del portal y se echó a andar, como quien se mueve sin rumbo ni propósito alguno. Avanzaba despacio con la cabeza gacha, derrumbada de hombros, arrastrando los pies por el patio interminable. A su paso se inclinaban las flores orgullosas, unas marchitas, otras secas, todas cansadas de lucir unos colores que ya no impresionaban a nadie. Al cerrar la verja, Irene sufrió cierta ilusión de incorporeidad, esa sensación que quizá experimenta el alma cuando percibe que de ella solo queda un suspiro, ya sin aire. Antes de emprender camino, Irene dejó resbalar la mirada sobre el lugar que dejaba atrás. Aunque presentaba el aspecto decadente de las viviendas abandonadas, la casa de los Sanfiel conservaba cierto lustre en la fachada: las vidrieras fastuosas, el orgullo deslucido del portal, el porte altanero de la balaustrada…

Me hallaba yo descorriendo cortinas a primeras horas de la mañana, cuando vi asomar la silueta de Irene Guzmán, recortada sobre los morros que bordean el camino. La mujer avanzaba despacio sendero arriba, con una sereta bajo el brazo y cierto aire de aflicción en el semblante. Los hombros se le derrumbaban sobre los costados y el cabello ensortijado le caía sobre la frente, como un velo tendido ante la mirada. El airecillo inquieto de la mañana agitaba su cabello suelto, su falda de color firmamento y su blusa blanca, como si la brisa que ascendía desde el fondo del valle quisiera subirla en volandas hasta lo más alto del camino. Resultaba extraño ver a tan la bien ataviada por los caminos de Tacande, a una hora tan temprana.

– ¡Buenos días, Irene! –la saludé desde la ventana–. ¿Qué aires te traen por aquí tan de mañana?

La mujer se detuvo, alzó la vista y se quedó como alelada. Aunque sus labios permanecían sellados, sus ojos hablaban de infortunio.

–Aguarda un momento –dije–. Bajo enseguida.

Tan pronto como asomé a la puerta, la mujer se arrojó a mis brazos y prorrumpió en sollozos.

–Cualquiera diría que el mundo se ha derrumbado y te caído encima –observé.

Incapaz de articular palabra, Irene se enjugó unas lágrimas y escondió la mirada.

—Sea lo que sea, no será para tanto —dije, en un vano intento de infundirle ánimos—. Entra en casa y cuéntame qué te pasa, anda.

Con voz entrecortada Irene me habló de Romo y de sí misma, de incomprensión y de una vergüenza tremenda. La joven no se mostraba pródiga en detalles, pero ya me había acostumbrado a interpretar titubeos, a escuchar malaventura y a leer silencios imposibles. Cuando las lágrimas se le desbordaban mejillas abajo, la tomé de la mano y la animé al desahogo.

—El viejo ha sido injusto contigo, ¿verdad? —insinué, invitándola a hablar.

Irene se sentó al borde de una silla, inclinó la cabeza y se escondió tras la cortina de cabello que le cubría el rostro. Yo sabía qué había pasado o al menos lo suponía, sin embargo insistí en sonsacarle los detalles más penosos, no por curiosidad insana, sino por prestarle oído a su inquietud.

—Debe ser de locura lo que sientes por Romo —dije por decir.

—Siempre me he considerado poquita cosa —balbuceó Irene—, pero sé que al menos en el corazón de Romo... lo que digo, lo que hago, lo que siento... importa bastante.

Sin considerar cuánta verdad podía caber en un juicio de valor en materia de importancia, me crucé de brazos y asentí sin entusiasmo. Ella abrió la boca para añadir un comentario, pero al instante me miró con gesto vacilante y apretó los labios. Aquel freno debió de obedecer el mandato de algún reparo porque, al cabo de un breve titubeo, suspiró y dijo:

–Romo siempre me ha tenido en buena consideración, ya sabe. Me miro ante un espejo, me pregunto quién soy y solo encuentro respuestas cuando me miro en sus ojos, en sus afanes, en su ternura…

–Me pregunto yo cómo has podido conservar la entereza en esa casa, Irene   –la interrumpí, por no ahondar en la confidencia innecesaria–. Aunque te tengas en poca estima, deberías saber que una cosa es sentirse insignificante y otra bien distinta es sentirse insegura, vulnerable, endeble…, esas sensaciones que a menudo acompañan al miedo.

La mujer esbozó una mueca de extrañeza, se apartó el cabello de la cara y dijo:

–No sé qué quiere decir, pero más que nada me he sentido despreciada y sucia por dentro.

–A las claras se ve que en ti no hay nada sucio, Irene, ni por dentro ni por fuera. Si hubiera que buscar alguna suciedad en algún sitio, habría que escarbar en otras miradas.

–No quiero buscar legañas que en los ojos de nadie –objetó Irene, en un alarde de lucidez–. Una es débil y…

–Y la debilidad es la perdición de las personas honestas –opiné a bote pronto–. A la vista de tu ingenuidad, el viejo debería haberse mostrado más comprensivo contigo, o al menos podía haber afrontado el asunto con buenas maneras. Un corazón generoso debe entender que a menudo la pasión traiciona el recato, se deja llevar por el encandile y atenta contra lo que otros entienden por decencia, decoro…, todo eso con lo que la gente puritana se llena la boca, ya sabes.

—La verdad, no sé de qué me habla, pero… —farfulló la mujer, ensimismada—, seguro que no le falta razón.

—Te hablo de lo que algunos llaman «perder la vergüenza» —aclaré—. A veces la impudicia no se manifiesta tanto en quien se muestra tal cual es, como en la mirada mezquina de quien juzga con malicia lo que no acierta a entender.

Irene asintió con gesto de conformidad y ademán de no entender mis palabras. Sin esperar un comentario suyo, estreché sus manos entre las mías y le dije:

—Si la realidad te duele y buscas alivio, puedes enfrentarte a esa realidad o deberías endurecerte para soportarla. Eres una mujer inteligente y lo sabes, aunque te cuesta ver que te has movido con una torpeza clamorosa a la hora de despachar los asuntos del querer. Y hablo de torpeza cuando debería hablar de ligereza o más bien de imprudencia. ¿No te preguntas dónde se halla la diferencia?

Irene entornó la mirada, se encogió de hombros y se quedó como ausente.

—Si es que hay alguna diferencia —musitó.

—Hay matices, no lo dudes. Imprudente podía ser un ciego al borde de un precipicio.

— ¿Y torpe?

–Torpe es el amor en sí, ciego o no, camine por donde camine.

–Quizá me he dejado llevar por... –quiso justificarse Irene.

–No te eches la culpa –la interrumpí–. No debes sufrir por un mal paso, ni porque un arcángel castigador se asome a tu paraíso y te arroje del infierno. Observa que digo «del» y no «al» infierno.

–A propósito de ángeles castigadores, recuerdo que un día me habló usted de cierto sueño…

–No tiene nada que ver. Aunque ahora vivas una pesadilla, más que un sueño esta es una cuestión de pura conciencia, Irene. Podemos hablar de falta de compostura, de bisoñez y hasta de cierto desparpajo, pero no veo mala voluntad en un arrejunte llevado tan… «a culo pajarero», podríamos decir.

–Aunque a menudo me cuesta esconder la cara, sí que me cubro las vergüenzas como es debido.

–Te cubras lo que te cubras, de un modo u otro, el amor es translúcido como un cristal. Hasta la intimidad mejor guardada queda a la vista cuando se cubre de transparencia. Aunque escondas bien un ansia, el deseo sin gobierno siempre queda con el culo al aire, no lo dudes. Podemos hablar de un simple descuido o de cierto exceso de confianza, pero convendrás conmigo en que el amor furtivo dejado a la vista por descuido, es una torpeza propia de ingenuos.

Irene me escuchaba con mirada de cielo revuelto. Sus ojos contenían la viva expresión del desamparo.

—Fíjate en que hablo de ingenuos y no de imbéciles —insistí–. La inocencia a veces se muestra desnuda, porque se desentiende de los ojos que miran. Un buen descaro compromete menos que un mal disimulo, ya sabes.

—No soy dada a disimulos, usted me conoce.

—No te juzgo, pero te falta cierta picardía, ese sentido del pecado que alimenta la prudencia. No digo que seas atolondrada, Irene, pero a veces te comportas como…

—Como una niña chica, podría decir.

—Tampoco hablamos de chiquilladas, no es eso. La ingenuidad es la excusa del mentecato y la perdición del débil. Una mujer puede mostrarse bienintencionada, confiada y hasta cándida cuando le conviene, pero no debería parecer generosa a la hora de la entrega. Si a la candidez se le añade una pizca de generosidad, ¿qué resulta entonces?

Esperaba ver en el rostro de Irene un mohín de no saber qué responder o una pregunta enrevesada surgiendo de sus labios. No esperaba verla arrasada por la perplejidad, tan desconcertada y sumida en sus adentros.

—A la vista de la gente, el candor y la buena fe se solapan con la bobería —insistí en mi monserga. E instalándome en el púlpito de las convicciones, me acerqué al terreno resbaladizo de los consejos–. Cuando se avanza contra corriente, conviene mantener ciertas cautelas —dije–. La luz de la franqueza alumbra una vulnerabilidad extraordinaria.

– ¡Qué explicada es usted! –musitó Irene, sin salir de su embeleso.

–No me saques los colores –respondí–. Cuando se me calienta la sesera me enredo en elucubraciones y…

–No se preocupe –me interrumpió ella, dejando asomar una sonrisa–. Aunque a menudo no la entiendo, me gusta escuchar sus retahílas floreadas. ¡Habla usted de una manera!

No sentí ningún halago ni la menor caricia en el oído al paso de aquel comentario. Más bien me entraron ganas de decirle a Irene que no hablábamos de mis retahílas, sino de su candor y su debilidad, y de una tremenda fatalidad más que nada. Ajena a mi cavilar, Irene me escuchaba con gesto amable, pero aun sin proponérselo resultaba fastidiosa como una niña volcada en gestos de gratitud.

–No seas cumplimentera y háblame de ti, anda –le dije–. Deberías quedarte en casa hasta que amaine el temporal.

La mujer entornó los ojos, ladeó el rostro y dijo:

–Le agradezco el ofrecimiento, pero… A usted misma le oído decir que no conviene mantener un sabor amargo en la boca, que más vale tragar enseguida o echar el bocado fuera.

–Has sufrido un mal trago, es verdad –asentí–, pero además de buenas tragaderas, hace falta coraje para apechar con la *casa de arriba*. Hace tiempo que no corre ni una pizca de aire fresco entre los muros que te vieron nacer.

—No se preocupe —dijo Irene con ademán resuelto, animada—. Quizá me falta aliento para hablar, pero aún me quedan fuerzas para mover una escoba.

Antes de seguir su camino Irene me estrechó las manos, forzó una sonrisa y me rozó la frente con el rastro de un beso. Se me vidriaron los ojos cuando la vi trasponer el último recodo del camino, cuesta arriba, abatida como quien lleva un fardo de pesadumbre cargado a la espalda.

Un domingo de cielo otoñal visité a Romualdo al caer la tarde. El viejo se hallaba en un rincón del salón, sentado ante una mesa, rodeado de papeles en desorden. Cubierto el trámite del comentario ocioso y el saludo, tomé asiento a su lado e intenté trabar la hebra:

–Me encontré con Irene en el camino y me contó…

–No hay sitio para esa mujer en esta casa.

–El asunto no es de mi incumbencia, pero... quizá se te ha ido la mano con ella.

–Tienes razón –dijo el viejo sin alzar la mirada. Y mientras yo me preguntaba si el aire enrarecido de la estancia podría ablandar una mollera endurecida, clavó sus ojos en los míos y añadió–: «En efecto, no es asunto tuyo».

No le dije a Romualdo que la pasión desatada entre Irene y Romo solo les incumbía a ellos, que el amor es cosa de dos y que cuando lo es de tres, uno está de sobra. Sí le recordé, en cambio, que él no siempre había sido viejo, razón de más para entender a los jóvenes, tan fogosos de por sí y tan propensos a comportarse como las palomas.

–Empiezan por un «rucutucú»… –pensé a viva voz –, el buchón que arrastra el ala, la hembra que se deja arrastrar por cierta debilidad y… ¡Al fin pasa lo que pasa!

– ¡Qué me vas a contar de trajines palomeros! –respondió él–. Tenías que haber visto aquella fiesta: ella escarranchada encima y él como un burro panza arriba… Esos dos saben echar un polvo como Dios manda.

– No seas irreverente, por favor… Dios no manda esas cosas –objeté.

Con aire distraído, Romualdo compuso un ademán de duda, dejó asomar una sonrisa maliciosa y dijo:

–Entonces habrá sido cosa del demonio. ¡A lo peor el diablo anda suelto en esta casa!

–Ni el demontre tentador ni Dios bendito tienen que ver con las calenturas de nadie –opiné–. En materia de arrejunte, el hombre siempre quiere y la mujer siempre puede, ya sabes.

–Eso depende de quién… –cuestionó él, con un sesgo de sorna en la mirada.

–De quién, de cómo, de cuándo y de dónde –solté a bote pronto, por no verme enredada en disquisiciones.

Mi cuñado era de esos hombres obcecados, viejos de nacimiento que solo ven a la luz de su razón, allí donde otros no ven nada claro. Romualdo me habría dejado con la palabra en la boca, si en vez de soltar aquella vaguedad hubiera sucumbido a la tentación explicar que cualquier apaño entre dos depende de la naturaleza más o menos ardorosa de cada uno.

Mientras yo cavilaba y contenía las palabras, el viejo me observaba con gesto montaraz de cazador furtivo. Por un momento se quedó pensativo, relajó la mirada y dijo:

—La naturaleza gobierna en sus prados y Dios reina en su Gloria, pero en esta casa… Aquí soy yo quien manda.

Pese al ánimo conciliador con que había acudido a verle, mi alegato solo conseguía soliviantar el ánimo enardecido del anciano. Cuanto más me esforzaba en interceder en favor de Irene, con mayor vehemencia se lamentaba Romualdo de no haberse mostrado más severo con ella.

Atenazada por cierta sensación de fatiga, encaré al viejo y le dije:

—Dios manda en cualquier casa y hasta en el infierno cuando quiere. Esa es la realidad, te guste o no. Si puedes someterla a tu voluntad, eres dueño de cambiarla, pero si no pudieras, entonces deberías acomodarte a ella.

El eco de mi voz me mandó callar. Romualdo podía haberme devuelto las palabras con toda la razón que había en ellas, pero apretó los labios y permaneció en silencio. Como parecía encastillado en su sinrazón, insistí:

—«Quien en esta vida lo quiere todo a su gusto, tendrá muchos disgustos en su vida», decía Quevedo.

—Me importa un rábano lo que dicen por ahí.

—Tampoco te importa tu familia, supongo —me atreví a decir—. ¿Es que Romo e Irene te resultan indiferentes?

—De un tiempo a esta parte la casa se ha quedado vacía y todo se viene abajo, Maruca —se lamentó Romualdo, desmadejado de repente, ajeno a mi pregunta. Y contándose los dedos de una mano, agregó—: «Primero se despeña la mudita, después se muere tu hermana, ahora se marcha la chica... ¿Quién va a atender a este viejo cascarrabias?»

—De eso ya se ocupan las gemelas —dije con cierto rubor.

— ¡De día esas dos parecen fantasmas! —rezongó el viejo—. Por la mañana las oigo pero no las veo, y de noche... de vez en cuando voy a verlas, es verdad, pero ellas parece que me miran y no me ven. Ya nada es como antes.

Romualdo se pasó una mano por la frente, se arrancó unas canas de las cejas y me miró con el gesto esperanzado del náufrago que ha divisado una isla en el horizonte.

—A lo mejor tú podrías ayudarme, cuñada —dijo.

—Este caserón vacío no cogería tino ni con la ayuda divina —respondí, por ver de eludir el compromiso.

—La casa parece un convento deshabitado, es verdad, pero hasta el fraile más virtuoso necesita una mujer —Romualdo me desmenuzó con la mirada y, como quién habla para sus adentros, añadió—: «Resultas aburrida como una tarde de lluvia, pero te muestras diligente, tienes buena mano y…, cuando me veo solo necesito que al menos alguien me aburra».

El viejo calló. Quería mostrarse halagador, pero no se atrevía a confesar que necesitaba alguien a quien mangonear e ignorar para distraer la soledad. Quizá echaba de menos a una mujer rodeada de silencio que le permitiera escucharse a sí mismo, cuando ni siquiera contaba con Ernestina, para olvidarla a diario. ¡Y quién sabe a cuántas más necesitaría para sentirse vivo! «Quizá el hombre soberbio que desprecia a otros, necesita un vertedero donde arrojar la indiferencia», me dije, por no decirle a Romualdo que sin la voz preguntona de Irene los días de invierno le iban a resultar más largos y más fríos que nunca, que sin su andar garboso la casa no iba a recuperar el aire inquieto de los pasillos, que ninguna mano sensata recoge lo que el brazo divino ha dejado caer. «Más que la ayuda de nadie, este hombre necesita una plegaria incomprensible para entretener al demonio», pensé.

Al día siguiente Romualdo no se alegró de verme, pero se animó cuando le dije que podría contar conmigo para el manejo de la casa, en tanto él resolvía cómo arreglárselas de mejor manera. No le dije que también yo me sentía desolada, aun cuando el servir de abrigo a alguien ya me ayudaba a conjurar cierta sensación de soledad.

A principios de enero, la casona de los Sanfiel parecía sumida en una profunda desidia, cuyo desparramo se manifestaba con intensidad de años: una atmósfera enrarecida brotaba de los rincones umbríos, se extendía por los corredores e impregnaba el blanco de las paredes; los insectos de la noche se exponían a la luz del amanecer, se aventuraban más allá de los zócalos y pululaban con descaro por el centro de las habitaciones; el polvo del olvido velaba el brillo de los muebles y se dejaba ver en las manijas de las puertas; lamparones de humedad trepaban por el encalado de los tabiques, devastaban los cuadros e invadían el azogue de los espejos. Ni siquiera las corrientes de aire conseguían desalojar las pelusas que se amontonaban junto a las vidrieras empañadas. Costaba creer que apenas en unos días, el tiempo se hubiera cebado en aquel caserón con tanta saña.

Durante toda la mañana las Rosas iban y venían, recogiendo esto y limpiando lo otro, sin ver más allá del estrecho ámbito de sus manos ocupadas. En aquella casa la dejadez resultaba tan clamorosa, que costaba imaginar a Irene de brazos cruzados en medio de tanto desorden. No concebía su presencia inquieta brillando en la oscuridad, con la incierta semblanza de una luciérnaga de ojos claros. Desde que Irene se alejó de la casa, los pasillos cayeron en una quietud soñolienta, sin voces cantarinas ni aires volatineros que crearan cierta ilusión de vida. Aunque, como siempre, en los días despejados el sol se colaba a través de las ventanas, la luz de la mañana ya no encendía los espacios umbríos con los derroches de antaño. Ni siquiera la quietud surgida de tanta ausencia, parecía lo que debía ser. Nada de lo que era entonces, semejaba lo que había sido antes.

Al paso de un trapo limpio durante unos días, la casa recuperó el tino y respiró cierto aire de bonanza: el polvo del olvido desapareció de los muebles,   la soledad volvió a brillar en las estancias vacías y los pasillos se reconciliaron con sus silencios.

Desde que Irene se alejó de su vida, Romo cayó en cierto desánimo y se abandonó a una profunda desidia. El chico parecía sumido en una oscura indolencia de viejo apagado, esa dejadez que asola a quien tiene que atarse un hilo al alma para recordar que aún permanece vivo.

A medida que transcurrían los días en soledad, Romo pasaba las mañanas sumido en un desabrimiento cada vez más parecido al hastío. Aun despierto pasaba horas interminables con el ánimo derretido al calor de la almohada, no solo por falta de aliciente para despertar, también porque hasta el despegar los párpados suponía para él un esfuerzo desmedido. Cuando las mellizas no lo despertaban con sus voces, Romo se entregaba al sopor de unas canónigas aburridas de fraile encamado. A media mañana, cuando oía a las gemelas pululando cerca, el muchacho se desperezaba, enfilaba el paso desganado y se encaminaba hacia la azotea. Con gesto adusto de carcelero abría el palomar, musitaba unas palabras que las aves no entendían y las empujaba al cielo abierto de la mañana. Si algún palomo se mostraba remolón, Romo abría los brazos, se alzaba con gesto alado y lo animaba a dejar el encierro. Mientras las mensajeras sobrevolaban la *casa de arriba*, él bajaba las escaleras y se acomodaba en la fría quietud de un sillón. Allí dejaba morir las horas dando cabezadas de mandarín, entregado a una leve modorra. En todo el día Romo no descansaba ni dormía ni acababa de despertar. La ausencia de Irene lo mantenía sumido en el tibio embeleso de quien siente que el alma se le escapa a través de un descosido. De madrugada se mantenía desvelado, daba tumbos entre las sábanas y contaba las campanadas del carillón, desde la hora prima hasta el amanecer. Aun tras las noches cortas del verano, las mañanas tardaban en clarear, como si hasta el cielo confundido conservara cierto apego por la oscuridad del invierno. Por más que el día se anunciara con canto de pájaros, cada jornada se le ofrecía a Romo como un mero trámite entre la alborada y el anochecer sin sentido.

Cuando se encontraba con brío para abrir los ojos, el muchacho se desentendía de la interioridad y se dejaba absorber por afanes absurdos, como si fuera posible desentrañar la sutil diferencia entre un instante y la eternidad. Al mediodía Romo se aventuraba más allá de sí mismo, se quedaba alelado contemplando desfiles de hormigas y observaba las evoluciones de las motas de polvo ante las corrientes de aire. Aunque la mirada le representara una escena de monstruos, su pensamiento solo cobraba carta de naturaleza a la luz del recuerdo de Irene. Ya al atardecer, Romo se veía inmerso en un profundo vacío y se hundía en sus adentros, como un náufrago privado de océano.

Cuando antes de partir hacia las fincas el viejo le hablaba, Romo asentía sin escuchar por no volverle la espalda.

– ¡Arriba ese ánimo! –le decía Romualdo a menudo.

–Arriba… –remedaba él, mientras quizá imaginaba que aquel hombre debía su realidad mortificadora a las figuraciones de un mal sueño.

Una tarde, mientras ponía orden en el salón de los pasos perdidos, encontré a mi cuñado derrumbado en un sillón, pensativo. Romualdo se escarmenaba las canas de las sienes, con gesto atribulado.

–El chico está raro. Últimamente no come ni duerme ni da los buenos días   –me dijo.

–El pobre sufre lo suyo, ya sabes... –farfullé, por no abundar en razones que el viejo conocía.

– ¡Ah, claro! Por culpa del padre malo, el niño incomprendido se quedó sin su golosina –me interrumpió Romualdo con sorna.

A juzgar por la simpleza contenida en sus palabras, Romualdo debía de suponer que el tiempo endereza las torceduras del alma. Con el convencimiento de quien ha vencido toda incertidumbre, el viejo afiló la mirada y añadió:

–Un clavo saca otro clavo, cuñada. Cuando Romo pruebe el dulce de un revolcón en labios de otra hembra, verás cómo se le pasa la rasquera.

…

Al cabo de unas semanas Romo se sacudió el desánimo y se dejó llevar por una extraña propensión al puteo festivo. A ojos de Romualdo la nueva inclinación de su hijo resultaba chocante, en tanto que al muchacho no le hervía la sangre en los fondillos de los pantalones, como a todos los Sanfiel, sino más bien porque la inquietud se le arremolinaba en la sesera, como a la pobre Ernestina. Los varones de aquella familia habían sido mujeriegos, putañeros casi todos, unos por vicio, otros por mera debilidad. Romo, en cambio, no era hombre de burdel ni de parrandas siquiera. Decían las Rosas que, según les había contado su hermano Úrculo, el chico era más dado a diluirse entre mujeres dicharacheras que a desmandarse con ellas.

Si en sus noches aciagas Romo anduvo descarriado, no fue tanto por darse gusto como por procurarse alivio. En aquel tiempo el muchacho se enajenó de sí mismo hasta tal extremo, que apenas en unas semanas llegó a olvidar su más poderosa razón de ser: Irene.

Al caer la tarde Romo izaba el ánimo, se dejaba arrastrar por la brisa y se hundía en la sordidez humeante de bares y tugurios. Durante horas el muchacho bebía despacio, vaciaba las copas sin compañía y perdía la noción del tiempo en atmósferas cautivas. La palabra se le desataba cuando el aguardiente le descorría los velos del dolor. «Ese hombre se deja devorar por fieras embotelladas, para escapar de sus propios espantos», le había oído decir a mis vecinas, las comadres, cuando rajaban de Fidelio Calandre. Al cabo de unos años reparé en que lo mismo podrían haber dicho de mi sobrino. Sin embargo, el chico no resultaba molestoso ni le daba malas noches a nadie. Mientras se colmaba de alcohol entre borrachines, aunque en soledad, a Romo no le faltaba largueza para gastar con mujeres de pago. «Ni comprando tiempo ni pagando voluntades ni vaciando botellas, se puede llenar la ausencia de nadie», quise decirle un día. Si en aquella ocasión apreté los labios y callé, no fue por cobardía sino porque sabía que el chico se conducía con plena conciencia de su propia deriva. También Romualdo conocía aquel descarrío.

El viejo nunca reprendió a Romo ni censuró su malandanza, antes bien se mostraba complacido al ver cómo el muchacho se mostraba chisposo y aligerado de pesares. Una mañana, mientras preparaba el desayuno, le pregunté a Romualdo cómo le iba en su trato con Romo. «Parece que de un tiempo a esta parte despierta con mejor ánimo», respondió él con gesto de satisfacción. Y con aire pícaro, añadió: «Es natural. Antes dormía con penas y ahora se acuesta con fulanas». Nunca supe si Romualdo toleraba los desórdenes del muchacho por dejadez, porque se sentía en deuda con él o porque sabía que hasta el mejor consejo se desvirtúa con el peor ejemplo.

En los buenos ratos Romo hablaba por hablar, en los malos callaba cuando no debía y en los peores oía sin escuchar. En poco tiempo su enfurruño de adolescente tardío se tornó en el crudo sarcasmo de los viejos descorazonados. Dolía ver a un muchacho noblote y educado como él, entregado al hastío, a una edad tan temprana.

En una mañana tibia de sábado encontré a mi sobrino repantigado ante el portal de la casa. El chico mostraba cierto desaliño y el aspecto ojeroso de quien ha pasado la noche en vela.

–Buenos días, Romo –lo saludé.

Y dejándome llevar por cierta propensión al sermoneo, le dije que lo veía desmejorado, que no le sentaba bien el trasnoche y que debería vivir de un modo más atemperado.

–Cada quién elige su modo de vida, según el gusto por vivir de una u otra manera –opinó él, distante.

–Hay una planta silvestre, el jazmín de risco, que en un día glorioso quema todos sus afanes y... –le respondí, dejando mis palabras en el aire.

– ¿Qué le pasa a ese jazmín? –quiso saber Romo.

–En un día de primavera florece de madrugada con tal afán de eternidad, que a la mañana siguiente se llena de color, envejece y muere.

–¡Bah! Rarezas de plantas..., pero por mí no te preocupes – dijo él con ademán distendido–. Aún me quedan noches por delante.

Aun cuando el muchacho mostraba su entereza de casi siempre, sus palabras contenían cierto asomo de melancolía. De su voz se desprendían acentos de amargura que desmentían la engañosa apariencia del desenfado. Por momentos Romo hacía gala de esa mordacidad que aviva el carácter de las personas retraídas. A todo le sacaba punta y menudo se pronunciaba con la burda ironía que nace del espíritu atormentado. Cuando Irene aún llenaba su tiempo, el chico se mostraba jocoso, irreverente y taciturno a veces, pero sus comentarios jamás dejaban entrever atisbos de desaliento. Sin embargo, tras la ausencia de Irene Romo se volvió huraño, oscureció de humor y se entregó al mal vivir de quien cree que basta con endulzar las noches amargas para matar los sinsabores del día.

–Deberías cuidarte Romo –le dije–. La gente se deja llevar por los excesos y…, ya sabes. Los cementerios están llenos de corazones resquebrajados.

– ¿Y…?

–El tuyo no está para sandungas.

–Para los cuatro días que dura este viaje… –replicó el chico, encogiéndose de hombros.

–En vez de entregarte a esa carrera alocada que no te llevará a ninguna parte, quizá podrías vivir despacio y envejecer sin sobresaltos…, eso que solo consiguen unos pocos afortunados.

–Antes de morir de viejos, también algunos ancianos se mueren de asco.

—Si fueras sensato –insistí–, en vez de quemar una vida corta, con prisas y a toda mecha, bien podrías cocinarla a gusto, con tiempo y a fuego lento.

– ¿De qué le sirve la sensatez a nadie, cuando ni al tiempo le importa el paso de los años? –respondió el muchacho, con extraña lucidez de viejo.

Pertrechado tras un puñado de certezas, Romo se desenvolvía con habilidad de barrenero, se arremangaba de mollera y reventaba mis puntos de vista. «Murallas más firmes se han venido abajo», pensé.

—Alguna vez te he oído decir que el sabor importa más que la cantidad, tanto en la vida como en la comida –dijo Romo.

—Decían los griegos que el placer bien entendido no debe ir en menoscabo de la prudencia –comenté.

—Algunos dicen lo que deben, otros dicen lo que piensan.

– ¿Y tú qué piensas?

—Bueno..., la verdad... –balbuceó el chico–. Apenas pienso. Me dejo llevar por lo que en cada momento me bulle en la mollera.

Aun a sabiendas de que rayaba en la majadería, insistí:

– ¿Y qué te bulle ahora ahí arriba?

—Que no se puede andar todo el santo día dándole vueltas a todo, como una enredadera.

Decidida a no responder al afán provocador del chico, hice oídos sordos a su comentario, sobrevolé la velada alusión a mi discernimiento y, como quien habla para sus adentros, musité:

—A cuento de enredaderas, algunas personas decimos lo que pensamos, aunque a veces…

—No pensamos lo que decimos —me interrumpió Romo—. Tendrías que escuchar tu voz alguna vez, querida tía. Cuando te adornas el alegato y despegas los labios, te salen flores por la boca.

«Con toda probabilidad Irene y Romo han compartido risa y opinión en torno a mi manera de decir las cosas», me dije, mientras recordaba unas palabras que ya había escuchado antes.

—Hablo con verbo floreado para que hasta los sordos me entiendan —dije con abierta petulancia—. Deberías entender, querido sobrino, que para vivir con plenitud hay que administrar cada instante con mentalidad de viejo. Y observa que no hablo de prudencia ni de renuncia, sino de otra cosa. Si la vida es una excursión y quieres disfrutar de ella, serena el ánimo y descubre el placer en casa paso. Si empujas el tiempo movido por el ansia de alcanzar una meta, a buen seguro que habrás de llegar, si no tan lejos, sí antes y a ninguna parte.

Romo enarcó las cejas y se quedó como ausente. Al paso de mis digresiones, el chico entornaba la mirada y contenía algún bostezo. Antes de posarse en sus oídos, mis palabras salían espantadas como moscas.

—No te contentas con un calorcito placentero si no te has quemado antes, ¿verdad? —insistí.

—Me conformo con poco, ya sabes —respondió él.

—Ya sé —asentí—. Lo mismo les ocurre a las mariposas nocturnas.

– ¿Qué les pasa a esas mariposas?

–Las polillas atolondradas se conforman con una existencia efímera, vuelan hacia la luz con tal ansia, que arden en la primera llama que encuentran, sin remedio.

–Los vuelos y los ardores de esos bichos me traen sin cuidado.

–Si vieras la expresión que asoma al rostro del moribundo en el último trance, no despreciarías la suerte que supone el sentirse vivo –dije con aire teatrero, por ver de hacer pensar a mi sobrino–. En medio de la agonía, cualquiera vendería su alma con tal de sobrevivir apenas un instante –insistí sin reparo.

–¡Qué mas da! –respondió Romo con cierto desdén–. Al fin y al cabo, nadie puede elegir en el momento de la despedida

–Es verdad –asentí–, pero cuando al fin miramos atrás, duele el pensar que podríamos haber elegido vivir de una manera más razonable.

El chico me observó con gesto abatido, entornó la mirada y dijo:

–Nadie en su sano juicio renuncia a un buen bocado, por alargar una vida perra tragando mierda.

«Puedes reprender a un niño con tus razones, pero no lo convencerás si no es con las suyas», pensé. De nada servían mis dotes de persuasión si no era capaz de abrirme paso a través de los rudimentos que anidaban en el discurso mustio de Romo. Sus palabras contenían una convicción tan descorazonadora, que cualquier consejo prendido en su estado de ánimo parecía abocado al fracaso.

Ruborizado por el eco malsonante de sus palabras, el joven agachó la cabeza e intentó enmendar su salida de tono:

—Cuando me aburren con cuentos, se me calienta la boca y no sé lo que digo. Sin embargo, sé por qué lo digo.

—Eso le ocurre, no a quien está aburrido, sino al que está «aburrado», embrutecido, de tanto andar por ahí de pendoneo, cuando aún no ha dejado de ser un machango —dije con ardor—. Sabrás que la existencia resulta dura en tanto que a menudo se pone cuesta arriba, pero no sabes que en cuanto a aguantar excesos,   la vida muestra una fragilidad abrumadora.

Romo se replegó sobre sí mismo y se rodeó de lejanía. Ante su entendimiento amurallado, mis razones debían resultar ociosas como lagartijas tendidas al sol. Decidida a abrirme paso ante tanta cerrazón, agarré al chico por la mirada y le dije:

—Si de noche buscas calor porque se te enfría el ánimo, arrímate a una buena lumbre y caliéntate los pies. Nadie en su sano juicio se arroja al fuego con la torpeza de las polillas.

« ¿No se cansará la vieja de tanta polilla quemada y tanta pejiguera?», debió de preguntarse Romo, a juzgar por el mohín de impaciencia que se le dibujó en el rostro. Su mirada parecía pedir que callara y lo dejara en paz, por no decir que le traían al pairo los revoloteos suicidas de las mariposas nocturnas.

Romo abrió la boca para responder quién sabe qué, quizá para bostezar, acaso para cerrarle el paso a una idea. En tanto yo me preguntaba si unas palabras bien encarriladas podrían cambiar un rumbo torcido, el chico me observaba con semblante jocoso y asentía con un leve balanceo de cabeza.

– ¡Da gusto buscarle la lengua a mi tía adorable! –dijo con sorna–. Se marea uno escuchando tus parrafadas, pero...

–Me vas a escuchar aunque te desmayes, sobrino –lo interrumpí–. El cielo se viene abajo y tú ni alzas la vista siquiera. De noche apenas descansas, no te cuidas ni miras arriba cuando oyes ruido de tormenta. ¿Y eso por qué? Quizá porque sufres o porque te siente maltratado por el mundo. Te parecerá una ordinariez lo que te voy a decir, pero lo digo sin delicadeza para que me entiendas: ante el sufrimiento que no puedes remediar, te aguantas o te jodes como un hombre. Se aguanta y sobrelleva la contrariedad quien ha madurado, se ha formado y se ha educado para soportar la adversidad, eso que llaman «resignación», ya sabes. Quien llora como una plañidera porque no sabe afrontar un revés en su vida, está condenado a quejarse y a joderse, en tanto que no es capaz de darle un giro a esa vida por momentos insoportable.

Mientras yo me despachaba con una rociada de las que no admiten réplica, el muchacho cazaba mis palabras al vuelo, observaba el movimiento de mis manos, y se mostraba de acuerdo consigo mismo, en un raro gesto de conformidad.

–Vigila tu nube, sobrino –insistí–. Las tormentas que se desatan en el pecho acarrean una calma nada deseable.

–Nadie va por ahí mirando al cielo.

– ¿Tú me entiendes, verdad?

–No sé si te entiendo, pero sé lo que quieres decir.

Como si del momentáneo silencio se desprendiera una canción de cuna, Romo cayó en un leve arrobamiento y me preguntó:

– ¿Qué tienen de particular los pájaros almizcleros?

–Se mueren de pena cuando se quedan solos –dije.

– ¿Y es cierto aquello del jazmín de risco...? –preguntó el chico, alelado.

– ¡Qué sé yo! –respondí–. Jamás me he asomado al borde de un acantilado.

Al cabo de un rato Romo hablaba ya sin amargura, preguntaba a destajo y hasta sonreía, como si el sonsonete de la monserga le hubiera avivado el ánimo.

Cuando llegó a la *casa de arriba*, Irene encontró el lugar empequeñecido como un recuerdo en ruinas. En torno a los muros de piedra se respiraba una calma voluptuosa de cementerio sin aire. Ajena a la brisa fresca de la mañana, los muros de la casa encerraban esa tibia quietud que adormece el dolor y aviva el quebranto de quien se adentra en un espacio condenado al olvido. Hasta el pasado reciente parecía arrasado por las huellas del abandono. Cubierto de polvo y descuido, el empedrado del patio se le antojaba a Irene vasto y gris, como su propio desencanto. El jardín desatendido había sido colonizado por las malezas del descuido: matas de Dondiego de noche, uvas de gato y ombligos de Venus, se alzaban a porfía entre una jungla de flores amarillas y campanillas moradas. Oculto entre una maraña de zarzas, el hueco de la entrada apenas se insinuaba a la vista; un manto blanquecino de moho surgía de unos desconchados abiertos por la humedad, se alzaba sobre la pared y cubría la puerta destartalada. Para acceder al interior de la casa, Irene tuvo que abrirse paso a través de un entretejido de madreselva, cuyas hojas distraídas se disputaban sin ruido las primeras luces de la mañana.

En unas horas, las manos de la mujer hicieron desaparecer las roñas de puertas y ventanas; en unos días sus pies habían arrasado el ámbito selvático que reinaba en torno a la vivienda; al cabo de una semana su voz ya se oía bajo las tejas pobladas de berodes. Bastó con la presencia inquieta de Irene para allanar el tiempo amontonado en el patio, en los cuartos y en los muros descarnados por la intemperie.

A principios de abril el jardín se hallaba engalanado con el vivo colorido de unos macizos de hortensias, gladiolos y platanillos floridos; unos lucían colores festivos en tonos azulados, salmón y amarillo pálido; otros ardían en diversas tonalidades de color fuego. Cuando el sol aún no había despuntado sobre las lomas, Irene ya andaba ocupada en emparejar algunos muros derruidos y en adecentar el empedrado de la proximidad. Mientras gobernaba con mano firme el vaivén de la escoba, su pensamiento se alejaba de sinsabores y se adormecía, arrullado por el ruido sincopado del barrer.

A menudo Irene se veía entregada a una conversación sin sentido con alguna flor solitaria. «¡Si las plantas no hablan!», se dijo, mientras contemplaba unos bejeques de hojas carnosas como lenguas. Y observando la forma de unas *orejas de burro*, musitó: «Puede que las plantas no hablen, pero a lo mejor entienden». Cuando se levantaba sin ánimo para departir con las flores, Irene contemplaba sus colores, olía sus aromas y observaba el leve movimiento de los tallos mecidos por el aire.

Pasadas las primeras horas de la mañana, los afanes de Irene se doblegaban bajo la incesante tiranía de aquella casa. Al mediodía recuperaba la mirada, se rodeaba de su habitual curiosidad y deambulaba entre el verdor silencioso de las huertas. Al atardecer se quedaba embelesada junto a unas matas de pensamientos, ella preguntaba y las hojas tiernas parecían dispuestas a responder. Al fin, cuando se veía hablando sola, Irene descubría que las plantas eran más dadas a mecerse al viento sin escuchar, que a trabar conversaciones absurdas. «Tal vez se aburren de tanto arraigo a la misma tierra, se distraen al paso de la brisa y prefieren permanecer en silencio», debía de suponer cuando su inquietud no obtenía respuesta.

A primeras horas de la mañana en casa de los Sanfiel apenas se oían voces. Un sábado brumoso de septiembre, Romualdo se levantó al amanecer, se vistió con ropa de faena y despertó a Romo.

—Estoy hecho un carcamal, hijo mío —se lamentó el viejo—. Deberías acompañarme a la *casa de arriba*. Va siendo hora de que me eches una mano en los asuntos de la finca.

El chico abrió los ojos, se desperezó con desgana y, pensando en la ardua tarea de iniciar la jornada, farfulló:

—Si no queda más remedio…

413

Los dos hombres llegaron a la casa de la finca cuando un sol ya vigoroso se alzaba sobre las lomas. Escoba en mano, Irene deambulaba por el patio ante un poyo de geranios.

—Buenos días —saludó el viejo sin calor en la voz.

La mujer dio un respingo y se volvió hacia los recién llegados.

— ¡Buenas! —respondió, ante la visita inesperada.

—Veo que te das jeito con el trajín de la casa, Irene —observó Romualdo con gesto cordial y la mirada desparramada—. Creía yo que en este lugar, el desorden de siempre iba a quedar de la mano de Dios y… ¡Qué bien te apañas!

—Ya ve —respondió Irene, mostrando las manos—. Cuando Dios anda ocupado, una tiene que poner de su parte.

Ajeno al desabrimiento de la joven, el patrón parecía absorto en el verde inquieto y vistoso del platanar. Henchido de orgullo, el viejo se acercó a Romo, tendió un brazo cansino sobre sus hombros y le dijo:

—Hace años todo esto era un malpaís negro y áspero como el culo del demonio.

— ¡Ajá! —dijo el muchacho con fingido interés.

— Hace años aquí no crecían ni matas de bobos —insistió Romualdo.

Con los ojos perdidos en la lejanía, Romo parecía entregado a la contemplación de un enjambre de moscas. Aunque no dejaba traslucir la menor emoción, su semblante revelaba cierto rubor.

Incómoda ante la frialdad que destilaba la brisa de la mañana, Irene forzó unos golpes de tos, inventó un falso pretexto y entró en la casa. El viejo parecía poseído por esa ansiedad que domina a quien tiene algo que decir y no sabe cómo.

–Sabrás, Romo… –arrancó al fin–, que este encuentro no ha sido casual. ¿Te das cuenta, verdad?

–Me doy cuenta.

–Aunque te parezca extraño, solo quería que después de aquello…, ya sabes, te vieras de nuevo ante Irene. Deberías acostumbrarte a verla de lejos, muchacho. Es la mejor manera de...

– ¿De recordar quién manda en casa?

–No es cuestión de autoridad, hijo. Te guste o no, hay momentos en la vida en que un padre debe tomar decisiones que duelen.

El chico esbozó una mueca de duda y asintió sin convicción.

–No vale la pena torturarse por una mujer, créeme –dijo Romualdo–. Cuando empieces a vivir descubrirás que también hay vida bajo otras faldas.

– ¿Cuándo empiece a vivir, dices? Ya vivía cuando apareciste tú y...

–Y acabé con el relajo, ya sé. Desde entonces, habrás observado que te trato como a un hombre y que te dejo vivir a tu aire, pero... aquella polvacera resultaba indecente en la casa de tus padres, en tu propia casa. ¿Entiendes?

–Entiendo.

415

—Además, no quiero ver a mi hijo encoñado con la primera mujer que se le escarrancha encima para darse gusto, como si...

– ¡Ya está bien papá!

—Te lo diré de mejor manera: trato de que aprendas a elegir y no te dejes encandilar por nadie a la primera de cambio.

—No he sido yo quien ha pasado la vida encandilado como las... ¿Sabías que las polillas…?

– ¡Qué polillas ni qué santas pascuas! ¡No deberías juzgarme, hijo! Sé que no he llevado una vida santa de monaguillo, pero a estas alturas no me inflamo ni padezco por asuntos de hembras.

—No te juzgo, aunque… la verdad… me sentiría obligado a mantener cierto disimulo si fuera yo quien anduviera por ahí de querida en querida… —balbuceó el joven, midiendo las palabras.

– ¿O sea que soy yo quien debería sentir vergüenza? —atronó el viejo.

Romo apretó los labios y agachó la cabeza.

El anciano se acarició la barbilla con gesto caviloso, entornó la mirada como si rebuscara en la memoria y agregó:

—Si acaso hubiera de confesar algo que no me enorgullece, podría decir que mis queridas ya no se alegran cuando me ven, ni se amurrian cuando las dejo.

El chico escondió el rostro, azorado. Romualdo lo miró con ceño avieso, recompuso el gesto y añadió:

—El tiempo es un buen remedio para el mal de amores, muchacho. Con el paso de los años cicatrizan hasta las heridas más enconadas.

Romo debió de sentir el brazo del viejo como si una serpiente le rozara el cuello. Con un movimiento instintivo, el muchacho se encogió de hombros y dio un paso a un lado. Entonces entre los dos hombres se tendió un frío abismo, como si de repente se hubiera abierto una sima entre ambos.

Cuando Romualdo, conciliador, se disponía a romper el silencio, el joven se plegó sobre sí mismo, escondió la mirada y dijo:

—Aunque algunas magulladuras cicatrizan en poco tiempo, otras dejan huella para siempre.

—No conviene dramatizar, hijo. Echa fuera esa rasquera que llevas dentro, pero procura entender a tu padre.

El chico alzó la cabeza, afiló el gesto y apretó los dientes. Convencido de la inutilidad del asedio a una conciencia amurallada, Romo se preguntaba cómo podría uno entenderse con un muro que no ve ni escucha ni siente.

Mientras el joven observaba la agitación de las nubes sobre las cumbres, Romualdo se le acercó con ademán afectuoso y le dijo:

—No te dejes llevar por la amargura, Romo. Una mujer puede ser importante en la vida de un hombre, pero no debería resultar..., digamos…

— ¿Imprescindible?

–Eso mismo. También yo he sido joven y sé lo que pasa cuando falta una hembra cerca. Se acostumbra uno a meter el cirio en la palmatoria y…

Como el chico, ensimismado, no mostraba el menor desacuerdo, Romualdo se armó de paciencia y añadió:

–Cuando a un hombre se le meten pájaros en la cabeza es como si se le nublara el sentido, créeme. Un tipo enchochado no ve las cosas como son.

–¿Y cómo son? –quiso saber Romo.

–Ya lo descubrirás por ti mismo, hijo mío –respondió el viejo, afectuoso–. El mundo está lleno de jóvenes hermosas que se rifan buscando dueño.

Al paso de las palabras de Romualdo, Romo arqueó las cejas y viró la cabeza, impasible. Exasperado ante la actitud displicente del muchacho, Romualdo se escarmenó la pelambre y dijo:

–Quien pierde una gran mujer, ¡no sabe cuánto sale ganando! Algún día te darás cuenta de que ni por la joven más esplendorosa vale la pena renunciar a todas las demás. Y por cierto, sabías que los chinos...

Romo no escuchaba. Mientras el viejo se perdía en fábulas de inmortalidad y concubinato, el pensamiento del muchacho volaba en busca de Irene. Apenas había podido cruzar una mirada con ella, pero le bastó un instante para percibir su fría cercanía de mar en calma.

Romo pasaba las noches de agosto dando tumbos en la cama, como si se abrasara entre el calor de las sábanas. Un vientecillo tibio debía de soplar ladera abajo, desde los cerros que coronaban Lomo Tacande. El aire inquieto de la madrugada se colaba por la ventana entreabierta, cargado de aromas de higuera y leves reminiscencias de hinojo. Entre aquella rebujiña de fragancias quizá figuradas, la imagen risueña de Irene se perfilaba en la inquietud de Romo, con la vaga inconsistencia de una promesa. Al cabo de unas horas en vela, el muchacho sucumbía a la modorra y caía en una leve ensoñación a medio camino entre el sopor y la vigilia. El sueño de verdad, el que propiciaba el descanso, solo le sobrevenía al borde del alba.

A horas tempranas de una noche de octubre, Romo se sintió dominado por una profunda desazón. Cuando aún no se había deslizado por la leve pendiente del ensueño, de repente sintió que le faltaba el aire. Apoyado sobre los codos, boqueaba y estiraba el cuello, como el naufrago que se ahoga sin alcanzar a asomar la nariz por encima del agua. Sentado al borde de la cama, agitado en la oscuridad con los brazos abiertos, al fin arrancó un golpe de tos y recuperó el aliento. Durante un rato permaneció incorporado, respirando con dificultad y sudando a chorros. Al cabo de unos minutos de ansia, aturdido todavía, se escurrió entre las sábanas e intentó conciliar el sueño.

En dos ocasiones Romo oyó sonar las campanadas del reloj desde el claroscuro de un ligero duermevela. A su alrededor la negrura se había vuelto espesa y familiar, sin lugar para la penumbra que alimenta el miedo. Como quien recuerda que ha olvidado un fuego encendido, el muchacho se levantó de la cama, se vistió a oscuras y salió del cuarto con la premura de quien teme llegar tarde a un lugar, aun sin saber a dónde. El reloj del salón acababa de hacer sonar las tantas, cuando Romo emprendió camino a Lomo Tacande.

El sendero serpeaba entre los morros bajo un cielo libre de amenazas. La marcha resultaba dificultosa en los trechos empinados de la senda, no solo debido a la pendiente, sino a los surcos abiertos por escorrentías recientes. Ya en los tramos altos de la loma, el camino discurría casi en llano, entre morros pedregosos, casas de colores y huertas salpicadas de frutales. Las fachadas de las casas parecían igualadas por el gris parejo de la madrugada. Con los postigos entreabiertos, unas ventanas dormitaban a oscuras, otras dejaban escapar algunas luces adormecidas y ecos encerrados de voces insomnes.

Ante la casa de Fidelio la cuesta perdía su soberbia y, como el perfil de las lomas, la senda se tornaba ondulante y oscura. Por momentos el andar de Romo se veía atenazado por cierto sofoco asfixiante y opresivo, como si tras el esfuerzo de la subida necesitara llenar el pecho, no con el aire sosegado de la noche, sino con el empuje resolutivo de un vendaval. No se encontraba bien, le costaba respirar y el corazón le golpeaba las costillas con un trepidar alocado de carraca. Jadeando con esfuerzo, casi sin aliento, se acomodó sobre unas rocas al borde del camino, estiró las piernas y esperó a que amainara la fatiga. Abajo en el valle, algunas luces refulgían como un sembrado de cirios, dormido sobre el platanar.

Al otro lado del camino, la casa de Fidelio dejaba escapar cierto fragor de voces. Una luz inquieta se colaba a través del quicio de la puerta. Tras un breve silencio, Romo escuchó una voz belicosa y áspera. «¡Jodida curuxa! ¡Cómo te trinque, te voy a rellenar de ratones por el cu a ver si ansina te fartucas!», oyó decir. Picado por la curiosidad, el joven avanzó unos pasos y acercó el oído al portón de la casa. Sobre un ruido de cacharrería y batir de alas, volvió a escuchar aquella voz medrosa: «¡La *Guaxa*! Jesús, María e Xosé..., ¡líbreme Dios de la vieja que escóndese bajo ese plumaje!»

De repente se entreabrió la puerta. A través de una luz mortecina escapó una sombra presurosa, en medio de un ruidoso batir de alas. Al instante asomó Fidelio. Con ojos chispeantes de visionario, el hombrecillo parecía escrutar la oscuridad, como quien aguarda una visita esperada.

– ¿Le ocurre algo, Delito? –preguntó el joven.

–Había una curuxa agazapada en la pared... –respondió el astur–. ¡Mal agüero, señor! ¡La *Guaxa* no presagia nada bueno!

421

– ¿Qué es eso de la *Guaxa*?

–Una vieja ruineja y fea como un pecáu, con un solo diente, que ríe y suelta unas carcaxadas que erizan la pelambre.

– ¿Una vieja metida en la pared?

–Digu la *Guaxa*, ¡caray! ¡Una curuxa!

Con voz aterida Fidelio le habló a Romo de una mujer centenaria de cuerpo deforme, que oculta tras la semblanza de una rapaz, anunciaba muerto.

–No debe preocuparse por tan poca cosa –dijo el muchacho con gesto alentador–. De madrugada las corujas se meten en las oquedades de las paredes, a la caza de murgaños.

Ajeno al comentario de Romo, el viejecillo se quedó pensativo, alzó la mirada y dijo:

–Debe tener cuidado, señorito. Las ánimas andan desorientadas esta nueche.

– ¿Las ánimas? –preguntó Romo, descreído.

– Almas errabundas, señor. Los espíritus errantes confunden el jalbegue de la pared con la cal de los enterrados.

–Olvide esas patrañas, Delito. Debería temer a los vivos y no a los muertos.

–Ansina que no cree en fantasmas, ¡eh! –dijo Fidelio, tenso–. ¡Y ni siquiera los teme, lo más seguro!

Como el joven amagaba con reemprender la marcha, el mulero insistió:

—No ande por ahí albenteste, señor. Me da el badagüeyu de que esta nueche va a ocurrir una desgracia.

Fidelio agachó la cabeza, entró en la casa mascullando unas palabras en su extraña jerga y cerró la puerta sin ruido. El aire fugitivo de la choza aventó cierto olor a incienso y a humo de aceite requemado.

Iluminado bajo el resplandor de la noche clara, el sendero discurría a través de un terreno pedregoso salpicado de tabaibas. La senda se abría paso a través de los morros, se desgajaba ante la sombra espectral de unas higueras y desaparecía ante la *casa de arriba*. En la casa de la finca aún quedaba una luz encendida. La claridad de un quinqué escapaba a través de un postigo, se derramaba sobre la proximidad e iluminaba unas matas de gladiolos.

Romo se detuvo ante la puerta, se atusó el cabello y entró con sigilo. Irene yacía adormilada en un sillón, con un libro abierto entre las manos. La mujer vestía una bata de color fucsia, cuya botonadura dejaba asomar el pecho firme y desabrigado. Bajo el tenue parpadeo de la lámpara, la piel ambarina de la mujer resplandecía con tonos cálidos en las piernas, se incendiaba en las rodillas y se apagaba entre los muslos.

Irene debió de percibir el peso de una mirada cercana. Sobresaltada, la mujer abrió los ojos y se incorporó de un brinco.

– ¡Romo! –dijo–. ¿Qué haces aquí a estas horas?

– ¡Shst...! –la acalló el chico, risueño.

–Me alegro de verte, pero...

El muchacho alzó un dedo presuroso y le selló los labios. Con mirada intensa, Romo respondía a las preguntas que le formulaba Irene. Los dos sabían que habrían de encontrarse un día u otro, ella refrenando algún impulso, él con el gesto de desparpajo de quien se adentra en predio ajeno sin el menor reparo.

Romo se acercó a Irene y se aferró a sus manos.

–No he podido dejar de pensar en ti –dijo.

– Eso me alegra el alma, pero… ¡Venir a verme a estas horas! ¿Cómo se te ha ocurrido esta locura?

–De noche y de día, dormido y despierto, te veía en sueños, no podía pegar ojo ni podía dejar de pensar en ti, así que… –balbuceó el chico–. Además, un día de éstos cumplo años y me gustaría empezar a celebrarlo a solas contigo.

Irene parecía desconcertada. «Los años se cumplen o no se cumplen, un acontecimiento se festeja o no se festeja, pero no se puede empezar una celebración un día de éstos, como si la vida fuera una fiesta de cumpleaños», se diría la mujer.

–No me hagas caso. Hablaba por hablar –dijo Romo–. Pero…, sin ti nada es lo mismo, ya sabes.

–Ya había oído esas palabras y me entristece volver a escucharlas en estas circunstancias. «La vida sin ti no tiene sentido», dijiste hace tiempo.

—También te aseguré entonces que te necesitaba, no como el aire que respiro sino como…, ¡qué sé yo!

—Desde hace tiempo, ese es el primer desatino serio que he oído en tus labios. Todo lo demás parecía puesto en boca de un amante lechuguino…

— ¿De esos que se quedan en nada cuando se quitan la ropa?

—De esos que con ropa y sin ella resultan insoportables, a poco que se hacen oír con sus frases almibaradas y sus ocurrencias banales…

—Lo siento de verdad, Irene —cortó Romo—. Aunque quizá te parezca torpe al hablar, no conozco otra manera de decir las cosas, ya sabes.

—No deberías disculparte por ser como eres. Si tus labios son sinceros cuando me besas, cuando quieras alegrarme el oído, puedes pronunciarte de cualquier manera.

—Irene...

—Ven Romo, ven.

Las manos de Romo buscaron a la mujer y se aplicaron sobre ella, como si la noche no le alcanzara para aplacar el ardor tanto tiempo contenido. Sin temor a ninguna amenaza, Irene y Romo disfrutaron de esa placidez que solo es posible cuando se alivia el ansia, cuando la sensatez se rinde al deseo y cuando la pasión deja paso a la ternura.

Las ventiscas del otoño soplaban con aires de desgracia en las noches de Tacande. Desde mediados de octubre los ruidos de la madrugada me mantenían desvelada entre las sábanas durante horas enteras, me alejaban el sueño y me dejaban sumida en una oscura desazón, ante la que ni el sueño me ofrecía cobijo.

En una noche, a principios de noviembre, me desperté al oír unas voces al pie del camino. Fidelio charlaba con algún trasnochador, ante la puerta de su casa.

Al cabo de un rato escuché un andar cansino removiendo la gravilla del sendero. Debía de ser mi sobrino, cuyas andanzas nocturnas por el lugar ya eran frecuentes a primeras horas de la madrugada. Más por novelería que por curiosidad, me asomé a la ventana, vi al chico que se alejaba camino arriba, y lo saludé sin alzar la voz. Romo se volvió, me abanó brazo en alto y desapareció tras un recodo arbolado. Por un momento me quedé embobada, mientras observaba la noche clara. Se avecinaba viento de levante. Un airecillo tórrido agitaba las plataneras bajo una luna que asomaba empañada, coronada de calima.

Fidelio aún permanecía despierto; su voz aterida se rebujaba con el bullir silencioso de la madrugada.

Movida por cierta inquietud, me arropé a vueltas de una manta ligera y subí a la azotea. La atmósfera rezumaba una calma de apariencia irreal, cuyo clamor quebraba cualquier sensación de bonanza. Del aire se desprendía cierto olor a pétalos marchitos, como si el peso de la noche aplastara las flores del pedregal. Un lamento deshilachado surgía de la distancia, se arremolinaba en torno al ápice de la chimenea y se dejaba ver con la levedad de una llama que se apaga. «Si los muertos no duermen en paz, esta noche andarán metidos en pesadillas», pensé, echando en falta el clamor habitual del mulero.

Como si de mi cavilar se desprendiera un conjuro, a voz crispada de Fidelio rompió el silencio de la noche.

–Santu Arcángel Miguel, Gabriel, Rafael, *sanctus, sanctus, sanctus...* –rezaba el viejo, alterado.

No tanto por inquietud como por extrañeza, me alongué sobre el muro de la azotea y vi al asturiano plantado en medio del camino.

– ¿Otra vez templado como un requinto, Delito? –le dije alzando la voz.

– Nada de templadera, doña. Despavoríu que anda uno ante lo que la nueche esconde.

– ¿Y a cuento de qué esos miedos?

– *Sulte hac nocte ániman tuam répetunt à te.*

– ¿Cómo que *sulte*…?

– Las ánimas andan alborotadas, como sí quisieran acompañar a alguien hasta las puertas del purgatorio.

– ¿Por qué no se deja de fantasías y se acuesta de una vez, hombre de Dios?

– ¿Acostarme dice? Acosteme hace un rato y levanteme con la misma, espavoráu. No hay quien pegue ojo con la *Güestia* rondando por ahí.

Nunca le había hecho caso a Fidelio, pero en aquella ocasión me sentí inclinada a escuchar su desbarro. Algo inusual flotaba bajo aquel cielo de noviembre: el aire de los morros destilaba un aroma almibarado a dalias envejecidas; las matas de hinojo contenían el aliento, como si les quemara el aire; las ranas guardaban un silencio más profundo que el debido al letargo del otoño. Ante tanta mansedumbre no era de extrañar que el viejo supersticioso se entregara a su desvarío.

– ¿Qué matraquilla se le ha metido en la sesera esta noche, Delito? –le pregunté.

Con voz enardecida de barrenero Fidelio habló de cierta comitiva de ánimas, me apercibió contra no sé que extraños albures y farfulló unas palabras que no pude entender.

Al a luz de un candil, bajé las escaleras y me asomé al portal. Con pie tembloroso, el hombrecillo trazaba un círculo en torno a su inquietud.

– ¿Así que la noche barrunta calamidad? –dije por seguirle la copla al astur–. Se pone usted de orujo hasta las cejas y… ¡venga a dar la vara a la vecindad!

– ¡No es cosa del oruxu, carayu! –rezongó el anciano–. ¡Ye usté más picotera que esas candayas, carayu!

–Sosiegue el ánimo y no se altere, hombre de Dios –intenté apaciguarlo–. Cuénteme qué le pasa, ande.

–Iba la *Güestia* metiendo ruiu per entre les figueres –dijo con aprensión el peninsular–, marchaban los fináus en fila portando huesos encendidos…

– Y esos finados solo se dejarían ver ante su mirada, supongo –especulé–. Llevo un rato contemplando las lomas y ante mis ojos no ha desfilado ni un alma.

–A usted no la bautizaron con Óleo Santo.

– ¿Y eso qué tiene ver?

– Vaya si tie que ver. Dios tuvo a bien el llevarse a mi santa madre, a poco de nacer un servidor.

–Habrán sido las fiebres del puerperio, lo más seguro –opiné.

– Qué sé yo de esas fiebres ni de na –rezongó Fidelio, impaciente–. El caso es que despúes del parto…, un terrible mal ensañose con las entrañas mi madre y pagó la pobre por parir a este vieyu miserable.

– ¡Vaya! ¿Así que es usted huérfano y viejo de nacimiento?

– Déjese de guasa, haga el favor. No se pue falar con usté en serio.

—No se puede hablar con nadie a estas horas, así que más vale que se acueste y olvide sus espantos. Por cierto… ¿cuántos años tiene?

—Sesenta y tantos, ya de largo.

—Pues si día a de hoy ha escapado a los designios de la Divina Providencia, debería dar gracias a Dios.

—Bendita Providencia —asintió Fidelio—. No me fui con mi santa madre porque no estaba del Cielo que guiñara tan temprano, tie razón. El día del bautizo viome el cura tan esmirriau, que en vez de echarme el agua bendita en la morra, tratome como a un morrebundu y sacramentome con Óleo Santo.

— ¿Por eso es usted tan peculiar?

—Estos güeyos han sido ungidos con el aceite de los morrebundus, doña, así que… —dijo el astur señalándose los ojos—, ante ellos no hay ánima que se esconda.

— ¿De modo que hasta ve desfiles de aparecidos? —dije, incrédula, alzando el fanal ante el rostro ojeroso de Fidelio.

La luz reflejaba chispas de recelo en sus ojillos de esclavo. Con gesto temeroso, el viejo engurruño el gesto, oteó los cerros y dijo:

—Tanto si me cree como si no, yo vi la *Güestia* rondando por ahí. ¿No ha oído hablar de la Santa Compaña?

El hombre estiró el cuello, se aclaró la garganta y añadió:

–Los fináus marchaban en procesión y repetían: «Cuando nos éramos vivos, andábamos por estos figos, agora que somos muertos andamos por estos güertos».

–Hablarían en cristiano, digo yo. Al fin y al cabo serían difuntos del lugar.

–Falen como falen, un servidor los entiende hasta cuando callan.

– ¿No será su conciencia la que se pronuncia cada noche a través de esas voces? A nadie se le oculta que anda usted mal avenido con cierto fantasma...

Fidelio inclinó la cabeza, se persignó con premura y se refugió en su pequeñez atormentada.

–Vamos, Delito –intenté animarlo–. Es noche de Finados y los espíritus andarán de fiesta por ahí. ¿Por qué no se acuesta y se olvida de procesiones macabras?

– ¿Qué duerma y me olvide? –remedó el anciano, alterado–. Si dejome amurrar por el sueño, a lo peor al despertar encuéntrome tiesu como un calámbranu.

No entendía lo que decía Fidelio, ni me interesaba, ni hallaba manera de apaciguar su inquietud. Veinte años antes había mantenido una parrafada parecida con él, y también entonces mis palabras habían enardecido sus miedos. Quizá la cháchara a oscuras desataba sus temores, igual que el aire aviva los rescoldos de un brasero.

–Querría pedirle un favor, Fidelio –le dije al peninsular–, el mismo que le vengo pidiendo desde Dios sabe cuándo.

—Mande usted.

—No es asunto de mandatos, pero…, ¿por qué no se recoge en su casa, se mete en la cama y descansa tranquilo?

Sin esperar respuesta, tomé al hombrecillo de la mano y lo acerqué hasta la puerta de su cobertizo. Aun en vida Fidelio tenía manos pellejudas de difunto. Su piel fría y oscura transmitía el tacto áspero de quien alguna vez se ha agarrado a un asidero innoble.

Resuelta a dormir dos noches de un tirón entré en mi casa, me metí en la cama y me amurallé frente a cualquier aprensión que pudiera alejar el descanso. Hora tras hora oía las campanadas del reloj, escuchaba el aire animoso agitando las
vidrieras y percibía el corazón despierto.

Por un momento me pareció oír una voz de mujer envuelta en llanto.

Sobresaltada, me asomé a la ventana y vi a Irene, que avanzaba sendero abajo, dando voces

– ¡Maruca, Maruca! –gritaba la mujer, alterada.

– ¿Qué ocurre, Irene? ¿Qué pasa? –le pregunté

–Romo…, Romo… –balbuceaba entre sollozos.

Mientras me preguntaba qué fatalidad podría haber sufrido Irene, un extraño pálpito me reveló que el pobre Romo ya no tenía remedio.

Cuando me disponía a abandonar la *casa de arriba*, el lugar parecía sumido en un silencio tenso e incierto, salpicado de voces contenidas. El patio se había convertido en un hervidero de siluetas en movimiento: algunas mujeres surgían de la oscuridad y se movían en la penumbra sin rumbo ni albedrío; otras se habían agrupado en pequeños corros y cuchicheaban, como colegialas que contaran sus calenturas bajo el sereno.

Por un momento enmudecieron todas las voces.

Un hombre de semblante soñoliento se abrió paso entre el gentío, atravesó el patio con paso firme y entró en la casa portando un maletín.

– Es don Manuel, el médico –susurraron las comadres a una voz.

– Aquí ya no hace falta el médico –opinó alguien–. Deberían llamar al cura.

Ajeno a los comentarios que suscitaba su presencia, don Manuel entró en la casa, se orientó a tientas en la penumbra y preguntó por Irene. En el vestíbulo alguien lo tomó del brazo y lo acompaño a una estancia cuya entrada se hallaba cubierta por una pieza de lino. Desde el otro lado, unas manos apresuradas descorrieron la cortina, lo agarraron con nervio y lo llevaron a un espacio iluminado a luz de un candil.

El resplandor mortecino alumbraba un catre rematado en bronce, donde yacía un muchacho con el pecho descubierto. Agazapada junto a la cabecera, Irene se deshacía en sollozos. El doctor dejó el maletín al pie del camastro y observó el cuerpo aún tibio. El rostro presentaba una lividez llamativa en la piel, los labios azulados y la mirada perdida en el techo.

Por más que el médico palpó el cuello arqueado de Romo, sus dedos no hallaron ni un latido casual. Con esa desgana que lastra al luchador vencido, el anciano doctor encendió una vela y la acercó a los ojos abiertos del muchacho. Acto seguido arrimó la llama a la nariz, inclinó el cirio y lo dejó chorrear sobre el pecho inmóvil.

–No hay nada que hacer –sentenció al fin.

Irene se arrojó sobre el torso desnudo del cadáver, le cerró los ojos y rompió a llorar. Don Manuel se acercó a la mujer y le preguntó:

– ¿Cómo ocurrió?

Irene se enjugó unas lágrimas, entornó la mirada y dijo:

–Desde que llegó ya traía mala cara el pobre, venía pálido y respiraba con cierta trabazón, como si le faltara el resuello. Cuántas veces le habré dicho: «Sube la cuesta despacito y sin apuro, que un día de estos te va a dar un arrechucho…». Y él como si nada…, ¡como si todo fuera tierra llana!

– Vamos, mujer –dijo el doctor con gesto amable–, tranquilízate y cuéntame con calma.

–Ya de madrugada Romo llegó más tarde que de costumbre. Yo dormía y no lo oí entrar –prosiguió Irene con aplomo–. Andaba metida en el primer sueño cuando me despertaron unos golpes de tos, oí unos carraspeos y allí estaba él, apoyado en el quicio de la puerta. Respiraba con dificultad, con las narices aventadas y cara de necesidad. « ¿Qué te ocurre? Tú no estás muy católico», le dije, más dormida que preocupada, la verdad. Él no respondió. Parecía fatigado, le costaba soltar palabra y respiraba con un gargajeo…, concierta dificultad. Sin embargo, al fin arrancó una voz ronca y dijo: «No te preocupes, Irene. Esto se me pasa…». Y fíjese usted, que al poco rato hasta la vida se le pasó en un abrir y cerrar de ojos.

– Respira despacio y sosiega el ánimo, anda –insistió el médico, en un vano afán de apaciguar a la mujer.

Irene se restregó los ojos como si quisiera asegurarse de que no soñaba, miró a don Manuel con gesto abrumado y añadió:

–Esta vez Romo llegó más cansado que de costumbre, venía sudando a chorros y respiraba con un jadeo, con una cansera… El pecho le sonaba como…, ¿cómo le digo? Parecía un bullir de agua, un hervor surgido desde muy adentro…, usted sabrá por qué, pero al chico le costaba jalar por el resuello. Mientras yo le abanicaba el rostro, Romo se quitó la camisa y se tumbó en la cama a ver si se le aliviaba el ahogo, pero desde que se acostó puso peor. Nunca lo había visto de aquella manera. Le entró tal asfixia que…, ni aún con la ventana abierta y las narices aventadas…, parecía el aire no le alcanzaba para respirar. Atacada de los nervios, lo ayudé a asomarse al fresco de la noche y lo abané con brío, como si le fuera a cruzar la cara a bofetadas. Debió de sentarle bien aquel aireo, porque al poco rato a se le calmó el sofoco y se quedó como si no hubiera pasado nada.

— ¿Y qué más?

—Vergüenza me da contarlo, pero después del mal trance, Romo se encontraba con ánimos hasta para..., usted ya me entiende.

—Mejor lo entendería si me lo cuentas.

— ¿Qué le voy a contar? Apoco que se le pasó el sofoco, Romo se puso relajón como un niño chico, se animó como siempre y…, entonces le entró aquella agonía, se puso pálido, después azul, morado..., como si el lunar que tiene en el pecho se le hubiera desparramado hasta el alma. El pobre no hablaba, ¡pero suplicaba con unos ojos…! ¿Y qué podía hacer yo, una ignorante, ya ve…, como no fuera echarme las manos a la cabeza? Era horrible verlo sufrir de aquella manera, créame. Boqueaba como un pescado en agonía: los ojos desorbitados, aquel desespero terrible... Al poco rato Romo perdió el tino y se quedó tirado ahí, como usted lo ve. ¡Hoy cumplía veinte años, el pobre!

Irene estalló en un llanto mudo y se derrumbó a los pies de la cama. El médico parecía sumido en brumas de otro tiempo; quizá recordaba el día en que lo llamaron para atender al niño de los Sanfiel. Aquel día la criatura dormía pese al arrullo de una muchacha de ojos claros, los mismos ojos azules que ahora parecían un cielo inundado de lágrimas. En aquel tiempo, mientras él exploraba al niño,   la madre seguía sus movimientos y aguardaba su respuesta, preocupada. «A este corazón menudo le queda algún pasadizo por cerrar...», había dicho él entonces.   Y ahora, enmudecido como un mal recuerdo, no sabía qué pensar.

Con ademán presuroso el médico miró el reloj, agarró su maletín de los remedios y salió al patio dominado por cierta sensación de inutilidad.

Al cabo de unas horas, Romualdo aún no se había enterado de la desgracia. Quizá el viejo andaba sumido en algún sueño de juventud, sin sospechar siquiera que para él Romo ya solo iba a vivir en sus peores pesadillas.

Blanqueada por un frío baño de luna, la casa de los Sanfiel presentaba el aspecto irreal de un lugar extraño. Jamás había sentido la soledad tan metida en el cuerpo, tan arrasadora y cercana. Me dolía el jardín abandonado, el gris pálido de las escalinatas, el portalón cerrado... Por un momento se me ocurrió que a lo mejor andaba metida en un mal sueño. «A veces las figuraciones se emplazan a porfía y no se esfuman ni cuando el discernimiento desenmascara una irrealidad insoportable», me dije, como si el dolor pudiera desaparecer a la luz de las consideraciones retorcidas de una vieja. Al instante, ya ante el portal, me vi sin valor para anunciar mi presencia en aquella casa. Me acobardaba la idea de verme ante la mirada inquisitiva de Romualdo, con la cabeza gacha y la voz anudada en la garganta.

Decidida a salir cuanto antes del penoso trance, agarré la manija del portal y golpeé una vez, quizá dos. Romualdo no acudía a abrir. Volví a tocar con determinación y esperé. Al poco rato escuché unos pasos que se acercaban despacio.

– ¡Hay que joderse! ¡Vaya horas para despertar a nadie! – rezongó una voz al otro lado–. ¿A quién le quedarán ganas de incordiar…?

No abrí la boca; no iba a reconocer que venía movida por el puro afán de importunar a un anciano perlujo de mal carácter.

Romualdo asomó ante la puerta con un candil por delante, me acercó la luz a la cara y me interrogó en silencio.

– ¡Vaya! ¿Eres tú, cuñada? –dijo al fin–. ¿Qué te trae por aquí a estas horas?

Toda mi flema me abandonaba por momentos. Me sentía fuera de lugar, extraviada y sola, como una pardela tierra adentro. Empujada por la necesidad de poner fin al mal trago, recobré cierta entereza, alcé la mirada y me atreví a despegar los labios.

–Romo..., Romo… –balbucí–. El chico se fue...

– ¿Cómo que se fue? –remedó el viejo con aspereza–. No es la primera vez que se despendola de noche y no vuelve hasta el amanecer.

–Esta vez ya no verá despuntar el alba.

Romualdo agachó la cabeza, clavó la mirada en el suelo y se entregó a un soliloquio apresurado. No hallé palabras para interrumpir aquel balbuceo sin sentido.

–Te acompaño en el sentimiento –dije al fin.

–Pero bueno... –masculló el hombre, sin alzar la mirada.

–Murió de repente –comenté–. El pobre vivía demasiado aprisa y...

En tanto yo abundaba en detalles, Romualdo me oía sin escuchar, quizá no le interesaba tanto deslinde, acaso el viento ya le había llevado algún rumor de aquella noche aciaga.

Por un momento el viejo recuperó el aplomo, fijó sus ojos en los míos y dijo:

– Si es que no se halla donde supongo, ¿dónde está el muchacho ahora?

–Se hallaba en la *casa de arriba* cuando...

– Cuando se fue al carajo, ¿no es eso? Mira que le había dicho…

Mientras sus palabras le barrenaban los oídos, Romualdo sacudía la cabeza, como un manco que intentara desprenderse de una espina clavada en las encías.

–¡Vaya! Otra vez la condenada jaqueca… –se lamentó.

El anciano menguaba por momentos, ya no era el que señor que había sido, ni siquiera conservaba la entereza del hombre que debía ser. De repente vi a Romualdo encogido de ánimo, encorvado y con la tez apergaminada, como si el tiempo se hubiera cebado en él hasta dejarlo reducido a escombros.

– ¿Si quisieras acompañarme…? –balbuceó con gesto de súplica.

Había visto a Romualdo alterado por los disgustos, acobardado ante el dolor y atenazado por la migraña, pero jamás lo había visto amochado de aquella manera. « Cuando el débil crecido se despoja de la fanfarronería, ¡en qué poco se le queda el orgullo!», me dije. Y cerré apreté los dientes, por si aquel cavilar me asomaba a los labios.

–Te dije que te acompañaba en el sentimiento y también te acompañaré a la *casa de arriba*, no faltaría más –le dije al hombre–, pero a la pobre Irene…, por favor, ¡ni una palabra más alta que otra!

–Como quieras –asintió Romualdo, conforme–. Ni una palabra.

–No es eso. Digo que no deberías meterte con ella.

–Mírame bien, cuñada. ¿Crees que me quedan fuerzas para meterme con nadie?

No despegué los labios; tampoco me sentía con ánimos para adivinar los propósitos de un viejo atormentado.

Al cabo de un rato Romualdo apareció en el salón ataviado con la americana gris de sus noches de farra. Sin ganas de abrir la boca más que para bostezar, me agarré al brazo del anciano, dirigí mis pasos a la salida y me eché a andar a través del patio flanqueado de naranjos. En medio de un fuerte olor a azahar, las naranjeras lucían el albor de una floración tardía. La huerta exhibía un blanco luminoso, cuyo esplendor se enardecía bajo la noche clara.

A mediados de noviembre Juanón se presentó ante la casa de Romualdo con el ademán abismado y sombrío de quién rumia alguna maldad en sus adentros. Entre las manos llevaba una mata de orquídeas moradas.

– ¡Buenos días! –saludó el joven al viejo.

– ¡Buenas, Guzmán! ¿Qué aires te han traído por aquí? –dijo Romualdo–. Malos vientos deben de soplar para los ánimos aventureros, supongo.

–El viento empuja según cada uno lleve las velas, señor –dijo Juanón, circunspecto.

Romualdo asintió en silencio y sonrió con desgana. « A quienes bogan con trapo recogido y pocas miras, la deriva los trae de vuelta », parecía decir el viejo.

–Allá lejos como acá, no siempre conviene navegar con todo velamen desplegado, señor –añadió el joven, serio–. Aunque el aire empuje mar adentro, al fin la tierra tira de uno como un mal vicio. Y por cierto, lo acompaño en el sentimiento por lo de...

–Gracias.

Con gesto apesarado Juanón se acercó al anciano, le tendió la planta florida que llevaba entre las manos y dijo:

–Si me permite, he de cumplir una promesa. Aunque sé que ya no está, y lo siento, le había prometido estas orquídeas a su señora, que en paz descanse.

–Puedes llevárselas al cementerio –respondió Romualdo, displicente.

Entre los dos hombres el aire quedó enrarecido por un dilatado silencio.

–Las desgracias duelen, lo entiendo… –farfulló Juanón, azorado–, pero al menos usted no se queda solo, señor. Una hija sirve de consuelo en los momentos difíciles.

En el rostro de Romualdo se dibujó una mueca de perplejidad.

– ¿Una hija, dices? –preguntó, desconcertado.

–¡Ah! Perdone. No esperaba que fuera usted el último en saberlo.

– ¿Qué debería saber?

–La memoria flaquea con los años, don Romualdo. Aunque a lo mejor recuerda a Nerea, la mujer de Juan *Cachimba*. Le dirá algo ese nombre, supongo.

Las palabras de Juanón contenían un cinismo tan corrosivo, que parecían ajenas al semblante bonachón de quien las pronunciaba. El anciano buscó un brillo de resquemor en los ojos que lo miraban y vio en ellos más dolor que rabia.

Con ademán dubitativo Romualdo se acarició la barbilla y clavó la mirada en el joven.

– ¿Por qué desentierras a tus muertos a estas alturas, muchacho? –le dijo.

–Porque aún me cuesta entender… –masculló Juanón–, no puedo olvidar… no recuerdo qué.

El hijo de Juan Guzmán permaneció cabizbajo, con una mueca de amargura congelada en el rostro. Al fin, con el gesto titubeante de quien decide zambullirse en agua helada, alzó el rostro y dijo:

–Apenas me vienen a la cabeza algunas cosas que aún me queman, pero… todo el mundo sabe que usted tuvo que ver con mi madre.

– Tú no estás en tus cabales, muchacho –soltó el viejo, desdeñoso.

–Ella tampoco debía de estar en los suyos cuando se dejó engatusar por usted –replicó Juanón. Y como quien habla para sus adentros, musitó: «¡Qué fácil resulta seducir a una pobre viuda que no tiene donde caerse muerta!»

–Pero, bueno… –farfulló Romualdo, mosqueado. ¿A dónde quieres ir a parar?

–No se haga el inocente, señor. Bien sabe que Irene es su hija.

Por un momento el anciano se quedó lívido como un ahogado. Nunca había querido entrever el porqué de su rechazo al apaño entre Irene y Romo. Quizá el hecho en sí de aquel amorío le repugnaba en mayor medida que la mera circunstancia, que el trajín a escondidas en su propia casa.

Romualdo escondió el gesto, se pasó una mano por la frente sudorosa y, con mirada esquiva, dijo:

–Hace tiempo me llegó algún rumor de ese infundio..., pero nunca hago caso a las habladurías de las comadres.

–Usted no hace caso a nada, ni escucha lo que no quiere oír, ni mira lo que no quiere ver. Vive tan acostumbrado a mandar, que le obedece hasta la memoria.

–Conocí bien a Nerea, es verdad –asintió Romualdo, ensimismado–. Pero si Irene fuera mi hija como dices, a la primera oportunidad tu madre me lo habría restregado por las narices.

–Usted no conoció a mi madre –dijo el joven, cariacontecido–. Ella era de las que callan y se tragan las penas, por no airear los pecados de nadie. Solo cuando se moría me habló de la herida que usted le había abierto, allí donde los golpes duelen pero no sangran. Todavía siento cómo sus dedos se aferraban a mi mano, cuando…

Los ojos de Juanón se velaron por un momento, sus hombros se derrumbaron y su aplomo se desmoronó ante la mirada afilada del viejo.

– ¿Y al cabo de tanto tiempo, ahora me vienes con ésas? –dijo Romualdo con arrogancia–. Creo que deberías enterrar a tus muertos, muchacho.

–Descuide, señor, ya me he ocupado de eso, pero... – respondió Juanón, serio–, según dicen por ahí... a algunos vivos usted les ha anticipado el entierro.

– ¿Qué insinúas, desgraciado?

–No insinúo, le hablo a las claras, ya ve. Y tampoco he pasado estos años tragando ponzoña, no crea. Con la distancia el veneno se hace licor, el coraje se amansa y...

Juanón vaciló un instante, se irguió sobre sí mismo cuán grande era y añadió:

–Lo veo ahí hecho un carcamal y, la verdad, aunque siga siendo el cabrón de siempre, da usted más pena que rabia.

– Vete a freír chuchangas, comemierda –rezongó Romualdo con desdén.

El joven se quedó como ausente, miró al anciano con lástima y le dijo:

–Aunque me sobran razones para agarrarlo por los fondillos y caparlo como a un marrano, me costaría ponerle la mano encima, no por falta de ganas, sino porque sé lo que duele una muerte cercana y..., tampoco querría ver sufrir a Irene, porque al fin y al cabo es usted su padre.

– ¡Ya está bien de misericordia barata, coño! –bramó Romualdo, airado–. Te he escuchado con paciencia porque sé que estás jodido, Guzmán. No te llevas lo que mereces porque..., ya no está uno para responder a las majaderías de nadie.

Juanón abrió la boca para dejar escapar cierto resquemor, apretó los labios y permaneció en silencio. Lo que quedaba de su pundonor le dictaba que no debía mortificar en mayor medida al viejo que se alejaba sujetándose la cabeza, tarareando una tonadilla olvidada.

Durante días enteros el hijo de Juan Guzmán buscó a *Culoprieto* por bares, fincas y caminos, como quién quiere cobrar una deuda jamás olvidada. Al cabo de unas semanas del regreso de Juanón, contaban las comadres que una tarde lo vieron encarado con el criollo en las estribaciones de Lomo Tacande. Juan de Dios gesticulaba con gesto sombrío, una cuerda al hombro y el ademán brioso de quien se dispone a domar un animal salvaje. Mientras Juanón lo increpaba con la mirada encendida y de aires amenaza, Úrculo escuchaba con los brazos en jarras, cuchillo al cinto y mirada torva de incendiario.

Aún no habían caído las primeras sombras de la noche cuando los dos hombres atravesaron el pedregal, pasaron ante la *casa de arriba* y se adentraron en la oscura quietud del platanar. Al cabo de un rato alguien vio a Juanón saliendo de la finca, agitado y sudoroso, con la camisa manchada de sangre. El hombre iba solo, no llevaba la soga encima y se movía con el andar parsimonioso de quien ha resuelto un asunto pendiente.

A medianoche los vecinos oyeron a las Rosas, deambulando a trompicones por los morros, dando voces a la luz de unos fanales. Durante horas las mellizas recorrieron las lomadas, en busca de su hermano criollo. Ya de madrugada las gemelas hallaron a Úrculo vivo todavía, con el rostro amoratado y la ropa hecha girones. El hombre colgaba de unos estacones dispuestos al pie de un cantero, con una cuerda ajustada al cuello. El hombre se sostenía de puntillas junto al muro de piedra, en el preciso lugar donde años antes habían hallado el cadáver de Juan *Cachimba*. Aquella noche, ya de madrugada, las comadres no vieron como Juanón se deslizaba con andar sigiloso entre la oscuridad que rodeaba el pajero de Fidelio Calandre.

Al cabo de unos días, las vecinas se mostraban extrañadas ante el clamoroso silencio que reinaba en las noches de Lomo Tacande. Las mujeres insomnes echaban de menos la voz medrosa de Fidelio espantando corujas y entregada a extraños conjuros, como si las puertas del infierno se abrieran en su cabeza o en su casa, cada noche a primeras horas de la madrugada. Tampoco al amanecer tropezaban ya con la mirada esquiva del arriero. «¡Se diría que a Delito se lo han llevado sus propios demonios!», decía extrañado Facundo Rocío. Desde que Fidelio desapareció del valle, solo las viejas insomnes y los ratones expuestos a las rapaces echaron en falta sus voceríos, en las noches aburridas de Tacande. Ajena a los dimes y diretes de las comadres, Irene siempre quiso creer que el asturiano había regresado a su tierra lluviosa del norte, quizá en busca de algún aguacero que apagara las llamas de su extraño infierno.

Aun cuando había escuchado algún rumor en torno a las oscuras andanzas de su hermano, a Irene apenas le quedaba desazón para lamentar lo que de él decían las comadres. Ni siquiera le quedaba tristeza en los ojos para humedecer el recuerdo de Romo. Asomada cada tarde al poniente, la mujer contemplaba a diario cómo el crepúsculo teñía de anaranjado el terreno baldío de los morros. El gris del pedregal viraba primero al oro, luego a un castaño rojizo y al fin se desdibujaba en tonos de color malva. Mientras sobre las lomas el día se rendía al ocaso, las luces de las casas iluminaban las llanadas del valle. Allá abajo, al declinar el día, la casona de los Sanfiel se mantenía a oscuras, como si la noche se avecinara sobre sus muros con una negrura más profunda.

Un día de enero, al caer la tarde, Romualdo se aventuró a través de la senda pedregosa de Lomo Tacande y enfiló su andar hacia la *casa de arriba*. Asomada a una ventana, Irene veía cómo el anciano atravesaba el patio con paso inseguro y entraba en la casa con aire taciturno. Su presencia en aquel lugar no reflejaba el temple ni el orgullo que mostraba antes. Encorvado de espalda y venido a menos, el hombre se hundía en la inanidad de una vejez marchita, sin el menor ápice de entereza que dignificara su decadencia. A ojos de Irene, aquel no era el señor de mirada arrogante que la había devuelto a su desarraigo de siempre.

–No debí comportarme de aquella manera contigo, hija –le dijo Romualdo–. Siempre has vivido en casa, abajo…, allí has crecido y allí te has hecho una mujer con fundamento. Lamento lo que te dije aquel día desafortunado y…, quería pedirte… –balbuceó, escondiendo la mirada–. Si quisieras regresar a tu casa, corren otros tiempos y… ahora todo podría ser diferente.

–Aquí me encuentro bien, señor. Y no debería disculparse –respondió Irene, cabizbaja–. De verdad, le agradezco su ofrecimiento, pero aquí vine al mundo, aquí he muerto un poco y, si usted lo permite…

– Esta casucha todavía huele a desgracia, Irene ¿Cómo puedes quedarte a vivir entre estas paredes polvorientas?

–El pasado ya no tiene remedio, don Romualdo.

–Hace poco me encontré con tu hermano, me habló de tu madre y…

–Eso pertenece a un tiempo pasado que conviene olvidar. ¿Para qué mortificarnos con viejas culpas?

El anciano afiló el gesto y escarbó en la mirada apagada de Irene.

– ¿Siempre me has tenido tirria, verdad? –quiso saber.

—Quédese tranquilo, señor —dijo Irene tomando las manos del hombre entre las suyas—. Nunca le he guardado inquina, puede creerme.

Con gesto abatido el anciano le confesó a Irene que su vida, como una noria, había dado muchas vueltas, que no iba a implorar su perdón porque no lo merecía, que solo esperaba un poco de comprensión para un viejo solitario.

Arrastrando el paso Romualdo se acercó a la joven, se alzó sobre sí mismo y le dijo:

—Sé que nunca me verás con buenos ojos, hija, y razones tienes de sobra, pero aún así me conformo con lo que me toca, porque..., pese a tanto desacierto, mientras te veo me digo que algo bueno quedará de este viejo..., cuando esté criando malvas.

Cuando en el aire reinaba un silencio de despedida, la mujer se asomó a la mirada del anciano. En aquellos ojos mustios apenas brillaba un atisbo de dulzura.

Movida por un extraño apego, Irene tomó a Romualdo del brazo y lo acompaño hasta la salida.

El anciano se detuvo ante la puerta, se volvió hacia la mujer y se quedó aturullado, como quien se adentra en un paisaje de ensueño.

—Nerea... —balbuceó.

—No se demore, señor —dijo Irene, ausente—. Cae la tarde y si se descuida podría tropezar por esos andurriales, a oscuras cuesta abajo.

— ¡Buenas noches, hija!

– ¡Buenas noches, don Romualdo!

Aquella visita dejó cierto sinsabor en el sentir apagado de Irene. Quizá la mujer adivinaba que no volvería a ver al viejo solitario y apocado, cuya silueta se alejaba despacio, con el andar vacilante de los moribundos.

Antes de meterse en la cama la mujer se sentó ante la cómoda, se recogió el cabello y observó la imagen que le devolvía el espejo. Su semblante se le antojaba desolado como un paisaje sombrío; sus ojos se diluían en lágrimas turbias, sin la transparencia de las aguamarinas. Mientras se compadecía de sí misma, sus rasgos se desdibujaban, el cristal se oscurecía y reflejaba la soledad del cuarto en penumbra.

Un sueño agitado transportó a Irene hasta el borde del alba. Mientras las primeras luces del amanecer inundaban la alcoba, ella escuchaba arrullos de palomas y un lejano batir de alas. Los ojos le escocían y la piel se le abrasaba, como si se hallara expuesta al sol del mediodía. Empujada por un ansia repentina, se echó una rebeca sobre los hombros y se asomó a la ventana. Un airecillo agitaba las cortinas, la atmósfera lucía una claridad poco profunda, los perros ladraban irritados por la inusitada movilidad de las nubes bajas.

– ¿Romo…? –susurró la mujer, tanteando el aire–. Si aún no te has ido, asómate al sueño del viejo y dile que no debería llevar flores al cementerio. El pobre aún cree que eras su hijo.

Sobre los morros se alzaba cierta sospecha de alborada. Más allá de una bruma rastrera, la bóveda del firmamento clareaba sobre los cerros, sin una nube distraída que empañara el nuevo día. Aquel cielo tan impúdico no parecía un lugar apropiado para servir de morada a las ánimas.

Un airecillo desapacible agitaba las ramas de las higueras.

– ¡Pobre amor mío! –musitó Irene–. Una mañana tan fría…, ¡y él ahí tan solo, desnudo a la intemperie!

Gregorio Javier Hernández, nació en San Borondón, no en aquella isla mítica... sino en un caserío de Tazacorte, La Palma, que lleva ese nombre. Cursó estudios de bachillerato en Santa Cruz de Tenerife, obtuvo la licenciatura en Medicina en la universidad de La Laguna, y ejerció la medicina en Tenerife y La Palma. Desde hace algunos años reside, vive y escribe en Lanzarote, donde ejerce de profesor de Biología en un Instituto de Enseñanza Secundaria. El Fin de Edmundo. Tribulaciones de un Hombre Habitado, es la segunda novela del autor. En 2009 se publicó la primera obra, Tacande, ganadora del XXIV Premio de Novela Benito Pérez Armas. En 2019 publica su tercera novela, Ángel Blanco. Avatares de Soledad y Extravío.